Über dieses Buch

Als Luise Rinsers Roman ›Mitte des Lebens‹ zum ersten Mal erschien, schrieb *Die Weltwoche* in Zürich: »Dieser Roman, eine Liebesgeschichte teils in Tagebuchform, teils direkt erzählt, ist wahrscheinlich das ausgeformteste und reichste Buch, das die deutsche Literatur heute besitzt. Es schildert die erfüllungslose Liebe eines um zwanzig Jahre älteren Mannes, Dr. Stein, Professor der Medizin, zu der jungen Studentin Nina Buschmann, die im Laufe der Handlung zur Frau heranwächst … Das Buch ist viel mehr als eine bloße Liebesgeschichte, es ist die Summe der Lebens- und Kunsterfahrungen einer Dichterin, die ihre Zeit durchlitten und durchfochten hat, um sie nun zu sublimieren. Kindheit und Tod, Leidenschaft und Leere des Herzens, Künstlertum und Abstraktion, das ganze Leben schillert reich und vielfältig aus seinen Seiten.«

Die Autorin

Luise Rinser wurde 1911 in Pitzling/Oberbayern geboren. Nachdem sie ihr Studium (Psychologie und Pädagogik) beendet hatte, war sie von 1935 bis 1939 als Lehrerin tätig. 1940 erschien ihr erster Roman ›Die gläsernen Ringe‹. In den folgenden Jahren durfte sie ihren Beruf nicht mehr ausüben und wurde 1944 wegen angeblicher Wehrkraftzersetzung verhaftet. Die Erlebnisse dieser Zeit schildert sie in ihrem ›Gefängnistagebuch‹ (1946); ihre Autobiographie, ›Den Wolf umarmen‹, erschien 1981. Luise Rinser lebt heute als freie Schriftstellerin und Kritikerin in Rocca di Papa bei Rom. 1979 erhielt sie die Roswitha-Gedenkmedaille, den Literaturpreis der Stadt Bad Gandersheim.
Im Fischer Taschenbuch Verlag liegen außerdem vor: ›Die gläsernen Ringe‹ (Bd. 393), ›Der Sündenbock‹ (Bd. 469), ›Hochebene‹ (Bd. 532), ›Abenteuer der Tugend‹ (Bd. 1027), ›Daniela‹ (Bd. 1116), ›Die vollkommene Freude‹ (Bd. 1235), ›Gefängnistagebuch‹ (Bd. 1327), ›Ich bin Tobias‹ (Bd. 1551), ›Ein Bündel weißer Narzissen‹ (Bd. 1612), ›Septembertag‹ (Bd. 1695), ›Der schwarze Esel‹ (Bd. 1741), ›Baustelle‹. Eine Art Tagebuch (Bd. 1820), ›Grenzübergänge‹ (Bd. 2043), ›Bruder Feuer‹ (Bd. 2124), ›Mein Lesebuch‹ (Bd. 2207), ›Kriegsspielzeug‹ (Bd. 2247), ›Nordkoreanisches Reisetagebuch‹ (Bd. 4233), ›Jan Lobel aus Warschau‹ (Bd. 5134).

LUISE RINSER

MITTE DES LEBENS

ROMAN

FISCHER TASCHENBUCH VERLAG

Umschlagentwurf: Jan Buchholz/Reni Hinsch

Fischer Taschenbuch Verlag

1.– 50. Tausend	Februar 1959
51.– 75. Tausend	Januar 1960
76.–100. Tausend	Juni 1961
101.–112. Tausend	November 1962
113.–125. Tausend	September 1963
126.–137. Tausend	August 1964
138.–150. Tausend	August 1965
151.–162. Tausend	Juli 1966
163.–175. Tausend	Juni 1967
176.–185. Tausend	Juli 1968
186.–197. Tausend	Juni 1969
198.–210. Tausend	Mai 1970
211.–222. Tausend	Mai 1971
223.–230. Tausend	August 1972
231.–237. Tausend	März 1973
238.–245. Tausend	November 1973
246.–252. Tausend	November 1974
253.–262. Tausend	Juni 1975
263.–272. Tausend	Mai 1976
273.–282. Tausend	März 1977
283.–292. Tausend	April 1978
293.–302. Tausend	Dezember 1978
303.–317. Tausend	Mai 1979
318.–330. Tausend	Juli 1980
331.–350. Tausend	Dezember 1980
351.–370. Tausend	August 1981
371.–390. Tausend	April 1982

Ungekürzte Ausgabe

Fischer Taschenbuch Verlag GmbH, Frankfurt am Main
Lizenzausgabe des S. Fischer Verlages, Frankfurt am Main
Copyright 1950 by S. Fischer Verlag GmbH, Frankfurt am Main
Gesamtherstellung: Hanseatische Druckanstalt GmbH, Hamburg
Printed in Germany
680-ISBN-3-596-20256-6

Schwestern wissen voneinander entweder alles oder gar nichts. Ich wußte von meiner Schwester Nina bis vor kurzem nichts. Sie ist zwölf Jahre jünger als ich, und sie war, als ich heiratete, ein unfreundliches, mageres Geschöpf von zehn Jahren, mit struppigen Zöpfen und unzähligen Schrammen an Armen und Beinen, das, stumm und blaß vor Zorn, auf meinen Brautschleier spuckte, als die Eltern es zwingen wollten, ihn bei meiner Hochzeit auf Pagenart zu tragen. Später wurde Nina ansehnlicher, doch nie hübsch und liebenswürdig. Ich habe mich nie um sie gekümmert, nachdem sie mir mehrmals erklärt hatte, ich sollte sie gefälligst in Ruhe lassen. Als ich mit meinem Mann ins Ausland ging, verlor ich sie ganz und gar aus den Augen. Trotzdem erkannte ich sie sofort, als ich sie im vergangenen Jahr höchst unvermutet an einem Ort traf, an dem ich sie nie gesucht hätte: in der Bar des Hotels Römerbad in Badenweiler.

Sie hatte sich erstaunlich verändert. Hübsch war sie noch immer nicht, aber sie war reizvoll geworden. Freilich hatte sie noch immer etwas Unzivilisiertes an sich; man konnte nicht recht sehen, woran es lag, denn sie war sehr gut und teuer angezogen, sie hatte eine moderne Frisur, von der ihr ein paar dunkle wellige Strähnen in die Stirn hingen, und ihre Lippen waren rot gemalt. Sie sah gar nicht auffallend aus. Trotzdem schauten alle Männer nach ihr, auch mein eigener, der sie nicht mehr erkannte; ich verriet sie ihm nicht. Ich weiß nicht, warum ich nicht augenblicklich mit ihr sprach. Vielleicht, weil sie so ganz versunken und abweisend dasaß, allein an einem Tischchen, eine Zeitung in der Hand. Einmal sprach ein Mann sie an, aber sie gab ihm nicht einmal Antwort. Wenn jemand zur Tür hereinkam, blickte sie kurz auf, dann starrte sie, von einem zum andern Mal finsterer, wieder in ihre Zeitung. Es war aber immer dieselbe Seite, die sie ansah, stundenlang. Sie trank Whisky pur. Ich zählte fünf Gläser. Wieviel und was sie vorher getrunken hatte, weiß ich nicht. Als sie aufstand, um fortzugehen, hatte ich Angst, sie könnte schwanken. Aber sie schien völlig nüchtern zu sein. Sie sah ziemlich jung aus, fast wie ein Mädchen, obwohl sie schon siebenunddreißig war. Ich folgte ihr.

Nina, rief ich, bist du es wirklich?

Sie mußte sich eine Weile besinnen, bis sie mich erkannte. Sie zeigte wenig Überraschung.

Wieder in Deutschland? fragte sie trocken.

Nur für ein Jahr, sagte ich, dann gehen wir zurück nach Schweden. Mein Mann und ich arbeiten von hier aus für eine Stockholmer Zeitung. Und was tust du denn hier?

Ich gebe zu, daß dies keine sehr kluge Frage war, und ich brauchte mich nicht zu wundern, daß sie antwortete: Ich betrinke mich. In diesem Augenblick bemerkte ich, daß sie verzweifelt war. Da sie keine Miene machte, die Unterhaltung fortzusetzen, mußte ich es tun. Wohnst du hier im Haus?

Sie schüttelte den Kopf und zeigte unbestimmt durch das offene Hallenfenster irgendwohin in die Nacht.

Bist du allein hier? fragte ich. Sie nickte.

Bleibst du längere Zeit? fuhr ich fort.

Sie zuckte die Achseln. Ich verlor die Geduld.

Menschenskind, rief ich, so rede doch! Was ist denn los? Kann ich etwas für dich tun?

Da lächelte sie. Dieses Lächeln hatte etwas Rührendes, obgleich es eine Spur von Spott und Überlegenheit enthielt. Es war voller Schwermut.

Komm, sagte sie, begleite mich ein Stück.

Als wir ins Freie kamen, fröstelte sie. Morgenluft, sagte sie laut und hart. Es war noch dunkel, aber es roch schon streng und erregend nach dem kommenden Tag. Die alten hohen Bäume bewegten sich leise. Wir gingen durch den Park. Das Gras am Wegrand, schwer und naß von Tau, schlug um unsere Beine. Ich wartete, daß Nina reden würde, aber zugleich hatte ich Angst, daß ich nichts zu hören bekäme als eine triste und banale Liebesgeschichte. Aber sie sagte nichts, kein Wort. Wir kamen auf eine Straße und stiegen bergan. Es begann zu dämmern und es wurde kalt. Plötzlich sagte Nina schroff: Ich habe hier jemand erwartet. Er kommt nicht. Ich fahre heute ab. Vielleicht schreibe ich dir einmal. Gib mir deine Adresse.

Ich tat es. Damit ließ sie mich stehen. Ich sah keinen Sinn darin, ihr nachzulaufen. So blieb mir nichts anderes übrig, als die Achseln zu zucken und ins Hotel zurückzukehren.

Ich konnte diese Begegnung nicht vergessen. Mehrmals war ich nahe daran, an Nina zu schreiben. Ich tat es nicht. Doch kaufte ich die Bücher, die sie geschrieben hatte, und ließ mir auch die alten Nummern einer Zeitschrift kommen, für die sie arbeitete. Aber ich konnte mich nicht entschließen, darin zu lesen, aus Angst, es könnte schlecht sein, was sie schrieb.

Etwa dreiviertel Jahre später wurde ich durch das Läuten meines Telefons aus dem ersten Schlaf geweckt. Ein Ferngespräch aus München.

Entschuldige, sagte eine Stimme, die ich nicht sofort erkannte, ich konnte nicht früher anrufen. Hier ist Nina. Ich reise nächste Woche ab. Nach London.

Ich war zu schlaftrunken, um mehr erwidern zu können als: So? Für längere Zeit?

Erst nach einer kleinen Pause kam die Antwort: Vielleicht. Ich weiß nicht. Was kann man schon sagen. Und vorher möchte ich ... Sag, kannst du nicht zu meinem Geburtstag kommen?

Es fiel mir nichts Besseres ein als zu sagen: Aber du hast doch schon als Kind nie leiden können, wenn man deinen Geburtstag feierte?

Ich will ihn auch nicht feiern. Aber ich möchte ... Ich hab manches mit dir zu besprechen. Also, kommst du?

Ja, sagte ich, gut, ich komme mit dem Nachtschnellzug und bin Montag früh bei dir.

Ohne Antwort wurde der Hörer eingehängt. Ich konnte nicht mehr einschlafen. Ihre Stimme war so sonderbar, und daran war nicht das Telefon schuld. Sie war so erschreckend ruhig, so steinern ruhig, wenn man das von einer Stimme sagen kann. Ich versuchte, darüber nachzudenken, was mit Nina los war. Aber ich kannte sie zu wenig. Was wußte ich aus ihrem Leben — nichts. Das, was alle wußten und was nicht wichtig war für mich: daß sie mit sechsundzwanzig ein Kind hatte und dann den Mann heiratete, von dem sie es hatte; daß sie sich nach einigen Jahren scheiden ließ, warum, weiß ich nicht; daß sie während des Hitler-Regimes verhaftet war und, alles in allem, ein unruhiges Leben führte, was sie nicht hinderte, gute Bücher zu schreiben. Ich kannte ein paar ihrer Freunde, wir hatten gemeinsame Bekannte, und sie trugen mir hin und wieder einige Nachrichten über Nina zu. Aber ich mag Klatsch nicht und ich vergaß ihn wieder. Man hielt Nina für hochmütig, reizvoll und zügellos, aber man sagte dies mit einem Unterton von Respekt, der mich immer betroffen machte. Jetzt tat es mir leid, daß ich mich nicht früher um sie gekümmert hatte. Sie stand mir plötzlich ganz nahe. Wir hatten fast nichts gemeinsam als Vater und Mutter und das Gefühl, nicht ihre wirklichen Kinder zu sein, ein Gefühl, das viele empfindliche und eigenwillige Kinder haben; wir hatten die Erinnerung an eine enge Wohnung gemeinsam, in der man still sein mußte, und die Erinnerung an Familienfeste, bei denen entweder ich oder sie oder wir beide störten. Das war alles. Dann trieb uns das Leben weit voneinander ab. Und nun führte es uns wieder zusammen. Ich empfand große Wärme für dieses Geschöpf und freute mich auf das Wiedersehen. Ich fuhr nicht mit dem Zug. Mein Mann brachte mich mit dem Auto nach München. Er fuhr weiter nach Salzburg. Er wollte mich mit Nina allein lassen, und ich hatte nichts dagegen nach den Blicken, die er ihr in der Bar zugeworfen hatte, ohne zu wissen, wer sie war.

Wir waren die Nacht durchgefahren. Es war sieben Uhr früh, als ich vor Ninas Haus stand, eine Stunde vor Ankunft des Zugs.

Die Fenster ihrer Wohnung im zweiten Stock standen offen. Die Gardinen waren abgenommen, das Schild an der Haustür ebenfalls. Ich fürchtete, sie sei schon abgereist. Wer konnte das wissen bei ihrer unbegreiflichen Art. Aber sie war noch da. Es schien zu ihrem Wesen zu gehören, nie überrascht zu sein.

Komm herein, — das war alles, was sie sagte. Sie war sehr blaß, und ihr Gesicht war so steinern, wie es ihre Stimme am Telefon gewesen war. Die Wohnung war schon leer oder genau gesagt: die meisten Möbel waren fort; ich konnte nicht bezweifeln, daß einmal mehr Möbel dagewesen waren. Jetzt stand nur mehr eine Couch da mit ein paar Wolldecken, ein kleiner Gasherd, darauf ein Topf mit Wasser, das nahe am Sprudeln war, zwei alte Gartenstühle und ein nackter Tisch mit Heften, Büchern, Kaffeegeschirr und ein paar Dosen. In der Ecke standen fünf oder sechs zugenagelte Kisten, ein großer offener Schrankkoffer, voll von Kleidern, und drei andere Koffer, fertig gepackt und mit Anhängeadressen versehen.

Ich mache Kaffee, sagte Nina. Aber statt dessen setzte sie sich auf eine Kiste und zündete eine Zigarette an.

Rauchst du? fragte sie und reichte mir das Päckchen herüber. Ich setzte mich auf einen der beiden Gartenstühle und packte aus, was ich ihr mitgebracht hatte: einen Kuchen und einen Strauß weißer Narzissen. Sie beobachtete mich mit schmalen Augen. Blumen? fragte sie erstaunt.

Sie machte mich verlegen. Du hast doch Geburtstag.

Ach, sagte sie, das hatte ich schon wieder vergessen. Ich weiß nicht, warum ich dir das überhaupt gesagt habe.

Plötzlich sprang sie auf. Ich wollte ja Kaffee machen!

Als ich sie von hinten sah, kam sie mir wirklich wie ein junges Mädchen vor mit ihren raschen Bewegungen. Aber als sie sich umdrehte, um die Tassen auf den Tisch zu stellen, sah ich, daß ihr Gesicht älter war als damals in der Bar. Sie mußte in der Nacht nicht geschlafen haben. Sie hatte vielleicht viele Nächte nicht mehr richtig geschlafen.

Der Kaffee ist gut, nicht wahr? sagte sie, als sie wieder neben mir saß. Ich mag ihn gern ganz stark, ganz schwarz und süß. Du auch? Aber sie saß nicht lange still, sondern sprang gleich wieder auf und brachte zwei Gläser und eine Flasche ohne Etikett.

Willst du? fragte sie.

Nein, sagte ich, nicht so früh am Morgen. Was ist es?

Whisky, murmelte sie und goß ihr Glas randvoll. Sie trank es in einem Zug aus.

Nina, sagte ich entsetzt, das ist doch nicht gut. Du trinkst ja.

Wenn schon, sagte sie. Ich tu es jetzt. Ich werde es nicht mehr tun, wenn ich von hier fort bin. Murmelnd setzte sie hinzu: Wahrscheinlich werde ich es dann nicht mehr tun.

Sie goß sich ein zweites Glas voll, aber sie trank es diesmal nur halb leer. So, sagte sie, jetzt kann ich reden. Aber sie fragte nur: Wieso bist du denn jetzt schon da? Ich wollte dich abholen am Zug. Sie wartete meine Antwort nicht ab. Sie wollte gar keine Antwort hören.

Am Mittwoch fahre ich, sagte sie rasch und dann trank sie das Glas leer. Ich vertrage leider sehr viel, setzte sie rasch und sonderbar ernst hinzu.

Mit einem Mal fiel ihr Blick auf die Blumen, die ich auf die Kiste gelegt hatte.

Narzissen, sagte sie. Woher weißt du, daß ich sie besonders gern habe?

Ich wußte es nicht, sagte ich ebenso leise, als handelte es sich um ein Geheimnis.

Ja, sagte sie langsam, Narzissen, und rosa Wicken, und ganz rote Rosen habe ich gern und ... Mit glänzenden Augen fügte sie hinzu: Ach, so vieles. Alles.

Während sie aufstand, um die Blumen in eine leere Konservendose zu stellen, sagte sie: Und dies ganze gottverdammte Leben. Sie goß Wasser in die Dose. Ja, und Donnerstag fahre ich.

Ich denke Mittwoch. Sagtest du nicht Mittwoch?

Oder Mittwoch. Ist ja gleichgültig. Sie machte eine Handbewegung, plötzlich wieder so müde, als lohnte es nicht mehr, davon zu sprechen, überhaupt irgend etwas zu sprechen.

Nina, sagte ich, willst du mir nicht endlich erzählen, warum du fährst und was du in London tun willst?

Doch. Willst du noch Kaffee?

Danke, nein, er ist furchtbar stark.

Sie lachte, goß sich ihre Tasse voll und trank sie leer, so heiß der Kaffee auch war. Dann sagte sie: Komm, ich muß dir einiges zeigen.

Wir gingen ins Zimmer nebenan, in dem ebenfalls Kisten standen.

Dies alles, sagte sie, nehme ich nicht mit. Es sind Bücher und alles mögliche. Könntest du es mit nach Schweden nehmen, oder soll ich es bei einem Spediteur aufbewahren? Lieber wäre mir, du könntest die Sachen in eurem Haus in Stockholm unterbringen.

Natürlich will ich. Und diesen Koffer auch?

Ja. Und hier sind die Schlüssel. Und wenn ich nicht mehr wiederkomme ...

Nina!

Das kann doch sein. Wer weiß das? Sie warf mir einen raschen Blick zu. Wenn ich also nicht mehr wiederkommen sollte, gehören die Sachen natürlich meinen Kindern.

Ich fragte entsetzt: Und du fährst ohne die Kinder?

Ja, sagte sie trocken. Was sollte ich mit ihnen? Sie haben es gut im Internat. Es ist ja Geld genug da.

Ihre Stimme war ohne jeden Ausdruck. Meine Nerven begannen zu reißen. Ich packte Nina an den Schultern.

Was ist denn, jetzt red endlich!

Sie machte sich los und zog einen Zettel aus der Tasche. Das ist meine Adresse. Es war ein Ort in Berkshire.

Was tust du denn dort?

Sie zuckte die Achseln. Weiß ich noch nicht. Zunächst führ ich einem alten Ehepaar den Haushalt. Ich kenne die Leute von früher. Er war einmal Sekretär am Auswärtigen Amt. Dann werde ich schon sehen. Das ist nur für den Anfang. Nur damit ich überhaupt von hier wegkomme.

In diesem Augenblick klingelte es.

Der Briefträger, sagte sie und ging hinaus. Als sie wiederkam, trug sie einen Stoß Briefe auf einem flachen Paket wie auf einem Tablett herein. Sie legte die Post achtlos auf den Boden.

Willst du nicht erst lesen?

Ach, sagte sie, was wird es schon sein. Das ist jeden Morgen dasselbe.

Ja, sagte ich, aber, Nina: nur um mir die Kisten zu zeigen, hast du mich nicht herkommen lassen. Weshalb hast du es getan?

Ich weiß nicht. Oder doch. Damit ich nicht allein bin in der leeren Wohnung.

Sie sagte das ganz einfach, aber es lag Angst darin, Angst und Verzweiflung. Ich mußte wissen, was geschehen war, und ich war entschlossen, es jetzt zu erfahren.

Was hat man dir getan, Nina? fragte ich.

Getan? Sie schüttelte den Kopf. Nichts. Du darfst dir nichts dergleichen vorstellen. Es ist nur so, daß ich nicht mehr hier bleiben kann, weil ich . . . Sie stockte und fuhr dann rasch und leise fort: Weil ich mein Leben ändern muß.

Wie sollte ich sie dazu bringen, zu erzählen? Sie wollte doch reden, sie wollte es sicherlich. Sie gab es nur immer auf halbem Wege wieder auf, sich verständlich zu machen.

Gibst du mir doch einen Whisky? fragte ich. Schweigend ging sie hinüber und brachte mir ein Glas. Sie selbst trank diesmal nicht. Plötzlich sagte sie: Es ist natürlich dumm, daß ich dich gebeten habe zu kommen. Das macht nichts einfacher. Aber weil du schon da bist . . . Im übrigen ist es reizend, daß du gekommen bist.

Sie wurde ein wenig rot, als sie dies sagte, und sie fuhr ganz rasch fort, ohne mich weiter anzusehen: Ich könnte ja irgend etwas erzählen, irgendeinen Grund, warum ich fortgehe. Aber ich habe das Bedürfnis, es dir zu sagen. Ein Mensch kann es ja schließlich wissen. Und wenn ich nicht mehr kommen sollte . . .

Herrgott, Nina, du sollst doch . . .

Sie legte mir die Hand auf den Mund, einen Augenblick lang, es war eine heiße Hand, heiß und trocken.

... dann soll man wissen, daß es nichts Böses war, was mich wegtrieb. Es ist nur dies: ich will jemand nicht weiter stören. Und solang ich hier bin ...

Sie seufzte kurz und hart auf. Also, das ist es.

Ja, aber ich weiß nun nicht mehr als vorher.

Sie warf mir einen erstaunten Blick zu. Nicht? Nicht mehr als vorher? Ich habe dir doch alles erzählt.

Sie stieß mit dem Fuß an den Briefstapel auf dem Boden. Und dies da, sagte sie, das habe ich auch satt. Außerdem.

Die Briefe waren beiseite geglitten und gaben die Absenderadresse auf dem Paket frei.

Ninas und mein Blick fielen zu gleicher Zeit darauf. Nina sprang von der Kiste. Sie war ganz weiß geworden oder vielmehr grau wie Asche.

Da, flüsterte sie. Das kann doch nicht sein. Was soll das? Er ist doch tot. Sie beugte sich über das Paket, ohne es zu berühren. Das ist doch seine Schrift. Ja, es ist seine Schrift.

Sie starrte das Paket an. Ich begriff nicht, was sie so erregte. Soll ich sehen, was darin ist? fragte ich, um irgend etwas zu sagen.

Ja. Aber ich will es nicht wissen. Sie sagte es laut und rauh. Während sie hinausging, rief sie heftig: Ich habe diese Schrift noch nie leiden können.

Dann begann sie, draußen mit dem Geschirr zu hantieren.

Ich setzte mich auf eine Kiste und fing an, das Paket aufzuschnüren. Plötzlich riß der Bindfaden, und der Inhalt stürzte mir entgegen. Es war ein großes, dickes Buch oder vielmehr: es sah aus wie ein Buch. Aber es war nur ein Aktendeckel, der einen Stoß von beschriebenen Blättern enthielt, teils eingeheftet und teils lose. Ein paar davon flatterten zu Boden. Ich hob sie auf. Es waren Briefe. Einer davon steckte in einem Umschlag. An Nina, stand darauf. Es war die Schrift, die sie nicht leiden konnte.

Nina, rief ich ins Nebenzimmer, es sind Briefe und ähnliches. Ohne herüberzukommen, sagte sie gleichgültig: Lies sie. Wenn es wichtig ist, kannst du es mir ja erzählen. Sie fuhr fort, Geschirr zu spülen, und als sie damit fertig war, begann sie, eine Kiste zuzunageln. Das Hämmern war sehr laut in der leeren Wohnung.

Der erste Brief, den ich aufhob, war mit der Maschine geschrieben. Die plumpen großen Typen kamen mir bekannt vor und auch der Stil des Briefs. Es war kein vollständiger Brief, sondern nur das zweite und dritte Blatt, und es begann mit einem halben Satz:

— ... einem alten Manne verzeihen, der viel Kummer erlebt hat und vom Kummer zermürbt ist. Dieses Geschöpf ist ein übler

Charakter, kalt und herzlos, unzuverlässig und zügellos, frech genug, die eigene Mutter eine sentimentale Person zu nennen und zu mir zu sagen, meine Charakterfestigkeit sei nichts als Mangel an Geist und Entwicklungsfähigkeit. Welche Worte im Munde eines jungen Mädchens!

Wir haben sie gut erzogen. Solche Worte stammen aus fremdem Einfluß. Wir gehen sicher nicht fehl, wenn wir annehmen, daß es Ihr Einfluß ist, Herr Doktor. Sie behauptet, von Ihnen große Förderung im Geistigen zu erfahren. Wenn diese Förderung jedoch sich darin äußert, daß die Autorität der Eltern und Erzieher untergraben wird, so verzichten wir darauf. In diesem Sinne verstehen Sie, bitte, meine Anordnung, daß meine Tochter Ihr Haus nicht mehr betritt. Ich hoffe . . . —

Hier war die Seite zu Ende.

Nina, rief ich erbittert, hör dir das an.

Sie kam, den Hammer in der Hand, ein paar lange Kistennägel im Mund. Ich las ihr den Brief vor. Sie nahm die Nägel langsam heraus, einen nach dem andern, während sie redete.

Ach Gott, sagte sie, weißt du, das ist so lang her. Das ist doch vorüber. Vater konnte das alles gar nicht begreifen. Das war nicht seine Schuld. Es ging eben über sein Verständnis.

Als sie sich wieder an ihrer Kiste zu schaffen machte, fügte sie hinzu: Alles ist so schwer zu verstehen. Ich habe es aufgegeben, irgend etwas zu verstehen.

Es hatte keinen Sinn, mit ihr darüber zu streiten. Ich begann, den zweiten Brief zu lesen. Das Datum war der 29. Juni 1930.

Sehr verehrter Herr Doktor Stein,

ich war gestern nicht so, wie ich hätte sein sollen. Ich möchte Sie bitten, es mir nicht übelzunehmen. Ich weiß nicht, was mit mir ist. Vielleicht ist es nur der Sommer. Ich kann diese Fülle und Sattheit nicht ertragen. Es ist ein Stillstand in der Natur, eine solche Sehnsuchtslosigkeit; ich werde ganz leer und müde davon. Ich fühle mich so unwert. Oft wache ich in der ersten Morgenfrühe auf, wenn alles noch leer und grau ist, und dann habe ich Angst, eine würgende Angst. Angst vor dem Leben, vor dem Leben-Müssen. Da kann mir kein Gedanke an etwas Großes helfen, nicht einmal an Gott zu denken hilft da. Man ist ganz allein mit dieser Angst. Wenn dann das Schlimmste vorüber ist, versuche ich zu verstehen, was es eigentlich ist. Dann finde ich verschiedene Antworten: es ist die Angst davor, daß ich im Leben nichts leisten werde, nichts Bedeutendes, und daß mein Leben einfach so hinschwindet und ich habe nicht gelebt. Oder daß ich irgendwelche Fehler begehe, die meine Entwicklung für immer dazu verurteilen, im Kleinen sich zu bewegen. Und das, das könnte ich nicht ertragen. Aber was sollte schon Bedeutendes werden aus mir! Welche Überheblichkeit. Und doch, ich kann das nur zu Ihnen sagen: und doch ist etwas in mir, das mir sagt: Du wirst es erreichen. Ich weiß nicht, was »es« ist. Aber ich fühle »es«. Und ich habe Angst, es nicht zu erreichen. Es für immer zu verspielen. Für immer. Das ist so furchtbar. Aber dies alles ist nur der Rand der Angst, der äußere Rand, der noch faßlich ist. Das Eigentliche ist nicht mehr zu fassen.

Aber das Verrückte daran ist, daß ich diese Zustände beinahe liebe. Ich richte mich leidenschaftlich darin ein. Und wenn ein solcher Anfall einmal nicht die äußerste, alleräußerste Grenze des Erträglichen erreicht, bin ich enttäuscht. Ich *will* dieses Äußerste. Ich fühle eine sonderbare Entschlossenheit dazu. Meine Mutter hat einmal zu mir gesagt, ich sei wahnsinnig. Manchmal denke ich, ich habe wirklich Anlage dazu, es zu werden. Auch davor habe ich Angst.

Aber nun genug davon. Ich will vorerst nicht mehr zu ihnen kommen, weil ich Sie nicht mehr kränken will.   Ihre N.

Ich ging mit diesem Brief ins Zimmer nebenan. Hör auf zu hämmern, rief ich. Dann las ich ihr die Stelle von der »Entschlossenheit zum Äußersten« vor.

Von wem ist das? fragte ich.

Könnte von mir sein, sagte sie. Jedenfalls würde ich das heute sagen.

Es *ist* von dir. Du hast es mit neunzehn Jahren geschrieben. Soll ich weiter vorlesen, den ganzen Brief?

Nein, sagte sie, das ist alles so lang vorüber. Aber ist kein Brief von ihm selbst dabei? Ich meine: von dem, der das Paket geschickt hat. Es muß doch irgendeine Erklärung zu finden sein.

Ich holte den Brief, der im Umschlag steckte. Sie nahm ihn mit einer Bewegung an sich, die mehr Widerstreben als Spannung verriet. Ich ging zu dem Paket zurück und begann in der Mappe zu blättern. Es waren sehr viele Blätter, alle mit der Hand geschrieben, die ersten waren schon gelb vor Alter, und dazwischen lagen Briefe von verschiedenen Personen, auch von Nina selbst. Alle Blätter waren mit Daten versehen. Es war offenbar eine Art Tagebuch.

Ich schlug es irgendwo in der zweiten Hälfte auf und las, was unter dem *8. November 1938* stand:

— Für heute abend hatte Helene wieder eine jener Gesellschaften arrangiert, von denen sie glaubt, sie vermöchten mich zu zerstreuen. Eine ebenso rührende wie für mich unbequeme Anstrengung, mir beizustehen. Sie selbst haßt Gesellschaften, nimmt aber immer daran teil und zeigt neue, bewundernswerte gastgeberische Talente.

Nach den gestrigen Ereignissen waren wir nicht sicher, ob sich ihre Gäste einfinden würden. Aber sie erschienen alle, je nach Temperament bedrückt oder erregt, jeder aber aufs tiefste verstört. Graue Gesichter verrieten die durchwachte Nacht. Jeder Neuankommende berichtete auf seine Weise und von seinen eigenen Beobachtungen. Ein Blick aus den Fenstern meiner Wohnung zeigt zwischen kahlen Ästen das nackte schwarze Dachgerippe der ausgebrannten Synagoge und die leeren Höhlen der geplünderten jüdischen Geschäfte. Wir waren den ganzen Tag über die knirschenden Glassplitter zerschlagener Schaufenster gegangen. Meids Frau, begreiflicherweise am tiefsten erbittert, erging sich in heftigen Schmähreden gegenüber dem ganzen Volk, nur unseren Bekanntenkreis vorsichtig ausnehmend. Es war ebenso schwer, ihr beizustimmen, wie ihr zu widersprechen. So entstand eine Pause im Gespräch, die Helene dazu benützte, das Thema zu wechseln. Wir tranken an diesem Abend alle über unser Maß. Wir vergaßen, was wir gesehen hatten, und als gegen zehn Uhr Alexander eintrat, der erst nach der Vorstellung kommen konnte, fand er uns in einer ungewöhnlich munteren, allerdings etwas exaltierten Stimmung. Er blickte uns zweifelsvoll und düster an, aber niemand außer Helene und mir nahm davon Notiz. Stumm verschlang er die Brote, die Helene ihm zurechtgemacht hatte. Nachdem er ein Glas Wein auf einen einzigen Zug und gleich darauf ein zweites ausgetrunken hatte, zeigte er sich eine Spur weniger verdüstert, aber weiterhin von einer ungewöhnlichen Unruhe befallen. Es hielt ihn nicht lange am Tisch, und er stand auf, um nach seiner Gewohnheit durchs Zimmer zu schlendern. Auf meinem Schreibtisch lag eine Nummer der »Rundschau« mit einem Beitrag Ninas.

Alexander, seit neuestem mit einer unstillbaren, fast manischen Neugier behaftet, die ihn treibt, alle Bücher, Journale, selbst Briefmappen zu öffnen, die er irgendwo liegen sieht, griff mechanisch nach der Zeitschrift und blätterte darin. Plötzlich, auf eine sonderbar hastige Weise, als täte er Verbotenes, zog er sich mit dem Heft in die Fensternische zurück, wo er mit einer gierigen und unablenkbaren Aufmerksamkeit zu lesen begann, die mich nervös machte. Als Frau Bill ihn fragte, was er denn so eifrig läse, sagte er kurz und seiner Unhöflichkeit keineswegs sich bewußt: Eine Erzählung.

Meid beugte sich über ihn, um den Titel der Erzählung zu lesen, aber Alexander entzog ihm brüsk das Heft und sagte ungeduldig: Kannst du später lesen.

Man ließ ihn kopfschüttelnd in Ruhe. Meid, an den Tisch zurückkommend, sagte: Eine Erzählung von Nina Buschmann liest er.

Buschmann, sagte Frau Bill, ja, sie ist eine Anfängerin, aber sehr vielversprechend. Ich habe ihr erstes Buch gelesen. Sehr gute Sache.

Helmbach sagte plötzlich mit ungewohnter Lebhaftigkeit: Ich kenne sie persönlich. Eine interessante Person. Hastig fügte er eine Erklärung hinzu: Sie war meine Klientin.

So als hätte er bereits zuviel gesagt, brach er ab, um weiterhin zu schweigen.

Oh, rief plötzlich Frau Meid, ihren Mann mit dem Ellbogen stoßend, du, die kennen wir doch, die war mal mit dem Pianisten, wie heißt er doch, bei uns, mit dem, na du weißt schon. Sie hatte, glaub ich, ein Verhältnis mit ihm. Sie hat wohl überhaupt ein wechselvolles Leben.

Möglich, sagte Meid, aber sie ist gescheit, ich möchte sagen, ungewöhnlich gescheit.

Das kann ich nicht beurteilen, sagte seine Frau, aber es wäre besser für sie, wenn sie zurückhaltender wäre. Sie hat etwas Beunruhigendes an sich oder sagen wir: Provozierendes.

Frau Meids Art, das »sagen wir« mit zögernder Stimme vorzubringen, bestrebt zu zeigen, daß sie den mildesten und gerechtesten Ausdruck wählen würde für das, was sie sagen wollte, machte mich langsam zornig. Helene warf mir einen beunruhigten Blick zu.

Was provoziert sie denn? fragte Frau Bill trocken.

Nun, sie ist nicht sehr höflich. Sie ist imstande, einem auf taktlose Weise irgend etwas Unangenehmes zu sagen. Sie ist so — sagen wir: direkt.

Ist das ein Fehler? fragte Meid. Seine Frau gab ihm keine Antwort. Und sie äußert ihre Meinung auf eine Art, die keinen Widerspruch duldet. Dafür ist sie weiß Gott noch zu jung. Und im übrigen ist sie, sagen wir — nun ... Sie zögerte.

Meid, vom Wein erregt, rief heiter-spöttisch: Nun sag es schon: sie schläft zuviel herum.

Er legte seine Hand auf den Arm seiner Frau und sagte: Glaubst du, daß jemand gute Bücher schreiben kann, wenn er nichts riskiert? Mach dich nicht dümmer und tugendhafter, als du bist.

Daraufhin wandte er sich an mich: Kennen Sie sie eigentlich?

Nein, sagte ich und bemerkte gleichzeitig mit Schrecken, daß meine Stimme versagte, so daß ich mein Nein wiederholen mußte.

Sollten Sie eigentlich kennenlernen, fuhr er fort, das ist ein Mensch, der, glaube ich, ohne es zu wissen, demonstriert, daß man ohne Lüge leben kann. Interessant, aber schwierig. Stößt überall an, verbrennt sich den Mund, verwickelt sich in Abenteuer, eine gewagte Existenz, immer am Rand.

Helene sagte laut: Bitte, holst du noch eine Flasche aus dem Keller?

Ich empfand ein beängstigendes Schwindelgefühl, als ich die Treppe hinabstieg. Die Kühle des Kellergewölbes tat mir wohl. Ich lehnte meine Stirn an die kalte feuchte Wand. Es war unerträglich, andere Menschen über Nina reden zu hören, auch wenn es mit Respekt oder neidvoller Bewunderung geschah. Es war ekelhaft, sie so betrachtet zu sehen, überhaupt betrachtet zu sehen. Wie viele Leute sie kennen, und alle wissen etwas von ihr! Wieder einmal empfinde ich große Qual bei dem Gedanken, wie anders, wie völlig anders ihr Leben verlaufen wäre, hätte sie es nicht abgelehnt, meine Frau zu werden.

Eine kaum bezwingbare Lust überfiel mich, im Keller zu bleiben. Ich drehte das Licht ab und setzte mich auf eine Kiste. Die Dunkelheit drang wohltätig auf mich ein und erweckte in mir den sehnsüchtigen Wunsch nach vollkommener, nach endgültiger Abgeschlossenheit. Wie so oft in letzter Zeit frage ich mich, wozu ich noch weiterlebe. Ich empfinde weder Vergnügen am Leben, noch sehe ich eine Verpflichtung, ein Leben weiterzuführen, das nicht unersetzlich ist und niemand Freude macht. Mit Befriedigung statt mit Schrecken (wie früher) stelle ich fest, daß mich nichts mit dem Leben verbindet. Unendliche Öde gähnt mich an, eine grenzenlose Lustlosigkeit erfüllt mich, eine Gleichgültigkeit, die weder irgendwelchen Enttäuschungen entspringt noch der Übersättigung. Ich habe Erfolg und einigen Reichtum, ich habe die Achtung wichtiger Zeitgenossen, die mich vergessen macht, daß ich mich jener der herrschenden Schicht nicht erfreue; aber all das bedeutet mir nichts. Ich frage mich, ob es anders wäre, wenn Nina bei mir lebte. Ich fürchte, auch sie würde nicht mehr vermögen, das Wunder zu vollbringen, das ihr öfter als einmal gelang: mich glauben zu machen, das Leben sei lebenswert. Ich erinnere mich daran, daß sie einmal auf meine bitteren Klagen über die Sinnlosigkeit meines Lebens sagte: Ich glaube, wenn man nach dem Sinn des Lebens fragt, wird man ihn nie erfahren; nur der, der nie danach fragt, weiß die Antwort. Sie sagte es beiläufig, ohne große Überlegung, während sie mit ihrer Katze spielte. Sie war sehr unglücklich damals, es war die Zeit, in der sie das zweite Kind erwartete und als ich sie aus dem Gas geholt hatte; sie hatte ihr Leben weggeworfen, gewiß, aber in dem Augenblick, in dem sie es wieder aufgenommen hatte, glaubte sie auch schon wieder an seinen Sinn. Noch grün im Gesicht und sehr elend, sagte sie mir etwas, was mir unübertrefflich bezeichnend erscheint für sie: Nie habe ich das Leben so irrsinnig heftig gefühlt, so zusammengedrängt, scheußlich und wunderbar, wie in dem Augenblick, in dem ich begann ohnmächtig zu werden.

Warum ist es mir nicht gegeben, so zu empfinden?

Warum saß ich im dunklen Keller und wünschte mir ein sanftes Ende, statt endlich wirklich zu leben?

Ich machte Licht und ergriff zwei Flaschen; auf der Treppe sah ich, daß es Obstsaft war, ich kehrte um und fand endlich den Wein, vergaß aber das Licht abzuschalten und mußte ein zweitesmal umkehren, so als ließe das Gewölbe unter der Erde mich nicht mehr los. Als ich wieder nach oben kam, hörte ich Alexanders Stimme. Er stand mitten im Zimmer und berichtete aufs höchste erregt irgend etwas; da ich den Anfang nicht gehört hatte, verstand ich nicht sofort, worum es sich handelte, und überhaupt nicht, um wen.

... und da sprang sie mitten unter diese Banditen und riß das Kind weg und schrie die Leute an, weiß der Teufel, was sie schrie, und die waren so verdutzt, daß sie sich überhaupt nicht rührten, und weg war sie mit dem Kind. Aber da kam Leben in die Bande, und sie stürzten ihr nach, und einer schoß, aber da verschwand sie in einem Haus, und sie alle hinterher, und ich auch, aber im Haus war sie nicht, und da suchten und suchten sie, die ganze Straße suchten sie ab, aber weg war sie. Und lang nach Mitternacht stand sie vor meiner Tür, das Kind auf dem Arm, und das Kleid hing ihr in Fetzen herunter. Sie stolperte vor Erschöpfung, und sie legte das Kind auf mein Bett, es schlief ganz ruhig, es hatte schon auf ihrem Arm geschlafen, es war der fünfjährige Junge von Löwensteins, seine Eltern waren abgeführt worden, und das Kind wäre erschlagen worden, hätte sie es nicht weggerissen. Und dann schlief sie auf dem Stuhl ein, aber sie wachte gleich wieder auf, und wir berieten, was wir tun sollten mit dem Kind, und da hat sie gesagt: Ich behalts. Ich färbe ihm die Haare blond. Und dann lief sie mit dem Kind nachhause. Und jetzt hat sie es bei sich, und ich habe Todesangst, daß man es bei ihr findet.

Er blickte wild und triumphierend um sich. Alle schwiegen betreten, und Frau Bill sagte leise zu mir: Er erzählte von Nina Buschmann, wie sie das Kind von Löwensteins gerettet hat.

Ich fühlte, wie mir der Schweiß ausbrach. Helene sagte: Willst du nicht einschenken? Aber als sie sah, wie unsicher meine Hände waren, nahm sie mir die Flasche weg und goß selbst ein. Sie tat es auf eine unauffällige Weise, wie nur sie es vermag, solche Situationen zu retten. Das Gespräch begann sich wieder zu beruhigen, aber die Stimmung blieb gestört, und die Gäste brachen bald danach auf.

Als ich die Fenster öffnete, um frische Luft einzulassen, sah ich, daß jemand mitten auf der Straße stand, den Hut in den Nacken geschoben, mit den Füßen in den Glasscherben scharrend, so daß ich zunächst glaubte, einen Betrunkenen zu sehen, bis ich Alexander erkannte. Ich trat leise vom Fenster weg. Kurze Zeit darauf klingelte es. Helene eilte zur Tür, aber ich kam ihr zuvor. Es ist nur Alexander, sagte ich, der sicher wieder etwas vergessen hat. Sie zog sich zurück, und ich ließ ihn ein. Er war auf eine sonderbare Art verstört, so daß ich argwöhnte, er habe inzwischen in irgendeiner Kneipe rasch noch einmal getrunken. Er warf den

Hut auf den Haken, ging mir voran ins Zimmer, schloß das Fenster und ließ sich in einen Sessel fallen. Ich fragte ihn zögernd nach dem Grund seiner Verwirrung, aber er hob nur seine Hand und ließ sie wieder sinken, eine Gebärde, die den hohen Grad seiner Hoffnungslosigkeit vollkommen ausdrückte. So ließ ich ihn zunächst gewähren und beschäftigte mich damit, einige Dutzend Zigaretten zu drehen, während mehr und mehr eine marternde Nervosität von mir Besitz ergriff, die sich schließlich ins nahezu Unerträgliche steigerte, so daß es eine Erlösung war, als Alexander endlich seinen Kopf hob, mich verzweifelt ansah und sagte: Du wirst mich für einen gottverfluchten Narren halten, aber ich kann einfach allein nicht damit fertig werden. Daraufhin versank er wieder in sein quälendes Schweigen, bis ich ihn vorsichtig fragte: Hast du Schwierigkeiten am Theater?

Ach was, sagte er ungeduldig.

Oder ist deine Frau Jüdin?

Er schüttelte den Kopf. Nichts Politisches, sagte er müde, eine ganz blödsinnige Liebesgeschichte oder wie du es nennen willst.

In diesem Augenblick wußte ich, daß es sich um Nina handelte. Ein starker Widerwille gegen ein Gespräch über dieses Thema befiel mich, so stark, daß ich schroffer, als ich wollte, sagte: Über das Alter der Bekenntnisse sind wir doch eigentlich hinaus.

Aber er war so besessen von dieser Angelegenheit und von seinem Wunsch, sich mitzuteilen, daß er meine Ablehnung überhörte. Er warf mir nur einen Blick voller Ratlosigkeit zu und murmelte melancholisch: Du wirst das alles nicht begreifen. Für dich sind solche Dinge unwichtig. Ich beneide dich darum.

Im nächsten Augenblick schlug er auf den Tisch und rief: Aber zum Teufel, es *ist* wichtig. Du *solltest* so etwas begreifen. Es ist eine gottverfluchte Schweinerei, wenn ein Mann plötzlich sieht, daß er sein Leben verpatzt hat.

Ja, sagte ich, peinlich berührt, das kann man wohl sagen.

Und wenn man sich, fuhr er fort, mit einem Mal zwischen zwei Pflichten gestellt sieht, von denen man schließlich und endlich keine erfüllen kann, das ist dreimal verflucht.

Ich versuchte meinen Ekel vor dieser Unterhaltung zu überwinden und fragte schließlich: Willst du mir nicht erzählen, worum es sich handelt?

Ach, erzählen, erwiderte er hoffnungslos, das kann man nicht erzählen. Und wenn du die Frau nicht kennst, um die es geht, dann muß ich dir als ein impotenter Idiot erscheinen. Bitte, hör dir das an, ob das nicht idiotisch ist: ein Mädchen ist verlobt, lernt mich kennen, große Leidenschaft beiderseits, ich will sie an mich binden, und sie wird schwanger. Der Verlobte erfährt es von ihr, aber er will sie trotzdem nicht freigeben. Sie bleibt bei ihm. Das Kind gilt als seins. Gut. Ich heirate in der ersten Wut die nächstbeste Kollegin. Du kennst ja Ilse. Jetzt hat der Mann diese Frau doch verlassen, sie sitzt da mit dem Kind, meinem Kind, und ich bin verheiratet. Ilse erwartet ein Kind. Ich, nach wie vor, hänge an der anderen Frau, ich rede mit ihr über den Fall, sie sagt natürlich nein, du gehörst zu deiner Frau jetzt. Wenn du sie kennen würdest, dann wüßtest du, daß sie niemals anders antworten würde. Vielleicht denkt sie, ich fühle mich ihr und dem Kind nur verpflichtet. Sie würde lieber verhungern als sich helfen lassen. Sie hat mir verboten, für das Kind etwas zu bezahlen, die ganze Zeit hat sie keinen Pfennig angenommen in ihrem Eigensinn. So ist sie.

Er blickte mich wieder auf seine triumphierende Art an, und es war unverkennbar, daß er Nina noch immer liebte. Gleich darauf verfiel er gramvoll. Ja, murmelte er, da sitze ich und klage, statt daß ich versuche, sie zu bekommen, um jeden Preis. Es vergeht kein Tag, an dem ich sie nicht sehe. Und nun heute nacht die Geschichte mit dem jüdischen Kind und ihre ganze verdammte Anständigkeit.

Ich vermochte ihm nicht mehr länger zuzuhören. Es war das erstemal, daß ich erfuhr, wer der Vater von Ninas Kind war, und es war mehr als ein Schock für mich, zu hören, daß es mein eigener Freund war.

Nun, sagte ich schroff, selbst um den Preis, Alexanders Freundschaft für immer zu verlieren (und er ist in der Tat der einzige, dem ich je den Namen Freund zu geben echten Anlaß hatte), nun, was geht das alles mich an? Was erwartest du von mir?

Ja, sagte er schwermütig, ja, was erwarte ich von dir? Ich weiß es nicht. Ich dachte, du könntest mir sagen, was ein Mann in einer solchen Lage tut.

Ich war unfähig, ein weiteres Wort zu hören. Alexander, sagte ich, tu mir den Gefallen: frag mich nicht. Ich kann dir nicht helfen. Angesichts der Scheußlichkeiten, die wir gestern nacht erlebten, erscheint mir deine Liebesgeschichte belanglos. Wie kann man nur einer Frau soviel Platz im Leben einräumen! Es gibt Wichtigeres als das.

Er zuckte die Achseln. Ja, sagte er düster, du hast auf eine Art recht, auf die andere aber nicht. Ich hätte mir denken können, daß dir das alles höchst albern vorkommen muß. Ich sage es mir ja selber tausendmal vor: es ist Unsinn, es ist nicht wichtig, es ist — ach zum Teufel, machen wir ein Ende damit.

Er stand schwerfällig auf, aber, schon an der Tür, sagte er: Du magst mich auslachen, du magst sagen, was du willst: wichtig oder nicht wichtig — es läßt uns nicht los, und wenn ich dich so ansehe in deiner Überlegenheit, dann . . .

Dann, sagte ich, erscheine ich dir als der böse Widersacher des Lebens, ich weiß.

Mein ironischer Ton machte ihn betroffen. Wir sahen uns an, und während der Dauer dieses Blicks durchmaßen wir die weite Strecke zwischen offener, doch rätselhafter Männerfeindschaft und geduldigem, müdem Sichgeltenlassen.

Ja, sagte Alexander, es ist immer das alte Lied: Irrtum über Irrtum, und zuletzt bleibt einem die Einsamkeit, ich weiß. Und trotzdem: wenn du sie kennen würdest... Aber lassen wir das. Er nahm den Hut vom Haken.

Willst du sie kennenlernen?

Nein, sagte ich mit meiner letzten Kraft, und hatte keinen andern Wunsch mehr als endlich allein zu sein.

Er zuckte die Achseln und ging. Ich sah ihm vom Fenster aus nach. Er hatte keine Eile. Die Hände in den Taschen, schlenderte er durch die geplünderte Straße, keineswegs das Bild eines verzweifelten Mannes. Ich war naß vor Schweiß und in tiefster Verwirrung. Auch fühle ich stärker als zuvor die Schmerzen in der Magengegend. —

Diesem Bericht vom 8. November 1938 folgte eine Notiz vom 20. Februar 1938, aber als ich soweit gelesen hatte, bemerkte ich, daß Nina in der Tür stand. Sie hielt den Brief in der Hand, den ich ihr gegeben hatte.

Das ist nun die Erklärung, sagte sie ohne jeden Ausdruck. Lies das.

In der Nacht vom 7. zum 8. September 1947.

— Liebe Nina, Du wirst das Datum nicht beachten: es sind heute genau achtzehn Jahre, daß wir uns zum erstenmal trafen. Länger wird unsere Freundschaft auf Erden nicht dauern. Ich werde Dich nie wiedersehen. Ich bin unheilbar krank, Krebs, und ich werde mir die Freiheit nehmen, dieses Leben unauffällig zu beenden, ehe es mich mit den unfairen Waffen unerträglicher Schmerzen besiegt. Du wirst das verstehen und achten, auch wenn Du es nicht billigen kannst.

Ich habe seit achtzehn Jahren alles aufgezeichnet und alles gesammelt, was Dich betrifft, und ich gab Helene den Auftrag, Dir dieses Paket zu schicken, jedoch erst zu Deinem 38. Geburtstag. Du wirst dann so weit sein, daß es Dich nicht mehr verwirrt. Du wirst mir beim Lesen nicht mehr widersprechen können, das wirst Du bedauern.

Sofern es eine Möglichkeit gibt, nach dem Sterben eine Lebensschuld abzutragen, werde ich sie abtragen. Meine Lebensschuld ist es, den Entscheidungen aus dem Wege gegangen zu sein. Ich frage mich jetzt, ob es Feigheit war. Ich glaube es nicht. Es war vielleicht Schwäche. Aber wie kann ein Mensch sich zu Entscheidungen zwingen, wenn sein Bewußtsein ihn unaufhörlich

zur Vorsicht mahnt, ihn alle Für und Wider jeder Tat unendliche Male abzuwägen heißt, ihn so der naiven Stoßkraft
beraubend und der Melancholie des Wissens überliefernd?
Selbst im Angesicht des Todes weiß ich keine Antwort auf diese
Frage.
Ich verlasse die Erde gerne, ich habe sie längst verlassen, und
dennoch verspüre ich einen Rest von Trauer bei dem Gedanken,
Dich nie wiederzusehen.
Heute gegen Morgen werde ich den ersten wirklichen Entschluß
meines Lebens fassen, und selbst ihn nur unter dem Diktat unerträglicher Schmerzen. Wie schwer ist es zu sterben, wenn man
nicht gelebt hat.
Leb wohl, leb wohl. —

Als ich diesen Brief gelesen hatte, wagte ich es kaum, Nina an-
zuschauen. Ich fürchtete, sie würde weinen; aber sie weinte nicht.
Sie starrte blaß und finster zu Boden.
Und was steht in dem Heft? fragte sie.
Es ist ein Tagebuch, anwortete ich.
Was hast du gelesen?
Den Bericht von dem Tag, als der Tagebuchschreiber sich mit . . .
Ich zögerte, aber dann fuhr ich fort: Mit dem Vater deines Kindes
unterhielt.
Lohnt es, das zu lesen?
Es war eine Frage, auf die keine Antwort erwartet wurde. Nina
drehte sich um und ging zu ihrem Gepäck zurück. Sie ging so
langsam, als wäre sie krank. Plötzlich aber kam sie zurück und
setzte sich neben mich auf die Kiste.
Margret, sagte sie, du bist doch verheiratet, nicht wahr? Oder bist
du geschieden?
Ich bin verheiratet. Seit unzähligen Jahren. Warum fragst du
das?
Und als du damals geheiratet hast, war dein Mann da nicht schon
vorher verheiratet gewesen?
Ja. Er hat sich scheiden lassen.
Deinetwegen?
Das kann man nicht sagen. Er hatte keine gute Ehe.
Sagte er das?
Es war so. Alle wußten es.
Bist du ganz sicher?
Mein Gott, ja, soweit man überhaupt in andere Ehen hinein-
sieht.
Siehst du, sagte sie und nickte. Ich möchte sagen, sie nickte schwer-
mütig befriedigt.
Und fiel es deinem Mann schwer, sich scheiden zu lassen? fragte
sie hartnäckig weiter.

Ich glaube: ja und nein. Es war ein Kind da, das er sehr liebte. Und er hing auf seine Weise auch an der Frau. Aber es war doch eine Erlösung für ihn.

Und ihr beide . . . Sie zögerte, dann fragte sie rasch: Und ihr seid glücklich?

Gott, Nina, was heißt schon glücklich. Wir leben friedlich, wir haben gemeinsame Interessen, wir arbeiten zusammen an einer Zeitschrift, wir haben keine Kinder und sind damit zufrieden, keine zu haben; wir haben ein schönes Haus, ein Auto, Hunde, wunderschöne Wolfshunde, was sollten wir uns noch wünschen?

Nach einer kleinen Pause sagte Nina, während sie ihre Schuhe fester schnürte: Verstehst du etwas von der Liebe?

Das war eine Frage, auf die ich nicht gefaßt war. Ich versuchte, die Antwort zu umgehen.

Nina, sagte ich, du weißt, ich bin jetzt neunundvierzig. Eine Frau mit beinah fünfzig hat allerlei erlebt. Aber sie hat es hinter sich. Meistens wenigstens hat man es in diesem Alter hinter sich, und man ist froh, daß es vorüber ist. Man erinnert sich daran als an ziemlich viel Durcheinander, Tränen, Hysterie, Szenen, Versöhnungen, endlose Mißverständnisse, einige schöne Nächte und sehr viel Warten. Für mich jedenfalls war Liebe immer mit Warten verbunden: auf Briefe warten, auf Züge warten, auf seine Scheidung warten, auf seinen endgültigen Entschluß warten, darauf warten, daß er eine Stelle bekam, erst in Deutschland, dann in Schweden, ach Gott, es war nichts als Warten.

Und dann?

Dann? Als wir geheiratet hatten? Da brauchte ich nicht mehr zu warten.

Und dann warst du glücklich? Glücklicher als vorher, als du immer warten mußtest?

Ja, da war ich glücklicher.

Wirklich?

Ninas Fragen machten mich verwirrt. Während ich versuchte, die passende Antwort zu finden, fiel es mir ein, daß ich nie wirklich darüber nachgedacht hatte seit den ersten Jahren meiner Ehe. Damals fragte ich mich freilich manchmal, ob das nun »Glück« sei. Aber da ich nicht unglücklich war und keine übertriebenen Ansprüche an das Leben stellte, kam ich mit mir überein, ich sei glücklich.

Aber von der Liebe, fragte Nina, verstehst du davon etwas? Ich meine: weißt du, was Liebe ist?

Ja, sagte ich und es war mir unbehaglich dabei, Liebe ist das Gefühl, daß man zu jemand gehört, ausschließlich und mit allen Konsequenzen.

Und was ist der Unterschied zwischen Liebe und Leidenschaft? fragte sie und sah mich zweifelvoll an.

Ich wollte anworten: Leidenschaft vergeht, und Liebe ist dauerhaft, aber Ninas Augen ließen mir diese Antwort ziemlich banal erscheinen. Darum sagte ich nur: Ich glaube, das weiß niemand ganz genau.

Sie wandte ihr Gesicht langsam von mir ab dem Fenster zu, dann sagte sie: Das ist es eben, niemand weiß etwas von diesen Dingen. Sie legte ihre Hand auf den Brief: Der da, sagte sie, Stein, der hat mich geliebt, das weiß ich. Er hat mich siebzehn Jahre lang beobachtet und gestört und sich selber ebenso. Die Liebe war seine Krankheit, aber ohne sie wäre er vertrocknet. Er hat sie gebraucht, um sich lebendig zu halten. Und doch hat er mich wirklich geliebt. Er hat sich gedemütigt und sich meinem Spott ausgesetzt. Aber er hat doch auf mich verzichtet.

Als sie schwieg, sagte ich: Er hat wohl gefühlt, daß ihr nicht zusammengehört.

Ja, erwiderte sie finster, er hat es gefühlt und gewußt, und trotzdem hat er mich geliebt. Er hat alles scharf gesehen. Aber er hat es nicht aufgegeben, mich haben zu wollen, bis zuletzt. Und immer, wenn es beinahe soweit war, dann hat er verzichtet. Nein, sagte sie, als sie bemerkte, daß ich etwas einwenden wollte, nein, so war es nicht. Du meinst, er war einer, der nur erobern wollte und dem dann an der Beute nichts mehr lag. Oh nein. Er zuckte nur zurück, verstehst du?

Ja, sagte ich zögernd, und du?

Sie hob die Achseln und ließ sie wieder fallen.

Da sie nicht weitersprach, begann ich wieder in der Mappe zu blättern, und nach einer Weile sagte sie leise: Ich habe nie wirklich geliebt in meinem Leben. Es war nie das Richtige. Ich war nie wirklich unglücklich eines Mannes wegen. Ich habe nie gewußt, wie das ist: lieben. Aber jetzt weiß ich es.

Ich antwortete nicht, ich hielt den Atem an, bis sie fortfuhr, noch leiser als zuvor: Es ist schrecklich.

Ich wagte nicht weiterzufragen. Sie stand auf und ging quer durch das leere Zimmer und wieder zurück, zweimal, dreimal, und als ich sie so gehen sah, schien sie mir eher weich und nicht zu solch finsterer Entschlossenheit fähig. Aber sie war schwer zu durchschauen, gar nicht zu durchschauen. Es war so vielerlei in ihr, und ich kannte sie kaum.

Nina, sagte ich, hast du nicht Lust, diese Blätter zu lesen? Komm, wollen wir sie zusammen lesen?

Ach, erwiderte sie, wozu? Ich weiß das ohnedies. Nur junge Leute sind begierig, etwas über sich selbst zu erfahren. Außerdem kann ich seinen Stil nicht leiden.

Aber sie kam doch zu mir auf die Kiste. Lies mir den Anfang vor, sagte sie; vielleicht ist es erträglich.

Es beginnt am 8. September 1929, sagte ich.

So früh? Ach ja, damals war er ja noch Arzt.

Sie drehte sich mir plötzlich zu: Ich erzähle dir dauernd von einem Menschen, den du überhaupt nicht kennst. Es ist Doktor Stein. Er hatte in der Skellstraße seine Praxis. Später ist er dann Professor an der Universität geworden.

Wie sah er aus? fragte ich. Vielleicht erinnere ich mich.

Groß und mager und eckig, antwortete sie kurz und fügte rasch hinzu: Lies jetzt, und ich begann, obgleich ich es um die Welt nicht ausstehen kann, laut zu lesen.

15. September 1929.

— Ich habe eine neue Patientin. Sie macht mir viel zu schaffen. Sie macht mir auf eine ungewohnte, unbequeme und unabweisbare Art zu schaffen, ohne daß sie selbst es ahnt. Vor einer Woche kam sie in die Sprechstunde. Sie saß in einer Ecke zusammengekauert. Ich hielt sie zuerst für ein Kind, ein mageres halbwüchsiges Mädchen. Sie blickte nicht ein einziges Mal auf. Es dauerte zwei Stunden, bis sie an die Reihe kam, als letzte. Als sie über die Schwelle trat, geschah etwas mit mir. Es verwandelte sich etwas in mir, ich selbst verwandelte mich. Ich sah sie an und sie sah mich an, aber sie sah mich nicht. Sie war weiß wie die gekalkte Wand. Sie griff mit beiden Händen ins Leere, aber ehe sie ohnmächtig wurde und ehe ich sie auffangen konnte, hatte sie sich wieder in der Gewalt. Es mußte sie eine außerordentliche Anstrengung gekostet haben, nicht in Ohnmacht zu fallen. Ohne ein Wort zu sagen, setzte sie sich und schnürte den Schuh auf. Ich sah sofort, daß der Fuß dick geschwollen war. Ich wollte ihr helfen, aber sie schob meine Hand beiseite und riß den Strumpf mit einem scharfen Ruck vom Fuß.

Blutvergiftung, sagte sie trocken. Es sah schlimm aus. Höchste Zeit. Ich rief Helene . . . —

Das ist seine Schwester, warf Nina ein, sie hat in der Praxis geholfen, und sie hat mich nicht leiden können. Übrigens ging es mir damals wirklich nicht gut. Es war eine langwierige Krankheit, zwei Monate dauerte sie, und es war ein so wundervoller Herbst, ich lag da und lag und lag, aber es war eine herrliche Zeit. Lies, ob er davon etwas schreibt. Aber laß die Beschreibung der Operation aus. Das interessiert mich nicht.

Er schreibt nur, daß er dir eine Narkose geben wollte, darum hatte er nach Helene gerufen, aber du wolltest keine Narkose, und da machte er nur eine örtliche Betäubung, und dann beschreibt er, wie du dalagst und er dich ansah.

Lies das. Ich möchte wissen, ob er damals schon begonnen hat mich zu lieben.

Er schreibt:

— Sie lag regungslos mit geschlossenen Augen, und ich sah sie
an. Noch nie hatte eine Patientin mich in Versuchung geführt.
Diese tat es. Sie war nicht schön. Ein mageres braunes Geschöpf
mit einem fast slawischen Gesicht, ohne die weiche Anmut junger
Mädchen ihres Alters, mit wirrem staubigem Haar, das feucht
an ihren Schläfen klebte. Sie konnte nicht gefallen. Aber sie
gefiel mir. Sie lag da wie vom Steppenwind hergeweht, braun,
mager, abweisend, ernst und sehr krank. Ich durfte sie nicht mehr
länger ansehen. Ich rief Helene, sie sollte den Wagen bereit-
halten. Als ich ins Sprechzimmer zurückkam, versuchte das Mädchen aufzustehen. Aber diesmal wurde sie wirklich ohnmächtig.
Es war zehn Jahre her, daß ich zum letztenmal eine Frau im Arm
gehalten hatte. Diese hier war leicht, und sie war heiß vom
Fieber, sie roch nach Staub und Schweiß und war nicht schön, aber
als ich sie zum Auto trug, hatte ich ein Gefühl, als trüge ich sie
ins Bett. Helene, klug, empfindlich und eifersüchtig, fragte trok-
ken: Seit wann fährst du deine Patienten mit deinem Wagen?
Sie bekam zum erstenmal keine Antwort. —

Und von diesem Augenblick an, unterbrach mich Nina beim
Lesen, konnte sie mich nicht ausstehen. Aber es ist kein hübsches
Bild, das er da von mir zeichnet. So häßlich war ich nun auch
wieder nicht. Ich habe doch Bilder aus jener Zeit. Aber wie er das
so schreibt, das alles, das ist nicht unsympathisch. Damals war
er also noch anders. Wenn er damals . . . Aber ich war ja krank.
Und überhaupt ist es sinnlos, darüber nachzudenken. Ich weiß
gar nicht, warum ich mir das alles anhöre.
Hör zu, sagte ich, da kommt etwas, das dich interessieren wird:
er erzählt davon, wie er dir sagt, daß du vielleicht sterben
wirst.
Ja, sagte sie mit einer plötzlichen gierigen Lebhaftigkeit, ja, lies
das. Tod ist interessanter als Liebe.
Nina, rief ich, du sagst Dinge, die du nicht ernst meinen kannst.
Nicht? Warum nicht? Der Tod ist das Interessanteste im Leben.
Möchtest du sterben? Ich fragte es leichthin, obgleich ich mich vor
der Antwort fürchtete.
Sterben? Nein, nicht jetzt. Nicht so. Ein paarmal in meinem
Leben wollte ich es, und einmal war es fast soweit. Aber ich bin
froh, daß nichts daraus wurde. Es ist nicht gut, wenn man sich
das Leben nimmt, weil man sich aufgibt und weil man verzweifelt
ist. Aber einmal . . . Sie stockte und sah mich rasch an, prüfend, ob
sie es mir erzählen durfte, und sie machte eine große Anstrengung,
es wirklich zu tun, aber sie sagte nur: Man sollte es vielleicht
nur dann tun, wenn man grenzenlos glücklich ist. Leise und nach-

denklich fügte sie hinzu: Aber das ist eigentlich genau so feige wie das andere. Als sie dies sagte, sah sie aus wie eine alte Frau, die alles weiß, alles von diesem Leben, und die es nimmt, wie es kommt. Da sie nichts weiter sagte, fuhr ich fort zu lesen.

18. September 1929.
— Täglich bei N. B. Sie hat hohes Fieber, aber sie ist völlig bei Bewußtsein. Sie spricht nicht. Dafür spricht ihre Mutter um so mehr, wenn sie mich zur Türe bringt. Sie ist unzufrieden mit ihrer Tochter, sie klagt darüber, daß N. so unliebenswürdig sei, so hart, schroff, verschlossen und unbeeinflußbar, so als gehöre sie überhaupt nicht zur Familie.
N. gehört in der Tat nicht zu dieser Familie. Der Vater, Bankbeamter, ist außerordentlich höflich, aber etwas servil, mißtrauisch und seiner nicht sicher; er verbirgt Härte unter seiner Höflichkeit; die Mutter ist intelligent, aber kalt und ohne Feinfühligkeit. Die Atmosphäre von N.'s Elternhaus ist erstickend. Man geht dort auf Zehenspitzen und wagt nichts anzufassen. Alles ist spiegelblank sauber. Ich habe die Frau auch nie anders als mit Besen oder Staubtuch gesehen. Man hat das Gefühl, selbst die knapp aber gerecht zubemessene Atemluft dort sei steril und unterstehe der Gewalt dieser ordnungssüchtigen Frau. —
Ich mußte lachen. Das hat er gut gesagt, nicht wahr?
Ja, ja, sagte Nina zerstreut. Sie horchte gespannt auf Schritte, welche die Treppe heraufkamen. Sie erinnerte mich an einen meiner beiden nervösen Hunde.
Erwartest du jemand? fragte ich. Sie zuckte zusammen.
Nein, nein, das ist nur eine alte Gewohnheit.
Ihr Gesicht entspannte sich erst, als die Schritte an ihrer Tür vorübergegangen waren.
Lies weiter. Lies das, wie er mir sagt, daß ich sterben muß, nur diese Stelle.

20. September 1929.
— Wir waren heute endlich allein im Zimmer. Herr Doktor, sagte N. und sah mich an, Sie verschweigen es mir ganz umsonst, ich weiß, daß eine Embolie nicht mehr zu vermeiden ist. Ihre Stimme war ganz klar, ihre Augen ruhig, sie schien keine Spur von Angst, ja nicht einmal Besorgnis zu haben.
Nein, sagte ich, Sie irren; natürlich besteht bei Venenentzündung die Gefahr der Embolie, gewiß, aber weshalb sollte sie unvermeidbar sein, wenn Sie völlig ruhig liegen?
Sie schüttelte den Kopf. Ich weiß, erwiderte sie, daß Ärzte nie die Wahrheit sagen, es gehört zu ihren Berufsgeheimnissen und vielleicht zu ihren Pflichten, sie nicht zu sagen; aber es gibt Fälle, in denen es falsch ist zu schweigen. Ich will es wissen, wenn ich

sterben muß. Es ist so wichtig, das Sterben, und man kann es nur einmal erleben, warum sollte man es ohne Bewußtsein hinnehmen wie ein Tier, das einen Schlag auf den Kopf bekommt, ehe man es schlachtet? Ich will dabeisein, verstehen Sie, ich will wissen, wie es ist. Es muß großartig sein.

Ich dachte an die vielen Sterbenden, die ich beobachtet hatte. Ihr Sterben war nicht großartig gewesen, es war jämmerlich, von Qualen aller Art vergiftet, es war, als würfen sie ihr Leben weg wie einen ekelhaften, durchlöcherten Lappen, oder aber sie klammerten sich an ihr Leben, so kümmerlich es auch gewesen war, sie wehrten sich würdelos und schamlos, oder sie ließen sich überfallen vom Tod, sie bekamen, wie Nina sagte, einen Schlag auf den Kopf, der sie daran hinderte zu sehen, was ihnen widerfuhr. Ninas Tod würde anders sein, er würde »großartig« sein, wie sie sagte; sie würde sich ihr Sterben »großartig« gestalten, ich traue es ihr zu.

Ich habe schon oft davon geträumt, fuhr sie fort, ich habe schon eine Ahnung, wie es ist. Einmal träumte ich, daß ich sterbe. Das war ein Augenblick voll entsetzlicher Angst, es war, als würde ich erwürgt und auseinandergerissen und zerquetscht zugleich. Aber das dauerte nur einen Augenblick, dann war es vorüber, und was dann kam, das war, ach, das war unbeschreiblich. Ich war ganz leicht geworden, ich flog auf, ich bestand aus einem Stoff, der wie ein Kristall aussah, aber es war kein Kristall, er war nicht hart und nicht schwer, er war ganz leicht und ganz hell. Und dann wurde ich immer leichter und immer heller, und schließlich war ich eine Art von Ball aus silbriger Luft, es war wundervoll. Aber dann wachte ich auf. Oh, ich war so entsetzlich unglücklich an diesem Morgen, als ich aufwachte, und ich lag in meinem Bett, in diesem Bett aus Holz und Federn, in diesem Zimmer mit Wänden, Boden und Decke, ich wußte doch nun, wie das Grenzenlose ist, und es war mir unerträglich, daß ich einen Körper hatte, einen Körper, der nun mühsam sich aufrichten und Schritt für Schritt gehen mußte. Wie konnte man so ein Leben nur ertragen, immer Grenzen, immer Körper, und es gab doch etwas anderes, es gab doch das, wonach man sich sehnte, die Freiheit.

Sie sprach zuviel, sie war erregt, ich durfte sie nicht weitersprechen lassen.

Ach, sagte sie geringschätzig, darauf kommt es nun nicht mehr an. Ich möchte ja sterben, begreifen Sie das denn nicht? Ich weiß, daß es viel Schöneres gibt als zu leben, ich meine, hier zu leben. Das alles kann uns doch nicht genügen: studieren, essen, schlafen und einen Beruf haben und heiraten und Kinder bekommen, was ist das alles? Man gewöhnt sich daran und dann redet man sich vor, es habe Sinn. Ja, möglicherweise hat es einen Sinn für den, der nichts anderes braucht und kennt. Aber wie soll ich damit zufrieden sein? Ich weiß aus Büchern, daß es herrliche Augenblicke im Leben gibt, man sagt: in der Liebe, oder wenn man ein Kind geboren hat, oder wenn man eine Wahrheit gefunden hat, aber das alles dauert ja nicht. Man bekommt nur eine kleine Kostprobe, man bekommt nur etwas gezeigt, was einem dann wieder weggenommen wird. Das, nein, das genügt mir nicht. Und darum, so begreifen Sie doch, darum will ich sterben. Und darum auch sollen Sie es mir sagen.

Sie verwirrte mich, es war nicht nur ihre geistige Kühnheit, die mich verwirrte; es war der Schmerz, mein eigener kreatürlicher Schmerz, sie verlieren zu müssen, vermischt mit dem furchtbaren Leid darüber, dieses Wesen nicht weiterwachsen zu sehen, die Versprechen, die in ihm lagen, nicht erfüllt zu sehen.

Ich weiß es nicht, sagte ich, ich weiß es nicht, ob Sie sterben werden, ich weiß es wirklich nicht.

Sie sah mich lange an. Dann fragte sie: Glauben Sie, man kann es durch Wünsche erlangen? Ich meine, durch den sehr brennenden Wunsch und wenn man ganz inständig daran glaubt?

Sie wußte nicht, wie furchtbar sie mich quälte. Ich glaube, man kann durch Wünschen und Glauben nahezu alles erreichen, sagte ich, aber das, was man wünscht, muß nicht ein willentlicher Wunsch sein.

Ja, rief sie, ich weiß, es muß die Notwendigkeit sein, die im Wesen liegt, nicht wahr? Und eben darum —.

Ach, sagte ich, man weiß nichts, nichts darüber, man ist tausend Täuschungen ausgeliefert, man wird betrogen auf Schritt und Tritt von den Göttern.

Sie schüttelte den Kopf. Nein, sagte sie, ich nicht.

Als ich ging, war sie erregt, aber in einer glücklich erwartungsvollen Stimmung. Ich glaube nicht, daß sie sterben wird, nicht heute nacht, vielleicht überhaupt nicht an dieser Krankheit. Ihre Sehnsucht nach dem Tod ist Neugier, eine metaphysische Neugierde, sie entspringt ihrer Vitalität, ihrer Kühnheit, ihrem Verlangen, alles zu erleben, auch den Tod, der für sie ein Teil des Lebens ist. Diese Neugier grenzt an Frevel. Ich fürchte, sie wird weiterleben müssen, um für sie zu bezahlen.

Mitternacht. Ich kann nicht schlafen. Wenn sie doch stürbe? Wenn sie nun aufstünde und sich heftig bewegte? Wenn sie den Tod beschwor? Sie sagte kein Wort davon, diese Möglichkeit ließ sie außer acht. Davor bewahrt sie ihre Zuversicht. Das Leben selbst, das sie so gering achtet, bewahrt sie. Selbstmord liegt außerhalb ihrer Welt. Oder tröste ich mich nur mit solchen Gedanken? Wenn ich nun morgen früh angerufen werde und ihre Mutter mir sagt: Nina ist tot — was wird mit mir geschehen?

Gegen Morgen. Ich komme eben nach Hause. Ich war vor Ninas Haus. Fünf Stunden stand ich dort, ihrem Haus gegenüber, an

eine Mauer gelehnt, vom Gebüsch verborgen. Eine klare kalte
Herbstnacht voller Sterne, eine gläsern klare Nacht, so still, wie
ich in dieser Stadt keine noch erlebt habe, Stille, als wäre ich im
Hochgebirge, die Häuser grau und hart wie die Felsen einer
Schlucht, ein Hund schlich an mir vorüber, lautlos wie ein Schatten, immer wieder schlich er vorüber. Ich stand regungslos, als
dürfte ich mich nicht bewegen, als hinge Ninas Leben davon
ab, daß ich stillhielt, daß ich Wache stand. Ich starrte auf
ihr Fenster im dritten Stock, ich erwartete, daß plötzlich eine
Kerze dort angezündet würde; Leute wie Ninas Eltern würden
sicher eine Kerze anzünden und beten oder klagen. Aber Nina
würde so rasch sterben, daß sie es erst am Morgen merken
würden. Wie gut, daß es einen raschen und leisen Tod gibt. Als
der Morgen kam, ging ich nach Hause. Es war, ich sah es im
Morgenlicht, die Mauer des Gefängnishofs, an der ich die
Nacht verbracht hatte. Jetzt ist es sechs Uhr. Ich werde versuchen, noch zwei Stunden zu schlafen, aber ich fürchte, es wird
nicht möglich sein. Vielleicht wartet sie nur auf ebendiese
Stunde, in der ich sie verlasse, um mich zu verlassen. Ich werde
nicht schlafen. —

Warum liest du nicht weiter? fragte Nina.
Sie saß unbeweglich, die Beine hochgezogen, die Hände über den
Knien verschlungen. Als ich nicht antwortete, sagte sie gelassen:
Regt dich das auf? Es ist so lang vergangen. Aber ich habe es
nicht gewußt, daß er da unten stand. Es war gut, daß ich es nicht
wußte. Er hätte mich gestört.
Leidenschaftlich fuhr sie fort: Es war eine wundervolle Nacht. Er
hatte mir ein Glas ans Bett gestellt mit einer Flüssigkeit, die
leicht trüb war. Ich merkte, daß er mir ein Beruhigungsmittel
geben wollte. Aber ich nahm es nicht. Ich wollte nicht betäubt
sein. Und da lag ich nun. Die Jalousien waren offen und die Vorhänge auch, und ich konnte den Himmel sehen und Kirchturm-
spitzen, du erinnerst dich sicher an den Blick aus unserem Zimmer, die Turmspitzen der Ludwigskirche, wie zwei Nadeln so
fein, und sonst nichts als Himmel. Um zwölf kam die Mutter
nochmal herein, aber ich tat, als ob ich schliefe, da ging sie wieder,
sie murmelte etwas vor sich hin, wahrscheinlich betete sie. Wofür
sie betete, weiß ich nicht. Sie mochte mich doch nicht, sie sagte,
ich sei ihr großer Kummer und ich vergälle ihr das Leben, wie
konnte sie da beten, daß ich wieder gesund würde? Die Leute sind
so inkonsequent, nicht wahr? Aber ich wollte ja weiter von der
Nacht erzählen. Dann lag ich also und wartete. Ich wartete auf
das Sterben oder vielmehr auf das Gestorbensein, auf das Hinterher. Zuerst war ich glücklich, ich weiß das noch genau, aber dann
kamen Gedanken, die mich unsicher machten. Ich dachte, wer

weiß, was mir das Leben noch bringt? Vielleicht ist es herrlich für mich? Vielleicht bin ich sehr begabt und ich werde berühmt, wer kann es wissen? Vielleicht finde ich einen bedeutenden Mann, den ich heiraten kann? Es kam eine Versuchung nach der andern, Visionen vom Leben, weißt du, lauter verlockende Szenen: Blumenbeete und ein Fluß im Morgenlicht und eine Großstadtstraße, auf der ich gehe, es ist Ostern, ich habe ein helles Frühjahrskostüm an, das habe ich mir immer so sehr gewünscht und nie bekommen, und ich trage einen Strauß Tulpen, lila und schwefelgelbe Tulpen, warum gerade Tulpen und warum lila und gelb, das weiß ich nicht, es war eben eine Vision, und ich sah mich als Käthchen auf der Bühne, damals wollte ich so gern Schauspielerin werden, und ich roch Zigarettenduft, Rauchen schien mir damals der Inbegriff der Eleganz, und so suchte das Leben mich mit ganz törichten Bildern zu verführen. Ich wurde sehr unruhig und verwirrt, aber dann kamen die andern Bilder wieder, die ich geträumt hatte, die der Freiheit, wie ich sie nannte, da wurde ich wieder ganz ruhig. Aber ich wagte nicht zu wünschen, daß ich sterben würde. Ich lag nur da und wartete. Ich fühle noch, wie es mir war: ganz leicht, federleicht war ich, vielleicht hatte Stein mir Opium gegeben, ich weiß es nicht, aber mir schien es der Beginn des Sterbens. Und dann wurde es hell, immer heller, und der Tag kam, und ich lebte noch, ich war zurückgeworfen ins Leben, ich fühlte mich furchtbar beschämt, ich wußte, die große Gelegenheit war vorüber, ich würde leben müssen wie alle andern auch. Da sprang ich aus dem Bett und ging zum Fenster. Ich wußte, daß das mein Ende sein konnte, augenblicklich. Aber ich wußte auch, daß die große Gelegenheit vorüber war, ich konnte nun tun, was ich wollte, ich würde leben. Da habe ich geweint, am Fenster stand ich, es war weit offen und draußen war früher Morgen, eigentlich hätte ich Stein noch sehen müssen unten an der Gefängnismauer, und es roch nach Herbstlaub, und ich habe geweint. Das war ein bitterer Morgen. Als Stein dann kam, da war ich so böse zu ihm, als wäre er schuld an allem. Dann schlief ich ein paar Tage lang, und dann begann die Besserung. Es ging furchtbar langsam, aber ich las viel, ich las, glaube ich, Steins halbe Bibliothek. Er brachte mir, was ich haben wollte, und öfter noch, was ich nicht haben wollte, aber ich las alles, was er brachte, und auf diese Weise lernte ich ungeheuer viel. Ich lernte wie besessen. Nun, nachdem der Tod mich nicht hatte haben wollen, wollte ich ihn auch nicht mehr, und ich schlug mich auf die Seite des Lebens. Aber leben, das hieß damals für mich: wissen, furchtbar viel wissen und denken und alles durchdringen. Weiter nichts.

Melancholisch fügte sie hinzu: Ich habe immer in Übertreibungen gelebt. Aber was schreibt er denn weiter? Ich erinnere mich nicht mehr, was dann war mit ihm und mir, als ich gesund war. Ich studierte, es war das zweite Semester, und ich hatte nie Zeit für ihn.

Da ist auch eine große Lücke, wie ich sehe. Der nächste Bericht ist vom *12. Mai 1931.* Er schreibt:

— Nina scheint nicht mehr in der Stadt zu sein. Ich habe mir zu Helenes Erstaunen angewöhnt, täglich spazierenzugehen. Mein Weg ist stets derselbe: durch den Park, rund um die Universität, durch die Türkenstraße, die Wilhelmstraße bis vor Ninas Haus und wieder zurück. Manchmal, wenn ich nachts zu Patienten gerufen werde, fahre ich einen Umweg, um zu sehen, ob nicht doch einmal Licht in ihrem Zimmer zu sehen ist. Ich bin von einer marternden Ratlosigkeit erfüllt. Mir scheint, jetzt habe ich zu büßen für den Hochmut meiner Distanz zu Frauen. Was würde N. sagen, wüßte sie, daß sie die erste Frau ist, um derentwillen ich mein Leben ändern würde — ja, es schon geändert habe? Meine Einsamkeit, so mühsam geschaffen und so hartnäckig verteidigt von mir und von Helene, was bedeutet sie mir jetzt?

Ich habe nicht mehr an meinem Buch gearbeitet. Wenn ich meine Sprechzimmertür geschlossen und meine Besuche in der Klinik hinter mir habe, gehe ich in mein Zimmer. Helene stört mich dort nie. Sie glaubt, ich arbeite. Auf meinem Schreibtisch liegen beschriebene Blätter; ich lege täglich andere nach oben, damit, würfe sie einmal einen Blick darauf (ihre Diskretion hindert sie vermutlich daran), es ihr schiene, als wüchse die Arbeit Stück für Stück.

Ich möchte ein Bild von Nina. Welch törichter Wunsch. Aber er verfolgt mich eigensinnig, er wird zur Wahnidee. Besäße ich ein Bild von ihr, so wäre es mir vielleicht möglich, sie selbst herbeizuzaubern. Welchen Mächten liefere ich mich aus. Meine Vernunft leidet täglich aufs neue Schiffbruch. So bezahle also auch ich den Tribut an die Natur. Oder was anders sollte es sein, das mich peinigt und zu sich verlockt, unwiderstehlich und gewalttätig? Ich habe heute nacht etwas erlebt, im Schlaf, was mir seit Jahren, vielen Jahren, nicht mehr passierte. Ich erwachte davon und schämte mich dessen wie einer geheimen Sünde. Es wird Zeit, daß ich entweder Nina besitze oder endgültig diese Wünsche überwinde. Aber wo ist N.? —

Wo warst du denn? fragte ich Nina, mein Lesen unterbrechend. Wir waren umgezogen, sagte sie kurz; aber sieh doch: da liegt ein Brief. Ein Brief von Stein an mich. Vielleicht eine Abschrift? Oder ein Entwurf. Laß hören.

28. Juni 1931.

Sehr geehrtes Fräulein Buschmann,

wenn ich Sie nach einem Buch frage, das ich Ihnen vielleicht lieh, so bitte ich Sie, es nicht so zu verstehen, als zweifele ich daran, daß Sie es mir wiedergeben würden, wenn Sie es haben sollten; es ist vielmehr so, daß ich nicht sicher bin, wem ich es geliehen habe, und es wäre mir lieb, zu wissen, ob es in Ihren Händen ist. Würden Sie die Güte haben, es mir kurz mitzuteilen? Es handelt sich um Stendhals »Rouge et Noir«, ein Buch, das ich sehr liebe. Ich hoffe, daß es Ihnen gut geht.   Ihr B. Stein

Nina seufzte. Mein Gott, sagte sie, welcher Umweg. Und dabei wußte er genau, daß ich das Buch *nicht* hatte. Übrigens habe ich den Brief nie bekommen. Ich würde mich daran erinnern, glaube ich. Da ist noch einer, vom selben Tag:

Sehr geehrtes Fräulein Buschmann,

wenn ich Ihnen sage, daß es mir schmerzlich ist, Ihre Besuche zu vermissen und keinerlei Aussicht zu haben, Sie zu sehen, so werden Sie vermutlich höchst erstaunt sein. Ich lebe sehr zurückgezogen und ich gestehe, daß ich die Unterhaltungen mit Ihnen entbehre. Wollen Sie mir die Freude machen . . .

Hier hat er abgebrochen.

So, sagte Nina kühl. Offenbar hatte er nicht den Mut, genau das zu sagen, was er sagen wollte. Noch ein Brief?

Ja. Und sieh dir diese Schrift an! Völlig gestört und wirr, ohne Anrede, aber mit dem nämlichen Datum.

. . . Dieser Brief wird Sie überraschen, vielleicht bestürzen. Versuchen Sie, mich zu begreifen. Sie sind sehr jung, aber die Gespräche mit Ihnen haben mir gezeigt, daß Ihr Geist Ihren Jahren weit voraus ist und Ihr Herz groß genug, um mich zu verstehen, um auch das Ihnen Ungewohnte, das Ungewöhnliche zu verstehen. Seit unsrer ersten Begegnung weiß ich, daß Sie unzertrennlich mit meinem Leben verbunden sind. Sie haben diesem meinem Leben eine neue Richtung gegeben. Sie haben die große Verhärtung meines Wesens gelöst. Sie haben mir Gutes getan und Sie wissen es nicht. Aber Sie haben Ihr Werk nicht zu Ende geführt. Ich brauche Sie. Ich brauche Sie wie die Atemluft. Ich irre durch die Stadt, Sie zu suchen, ich muß Sie wiedersehen. Ich bitte Sie — hören Sie: ich bitte Sie — kommen Sie oder schreiben Sie mir wenigstens eine Zeile. Mein Leben liegt in Ihrer Hand.

                                                      Ihr B. St.

Auch diesen Brief hat er nicht abgeschickt, sagte Nina.
Was wäre geschehen, wenn er ihn abgeschickt hätte? fragte ich.
Sie zuckte die Achseln. Vermutlich hätte ich überhaupt nichts
damit anfangen können. Ich war doch ein Kind damals. Der Brief
hätte mich erschreckt, weiter nichts. Wäre ich damals zu ihm gekommen, was wäre passiert? Wir hätten über Stendhal gesprochen
oder über Rousseau.

Hier: ein Eintrag vom 8. Juli 1931.

— Ich habe N. wiedergesehen. Ein Zufall, wenn es Zufälle gibt.
Eine böse, aber heilsame Schickung, wenn es kein Zufall war.
N. ging in Begleitung eines Mannes durch den Park. Es war gegen Abend. Der Mann war groß und breit, fast ungeschlacht. Ich
kenne ihn nicht. N., ihn unverwandt betrachtend, mit Augen,
die alles verrieten, von der Melancholie des ersten großen Gefühls
verdunkelt; ihre Schritte den seinen mühsam angepaßt. Ich ging
dicht an den beiden vorüber. N. sah mich nicht. Sie sah nichts und
niemand als ihn. Ich schlug einen Seitenpfad ein, um einen Vor-
sprung zu gewinnen, dann kam ich ihnen nochmals entgegen.
Der Mann mißfiel mir. Ein schwammiges Gesicht, vielleicht das
eines Trinkers; er hielt die Arme im Rücken verschränkt und ging
vornübergebeugt, eine Haltung, die seine Schwerfälligkeit be-
tonte. Seine Stimme war murmelnd, dialektgefärbt. Was ist es,
das N. anzieht? Ich ging so dicht an ihr vorüber, daß ich sie
beinahe streifte. Sie warf mir einen raschen Blick zu, aufgestört
und unwillig, ohne mich zu erkennen. Eine Weile folgte ich ihnen.
Nie war ich mir verhaßter als in dieser Stunde. Welche beschä-
mende Erkenntnis meiner selbst; maßlos zu begehren, eifersüchtig zu sein, mißtrauisch, neiderfüllt, rachsüchtig, kurzum: von
allen Teufeln männlicher Leidenschaft besessen. Aber welche
unbekannte Süßigkeit des Bösen!
Es wurde dunkel, und die beiden (die beiden — warum bereitet
es mir eine solch teuflische Lust, dies zu schreiben? Vermutlich,
weil ich N. damit auf *eine* Stufe mit diesem ungeschlachten
Mannsbild stelle) die beiden gingen noch immer durch den Park,
kreuz und quer. Ein sehr warmer Abend; Wetterleuchten in der
Ferne, Geschrei der Frösche in den Flußauen. Ein Abend, von
Schwermut und Sinnlichkeit vergiftet. Es war elf Uhr, als sie sich
am Ausgang des Parks trennten. Sie gaben sich nicht einmal die
Hand. Er verschwand im Dunkel des Parks, als löste er sich dort
auf. Ich empfand den heftigen und törichten Wunsch, ihm zu
folgen, ihn zu stellen, zu ohrfeigen, zu kränken. N. stand mitten
auf dem Weg, regungslos, mit hängenden Armen, bereit, sich
um seinetwillen in einen Strauch zu verwandeln, ganz schwer-
mütige Poesie.

Ich wagte nicht, sie anzusprechen. Ja, dies ist das treffende Wort: ich wagte es nicht. Ich stand in ihrer Nähe im Dunkel und respektierte ihr Gefühl. Als sie endlich ging, zögernd erst, dann rascher und rascher, folgte ich ihr. Sie hat also ihre Wohnung gewechselt. Ich bin unsicher, was ich tun werde oder vielmehr, auf welche Weise ich tun werde, was ich tun muß. —

18. August 1931.
— Ich kann es nicht mehr als puren Zufall bezeichnen, daß ich N. wiedersah, denn ich ging oder fuhr täglich mehrmals durch die Habsburgerstraße, in der sie nun wohnt. Und diesmal sprach ich sie an. Sie ist völlig unbefangen, von einer fast schroffen Kühle. (Nicht Kälte, diese entspränge einem Mangel; ihre Kühle aber ist das Siegel ihrer Jugend, Zeichen ihrer Unschuld.) Ihr Blick ist scheu, aber so klar, daß ich mich meiner nächtlichen Begierde schäme, und doch wird dieser Blick eines Tages sich verdunkeln. Dieses ganze Geschöpf ist ein einziges Versprechen. Noch wähnt sie sich knabenhaft und gibt sich kurzangebunden, sachlich und intellektuell. Sie erzählt von ihrer Arbeit, sie studiert Psychologie, und sie zeigt den blitzblanken Eifer der ersten Semester. Sie spricht von nichts anderem. Sie war auf dem Weg zur Staatsbibliothek. Ihre Ferien benützt sie zur Arbeit. Sie ist ein wenig blaß. Ich wagte die Frage, ob sie mit mir eine kleine Fahrt über das Wochenende machen wollte. Sie sagte ohne jede Verlegenheit: Nein, danke, ich kann nicht; ich habe kein Geld. Die Verlegenheit war nun auf meiner Seite. Ich hatte sie zu fragen, ob sie mein Gast sein wollte für diese Fahrt. Kann ich das denn? fragte sie, ernsthaft überlegend. Warum nicht? fragte ich zurück. Ach, erwiderte sie, meine Eltern sagten mir immer, ich sollte nie gestatten, daß ein Mann Geld für mich ausgibt.
Wie kann ein geistig so selbständiges Wesen sich mit so konventionellen und naiven Vorurteilen verbinden? Schließlich erklärte ich ihr, daß ich ein Auto habe und, da ich auch ohne sie wegführe, ihretwegen keinen Liter Benzin mehr zu kaufen brauche, und daß wir Gast meiner Tante Annette sein könnten. Ihr Widerstand war damit keineswegs überwunden. Ich begleitete sie bis zur Bibliothek, doch sie war einsilbig, fast unfreundlich. Mein Vorschlag gibt ihr Rätsel auf. Schließlich sagte sie kurz: Ich werde Sie Freitag abend anrufen. Damit ging sie. Ich konnte es mir nicht versagen, ihr mit Vergnügen nachzusehen. Mit wahrem Entsetzen jedoch bemerke ich, daß ich N. als mir zugehörig betrachte. Es wird höchste Zeit, daß meine Träume von der Wirklichkeit aufs unnachsichtigste korrigiert werden. Fast wünsche ich, N. möchte mir sagen, sie fahre nicht mit. —

20. August 1931.

— N. hat angerufen: Sie fahre mit, wenn es ihr möglich sei, unterwegs einen ihrer Professoren aufzusuchen, der einige für sie wichtige Bücher habe. Das ist die Tarnung, die sie ihrem Schamgefühl und ihrem Stolze gibt. Wir werden Sonnabend mittag wegfahren und Sonntag abend zurück sein. Nun habe ich es nur noch Helene zu unterbreiten. Welche Widerstände erheben sich in einem Manne, wenn er, daran gewöhnt, ein kontrolliertes oder doch jederzeit kontrollierbares, geheimnisloses Leben zu führen, plötzlich sich gezwungen sieht, etwas zu verschweigen. Er greift zu List und Lüge. Sie sind ihm verhaßt und süß zugleich, auf jeden Fall aber nötig, unumgänglich nötig; sein Schild und seine Waffe gegen die Versklavung seines besten Teils: des Abenteurers in ihm. Ich werde Helene sagen, ich fahre zu dem Ärztekongreß nach Bonn. Er findet zu meinem Glück dieser Tage statt. Was aber, wenn sie mitfahren will? Es könnte ihr wider alle Gewohnheit in den Sinn kommen, das zu wollen. Ich ahnte vorher nicht, wie findig ich im Lügen bin. Eine Ausrede ist rasch zur Hand: ich muß einen Kollegen mitnehmen. Wie einfach in der Theorie, und wie widerlich schwierig in der Praxis! Und dabei werde ich das peinliche Gefühl nicht los, daß Helene mir kein Wort glauben wird. Sie wird meinen kleinen Koffer packen, sorgfältig wie immer, und keine Frage stellen. Sie verfügt über die infame Waffe der wortlosen Kenntnis meiner Person. Warum räume ich ihr diese Macht ein? Bin ich nicht ein freier Mann? Welcher Mann ist frei?

Nachts: Dies war das Stichwort zu anhaltenden Überlegungen, die mich um Schlaf und Verstand bringen. Ich werde ein Schlafmittel nehmen. Ich möchte morgen um keinen Preis unausgeschlafen sein. Es würde mich alt erscheinen lassen. In dieser Befürchtung erblicke ich den Gipfel meiner Torheit. —

An dieser Stelle lachte Nina kurz auf. Dann sagte sie ernst: Früher habe ich Männer verachtet, wenn sie gelogen haben. Lügen, das war für mich Feigheit. Und Feigheit mag ich nicht. Nicht an mir und an niemand. Aber jetzt, jetzt begreife ich, daß man Geheimnisse braucht, so wie man die Nacht braucht. Früher, da dachte ich, das Leben müßte ganz klar sein, ganz offen, kontrollierbar, wie Stein schrieb, und man könnte auf einer geraden Straße dahinlaufen, im hellen Tageslicht, und alles, was man weiß und will, den Menschen ins Gesicht rufen: So, da habt ihr es, da wißt ihrs, so ist es, werdet damit fertig oder nicht, ich bin so und ich mache das so und nicht anders. Aber mit so einem eingleisigen Leben kommt man nicht weit. Jetzt begreife ich, daß man lügen muß. Auch Kinder müssen das manchmal, und man soll sie gewähren lassen. Es ist der Schleier, den sie über ihr

Leben breiten, damit nicht jeder es neugierig anfassen und zerstören kann.

Ich fühlte, daß sie damit etwas sagte, womit sie sich oft und lebhaft beschäftigte, und wenn ich sie auch in diesem Augenblick nicht ganz verstand, war ich doch froh, daß sie redete. Obwohl sie noch nichts von dem sagte, wovon sie wirklich bewegt war, so würde es, das spürte ich, nicht mehr lange dauern, bis sie es tat. Aber sie brauchte immer wieder einen neuen Antrieb.

Und wie war die Fahrt mit Stein? fragte ich.

Nina überhörte meine Frage. Sonderbar, sagte sie, daß Stein auf den Professor so eifersüchtig war.

Was war denn das überhaupt für ein Professor? fragte ich.

Mein Physikprofessor auf der Schule.

Nun, und?

Nichts weiter. Wir haben ihn alle angeschwärmt. Ich auch. Ich am längsten. Als die andern in den obern Klassen längst schon einen Freund hatten, da gab es für mich immer noch einzig und allein den Professor, und so kam es, daß ich zwanzig und einundzwanzig wurde und theoretisch eine Menge über die Liebe wußte, aber noch nicht einmal einen Kuß bekommen hatte.

Gewiß nicht aus Neugierde, nur um sie weiterreden zu machen, fragte ich: Und damals auf der Tour mit Stein?

Ach, sagte sie, du meinst, da wäre ich erfahrener geworden? Nein, nein. Das lernte ich auf ganz andre Weise kennen. Ich hatte das übrigens ganz und gar vergessen. Ich habe es noch keinem Menschen erzählt. Wieso erinnere ich mich jetzt daran? Ich könnte es dir eigentlich erzählen, aber du wirst entsetzt sein.

Plötzlich wurde ihr Gesicht finster. Das, siehst du, rief sie zornig, das hätte mir Stein ersparen können.

Im nächsten Augenblick jedoch sagte sie müde: Ach Gott, es ist ja gleichgültig. Es hat mich nicht berührt. Ich habe es nicht einmal ganz begriffen. Es klingt übrigens recht unglaubhaft. Stell dir vor, du hättest eine Tochter, zweiundzwanzig Jahre alt und ganz und gar unschuldig, und sie erzählt dir, daß sie mit einem fremden Mann in eine Bar gegangen ist, einfach aus Neugierde und Abenteuerlust, sie war nämlich noch in keiner Bar und stellt sich eine Art Opiumhöhle vor; sie trinkt allerlei durcheinander, und weil sie es nicht gewohnt ist, wird sie nicht heiter, sondern todmüde, und sie will schließlich nichts als schlafen. Der Mann nimmt sie mit ins Hotel, in sein Zimmer, und da sie so bereitwillig mitgeht, denkt er, sie ist erfahren. Und dann kommt, was kommen muß. Ihm scheint es unnatürlich, daß sie sich wehrt. Aber dann begreift er, zu spät, und er sagt nichts als »mein Gott«. Dann steht er auf und geht ans Fenster und raucht eine Zigarette an und wirft sie in den Hof, und das Mädchen geht fort. Allein. Nichts weiter. Würdest du das deiner Tochter glauben?

Wie schrecklich, rief ich, ohne es zu wollen.

Sie lächelte ein wenig, fast wie eine alte Frau.

Und er hat dich einfach so fortgehen lassen und sich nicht um dich gekümmert? Wie brutal.

Ich war sehr zornig über diesen Mann und alle Männer.

Aber Nina sagte sachlich: Was hätte er denn tun sollen? Eine lange melancholische Szene machen? Reue zeigen? Er gab mir seine Adresse, die warf ich auf der Straße weg.

Ja, rief ich, noch immer höchst bestürzt, du bist kräftig, mit dir kann das Leben sich so etwas erlauben. Ein andres Mädchen . . .

Ich war aber kein anderes Mädchen.

Aber . . .

Sie schnitt mir das Wort ab. Ich war ja selber schuld, vergiß das nicht, sagte sie trocken.

Ehe ich, noch immer aufgebracht, etwas erwidern konnte, sagte sie leichthin: Was schreibt denn Stein über unsre Fahrt?

Es schien mir fast, als ob sie sich lustig machte über mich und mein Entsetzen, und ich hatte das Gefühl, daß sie diese Geschichte nur erfunden hatte, um mich zu schockieren. Ich behielt den Verdacht so lange bei, bis mich ein späterer Bericht aus Steins Tagebuch davon überzeugte, daß wirklich etwas Derartiges geschehen war.

Nun lies schon, sagte Nina, lies das von der Fahrt. Oder warte: du wirst Hunger haben. — Sie sprang von der Kiste. — Ich mache dir zwei Spiegeleier, reicht das?

Ich hatte wirklich Hunger, trotz meines Schreckens. Und du, fragte ich, machst du dir keins?

Ach, murmelte sie, ich mag nicht essen.

Da nahm ich ihr die Pfanne aus der Hand und briet für jede von uns zwei Eier auf Toast. Nina aß ihre Portion gehorsam, aber so appetitlos, daß es ein Jammer war. Als wir gegessen hatten, blieben wir noch eine Weile still sitzen und rauchten eine Zigarette.

Sonderbar, sagte Nina friedlich, daß wir zwei so alt werden mußten, ehe wir zusammenkamen.

Sie warf mir einen ganz raschen Blick zu, der voller Zärtlichkeit war und mich ahnen ließ, daß sie sich daran gewöhnt hatte, nichts von ihren Gefühlen zu verraten, die sehr stark sind. Es war reizvoll für mich, meine Schwester auf diese Weise nach und nach kennenzulernen; aber ich kann nicht behaupten, daß ich sie jetzt wirklich kenne; doch das ist auch nicht nötig.

Nachdem wir unser bißchen Geschirr abgewaschen hatten, bestand Nina darauf, daß ich weiterlas. Sie schien allmählich, wenn auch widerwillig, Anteil an Steins Berichten zu nehmen. Ich bin übrigens sicher, daß sie sich nicht so sehr für das interessierte, was von ihr selber erzählt wurde, als für das, was Stein von sich verriet.

21. August 1931.
— Zurück von meiner Fahrt mit N.

Zunächst war N. sehr schweigsam, und auch ich wußte nichts zu reden. So fuhren wir stumm durch die Landschaft, die, nach dem großen Regen, einen frühen Hauch von Herbst zeigte, gebrochene Farben und eine weiche Zartheit, die an Frühlingstage erinnerte und eine zeitentrückte und ergreifende Stimmung schuf. Was in N. vorging, weiß ich nicht. In Tutzing wurde sie plötzlich lebhaft, und sie bat mich, zu halten, da sie den Lehrer besuchen wollte, der ihr Bücher geben sollte. Ich wartete länger als eine halbe Stunde, ehe ich an die Gartenhecke trat, hinter der N. verschwunden war. Ich hatte nicht die Absicht, sie zu beobachten, aber ich tat es. Ich sah sie im Garten auf und ab gehen mit einem Mann, den ich sofort als jenen schwerfälligen, obskuren Professor wiedererkannte, der mich vor kurzem so aufgebracht hatte. Ich hörte nicht, was sie sprachen. Es schien mir, als schwiegen sie. Was aber taten sie? Warum liefen sie so lange nebeneinander her? Schließlich blieben sie stehen. Er blickte auf sie hinunter mit einer Art gleichgültig geduldiger Melancholie, mit der man manchmal Tiere ansieht, die man nicht versteht. Ich gebe zu, daß ich in diesem Augenblick nahe daran war zu begreifen, worin seine Bedeutung für N. lag. Er kommt N.s vorläufiger, jugendlicher Neigung zu romantischer Schwermut entgegen.

Endlich verabschiedete sich N. Aber wie sie von ihm ging! Sie riß sich los, machte eine Bewegung zur Wendung, zögerte, stand noch einmal still, sah ihn an, dann plötzlich drehte sie sich um; sie schnellte weg und stürzte fort wie auf der Flucht.

Als wir weiterfuhren, saß sie lange Zeit regungslos, das Gesicht zum Fenster gewandt. Der Wind strich durch ihr Haar, und ich war aufs stärkste versucht, es zu berühren. Ich tat es nicht.

Erst als wir uns dem Gebirge näherten, kam sie zu sich. Sie hob den Kopf, als tauchte sie aus einer dunklen Flut, sie sog die frische reine Luft ein und blickte um sich, erstaunt, in einer fremden Landschaft sich zu finden. Sie sah mich an wie eine Erwachende, und in ihrem Gesicht, noch ein wenig erschöpft, zeigte sich eine Spur von Entschlossenheit, die etwas zu gewaltsam war, um von Dauer sein zu können. —

Ich spürte, daß Nina nicht zuhörte. Woran denkst du? fragte ich. Sie fuhr ein wenig zusammen, daran merkte ich, wie weit weg sie gewesen war. Über Schwermut denke ich nach, sagte sie langsam. Natürlich ist jeder Mensch schwermütig, der einmal begriffen hat, daß man alles Schöne nur auf Widerruf und für Stunden geliehen bekommt, und daß man hier mitten zwischen den Menschen und zwischen Bäumen und Theater und Zeitungen genau so einsam ist, als wäre man ausgesetzt auf dem kalten Mond.

Nina, rief ich, was redest du da? Ich denke, du lebst gern, du liebst das Leben? Hast du das nicht selbst gesagt?

Doch, antwortete sie; die Schwermut ist ja auch nur der Anfang der Erkenntnis.

Plötzlich lachte sie. Was rede ich da für Weisheiten. Natürlich lebe ich gern.

Es gibt übrigens auch eine falsche Schwermut, fuhr sie fort. Du mußt dir die Augen der Leute ansehen. Bei manchen liegt die Schwermut nur auf der Oberfläche und bedeutet nicht viel mehr als Absicht und Sentimentalität. Bei den wirklich schwermütigen Augen liegt obenauf eine Schicht Munterkeit oder Aufmerksamkeit oder Geschäftigkeit. Aber das ist nur der Theatervorhang. Dahinter ist die Bühne, die sieht man nicht, aber wenn hin und wieder der Vorhang aufgezogen wird, dann sieht man, daß es dahinter dunkel ist und daß da ein Mensch sitzt, ganz ohne Hoffnung und Empörung, und wenn jemand zu ihm kommt, genau zu ihm hin, um ihn abzuholen in eine freundlichere Welt, dann mißtraut er ihm. Er glaubt nicht an die freundlichere Welt. Er ist schon vergiftet von seiner Schwermut. Er lächelt dich an und tut, als glaubte er dir, aber er steht nicht auf, um mit dir fortzugehen.

Sie warf mir einen scheuen und prüfenden Blick zu, und ich ahnte, daß sie von dem Mann gesprochen hatte, den sie liebte.

Plötzlich wurde sie rot, dunkelrot und sagte: Mein Gott, was magst du über mich denken, vernünftig wie du bist.

Ach, erwiderte ich, manchmal gäbe ich was darum, weniger vernünftig zu sein und eine recht große Dummheit zu machen und in die tollste Verwirrung zu stürzen.

Nein nein, rief Nina fast entsetzt, wünsche dir das nicht. Wenn es kommt, dann kann man nichts machen, dann muß man eben sehen, wie man's übersteht auf halbwegs anständige Weise. Aber es sich wünschen, das ist schon beinahe Frevel.

Heftig fügte sie hinzu: Es steht doch immer viel zu viel auf dem Spiel.

Ah, sagte ich, ein Leben, bei dem nicht von Zeit zu Zeit alles auf dem Spiel steht, ist nichts wert.

Als ich das gesagt hatte, erschrak ich, das war ein fremder Gedanke, der mich da überfallen hatte, und ich wußte noch gar nicht, ob ich wirklich glaubte, was ich sagte, denn ich hatte noch nie den Wunsch verspürt, etwas zu wagen.

Nina schaute mich prüfend an und sagte nachdenklich: Du bist also nicht zufrieden mit deinem Leben, weil es so ruhig ist.

Ich wollte auffahren und sagen: Das ist nicht wahr, das habe ich nicht gesagt. Aber plötzlich war es mir, als hätte sie recht, hundertmal recht, und ich schwieg erschrocken.

Und ich, fuhr sie fort, ich bin nicht zufrieden, weil meins so unruhig ist. Wir sind schon seltsam, wir Menschen.

Sie lachte ein wenig, aber dann packte sie meinen Arm und sagte leidenschaftlich: Aber nein, ich bin ja gar nicht unzufrieden. Ich will es gar nicht anders. Ich möchte gar nicht Ruhe haben. Weißt du, fuhr sie fort, manchmal geh ich abends durch die Straßen, besonders an Sommerabenden, und dann schau ich in die Vorgärten und in die Zimmer, in denen Licht brennt und das Radio leise spielt, und da sehe ich die Leute sitzen. Dann bekomme ich ganz gräßlich Sehnsucht nach Familie, nach einem Mann, der nett zu mir ist und zu dem ich halte und der mich nachts in den Arm nimmt. Da lehne ich mich an einen Gartenzaun und seh mir das an und denke: Wie oft ist mir das schon angeboten worden vom Schicksal und nie habe ich es genommen, warum eigentlich nicht? Warum muß ich hier stehen wie ein streunender Hund? Es war ja nicht das Schicksal oder wie du es nennen willst, was mir dies alles vorenthalten hat. Ich selbst war es, die nicht wollte. Es war nicht für mich da. Einmal versuchte ich's, Ehe und Kind und das alles, aber ich war nicht glücklich, und es endete ja auch schlecht. Und damals mit Stein, da hat sich mir noch mehr geboten als Familienidylle. Damals hätte ich genau die Umgebung, genau die Art von Leben haben können, die ich mir wünschte. Um mir das zu zeigen, hat Stein mich damals mitgenommen zu seiner Tante. Die hatte nämlich ein Haus, ach, ein Haus, das schönste Haus, das ich je gesehen habe, und das gehörte Stein, er war der einzige Erbe, und sie hatte es ihm eigentlich schon geschenkt, als sie noch lebte. Es stand in einem riesigen Garten, und im Innern war es voll von Kostbarkeiten. Da gab es nichts, was nicht ganz ausgesucht schön war, und jedes Stück war wirklich ausgesucht, jeder Teppich und jeder Teller und jeder Schürhaken und jeder Aschenbecher, und überall war ein Geruch von frischgescheuerten weißen Böden und altem Kirschholz und dazu der Duft nach Garten, nach Nußbäumen, das alles war so, weißt du, daß ich immer noch ein bißchen Sehnsucht danach habe. Ich war oft dort, bis Steins Tante starb.
Und dann nicht mehr?
Nina schüttelte den Kopf. Dann, nein, dann wurde das Haus vermietet und später verkauft.
Aber ist Stein denn nicht hingezogen?
Nein. Er ist immerzu in seiner Stadtwohnung geblieben. Er war wie ein eigensinniges Kind. Als er mich nicht bekam, wollte er auch das Haus nicht mehr haben.
Mein Gott, rief ich, Nina, dem hast du aber das Leben gründlich kaputtgemacht.
Sie schaute mich ruhig an. Meinst du? Meinst du wirklich? Ich glaube nicht. Er hatte doch etwas, was sein Leben ganz ausfüllte, Tag und Nacht, er hatte seine Arbeit und noch dazu seine Liebe, die ihn lebendig hielt. Ich glaube, das, was man Glück nennt, be-

steht nur darin, daß man immerfort lebendig ist, immerfort mit etwas beschäftigt wie ein Irrer mit seiner fixen Idee. Ich war schon recht unglücklich in meinem Leben, und wenn Stein sagte, ich sei ein Liebling der Götter, das behauptete er nämlich immer, so muß ich sagen, ich habe nicht viel davon bemerkt. Aber wenn ich's recht bedenke, war ich dann, wenn ich glaubte schrecklich unglücklich zu sein, auf eine andere Weise sehr glücklich. Mit Stein war es vermutlich genau so. Ich bin ganz fest überzeugt davon, daß er immerfort gewußt hat, er wird mich nie heiraten, und trotzdem hat er an dem Gedanken festgehalten, er würde es doch tun. So etwas ist, nüchtern betrachtet, der reine Wahnsinn. Es ist nicht so, als ob er sich gespalten hätte in einen, der dran glaubte, und in einen, der nicht dran glaubte. Nein, er wußte klar, daß alles aussichtslos war. Aber er brauchte das, er setzte sich förmlich zum Ziel, immer fester dran zu glauben. Es war der Boden, auf dem er baute. Aber ich weiß nicht, ob das alles eine Erklärung ist. Ich denke es mir eben so. Vielleicht war es ganz anders. Was weiß man denn vom andern Menschen! Man weiß ja nicht einmal von sich selbst etwas, und je mehr man zu wissen glaubt, desto weniger durchschaut man. Und je älter man wird, desto besser lernt man, auf Katzenpfoten zu leben, immer leiser, immer weniger unbedingt. Und das ist dann das Zeichen dafür, daß man beginnt, alt zu werden. Ich freue mich darauf, alt zu sein.

Ich mußte lachen, denn sie sah wirklich noch nicht so aus, als wäre sie dabei, alt zu werden.

Lach nicht, sagte sie ernsthaft. Wenn jemand aufhört zu wollen, fängt er an, alt zu werden. Bis vor kurzem wachte ich jeden Morgen auf mit dem Gefühl, es würde sich etwas Besonderes ereignen. Ich war wie ein Jagdhund, der morgens auf der Türschwelle steht und sich streckt und die Nase in den Wind hebt und zittert vor Begierde nach der Jagd. Aber jetzt, jetzt bin ich mir keine Überraschung mehr, und das Leben ist keine endlose Weide, sondern ein Raum mit vier Wänden, in dem ich mein Bestes zu tun habe.

Und dann sagte sie ganz unvermittelt rauh und ironisch: Ich bin dabei, Margret, etws furchtbar Anständiges zu tun.

Sie sprang von der Kiste und ging ans Fenster und sprach ins Freie, so daß ich sie kaum verstand, denn auf der Straße fuhr ein Lastzug vorüber.

Ich gehe fort, sagte sie, weil dieser Mann (immer stockte sie, ehe sie von ihm sprach) weil er verheiratet ist und weil ich nicht will, daß durch mich Verwirrung kommt. Das ist anständig, nicht wahr? Und trotzdem habe ich das Gefühl, etwas verdammt Falsches zu tun, kannst du das verstehen?

Sie kam auf ihre Kiste zurück, zog die Beine an und kauerte wie ein Kind neben mir.

Weißt du, fuhr sie fort, daß es Situationen gibt, in denen alle Ethik versagt und selbst das Gewissen? Es gibt plötzlich kein Gesetz mehr. Man sieht sich ausgeliefert. Wem ausgeliefert? Ich weiß nicht.

Ihre Stimme wurde plötzlich heiser und fast hart: Ich bin kein moralischer Mensch oder was man so nennt. Ich habe schon einiges hinter mir, was geeignet wäre, beispielsweise unsre Eltern nochmal ins Grab zu bringen. Aber ich habe nie ein falsches Spiel gespielt, und ich habe bestehende Bindungen respektiert, weil . . . nun, weil ich es eben tat. Aber plötzlich . . .

Sie warf mir einen Blick voll tiefer Verzweiflung zu: Plötzlich konnte ich mich nicht mehr widersetzen. Ich tat also etwas, das mir eigentlich als Unrecht erscheinen müßte. Aber es scheint mir kein Unrecht mehr. Es ist einfach richtig. Und wenn ich nun geh, um nicht noch mehr Unruhe zu stiften, dann tu ich's mit dem fatalen Gefühl, etwas falsch zu machen.

Ganz leise fügte sie hinzu: Das ist schrecklich, daß es dies gibt; hier das Gesetz und dort das Leben, und was du tust, ist verkehrt. Ob es wahr ist, daß man höheres Leben gewinnt, wenn man das Leben überwindet?

Sie schüttelte müde den Kopf, sich selber die Antwort gebend: Ich glaub's nicht. Ich glaube, das Leben hat recht. Aber vielleicht sage ich mir das auch nur vor, weil mein Wunsch noch so stark ist, auch wenn ich glaube, es sei alles schon überstanden. Ach, wer soll sich da zurechtfinden.

Ich hätte ihr gerne gesagt, daß mein eigenes Gefühl in ihrem Fall ganz stark auf der Seite des »Lebens« sei und daß ich glaube, ihr Opfer oder ihre Flucht oder was immer es war, würde sich nicht lohnen. Aber ich brachte es nicht übers Herz, sie noch mehr zu verwirren. So schwieg ich also und überließ sie ihren Gedanken, während ich in Steins Tagebuch weiterblätterte.

Ach Gott, sagte sie nach einer Weile rasch und voller Selbstironie, ich werde noch anfangen zu bereuen, damals Stein nicht geheiratet zu haben. Jetzt säße ich in dem schönen Haus, hätte eine ruhige Ehe hinter mir, wäre ohne Sorgen und könnte arbeiten, nichts als arbeiten. Das alles wäre mir erspart geblieben.

Nein, sagte ich fast gegen meinen Willen, jetzt bist du dumm, Nina. Du wärst wahrscheinlich oder ganz gewiß diesem andern Mann trotzdem begegnet. Gegen das Schicksal kann man nicht an.

Ja, sagte sie, das Schicksal ist das Schicksal.

Dann schwiegen wir. Eine Weile später schob ich ihr das Tagebuch hin, und diesmal verlangte sie nicht mehr, daß ich laut vorlas. Wir lasen stumm und gemeinsam.

— Wir trafen Annette im Garten, und ich glaubte zu sehen, daß sie N. mit Interesse betrachtete. Der Abend verlief ohne besondere

Zwischenfälle. Annette registrierte Ninas gelegentliche Faux pas, aber ihr Blick, sonst so scharf und abweisend, fiel voll erstaunlichen und wachsenden Wohlwollens auf sie. Nina aber war unglücklich. Sie gab sich keinerlei Mühe zu gefallen. Sie hatte von vornherein darauf verzichtet. Sie gab mit ernstem Gesicht knappe, eben noch höfliche Antworten. Annette aber richtete immer öfter das Wort an sie, ja, ich bemerkte mit Erstaunen, daß sie, sonst kühl und abweisend, dieses Mädchen fast umwarb. Aber es gelang ihr nicht, Nina aus ihrer Reserve zu locken. Als wir vom Tisch aufstanden, war ich einen Augenblick mit Annette allein. Ich hütete mich, eine Frage zu stellen, sie aber sagte lebhaft: Es würde mich reizen, dieses Geschöpf zu erziehen. Sie braucht Sicherheit im Benehmen, sie braucht bessere Kleider, eine andere Frisur, nichts weiter, dann wird man sie überall zeigen können. Bring sie mir ab und zu. Sie wird rasch lernen. Aber, und dabei legte sie mir die Hand auf den Arm, aber, sagte sie, ich glaube, du wirst sie nicht halten können. Gott, Annette, sagte ich, was heißt schon »halten«. Sie lächelte, und dann sagte sie etwas, was mich bestürzte, wenngleich es mich nicht überraschte, da ich selbst es hundertmal vorher gedacht hatte. Sie sagte: Sie würde in deiner dünnen Luft nicht leben können, sie braucht Hitze und Unruhe und Wechsel, sie ist von jener Art, die viel riskieren muß.

Damit ließ sie mich stehen.

Im Garten fand ich endlich Nina auf dem Rand eines Wasserbeckens kauernd, in einer Wildnis von hohen Blattpflanzen und Blumen verborgen. Sie erinnerte mich an ein verschüchtertes, aber angriffslustiges Tier. Als sie mich sah, versteckte sie ein Blatt Papier in ihrer Tasche und begann, mit einer welken Blume zu spielen. Es war schwer, sie zu einem Gespräch zu bewegen. Plötzlich fragte sie: Warum haben Sie mich hierher gebracht?

Weil ich dachte, es würde Ihnen hier gefallen.

Wie konnten Sie das denken? fragte sie finster.

Nun, weil dieses Haus und dieser Garten sehr schön sind.

Sie warf mir einen schiefen Blick zu, während sie sagte: Ich passe nicht hierher, und das haben Sie genau gewußt.

Aber nein, rief ich, was für eine Torheit, warum sollten Sie nicht hierher passen!

Ich weiß nicht, wie man sich in solchen Häusern benimmt, sagte sie, und ich bin nicht gern hier.

Das tut mir leid, erwiderte ich, das habe ich nicht erwartet; haben Sie noch diese Nacht Geduld, bitte.

Sie gab keine Antwort. Wollen wir uns den Garten ansehen? fragte ich.

Die Dämmerung hatte sich vertieft, es war beinahe Nacht, der Mond noch nicht aufgegangen, der Garten erfüllt von dem eindringlichen Duft der herbstlichen Gemüse, der Nußbäume und der ersten langsam vermodernden Blätter auf den taunassen Rasenflächen, die Luft voller verhaltener Geräusche: Mäuse in den Hecken, streunende Katzen im Gebüsch, Fledermäuse dicht über uns, im Obstgarten der Aufprall fallender Äpfel. Eine wunderbar belebte Nacht. Ninas Schritte neben mir fast unhörbar, sie selbst schweigend. Ich hütete mich, zu reden, denn ich spann aufs sorgfältigste an meiner Illusion des geheimen, stummen, tiefen Einverständnisses mit Nina. Ich genoß ein sehr künstliches, ein äußerst kunstvoll geträumtes Glück, ich genoß es bis zur Tür ihres Schlafzimmers. Gute Nacht, sagte ich, aber in diesem Augenblick fiel mir ein, daß ich den Plan für den morgigen Tag mit ihr noch besprechen müsse. Sie hörte mir zu, an die Tür gelehnt, ihre Augen groß und klar auf mich gerichtet. In dieser Sekunde, in dieser Situation versagte meine Gabe, zu beobachten. Sah ich in ihren Augen nicht plötzlich einen Funken Spott, eine kaum merkliche Herausforderung, ihr selbst ganz oder fast unbewußt? Ich weiß es nicht. Soll ich mich besser machen, als ich bin? Soll ich sagen: ihre Jugend, ihre Keuschheit rührten mich? Nein, sie rührten mich nicht. Sie lockten, sie waren ein Stachel. Fürchtete ich eine Niederlage? Die Gelegenheit war günstig. Ninas Schwermut und das Gefühl ihrer Verlassenheit hätten sie in meine Arme getrieben, Zuflucht suchend bei dem, den sie kannte. Begehrte ich sie nicht genug? Meine Kehle war zugeschnürt vor Erregung, meine Lippen trocken und heiß. Was hielt mich? Nichts als eine flüchtige Überlegung, der Hauch einer Überlegung: »Und was dann?« Ich gab Nina die Hand. Gute Nacht, sagte sie und ging in ihr Zimmer. Sie schloß nicht ab, es kam ihr gewiß überhaupt nicht in den Sinn, dies zu tun. Ich blieb eine Weile in der dunklen Diele sitzen. Das Haus schlief. Aus Ninas Fenster fiel der Lichtschein in den Garten. Ich wartete, bis er erlosch, dann ging ich noch einmal ins Freie. Ich machte einen langen Spaziergang durch die Wiesen. Die Nacht war kühl und von einer wohltätigen Klarheit. Ich kam erst gegen Morgen zurück. Als ich nach kurzem Schlaf erwachte, zeigte mir der Spiegel ein altes, graues Gesicht. Dieser Anblick erfüllte mich mit tiefer Zufriedenheit. Allein diese Empfindung war von kurzer Dauer. Ich wußte sehr bald, daß ich mich belog und betrog. Ich hatte keine Störung meines Lebens zu verzeichnen, keinen Verlust zu buchen, alles war in Ordnung geblieben, gewiß; aber ich habe auch nichts gewonnen, nichts. Ich gleiche einem Kaufmann, der sein Schiff auf dem Trockendock hält, statt es auszusenden, Reichtümer einzubringen. Es ist ein Risiko, das Schiff aufs Meer zu schicken, und ich bin nicht für Abenteuer gemacht, sicherlich nicht. Aber ein Mann, der nichts wagt, was ist er wert?

Der Sonntag, den ich mit Nina im Gebirge verbrachte, verlief fast störungslos heiter. Doch am Ende dieses Tages mußte ich feststellen, daß ich Nina um nichts nähergekommen war. Da übermannte mich der Schmerz, ja, so muß ich es wohl ausdrücken. Während wir zurückfuhren und der Abend einbrach, wurde ich mir der Vergeblichkeit meines Lebens so klar bewußt wie nie zuvor. Ich mußte es Nina sagen. Nina, sagte ich, es gibt Menschen, denen alles gegeben wurde, die vollen hundert Pfund. Es sind wenige, aber es gibt solche. Und es gibt andere, denen nur zehn oder dreißig Teile gegeben sind. Das sind die meisten, und es lohnt nicht, von ihnen zu reden. Und dann gibt es einige, denen neunzig Teile gegeben sind, neunzig, verstehen Sie? Fast alles also. Aber genau jene zehn Teile fehlen, auf die es ankommt. So einer bin ich. Menschen meiner Art sollten nicht geboren werden.

Ich blickte nicht nach Nina, als ich das sagte, aber plötzlich legte sich ihre Hand auf meinen Arm, leise, flüchtig, voller Teilnahme. Es war, als berührte mich das Leben selbst. In dieser Berührung schmolz meine Qual dahin und ließ Raum für eine vage, eine süße Hoffnung. Das Leben gab mich noch nicht auf. Nina ist bei mir. Meine Augen füllten sich mit Tränen. Sie sah es nicht, *kann* es nicht gesehen haben. Und *wenn* sie es gesehen hätte, es würde mich nicht beschämen.

Nun ist es Nacht, und ich bin allein (Helene empfing mich freundlich wie immer und ohne mit einem Wort den Ärztekongreß zu erwähnen), und ich frage mich, wie es möglich ist, daß ein Mann meines Alters den »Sinn des Lebens« in einem Mädchen finden kann. Plötzlich erinnere ich mich des Glaubens primitiver Stämme, auch mancher Bauern unsres Landes, daß, lege man kräftige Kinder zu alten Leuten ins Bett, ein Teil der Kraft dieser Kinder auf die Alten übergehe und so ihr Leben verlängere und stärke. Das ist eine peinliche Anspielung, die sich mein Gedächtnis da erlaubt. Mehr denn je wünsche ich, Nina eines Tages zu heiraten. —

Dieser Bericht war mit einem dicken Strich abgeschlossen. Er war offenbar mit solcher Gewalt gezogen worden, daß die Feder sich dabei gespalten hatte.

Nina blickte auf den dicken Strich. Das habe ich damals nicht gewußt, sagte sie nachdenklich, das nicht.

Und wenn du es gewußt hättest?

Ach, sagte sie, das hätte nichts geändert. Ich dachte immer nur mit Groll an ihn, damals und später. Er störte meinen Weg, er war etwas Fremdes, er wollte etwas anderes aus mir machen, ich wußte nicht was, aber jedenfalls war es etwas, das ich nicht werden wollte.

Sie hatte sich in leidenschaftlichen Zorn geredet. Plötzlich stockte sie und sagte müde: Aber warum rege ich mich auf über etwas, das so weit zurückliegt. Ich sollte Stein dankbar sein. Gerade weil er etwas anderes aus mir machen wollte, als ich bin, und gerade weil ich immerzu im Widerstand lag gegen ihn, darum lernte ich begreifen, wie ich eigentlich war. Es ist sonderbar, daß man sich nicht kennt und doch weiß, wie man ist. Damals, als ich jung war, war ich ziemlich verwirrt. Kanntest du das auch, daß man morgens aufwacht und ein ganz anderer ist als tags zuvor? Daß man plötzlich anders geht, anders schreibt, anders spricht? Die andern merken das nicht, aber man selbst weiß es genau. Man fühlt, daß man so oder auch so oder ganz anders sein kann. Man kann sich verwandeln, man kann mit sich selber spielen. Man liest ein Buch und weiß, daß man so ist wie die oder jene Person im Buch. Und beim nächsten Buch ist man wieder eine andre Gestalt und so fort, unaufhörlich. Man beugt sich über sich selber und sieht hundert verschiedene Ichs, und keines ist das wahre, die hundert zusammen vielleicht sind das wahre. Alles ist noch unentschieden. Man kann werden, was man will. Das glaubt man wenigstens. In Wirklichkeit kann man nur eines dieser Ichs wählen, ein ganz bestimmtes, ein vorbestimmtes.

Ja, sagte ich, aber manchmal hat man das Gefühl, als wäre die Wahl falsch gewesen. Manchmal, wenn man ganz allein ist, ganz einsam, da taucht etwas auf in einem, das Bild von einem selbst, man sieht es an, man sieht sich selber an und winkt sich voller Trauer zu und sagt: Zu spät.

Ach, sagte Nina bestürzt, denkst du das von dir?

Manchmal, sagte ich; in Wirklichkeit hatte ich es bis zu diesem Augenblick nie gedacht.

Aber bist du da nicht ungerecht gegen dich selbst? Du hast soviel erreicht im Leben und führst ein so richtiges Leben. Es ist alles erreicht im Leben, du selbst bist in Ordnung, ich bewundere dich.

Sie machte mich ganz verwirrt.

Nein, sagte ich und erschrak über meine eigenen Worte, nichts ist in Ordnung. Aber lassen wir das. Ich glaube, daß vielmehr du es bist, die in Ordnung ist. Du hast dich nicht festgelegt auf eins deiner Ichs. Du hast alles offengelassen.

Oh Gott, rief Nina, das ist es ja. Ich streune durchs Leben. Ich bin wie eine Zigeunerin. Ich gehöre nirgendwohin trotz meiner Kinder, nicht einmal zu mir selber gehöre ich. Wenn ich einmal glaube, jetzt kenne ich mich und meinen Platz in der Welt, dann kann ich sicher sein, daß ich bald wieder vertrieben werde, daß alles zerfließt, alles wegschwimmt, die Hütte und der Boden, auf dem sie gebaut war, und ich bin wieder allein im Ungewissen. Sieh doch mein Leben an! Nirgends eine klare Linie.

Nein, rief ich, jetzt ist's aber genug. Was ist denn mit deiner Arbeit? Mit deinem Erfolg?

Mein Gott, sagte sie, wenn du wüßtest, wie wenig wichtig mir das ist. Das entsteht alles durch Zufall. Ich wollte, ich hätte einen andern Beruf. Wäre ich nur damals in dem Geschäft von Tante Leni geblieben.

Quatsch, sagte ich und ich meinte auch wirklich, was ich sagte. Aber wieso hättest du ein Geschäft übernehmen können? Davon weiß ich gar nichts. Welche Tante Leni? Welches Geschäft?

Die Großtante von Vater war das doch. Aber davon weißt du natürlich nichts. Deshalb habe ich Stein doch auch so lange nicht gesehen. Das war, als Vater starb, und du warst in Südamerika oder anderswo, jedenfalls unerreichbar für die Todesnachricht, und dann war kein Geld mehr da für mich, um weiterzustudieren. Vater hatte, das wußten wir alle nicht, auch Mutter nicht, zuletzt mit Grundstücken spekuliert und eine Menge verloren. Da saßen wir ohne Geld und sogar mit Schulden. Da war es aus mit dem Studium. Ich mußte sehen, wie ich rasch zu Geld kam für Mutter und mich. Und da schrieb Tante Leni, die Großtante oder wie immer weitläufig sie zu uns verwandt war, daß ich ihr Geschäft führen sollte, weil sie zu alt und krank war, und daß ich dafür das Haus erben würde. Was blieb mir anderes übrig, als es zu tun? Mutter wohnte weiter in der Stadt und vermietete Zimmer, um das Geld zu bekommen, die Schulden zu bezahlen, und ich zog nach Wenheim, um Bonbons und Zigaretten und Mehl und Kaffee zu verkaufen. Aber höre: es ist jetzt ein Uhr durch. Du mußt unbedingt etwas essen. Es gibt ein kleines Restaurant drüben am Park, da esse ich sonst immer.

Ich hatte nichts dagegen; die rauhe Münchner Luft machte mich ungewohnt hungrig.

Es war ein Frühlingstag mit blitzendem Licht und fröhlichem Wind und dem frischen Geruch nach jungem Laub, aber Nina sah und spürte nichts von alledem. Wir gingen durch den Park. Bist du sehr hungrig? fragte sie.

Nein, warum?

Dann könnten wir uns eine Weile auf die Bank dort setzen, wenn du willst.

Es dauerte keine Minute, so schlief sie schon. Sie schlief, beide Arme über die Rückenlehne gelegt, das Gesicht nach oben gerichtet, ungeschützt gegen die pralle Sonne. Sie saß wie eine Tote, und einen Augenblick lang hatte ich unsinnige Angst, sie sei wirklich tot. Ich fand eine alte Zeitung neben der Bank liegen, die hielt ich über ihr Gesicht. Sie schlief eine halbe Stunde lang, ohne sich zu rühren. Plötzlich wachte sie auf und schaute erstaunt um sich. Ich glaube, ich habe geschlafen, sagte sie.

Hast du auch, sagte ich, Gott sei Dank.

Das passiert mir jetzt manchmal, sagte sie verwirrt. Nacht für Nacht schlafe ich nicht, und dann am Tag, irgendwann einmal, schlafe ich ganz plötzlich ein. Einmal bin ich in der Straßenbahn eingeschlafen, stehend.

Sie lachte verlegen.

Nina, sagte ich, wie wäre es denn, wenn wir zusammen irgendwohin zur Erholung gingen? In ein Sanatorium oder an die See?

Nein, sagte sie entschieden, und ihr Gesicht bekam einen Ausdruck von Schrecken, nein, ich will nicht fort.

Es war nichts dagegen zu sagen, ich fühlte das.

Bei Tisch aß sie fast nichts, und der Ober, der sie kannte, sagte klagend zu mir: So macht sie es seit vielen Wochen. Ein bißchen Salat, ein Kartöffelchen, drei Löffel Suppe und drei Löffel Kompott. Wovon sie lebt, weiß ich nicht. Und früher hat sie so gern gegessen. Gott, was für schöne Menüs hat sie ausgesucht mit dem Herrn Doktor zusammen.

Aber Hans, sagte Nina, Sie wissen genau, daß ich ein Magenleiden habe.

Er zuckte die Achseln und räumte resigniert den Tisch ab.

Ist das wahr? fragte ich. Bist du krank?

Ach was, sagte sie. Keine Spur. Hans weiß es genau.

Auf dem Heimweg zeigte Nina plötzlich große Eile.

Warum läufst du denn so? fragte ich atemlos.

Lauf ich denn? Ich weiß nicht.

Sie bemühte sich, langsamer zu gehen, aber nach zehn Schritten begann sie wieder zu laufen. Als wir vor dem Haus ankamen, rief die Frau aus der Wohnung neben der Ninas: Frau Buschmann, schnell, schnell! Ihr Telefon klingelt wie verrückt, schon seit fünf Minuten.

Ich sah Nina an. Ach was, sagte sie, das ist die Redaktion.

Aber wenn es etwas anderes ist?

Sie schüttelte heftig den Kopf. Es *ist* nichts anderes.

Ich war beunruhigt, aber Nina, die es vorher so eilig gehabt hatte, war plötzlich ruhig. Komm doch, drängte ich. Sie schüttelte den Kopf. Ich geh nicht hin.

Soll *ich* hingehen?

Sie zuckte die Achseln. Wenn du meinst. Aber es *ist* die Redaktion. Sie gab mir das Schlüsselbund. Geh, wenn du durchaus willst. Aber sag, daß ich bereits fort bin, hörst du? Wer es auch ist, ganz gleich, wer es ist.

Das Telefon klingelte von neuem Sturm, als ich endlich ins Zimmer kam. Ich nahm den Hörer ab. Eine Stimme, eine männliche Stimme, sagte nichts als: Nina!

Nein, rief ich und merkte, daß ich aufgeregt und verwirrt war von dieser Stimme. Wer zum Teufel konnte das nur sein. Es kam nicht sofort Antwort, dann: Nein? Ist Nina nicht hier? Ich drehte mich ratlos um. Aber Nina war nicht mit heraufgekommen.

Nein, sagte ich, sie ist fort, sie ist verreist. Fortgereist.
Sie ist fort, wiederholte die Stimme fassungslos.
Ich konnte nicht antworten, die Kehle war mir zugeschnürt.
Und *wo* ist sie? fragte die Stimme zögernd.
In England, rief ich rasch, um mir keine Zeit zu lassen, die Wahrheit zu sagen.
In England?
Ich nickte ganz unsinnigerweise; ich konnte nicht sprechen. Dann kam nichts mehr als ein einziges Wort. Ach, sagte die Stimme, dann wurde der Hörer aufgelegt, ganz langsam, ich spürte es, *wie* langsam er aufgelegt wurde.
Dieses »Ach« blieb in meinem Ohr. Es war ungläubig und doch voller Ergebenheit, es war gesagt von einem Manne, den nichts Schlimmes mehr überrascht und der gewohnt ist, einen Schmerz zu andern Schmerzen zu legen, und da wußte ich, daß es niemand anderes als »dieser Mann« sein konnte.
Nina stand noch immer auf der Straße. Sie sprach mit irgend jemand.
Nina, rief ich, komm herauf.
Bist du fertig? fragte sie zurück.
Ich nickte. Sie kam langsam über die Treppe. Sie stellte keine Frage. Es *war* die Redaktion, sagte ich.
Und was hast du gesagt? fragte sie leise.
Was du mir aufgetragen hast, sagte ich und schaute weg. Sie ging in ihr Zimmer. Ich ließ ihr Zeit. Die Tür stand einen Spalt weit offen, und durch diesen Spalt sah ich sie sitzen, die Hände im Schoß gefaltet. Ich wollte, sie hätte getrunken. Aber die Whiskyflasche stand neben mir, und ich wagte nicht zu stören. Ich legte mich auf meine Kiste, und die Müdigkeit einer halb durchwachten Nacht überfiel mich. So hart die Kiste war und so unbequem die Stellung, ich schlief ein. Im Einschlafen ärgerte ich mich, daß ich diesen Mann nicht nach Namen und Adresse gefragt hatte unter dem Vorwand, Nina zu benachrichtigen. Vielleicht hätte ich zu ihm gehen können, mit ihm sprechen, ihn überreden oder was auch immer. Aber da schlief ich schon.
Als ich aufwachte, lag ein Kissen unter meinem Kopf, und die Tür war geschlossen. Ich hörte eine Schreibmaschine klappern und Ninas Stimme diktieren. Als Nina meine Schritte auf dem knarrenden Boden hörte, kam sie herein.
Ich bin gleich fertig, sagte sie. Ich muß doch noch die Post erledigen, ob ich will oder nicht, sonst kennen die drüben in der Redaktion sich nicht aus. Ich habe mir meine Sekretärin kommen lassen. Zehn Minuten noch.
Sie verschwand, und ich hörte wieder ihre ruhige deutliche Stimme. Ohne Anstrengung hörte ich, was sie diktierte. Es war nicht Neugierde, was mich trieb zu horchen, oder vielmehr ja, es

war Neugierde, aber eine, die ich rechtfertigen konnte. Ich wollte wissen, wie Nina lebte, wie sie arbeitete, wie sie mit andern Menschen verkehrte, was sie schrieb und wie sie schrieb, ich wollte sie ganz und gar kennenlernen in der kurzen Zeit, die mir verblieb. Sie diktierte, ohne sich zu versprechen, ohne sich zu korrigieren, ganz knapp und genau, und manchmal machte sie einen Witz, und ihre Sekretärin lachte laut, und sie lachte mit. Sie mußte sich sehr im Zaum haben, daß sie das konnte, verzweifelt wie sie war.

Es dauerte länger als zehn Minuten. Sie kam herein, um sich deshalb zu entschuldigen, und brachte mir eine Tasse Tee. Noch zwanzig Minuten, dann bin ich bestimmt fertig, sagte sie.

Ich trank den Tee und las in Steins Tagebuch weiter.

Die Eintragung war vom 13. *Dezember 1932*. Er hatte also weit über ein Jahr nichts mehr geschrieben nach jenem dicken Strich, bei dem sich seine Feder gespalten hatte. Ich sah jetzt erst, daß unter dem Strich, von Tintenspritzern überdeckt, ein Datum stand: 6. November 1932. Weiter stand nichts da, und erst auf der nächsten Seite begann die Eintragung vom 13. *Dezember*.

— Ich habe das Bedürfnis, meine Niederlage aufzuzeichnen. Sie entbehrt nicht der Komik, wenngleich das Gefühl tiefster Scham die komische, ja groteske Seite der Angelegenheit weit überwiegt. Ich war vor vier Wochen in Wenheim, um Nina zu besuchen, und ich bedurfte dieser vier Wochen, um die Scham zu überwinden, genau gesagt, um den Mut aufzubringen, mir das Ausmaß meiner Niederlage einzugestehen. Es fällt mir schwer, darüber zu berichten, denn zu berichten bedeutet: sich mit unbarmherziger Schärfe erinnern. Aber ich will es tun, um mich zu befreien. Ich werde Nina nie wiedersehen, und mit diesem Eintrag wird dieses Kapitel meines Lebens seinen endgültigen Abschluß finden.

Eine Woche nach meiner schönen und doch mißglückten Fahrt mit Nina bekam ich einen Brief von Ninas Vater, mit törichten, aber dennoch begreiflichen Vorwürfen darüber, daß ich seine Tochter auf eine ungerechtfertigte Weise aufwiegle gegen gottgewollte Ordnungen, womit er die Familie meinte, der gegenüber Nina es an der schuldigen kindlichen Ehrfurcht fehlen ließe, und so fort in diesem Ton. Er verbiete Nina, mein Haus zu betreten. Ich antwortete nicht, war aber überzeugt davon, daß gerade dieses Verbot Nina zu mir treiben werde, denn sie ist vom Geist des Widerspruchs regiert. Aber ich täuschte mich. Nina kam nicht mehr.

Ich wartete bis Ende Oktober. Ich wartete. Nie vorher in meinem Leben habe ich gewußt, wie viele Nuancen des Wartens es gibt. In den ersten Wochen wartete ich erregt, in jenem Zustand des Schwankens zwischen glücklicher Ungeduld und tiefer, aber süßer Niedergeschlagenheit, den man wohl Sehnsucht nennen kann. Diese Sehnsucht hinderte mich nicht eigentlich zu arbeiten, aber sie mischte sich allem Tun bei, sie schuf die sonderbarsten und unnatürlichsten Gedankenverbindungen; jedes Ding schien die einzige Aufgabe zu haben, mich zauberisch an Nina zu erinnern. Ich wehrte mich nicht gegen diese Art von Trunkenheit, ich schämte mich ihrer in manchen Stunden, in andern aber suchte ich sie noch zu steigern. In der dritten Woche aber begann mich Sorge zu überfallen. Was konnte geschehen sein, das wichtig genug war, die so selbständige und eigenwillige Nina das Verbot ihres Vaters respektieren zu machen? Wurde sie wie eine Gefangene gehalten oder war es ihr eigener Entschluß, mich nicht mehr zu sehen? Und warum? Mißtraute sie mir oder verachtete sie mich, weil ich es nicht gewagt hatte, sie zu nehmen? Dieser Gedanke begleitete mich mehrere Tage lang zunächst noch in erträglicher Weise, so etwa wie ein dumpf bohrender, nicht allzu heftiger Zahnschmerz, dann aber nahm er überhand, er vergiftete mich, er höhlte mich aus, ich wurde krank davon, unfähig zur Arbeit. Natürlich dachte ich daran, Nina vor ihrem Haus aufzulauern, aber ich verbot es mir. Diese Zurückhaltung kostete mich unsäglich viel Kraft, so daß ich schließlich, und dies war die dritte Phase und Art des Wartens, in eine tiefe Müdigkeit fiel, die mich fast gleichgültig machte. Ich begann zu glauben, daß ich Ninas Bedeutung für mich überschätzt hatte, daß das Ende dieser ganzen Beziehung gekommen sei. Diese Vermutung bereitete mir zunächst die müde Befriedigung eines alten Mannes, dann aber nahm sie plötzlich den Charakter eines Alarmrufs an. Ich erschrak aufs tiefste. Das Ende meiner Empfindung würde, das fühlte ich mit aller Schärfe, das Ende meines Lebens bedeuten. Nicht als ob es mich zwingen würde, den Tod zu suchen. Das wäre eine zu leichte Lösung, die ich mir nicht gestatten kann. Aber es würde bedeuten, daß ich begänne zu ersticken unter dem Aschenregen der Gleichgültigkeit. Dieser Gedanke erweckte mich; er erweckte mich zu meinem Heil und zu meiner Qual. Denn damit lieferte ich mich der höllischen Marter der letzten Phase des Wartens aus: der wahnwitzigen Rastlosigkeit, dem unbarmherzigen und ratlosen Gejagtsein, dem hitzigen Fieber. Helene benahm sich musterhaft. Sie stellte keine Frage, sie zwang mich nicht zu essen; wenn ich nicht zu den Mahlzeiten erschien, stellte sie mir Tee und leichte kalte Speisen vor meine Zimmertür; sie beobachtete mich weder mitleidig noch vorwurfsvoll, und dennoch empfand ich ihre schweigende Teilnahme, ihre vorsätzliche Rücksicht als quälend. Ich, von beschämender Selbstsucht erfüllt, dankte ihr mit nichts als Gereiztheit.

Aber noch blieb mir eine Hoffnung: ich hatte für das Wintersemester einen Ruf an die medizinische Fakultät unsrer Univer-

sität angenommen. Ich würde Nina dort begegnen. Je näher der
November rückte, desto deutlicher fühlte ich Besserung, ja nahezu Genesung. Das Semester begann. Ich ließ mir die Liste der
Studierenden des vierten Semesters geben. Nina war nicht unter
ihnen. Ich erfuhr, daß sie ausgeschieden war. Man gab mir die
Adresse eines Mädchens, das als ihre Freundin galt. Ich suchte
sie am gleichen Abend auf. Unwillkürliche Vorsicht ließ mich
meinen wahren Namen verleugnen. Es war ein freundliches und
sanftes Mädchen, das in Tränen ausbrach, als ich Ninas Namen
nannte. Wortlos suchte sie in einer Mappe und reichte mir einen
Brief. Ich bat sie — und es kostete mich in diesem Augenblick
keinerlei Überwindung —, mir diesen Brief zu überlassen. —

Der Brief, schwer leserlich, lag dieser Seite bei.

Wenheim, 2. November 1932.
Liebe Irene, ich möchte nicht zu Dir kommen. Darum schicke ich
Dir einen Brief. (Ich bin für rasche Abschiede, Du weißt.) Ich kann
nicht mehr weiterstudieren. Mein Vater ist vor sechs Wochen gestorben, wir haben kein Geld mehr, dafür viele Schulden. Es
würde nichts nützen, wenn ich ein Stipendium bekäme, denn ich
muß erst die Schulden abtragen helfen. Ich habe ein günstiges
Angebot bekommen: eine sehr alte Verwandte siebten oder weiß
Gott wievielten Grades hat ein Geschäftshaus in Wenheim, das
ist eine winzige Stadt in Schwaben; ich soll dieses Geschäft führen, bis sie stirbt, dafür bekomme ich die Hälfte des Reingewinns
und nach ihrem Tod das Haus und ihr ganzes Vermögen. Das
klingt ganz großartig, aber Du mußt wissen, daß es ein kleiner
Laden ist mit einem winzigen Umsatz, und das Haus ist alt und
reparaturbedürftig. Aber immerhin. Die Alte ist uralt, es kann
nicht ewig mit ihr dauern, und ich bin dort selbständig, und ich
verdiene Geld. Ich sehe keinen andern Ausweg. Mutter vermietet
die ganze Stadtwohnung und verdient auch, aber das würde nicht
genügen. So bin ich also seit 15. September in Wenheim, Obere
Getreidegasse 5, in der Hoffnung, daß die Alte bald stirbt (sie ist
abscheulich anzusehen, aber nicht zänkisch, Gott sei Dank, sondern immer schläfrig wie ein kranker Hund) und daß ich bald
wieder weiterstudieren kann. Ich nahm viele Bücher mit und
denke, daß ich, wenn ich nicht gerade klebrige Bonbons und
schlechte Zigaretten verkaufe, lernen kann.
Besuch mich nicht. Ich würde es nicht ertragen.   Nina.

— Am nächsten Morgen fuhr ich nach Wenheim, ohne Helene
etwas davon zu sagen. Das Auto war zur Reparatur fortgegeben.
So mußte ich den Zug nehmen. Ich hatte mehrmals umzusteigen,
ich mußte auf kleinen Stationen warten, in tristen, kalten Warte-

sälen sitzen, in ungeheizten Personenzügen fahren — Widrigkeiten, denen ich mich unter andern Umständen niemals ausgesetzt hätte. Ich notierte sie nur flüchtig. Ich war damit beschäftigt, wieder einmal und intensiver als je, Klarheit über mein Verhältnis zu N. zu gewinnen. Erfolglos, wie immer. Warum fuhr ich zu ihr? Sie hatte den Wunsch nicht geäußert, mich zu sehen. Sie hatte mir nicht einmal mitgeteilt, wo sie war. Sie wollte mich nicht sehen. Ich sprang über mich selbst hinweg ins Ungewisse, ich mußte damit rechnen, ihr unwillkommen, ja lästig zu sein. In Wahrheit: ich rechnete mit einer Demütigung und war bereit, sie auf mich zu nehmen. Ich tat es um den Preis, überhaupt wieder Verbindung mit ihr zu bekommen, und sei es auch eine qualvolle, eine ihr widerstrebende Verbindung. Auch der Haß wäre eine Brücke gewesen. Ich hoffte, es würde nicht Haß sein, was sie empfand. Und doch hätte ich den Haß der freundlichsten Gleichgültigkeit vorgezogen.

Ich versuchte mir vorzustellen, wie ich sie finden würde. Sie würde, so dachte ich, verzweifelt sein und angespannt bemüht, diese Verzweiflung nicht zu zeigen. Ich gestehe, daß ich während dieser Fahrt mit aller Dringlichkeit hoffte, sie würde wirklich verzweifelt sein und so sehr am Ende ihrer Kraft, daß sie keinen andern Ausweg mehr sähe als den, mit mir zu gehen. Es war unfair, so zu denken. Es war eine Erpressung des Schicksals, eine unreelle Überredung. Aber mit einer Robustheit, die mich erschreckte und zugleich erfreute, vermochte ich diese Bedenken beiseite zu schieben. Ich fühlte eine skrupellose Verwegenheit in mir und ich beschloß, Gebrauch zu machen von allen Mitteln geistiger Verführung, die mir zu Gebote standen.

Als ich am späten Nachmittag in Wenheim ankam, regnete es. Ich erinnere mich nicht, je eine so graue und tote Stadt gesehen zu haben, eine Stadt, deren Gassen, ohne eine Spur von Verkommenheit aufzuweisen, vielmehr eine besondere, peinliche Sauberkeit zeigten, dennoch den Eindruck von quälender und vollkommener Verlassenheit machten. Vor allem waren es die ganz gleichmäßig und kugelig zugestutzten nackten Akazien, die an allen Straßenrändern standen, was dem Ort etwas zugleich spielzeughaft und bösartig Künstliches gab. Vielleicht aber war ich es, der die Stadt so sehen wollte, um mir sagen zu können: hier kann N. nicht leben. Hier kann sie keinen Tag länger leben wollen, wenn ich ihr die Möglichkeit gebe zu entkommen. Allerdings, so sagte ich mir, war ihr eine besondere, gespannte Lebensneugier eigen, die ihr jede Veränderung willkommen und den ödesten Ort noch zur Quelle irgendwelcher Entdeckungen machte. Allein hier, so schien es mir, war nichts, was ihrer Neugierde, ihrem Lebenshunger entgegenkam. Die wenigen Menschen, denen ich begegnete, zeigten verdrossene oder völlig ausdruckslose Gesichter.

Die Getreidegasse war genau so wie alle andern Gassen, durch die ich gegangen war. Das Haus Nummer fünf, zwischen einer roten Backsteinkirche und dem Feuerwehrhaus gelegen, hatte ein einziges Schaufenster.

Ich halte mich lange bei diesen Beschreibungen auf, die so unwichtig sind, weil ich mich einerseits scheue, zur Sache zu kommen, zu einer für mich durchaus blamablen Sache, andrerseits aber, weil ich noch einmal jene Minuten äußerster, dichtester Erwartung auszukosten wünsche.

Als ich schließlich vor dem kleinen Schaufenster stand, war ich ganz sicher, daß ich Nina nun endlich gewinnen würde. Über Bonbongläser, Myrtenkränze, Pfeifentabak und eine staubige Blattpflanze hinweg sah ich sie im Laden stehen. Die Glasscheibe war vom Regen verwischt und von innen leicht beschlagen, und doch erkannte ich Nina. Zwei Kunden waren im Laden, eine alte Frau und ein Junge.

Als sie gegangen waren, stieß Nina die offenen Schubladen zu, ordnete einen heruntergefallenen Stapel leerer Tüten und wischte langsam mit einem Staubtuch über den Ladentisch. Dann ging sie zur Tür, legte ihr Gesicht an die Glasscheibe und starrte hinaus. Nach einiger Zeit zog sie sich wieder zurück und tauchte langsam und lautlos in dem dämmerigen Ladeninnern unter. Eine Welle des reinsten und heftigsten Mitleids überfiel mich, als ich eintrat und sie dort zwischen Säcken und Kisten kauern sah, und wäre sie in diesem Augenblick in Tränen ausgebrochen, so hätte sie mir eine tiefe Beschämung erspart, und unser Schicksal hätte sich geändert.

Aber sie weinte nicht, als sie mich sah. Wie auch hatte ich das erwarten können! Sie hob den Kopf und sah mich an. Ich sammelte meine ganze Kraft zum Vorstoß, der ebenso behutsam wie genau und sicher sein mußte. Aber der Ausdruck ihres Gesichts machte mich fassungslos. Er besagte deutlich: Warum kommst du, mich zu stören? Noch ehe sie sprach, wußte ich, daß ich mich verrechnet hatte. Ihr Stolz würde es ihr nicht gestatten zu desertieren, diesen Platz zu verlassen, an den sie ein widriges Geschick gestellt hatte, ein Geschick, von dem sie sicherlich glaubte, es sei auf jeden Fall sinnvoll und folgerichtig. Aber in eben diesem Augenblick befiel mich der Eigensinn; mehr als Eigensinn; der unbezwingliche Wille zur Auflehnung um jeden Preis. Jetzt wollte ich sie haben, jetzt endlich wollte ich nicht mehr nachgeben, weder meiner Feigheit noch ihrem Mißtrauen und Trotz.

Nina, sagte ich leichthin, würden Sie auch mir etwas verkaufen? Ich brauche Zigaretten.

Sie stand auf. Ja, sagte sie, gewiß. Aber ich habe keine englischen. Sie wußte noch, daß ich die englischen Tabake allen andern vorzog. Die Verbindung war also nicht abgerissen. Ich notierte es mit heftiger Freude. Nina gab mir eine andere Packung und sagte mit zögernder Höflichkeit: Aber wie fanden sie hierher? Ohne meine Antwort abzuwarten, fuhr sie fort: Gehen Sie dort hinein. Sie sind ja ganz naß. Ich schließe den Laden. Es kommt doch niemand mehr. Und wenn auch.

Sie zuckte die Achseln, machte Licht und ging vor die Tür, um die eisernen Rolläden herunterzulassen. Dann führte sie mich in das Zimmer hinter dem Laden. Es roch hier wie dort durchdringend nach Essig, Seife und Staub, aber es war warm. Neben dem Ofen saß regungslos im Lehnstuhl eine alte Frau, die erschreckend häßlich war. Meine Großtante, sagte Nina. Sie hört und sieht nichts. Sie ist nicht mehr ganz bei sich. Stört es Sie?

Nina hatte eine seltsame Art, keine Antwort auf ihre Fragen zu erwarten, so, als interessiere sie nichts mehr. Sie kochte Teewasser auf einem kleinen Spirituskocher, der ein eintönig puffendes Geräusch von sich gab. Der Raum war so kahl, daß ich mich fragte, wie Nina diesen Anblick ertrug.

Das ist Askese, sagte ich.

Mein Gott, antwortete sie, ich weiß, es ist nicht gemütlich hier. Aber was soll man tun? Es lohnt nicht, hier etwas zu ändern.

Diese Worte waren gelassen hoffnungslos, aber aus ihrer Stimme klang plötzlich Unruhe. Ich hatte sie aufgestört. Mein Besuch brachte Erinnerungen und Wünsche. Ich beobachtete es mit sündhaftem Vergnügen. Ganz beiläufig erzählte ich, daß ich am nächsten Tag nach Garmisch fahren wollte über das Wochenende, der Regen würde aufhören, wie der Wetterbericht verhieß, und es wäre, so sagte ich leichthin, recht hübsch, wenn sie mitkäme.

Nein, sagte sie mit einer Schroffheit, die mir bewies, daß der Vorschlag sie erregte.

Nein, wiederholte sie finster, das geht nicht. Ich kann die alte Frau nicht allein lassen.

Schade, sagte ich, ich dachte, es ließe sich vielleicht jemand finden, der Sie für einen Tag vertreten könnte.

Sie goß stumm den Tee auf. Jede ihrer Bewegungen rührte mich, und plötzlich überfiel mich die Angst, sie für immer zu verlieren. In diesem Augenblick fand ich alle Worte der Liebe, deren ich längst entwöhnt war oder vielmehr: die ich nie gesagt hatte. Aber ich konnte sie nicht aussprechen. Ich fühlte, wie mich die Gewalt der Leidenschaft versteinte. Nina sah mich an, sie stand dicht neben mir, sie goß Tee in meine Tasse, ihr Arm berührte mich flüchtig. Der Augenblick verstrich, er ging vorüber, unwiederbringlich verloren.

Wir begannen von Büchern zu reden, von meiner Arbeit, von ihren weiteren Plänen, und es verwirrte mich, wie sie sagte, im selben Raum mit der alten Frau: Wenn sie tot ist . . . Nina bemerkte meinen erschrockenen Blick. Ach, sagte sie, keine Angst, sie ist stocktaub. Und selbst wenn sie es hören könnte: sie ist fertig mit dem Leben. Sie wartet nur mehr auf den Tod.

Ich wagte zu fragen: Ist es Ihnen nicht unheimlich, mit ihr zusammenzuwohnen.?

Warum unheimlich? Sie sah mich verständnislos an. Ich finde es eher interessant. Ich habe noch nie jemand sterben sehen. Sie stirbt ganz langsam. Ich beobachte das genau und schreibe eine Geschichte darüber.

Sie wurde rot.

Sie schreiben? fragte ich.

Ach, sagte sie, nur so für mich. Ich kann ja nichts. Leichthin, aber mit einer verborgenen zähen Intensität fügte sie hinzu: Aber vielleicht werde ich einmal etwas können.

Ich bat sie, mir etwas zu zeigen.

Nein, sagte sie, ich habe nichts. Ich verbrenne alles, bis eines Tages etwas Gutes entstanden ist.

Aber, sagte ich, wie können Sie denn wissen, ob es schlecht ist, was Sie jetzt schreiben?

Sie antwortete kurz und bestimmt: Das weiß ich.

Damit ließ sie das Thema fallen und begann von den seltsamen, lächerlichen und tragischen Leuten zu erzählen, die in ihren Laden kamen. Sie glauben nicht, sagte sie, wie interessant es ist, sie zu beobachten und ihre Geschichten anzuhören.

Der Ton, in dem sie dies sagte, verriet mir deutlich ihr echtes, eingeborenes und unwiderstehliches Interesse am Leben, wo und wie immer sie es fand, aber er enthielt auch eine Spur von Trotz und Hochmut, die zu deutlich war, um mir nicht zu zeigen, wie unglücklich sie sich fühlte. Diese Gewißheit war ein schneidender Schmerz für mich, und als sie in diesem Augenblick aufstand, um nach dem Feuer im Ofen zu sehen, sagte ich, was ich seit zwei Jahrzehnten nie mehr über meine Lippen gebracht hatte: Ich liebe dich. Aber sie schüttete Kohlen nach und sie hörte es nicht, oder vielmehr: ich weiß nicht, ob sie es hörte. Ich wiederholte dieses Wort nicht mehr.

Am Abend brachte sie mich in ein Gasthaus und half mir, eine Autovermietung ausfindig zu machen; ich hatte beschlossen, mir einen Wagen zu nehmen, um nach Garmisch zu fahren. Ich tat es in der eigensinnigen Hoffnung, Nina mitnehmen zu können. Da ich wußte, daß mir eine schlaflose Nacht drohte, nahm ich eine große Dosis Phanodorm und schlief tief und traumlos.

Ich erwachte sehr früh. Ein strahlender Tag. Der Herbst war noch einmal zurückgekehrt. Dieser Tag mußte mein Mitverschwörer werden, aber ich wollte nichts übereilen. Ich wollte Nina Zeit lassen zu bedauern, daß sie mein Angebot abgelehnt hatte. Ich wollte sie in Erwartung und Unruhe versetzen. Der Vormittag war ohne Ende. Mehrmals geriet ich in die Getreidegasse, aber erst am frühen Nachmittag fuhr ich mit dem Wagen vor, das Verdeck offen, eine Ranke bunten Weinlaubs an die Windscheibe gesteckt. Nina hatte am Fenster gestanden, ich sah es. Sie hatte gewartet, sie war fertig angezogen, Mantel und Tasche lagen bereit. Ich fahre mit, sagte sie, wenn Sie noch wollen. Und ohne einen Blick nach der Alten und dem Laden zu werfen, ging sie aus dem Haus. Sie ging fort, als gedächte sie niemals wieder zurückzukehren. Nie werde ich den Augenblick vergessen, in dem sie sich neben mich setzte, ein wenig näher als nötig, mit einem leichten Seufzer, einem Seufzer der Freude und Erlösung, und nie werde ich das Licht vergessen, das über dem Land lag, durch das wir fuhren, das braune und violette Licht des Spätherbsts, dieses süße und vom Tod vergiftete Licht. Ich war glücklich, ja, in diesen Stunden, in dieser einen Stunde, war ich glücklich, und plötzlich überfiel mich die Versuchung, eine wahnsinnige, eine unsäglich herrliche Versuchung: warum sollten wir in dieser Stunde, wir beide, beide glücklich und gedankenlos vor Freude, nicht aufhören zu leben? Es würde nichts mehr folgen, was diesem Tag gliche an Harmonie, jeder Tag würde nichts mehr sein als Verlust. Ein wenig mehr Gas, noch etwas mehr, eine Wendung nach rechts, eine Kurve, ein Baumstamm, ein Graben, das Ende wäre plötzlich und vollkommen, Nina würde nichts davon merken. Ich sah sie an: ihr Gesicht vom Wind gerötet, mit fliegendem Haar und glänzenden Augen. Sie fühlte meinen Blick und schaute mich an, und in diesem Augenblick wußte ich, daß ich nichts zu tun hatte mit ihrer Freude. Ich war ihr ein guter und etwas unbequemer Freund. Nichts weiter. Ich fuhr langsamer, das Licht wurde blaß, die Stunde war vorüber.

Warum fahren Sie so langsam? rief Nina enttäuscht. Ich habe es viel lieber, wenn Sie schnell fahren, ganz schnell.

Ich tat ihr den Willen, aber die Versuchung kehrte nicht wieder. Es wurde rasch grau und dunkel; dichter Nebel fiel ein, als wir uns dem Gebirge näherten. Wir schlossen das Verdeck, und Nina fror. Ich sah, daß sie zitterte. Ihr Mantel war dünn und ziemlich ärmlich. Ich warf ihr den meinen um, und sie ließ es stumm geschehen. Unsäglich weit zurück lag die Stunde der Nähe und Versuchung. Aber der Tag war noch lange nicht zu Ende und die Traurigkeit, die Vorahnung der Vergeblichkeit, machte mich verwegen. Ich hielt vor dem Parkhotel und ich bemerkte mit einigem Vergnügen Ninas zweifelndes Gesicht. Aber sie fror zu sehr, um nicht die Wärme der Halle zu begrüßen, und diese Wärme war meine Verbündete. Sie machte Nina müde und ergeben. Während ich den Meldezettel ausfüllte, blickte sie abwesend über meine Schulter. Dieser Blick, so unaufmerksam er schien, hinderte mich daran, einen andern, einen falschen Namen zu schreiben. Ich hoffte, es möge ihr entgehen, daß ich »mit Frau« schrieb. Es ist ihr zuzutrauen, daß sie mit dem gelassensten Gesicht gesagt hätte: Das stimmt nicht. Aber sie sagte nichts und ging widerstandslos in das Zimmer, das man uns anwies. Sie war weit weniger erstaunt, als ich gefürchtet hatte. Sie schien überhaupt von einer tödlichen Gleichgültigkeit befallen zu sein. Allerdings taute sie beim Abendessen langsam auf, und als wir eine Flasche Wein getrunken hatten, wurde sie sogar beinahe ausgelassen. Ich selbst bewegte mich vorsichtig auf dem zerbrechlichen und sehr schmalen Steg zwischen Traum und Wirklichkeit, blindlings entschlossen, wenigstens diese eine Nacht dem Leben abzutrotzen. Es war sehr spät, als wir in unser Zimmer gingen. Sie begann, sich in einer Ecke stumm und abgewandt zu entkleiden, als sei es das Selbstverständlichste der Welt, und ich wurde unsicher, ob sie wirklich das unerfahrene Kind war, für das ich sie hielt. Mit einem Mal erschien mir die Situation unerträglich und völlig unverständlich. Ich verließ das Zimmer, ging in die Halle und bestellte noch einmal etwas zu trinken. Ich wußte, es war möglich, Nina in dieser Nacht zu besitzen. Aber was bedeutete das schon? Ich würde sie niemals halten können. Sie liebte mich nicht und sie würde mich niemals lieben. Als ich endlich in das Zimmer zurückkam, war es dunkel. Sie schien zu schlafen. Durch die Vorhänge fiel das Licht einer Straßenlampe, die der Wind bewegte.

Ich kleidete mich unhörbar aus und legte mich ins Bett. Nina rührte sich nicht. Plötzlich bemerkte ich, daß sie mich ansah, voll und ohne Scheu. Ich wagte es, ihre Hand zu ergreifen und sie an mein Gesicht zu legen. Sie ließ es geschehen. Sie ließ es auch geschehen, daß ich sie küßte. Ihr Mund war trocken und spröde. Ich will es kurz machen, ich ertrage es nicht, mich an die Einzelheiten zu erinnern. Ich war von einer furchtbaren Lähmung befallen. Das Leben rächte sich, ich finde keine andere Erklärung, das Leben rächte sich dafür, daß ich mich ihm so lange Zeit widersetzt hatte. Nina schloß die Augen. Als ich sicher zu sein glaubte, daß sie schlief, überließ ich mich dem Schmerz, und — möge es hier stehen — ich widerstand den Tränen nicht mehr, die mich heiß bedrängten und die schließlich lautlos und in marternden Stößen aus mir brachen. Ich schämte mich ihrer nicht. In dieser Stunde schämte ich mich nicht. Ich gestattete es mir einmal, dieses einzige Mal, Kreatur zu sein und nichts als das. Plötzlich fühlte ich Ninas Hand auf meinen Augen Sie weinen ja, sagte sie fassungslos. Was ist denn geschehen? Ihre Stimme war voller Unschuld und Wärme, und ich spürte ihren Atem. In ihrem Mitleid war sie mir ganz nah. In diesem Augenblick hätte es geschehen können. Aber ich wollte kein Mitleid. Ich drängte sie sanft in ihre Kissen zurück und beherrschte meine Tränen. Ich weiß nicht, ob sie schlief in dieser Nacht. Ich tat es nicht. Als der

Morgen graute — oh dieser Nebelmorgen — beschloß ich, mich für immer von Nina zu trennen. Diese Nacht wird sie mir nie verzeihen. Es ist undenkbar, daß eine Frau es verzeiht, so in die Irre geführt zu werden. Ich widerstand der heftigsten Versuchung, mich ungehört von dannen zu machen, beschämt, verachtungswürdig und lächerlich. Aber ich blieb. Dies wenigstens wollte ich bestehen. Ich kleidete mich lautlos an, und als ich bemerkte, daß Nina sich bewegte, sagte ich: Ich geh hinunter zum Frühstück. Bitte, komm nach, wenn du fertig bist. Als sie kurze Zeit später folgte, gab sie sich ein wenig scheu, aber fast herzlich, und sie schien rätselhaft älter geworden zu sein. Wir fuhren an diesem Tag eine große Strecke, und auf dem Rückweg nach Wenheim hielt Nina mich mehrmals dazu an, in kleinen Städten zu halten und starken Kaffee zu trinken, denn ich war sehr müde. Nina war verändert, sie war erfahrener geworden. Was war in ihr vorgegangen während dieser schlaflosen Nacht? Ich werde es nie wissen. Sie nahm freundlich, ja freundschaftlich Abschied von mir, als ich in Wenheim das Auto mit dem Zug vertauschte, und als sie mich anblickte, kurz ehe ich abfuhr, da sah ich ihr Gesicht so, wie sie später sein wird, nach vielen Erfahrungen: zum Vergeben geneigt, voller Großmut, mit den schweifenden Augen der Heimatlosen und der schwermütigen Ruhe jener, die vieles wissen, ohne das Leben zu verachten. Ich liebe sie mehr als je zuvor, aber ich werde sie nie wiedersehen. —

Nina war inzwischen hereingekommen und hatte, über meine Schulter gebeugt, mitgelesen. Ich war zu jung, sagte sie, viel zu jung. Zehn Jahre später hätte ich gewußt, was ich tun soll. Warum schaust du mich so an?
Und was, sagte ich, hättest du getan?
Sie lächelte flüchtig. Wenn du wüßtest, sagte sie nur, was man aus Mitleid alles tun kann.
In diesem Augenblick war ich froh, ich zu sein und so viel mehr in Sicherheit als sie, aber gleichzeitig wußte ich, daß das Leben, dem sie sich ausgeliefert hatte, viel besser für sie sorgte als für mich; an mir war es nicht sehr interessiert. Ich sah Nina an, wie sie dastand, blaß und unausgeschlafen, ein wenig ungepflegt vor Kummer, hoffnungslos und düster, und doch so voller Leben, ein Schiff, das etwas mitgenommen ist vom Sturm, aber ein Schiff auf hoher See und vor dem Wind liegend, und jeder, der den Blick dafür hat, würde darauf wetten, daß es da ankommt, wohin es will, oder vielleicht irgendwo anders, an einer fremden Küste eines fremden Kontinents, in dem es sein Glück machte. Schwer zu sagen, woran es lag, daß ich Ninas Verzweiflung nicht ganz glaubte, obgleich sie so echt war und mir ins Herz schnitt.
Aber das verstehst du nicht, sagte sie nach einer Pause.

Was versteh ich nicht?

Das, was ich dir erzählen wollte.

So? Das versteh ich nicht?

Ich denke nur, du wirst es furchtbar finden.

Mit einem zögernd herausfordernden Blick fuhr sie fort: Einmal habe ich es aus purer Neugierde getan. Soll ich es dir erzählen?

Ich antwortete nicht, was sollte ich auch sagen, ich sah, daß sie wieder verzweifelt war.

Nein, sagte sie sonderbar aufsässig, ich erzähle es dir nicht. Oder soll ich?

Nina, sagte ich gequält.

Jetzt lachte sie. Ach, sagte sie, wie sehr ihr alle immer Angst davor habt zu erfahren, wie das Leben wirklich ist. Aber ich will dir etwas anderes erzählen. Es ist weniger hart, es ist sogar poetisch, wenn du willst, und du kannst mir hinterher sagen, ob das nun ethisch war oder nicht.

Ich schaute sie zweifelnd an. Vielleicht trieb sie ihren Spott mit mir. ich war nie ganz sicher bei ihr. Schon war sie wieder ganz ernst, ganz in sich gekehrt.

Erzähl, sagte ich.

Ja, sagte sie.

Aber sie erzählte nicht.

Komm, rief sie plötzlich, gehen wir noch ein bißchen in die Anlagen. Willst du?

Wir bogen in die Isaranlagen ein, gingen über die Brücke und immer weiter, bis wir in die Flußauen im Norden der Stadt kamen. Es wurde dunkel. Die Isar hatte Hochwasser. Sie rauschte mächtig, und das Rauschen machte den Abend unruhig. Nina zog mich hart an die Ufermauer. Hier habe ich oft gestanden im vergangenen Winter, sagte sie.

Der Fluß war dort sehr reißend.

Komm, sagte ich. Es gefiel mir nicht, daß sie dastand und wie sie dastand, etwas zurückgebeugt, steif zurückgebeugt wie im Widerstand. Ich wunderte mich nicht, als sie eine Weile später sagte: Wenn ich es täte, verstehst du, wenn, dann würde ich es hier tun und an einem solchen Abend. Es müßte so riechen wie jetzt, nach viel Wasser, nach feuchter Erde, nach Laub vom vergangenen Jahr, nach Weidenrinde. Riechst du sie? Das Bittere in der Luft, das ist Weidenrinde. Und es müßte so rauschen wie hier, die Luft müßte voller Leben sein.

Sie hatte, während sie sprach, meinen Arm mit einem harten Griff gepackt. Plötzlich ließ sie ihn los.

Ich bin ziemlich verrückt, sagte sie beschämt. So dummes Zeug habe ich seit Jahren nicht geredet. Das kommt daher, daß ich so wenig geschlafen habe in den letzten Wochen, und zuviel gearbeitet.

Ja, sagte ich leichthin, du bist eben ein wenig nervös. Aber meine Sorge um sie nahm zu. Um Nina wenigstens für den Augenblick abzulenken, sagte ich: Wolltest du mir nicht eine Geschichte erzählen?

Ach, sagte sie, das ist alles so unwichtig.

Ich war nahe daran, ungeduldig zu sagen: Ja, nichts ist wichtig als dieser eine Mann, mit dem du dich beschäftigst wie eine Besessene. Aber ich sagte nichts. Ich begriff immer stärker, daß sie, als sie diesen Mann traf, sich selber begegnet war und daß ihr, wenn sie ihn verlieren müßte, der direkte, der natürliche Weg zum Leben abgeschnitten würde. Ich sah sie an, wie sie neben mir ging, immer einen halben Schritt voraus, das Gesicht im Wind, und ich versuchte, mir den Mann vorzustellen, der zu ihr paßte. Ich hätte sie nach ihm fragen können. Vielleicht wäre es eine Erleichterung gewesen für sie, über ihn zu sprechen. Aber ich wollte warten, bis sie es von selbst tat.

Ja, sagte sie plötzlich, die Geschichte. Du wirst sie sonderbar finden. Aber sie ist wirklich nicht ohne Poesie, wenn du sie recht verstehst.

Wir waren in der Dunkelheit vom Weg abgekommen und gerieten tiefer und tiefer in dornige Sträucher, die am Boden dahinkrochen, und wir beschlossen endlich umzukehren.

Auf dem Rückweg erzählte sie mir die Geschichte, über die ich seither viel nachgedacht habe. Ich frage mich, warum mir derlei Dinge nie begegnen und warum ich nie um einen solchen Dienst gebeten wurde. Ich bin auch hilfsbereit und verschwiegen, und ich bin nicht kühl, eher herzlicher als Nina. Warum traut man mir weniger Großmut zu, weniger Weitherzigkeit, Wärme und Erfahrung? Ich sehe mich im Spiegel an. Nina und ich sind uns sehr ähnlich. Jedermann wird uns als Schwestern erkennen. Dasselbe Gesicht. Meins ist viel hübscher als das Ninas, das weiß ich. Und doch sieht man Nina an, nicht mich, wenn wir nebeneinander gehen. Mein Gesicht ist glatt und ihres voller Ausdruck, das ist's. Sie hat teuer bezahlt für dieses Gesicht. Vielleicht wäre es besser gewesen, wenn ich, wie sie, den Krieg und die Not in Deutschland miterlebt hätte. Aber das sind müßige Überlegungen.

Nina hat eine unheimliche Gabe, für die sie nichts kann und von der sie kaum etwas ahnt: sie drängt andre Menschen in Entscheidungen. Brächte ich den Mut auf, so würde ich mich von meinem Mann jetzt trennen. Doch ich will lieber Ninas Geschichte erzählen, die ich hörte, während wir am Flußufer entlanggingen. Sie hatte vor einigen Jahren von ihrer Zeitung den Auftrag bekommen, einen Wissenschaftler zu interviewen, der ein Forschungsinstitut irgendwo auf dem Land hatte.

Ich ging, erzählte Nina, zuerst zur Versuchsstation. Da liefen viele Assistenten herum, und keiner wollte mir sagen, wo der

Chef war, alle sahen mich nur sonderbar an. Schließlich fiel es mir ein, ins Wohnhaus zu gehen. Aber da waren die Läden geschlossen, und ich dachte schon, es sei niemand da. Schließlich fand ich ein Hausmädchen, das Bohnen pflückte. Sie hatte den gleichen Blick wie die Assistenten. Der Herr Professor ist nicht zu sprechen. Ich fragte: Ist er krank? Aber sie wollte nicht antworten. Da erklärte ich ihr, daß ich von der Zeitung sei, und endlich sagte sie ganz leise: Er sitzt da drinnen, aber es darf niemand hinein. Warum nicht? fragte ich, und sie sagte: Schon seit vier Wochen darf niemand hinein. Na, sagte ich, lassen Sie mich's versuchen. — Ich weiß nicht, was mir den Mut gab, einfach ins Haus zu gehen und ins nächstbeste Zimmer. Es war ein Kinderzimmer, ein verlassenes. Das Bettchen war benützt und nicht aufgeräumt, nichts war aufgeräumt, Knäuel von Packpapier lagen herum und kaputte Spielsachen und zerfetzte Bilderbücher, und es sah so aus, als ob jemand in größter Eile alles Brauchbare zusammengerafft hätte und abgereist wäre. Und schließlich sah ich den Mann, den Professor, auf einem Kinderhocker sitzen. Es war ihm ganz gleichgültig, daß ich kam, und ich hätte eigentlich wieder gehen sollen, aber ich blieb; weiß Gott warum, und ich brachte ihn zum Sprechen. Ich will die Geschichte nicht erzählen, sie ist langweilig wie alle Ehegeschichten, nur der Schluß ist bemerkenswert: Seine Frau hatte ihn verlassen und das Kind mitgenommen. Er wußte genau, warum sie es getan hatte, und er mußte es ihr verzeihen, obwohl er gar nichts dafür konnte, das war das Schlimmste. Er hatte plötzlich seine Frau nicht mehr umarmen können, von einem Tag zum andern nicht mehr. Sie scheint gut und klug gewesen zu sein, aber anscheinend eine von jenen Frauen, die exakt und freundlich sind wie Krankenschwestern und die den Männern keine Träume geben, verstehst du? Es gibt viele solche Frauen.

Ja, sagte ich und dachte: ich bin eine von ihnen.

Sie wartete, fuhr Nina fort, wartete und wartete, aber es war vorüber, ein für allemal, was sie auch taten, welche Kuren er auch machte. Und als sie drei Jahre gewartet hatte, drei volle Jahre, da ging sie fort von ihm. Das war vier Wochen vorher gewesen, und nun saß er noch immer da, unrasiert und verkommen vor Jammer und so verzweifelt, daß er mir, der völlig Fremden, diese Geschichte erzählte.

Nun, und? fragte ich, als sie schwieg: es muß doch noch etwas folgen, das Wichtigste steht wohl noch aus.

Ach, sagte sie, da ist nicht viel zu erzählen. Wir machten einen Spaziergang, wir liefen an einem ausgetrockneten Bachbett entlang, es war heißer Sommer, ein unbarmherziger Weg, ich könnte ihn heute noch wiederfinden. Und schließlich kamen wir an einen großen nackten Steinhaufen, da hatten die Bauern alle Steine von den Feldern ringsum zusammengetragen, es ist eine Stelle, die man nie vergißt, einsam und großartig wie ein Bild aus dem Alten Testament, und dort fragte er mich, ob ich ihm helfen wollte.

Und? fragte ich, was wollte er? Ich versteh nichts.

Er war gläubiger Katholik, sagte Nina.

Aber ich begriff noch immer nicht.

Er hatte es sich nie gestattet, zu einer andern Frau zu gehen, bis zu diesem Augenblick.

Sie sagte es so leise, daß ich es kaum hörte, aber nun verstand ich. Entsetzter als ich wollte, rief ich: Und du hast es getan? Nur aus Mitleid? Nein, du hast es nicht getan.

Doch, sagte sie einfach.

Sie sah mich befremdet an. Mußte ich's nicht tun?

Als ich nicht antwortete, rief sie: Siehst du, ich sagte dir ja, du willst nicht wissen, wie das Leben wirklich ist.

Und dann? fragte ich. Hat es ihm geholfen?

Ach, sagte sie, als er zu seiner Frau kam, zuversichtlich, da sah er, daß es so schlimm war wie zuvor. Er gab es auf.

Und?

Nichts weiter.

Nach einer Weile fragte Nina noch einmal: Bist du entsetzt?

Nein, antwortete ich, obwohl ich es wirklich war, wenigstens in jenem Augenblick. Aber je mehr ich seither über diese Begebenheit nachgedacht habe, desto richtiger finde ich, was Nina getan hat. Nur: ich hätte den Mut dazu niemals aufgebracht.

Wir gingen schweigend durch die Nacht zurück. Ninas Geschichte hatte sich als etwas Fremdes zwischen uns gedrängt, sie war wie ein Streifen Niemandsland, den keine von uns betrat, und diese Fremdheit dauerte auch noch an, als wir zuhause waren. Gut, daß es Steins Tagebuch gab, mit dem wir uns beschäftigen konnten, ohne sprechen zu müssen.

Wir lasen weiter, da, wo wir aufgehört hatten. »Ich werde sie nie wiedersehen«, das war Steins letzter Satz gewesen. Der nächste Eintrag stammte vom 15. Januar 1933. Die Schrift war größer als vorher, schwungvoller, und das N., mit dem der Bericht begann, wirkte wie ein Schiff, dem neue Segel aufgesetzt worden waren.

—Nina war wieder hier. Ich gebe mich keiner Illusion hin: sie war hier, um mich zu konsultieren, nicht um mich wiederzusehen. Aber sie war hier, sie war bei mir; ich war es, den sie um Rat fragte, mir brachte sie Vertrauen entgegen, und ich täuschte mich nicht: durch ihren spröden Stolz brach dann und wann, besonders gegen Ende der Unterhaltung, ein Strahl von Zuneigung, ein Hauch von Nähe. Ich habe es mir vorerst verboten darüber nachzudenken, ob ich diese Nähe nicht überschätze oder falsch deute.

Vielleicht ist Ninas Wesen in diesen Jahren überhaupt etwas wärmer und weicher geworden, und dieses Mehr an Wärme gilt nicht mir, nicht mir besonders, sondern allen Menschen. Vorerst überlasse ich mich meiner Freude, die jenem noch zweifelnden, gespannten Entzücken gleicht, mit dem ein Bauer nach monatelanger Dürre die ersten Tropfen auf die totgeglaubte Saat fallen sieht. Eine Freude, die schmerzt, da sie zu hart auf langes, hoffnungsloses Warten trifft.

Nina kam unangemeldet. Ein Zufall fügte es, daß Helene ausgegangen war. Es war gegen Abend, und es schneite. Ich erwartete keinen Besuch an diesem Tag, ich war sogar etwas unwillig über die Störung; ich hatte mich in meiner Einsamkeit eingerichtet; es gab keine Ablenkungen meines Lebens mehr, es gab nichts als den geregelten Ablauf der Tage, es gab die Kette der freiwillig übernommenen Pflichten, die zur betäubenden Gewohnheit geworden waren. Ich hatte in den letzten Monaten sogar auf den Gebrauch starker Schlafmittel verzichten können. Ich habe keine Ursache zu verschweigen, daß es einer langen Zeit bedurft hatte, um dieses schmerzlos starre Gleichmaß zu erringen.

Nun aber stand Nina vor meiner Tür. Ich erkannte sie erst an ihrer Stimme. Genau gesagt: mein Bewußtsein erkannte sie erst, als sie sprach. Der jähe, heftige Schreck, der mich bei ihrem Anblick befiel und mir den Atem nahm, hatte mir Sekunden zuvor ihre Nähe verraten. Ich entsinne mich keines Worts, das wir gesprochen haben, bis wir in meinem Arbeitszimmer saßen; ich halte es durchaus für möglich, daß wir uns auch dort noch eine Weile schweigend gegenübergesessen haben. Die Wiederkehr Ninas entbehrte für mich der Glaubhaftigkeit, zudem Nina sich auf unkontrollierbare Weise verändert hatte. Ich erinnere mich unseres Zusammenseins erst deutlich von dem Augenblick an, in dem sie auf meine Frage, ob sie wieder studiere, den Kopf schüttelte, müde und fast schon gleichgültig. Ich fragte nach der alten Frau, auf deren Tod sie warten mußte. Ach, sagte sie, solche Leute leben ewig; sie ist schon ein Gespenst, sie lebt von etwas Milch und ein paar Weißbrotkrümeln, ich muß sie waschen und kämmen und ins Bett heben, sie riecht schon nach Tod, aber sie stirbt nicht. — Aus Ninas Stimme sprach keine Erbitterung. — Ein und ein halbes Jahr, sagte sie, bin ich nun schon dort; wir haben einen großen Teil von Vaters Schulden abgezahlt, aber es bleibt immer noch ein Rest; ich kann nicht daran denken zu desertieren. — Ihre Stimme drückte klare Entschlossenheit aus, aber sie versuchte nicht, mich zu täuschen; ihre Augen verrieten einen Grad von Müdigkeit, der mich ängstigte. In diesem Augenblick fand ich den Mut, auszusprechen, was ich unzähligemale gedacht und in vielen Briefen geschrieben habe, die nie abgeschickt worden waren. Nina, sagte ich, der Vorschlag, den ich Ihnen jetzt mache, entspringt meinem Kummer über den Verlust einer so begabten Studentin, wie Sie es sind.

Sie hob den Kopf, neugierig, aber vorsichtig witternd, schon gewarnt von ihrem Mißtrauen. Ich wußte, daß sie meinen Vorschlag zurückweisen würde, weil er ihrem Wesen zuwiderlief, vor allem aber, weil er von mir kam. Dieses Wissen raubte mir die Kraft der Überredung und verdammte mich von vornherein zur Niederlage. Trotzdem brachte ich meinen Plan vor. Er bestand darin, daß ich es übernehmen wollte, den Rest der Schulden zu bezahlen und eine tüchtige Pflegerin für die alte Frau zu suchen, die einen Wechsel ihrer Bedienung doch nicht mehr merken würde; die Summe, die ich ausgeben würde, sollte als zinsloses Darlehen betrachtet werden und als Hypothek auf dem Haus bleiben, das Nina erben würde. Noch ehe ich zu Ende gesprochen hatte, verbot mir Ninas rasches und ablehnendes »Danke« jedes weitere Wort. Es wirkte, obgleich ich es erwartet hatte, wie das Zuschlagen einer Tür, ein harter Knall, der den stummgewordenen alten Schmerz von neuem weckte.

Obgleich Nina ihr Gesicht sofort wieder abwandte, sah ich, daß es sich mit Rot bedeckte und daß der Schlag, den sie mir versetzt hatte, sie selber traf. Ohne mich anzusehen, fügte sie hinzu: Ich kann das alles nicht im Stich lassen, ich habe es übernommen, und ich käme mir ziemlich wertlos vor, wenn ich weglaufen würde.

Aber das ist doch nicht Ihre Aufgabe, Nina, in einer gottverlassenen Stadt eine schwachsinnige Greisin zu pflegen und Petroleum zu verkaufen.

Nun sah sie mich voll an, und dieser Blick beschämte mich. Wenn es nicht meine Aufgabe wäre, sagte sie, dann wäre ich nicht dorthin gestellt worden.

Ihr Schicksalsglaube war unerschütterlich. Er war ihre Stärke, er bot ihr Schutz, er trug sie. Und doch konnte ich nicht glauben, daß sie, wenn sie allein war mit sich und der Alten in dem düstern Haus, nicht erbittert gegen ihre Abgeschiedenheit rebellierte. Nina war stark, gewiß, aber sie konnte nicht so stark sein, daß die Tristesse ihrer Lage ihr nicht unerträglich erscheinen müßte. Ich war sicher, daß es Nächte gab, in denen sie schlaflos neben der schnarchenden Greisin lag und sich der Verlassenheit ausgeliefert sah. Ich fühlte die stärkste Versuchung, ihre verzweifelt stolze Sicherheit zu vergiften, indem ich ihr pflichtgetreues Ausharren als störrische und mörderische Selbstquälerei erklärte. Aber die reine Tapferkeit ihres Blicks entwaffnete mich. Ich gab dem Gespräch eine Wendung zum Harmlosen, und es lag nicht allein an mir, wenn es immer wieder stockte und wenn schließlich eine Pause eintrat, die sich so in die Länge zog, daß sie unüberbrückbar wurde. Nina, niemals zu belangloser Konversation zu bewegen, brach endlich das Schweigen.

Ich bin gekommen, um Sie etwas zu fragen. Ich wollte zu niemand anderm vorerst darüber sprechen, sagte sie.

Gewiß ahnte sie nicht, daß diese beiden kleinen Sätze meinem Leben den verlorenen Sinn wiederschenkten. Es gab nichts, was ich nicht für sie tun wollte. Ein Taumel grenzenloser Bereitschaft erfaßte mich, jener Zustand der wahnsinnigen und ehrlichsten Selbstaufgabe, der jugendlich leidenschaftliche Liebhaber zur Geliebten sagen läßt: Laß mich für dich sterben.

Es war ein einziger Augenblick, der mir geschenkt war, ein Augenblick der wunderbarsten, der durchsichtigsten Harmonie, gleich nah dem Tod wie dem Leben. Eine Sekunde später hatte ich keine Zeit mehr, etwas anderes zu empfinden als drückende Sorge über Ninas Eröffnung. Sie fürchtete, sie habe Tuberkulose. Ich fragte sie nach Symptomen, wie ich jeden Patienten fragte. Sie sagte, sie habe abends manchmal leichtes Fieber, das sei alles. Ihr zögernder Blick legte mir die Frage nahe, warum sie gerade an Tuberkulose denke; das Fieber könne doch auch andere Ursachen haben. Nein, sagte sie, ohne mich anzusehen, ich glaube, ich habe mich angesteckt. Offenbar verschweigt sie mir etwas, was sie bedrückt. Ich fragte nicht weiter. Sie blickte mich erwartungsvoll an, und ich wußte, was sie wollte. Es erschien ihr offenbar das Natürlichste, daß ich sagen würde: Kommen Sie, ich mache eine Durchleuchtung. Und war dies nicht das einzig Natürliche, das Notwendige, das Menschliche? Möglicherweise war es dies, aber nicht für mich. Ich sagte: Mein Freund Dr. Braun ist Lungenspezialist. Ich rufe ihn gleich an, damit er morgen früh sofort die Röntgenaufnahme macht. Nina antwortete nicht. Als ich zum Telefon ging, fühlte ich, wie ihre Augen mir folgten, und ehe ich den Hörer abnahm, sagte sie sehr leise: Ich dachte, Sie können das doch auch. Es wäre mir so viel lieber gewesen.

Wieder fühlte ich den harten Anprall des Glücks. Wie gerne hätte ich getan, worum sie mich bat. Wie sollte ich ihr meine Weigerung erklären, da ich mich selber kaum begriff?

Ich fühle mich oft nicht zuständig, sagte ich ausweichend. Derartige Fälle sind oft äußerst kompliziert.

Aber, wandte sie leise und eindringlich ein, es ist ja doch gar nicht sicher. Wenn Sie erst die Diagnose stellen würden ...

Ich überging diesen Satz, indem ich den Hörer abnahm. Braun war zu Hause. Wir verabredeten eine günstige Zeit am nächsten Morgen. Nina widersprach nicht mehr. Danke, sagte sie kurz und, wie ich zu hören glaubte, feindselig. Aber im nächsten Augenblick wiederholte sie mit einem Anflug von Herzlichkeit: Ich danke Ihnen sehr. Dann stand sie auf, um sich zu verabschieden. Ich fragte sie, wo sie denn übernachten wollte. Bei meiner

Mutter doch, antwortete sie erstaunt. Ich sagte, dort seien doch wohl alle Zimmer vermietet, wie sie selbst erzählt habe. Ach, erwiderte sie leichthin, irgendwo findet sich schon ein Platz. Es war mir unmöglich zu sagen: Bleiben Sie hier, wir haben Platz genug. Statt dessen sagte ich nur: Aber es ist noch ziemlich früh.

Ja, antwortete sie, es ist noch früh. Wieder entstand eine jener unheilvollen Pausen, in denen der Rauch der Erinnerung betäubend aufsteigt, Verlockung und Warnung zugleich. Wir standen uns gegenüber, regungslos und voll mühsam verborgener Spannung, auch Nina, ja, auch sie. Aber ihre Aufgabe in unserm Spiel war die leichtere. Der stärker Ergriffene ist immer im Nachteil; sein Gefühl steht ihm überall im Wege, er stolpert über seine Leidenschaft und macht sich lächerlicher mit jeder Niederlage. Seine Chancen werden von Mal zu Mal geringer, während sein Gefühl im gleichen Maße wächst.

Ich habe noch eine Weile Zeit, sagte Nina, mit ihren Handschuhen spielend. Es waren dicke, gestrickte Fäustlinge; bei ihrem Anblick überfiel mich das Mitleid von neuem, und ich beschloß dafür zu sorgen, daß sie diese Handschuhe irgendwo liegen ließ; die Januarkälte würde sie zwingen, neue, pelzgefütterte von mir anzunehmen, ohne sie geradezu als Geschenk betrachten zu müssen.

Sie bemerkte meinen Blick. Häßlich, sagte sie, aber dafür sehr warm. Ohne Übergang fügte sie hinzu: Ich habe große Lust, heute noch in die Stadt zu gehen, irgendwohin. Ich war so lange nicht mehr in einem großen Café mit Musik. Warum lächeln Sie?

Ich hatte es in der Tat getan, denn es fiel mir ein, daß es ihr früher unerträglich war, Kaffeehausmusik zu hören. Ich erinnerte sie daran, und nun lächelte auch sie. Dieses Lächeln, mit der Erfahrung von Wandel und Vergänglichkeit beladen, schlug eine Brücke zwischen ihr und mir, zwischen heute und der Vergangenheit, und es bedurfte keiner besonderen Verabredung mehr. Ich legte einen Zettel in die Garderobe, für Helene bestimmt: »Bin ausgegangen. Rückkehr unbestimmt. Gute Nacht.« Nina las ihn, ich sah es, und unsere Blicke trafen sich. Es waren Verschwörerblicke, und ein fröhlicher Hauch von Jugend streifte mich, versäumte Jugend, versäumte Spiele, versäumte Torheiten. Eine Art Trunkenheit, von Leichtsinn und Verwegenheit gefolgt, begleitete mich auf die Straße. Es schneite mit sanfter Beharrlichkeit und mir war nach Weihnachten zumute. Ich führte Nina, ohne ihr vorher etwas zu sagen, zu »Schwarzwälder«. Sie war ein wenig verwirrt, aber nicht minder entzückt. Doch wählte sie das billigste Gericht. Ich nahm ihr die Speisekarte aus der Hand. Sie hörte mit ängstlicher Miene zu, als ich die Bestellung aufgab, und sie behielt während des Essens eine gewisse Abwehr bei, gleich

einem scheuen Tier, das sich verlocken ließ, an einen Futterplatz zu kommen, dem es aus Instinkt oder Erfahrung tief mißtraut. Ich fragte sie, was sie trinken wollte. Ich weiß nicht, ob es ihre zögernde Antwort war, die mich bestimmte, Sekt zu bestellen, obgleich ich mir sagte, daß es unfair und keineswegs klug sei, von der Wirkung des Alkohols irgendeine Lösung meiner verwirrten Lage zu erhoffen. Wieso geschieht es mir immer wieder, daß ich um Ninas willen etwas tue, was meinen Denkgewohnheiten zuwiderläuft, ja sie einfach kurzerhand überspringt? —
Am unteren Rand dieses Blattes stand in winziger, kaum leserlicher Schrift eine Notiz vom *2. März 1938*:

— Diese Beobachtung machte ich viele Jahre hindurch immer wieder, so daß sich mir schließlich die Frage aufdrängte, welches nun mein wahres Wesen sei, jenes, das ich kannte, das reagierte, wie es meine Vernunft erwartete, ohne Winkelzüge und Vertracktheiten, oder jenes fragwürdige, unberechenbare, versucherische, heimlich gewalttätige, ja böse Ich, das Ninas Nähe in mir weckte. Es bedurfte erstaunlicherweise fast eines Jahrzehnts, bis ich mich mit der simplen Erkenntnis abfand, daß beides ich war, allerdings, daß ich es aber jenem andern, dunklern Ich niemals gestatten würde, sein wildes triefendes Haupt frei zu erheben. Zu spät, Harmonie zu erreichen. Zu spät. Kein andrer Ausweg als: das Störende für immer zu ersticken. Es rächt sich in den Nächten, in denen unermeßliche Trauer um ungelebtes Leben und schreckliche Träume mich martern. —

Auf der nächsten Seite folgte die Fortsetzung des Berichts vom *15. Januar 1933.*

— Nina trank unvorsichtig, sie war es nicht gewöhnt, und ich hütete mich, sie zu warnen. Mit einem Vergnügen, das nicht rein war, beobachtete ich, wie allmählich ihr Gesicht und ihre Haltung sich entspannten. Wenheim lag weit entfernt, es verschwand im Nebel. Ninas Augen verloren die mißtrauische Aufmerksamkeit. Manchmal lächelte sie mich an. Dieses Lächeln galt nicht mir oder doch gewiß nicht mir allein, sondern dem Sekt, der Wärme, dem Rauch unsrer Zigaretten, dem behaglich-festlichen Abend. Auch ich trank, aber ich blieb nüchtern. Je gelöster sich Nina gab, desto mehr spannte sich mein Wille. Verbissen und genau verfolgte ich mein Ziel. Nina folgte mir arglos in die Betörung. Eine Blumenverkäuferin bot Rosen an. Ich hatte seit mehr als einem Jahrzehnt keine Blumen verschenkt. Es kostete mich einige Überwindung, dies jetzt zu tun; ich schämte mich, aber diese Scham war nicht ohne sublime Lust. Ich glaube, es waren sehr schöne Rosen. Nina beobachtete meinen Kauf gelassen, aber als ich ihr die Rosen gab, war sie sehr bestürzt. Die erschrockene Bewegung ihrer Hände zeigte mir, wie groß das Wagnis war, ihr mein Gefühl zu verraten. Man muß sie ins Wasser stellen, sagte sie kindlich verlegen.

Die Verzauberung kehrte wieder. Ninas Augen wurden müde und verschleiert. Süß verschleiert, dachte ich — ein Ausdruck, dessen ich mich jetzt beim Niederschreiben geniere, den ich aber trotzdem notieren will, denn er traf Ninas Wesen, so wie es sich mir gestern abend zeigte. Schließlich schien es mir an der Zeit, den sanften und zähen Angriff zu wagen. Was werden Sie tun, fragte ich, wenn Sie aus Ihrem Exil zurückkehren? Nun, sagte sie, das wissen Sie doch: ich werde weiterstudieren. Und dann? fragte ich. Sie sah mich träumerisch erstaunt an. Dann? Dann habe ich eben einen Beruf, dann werde ich arbeiten und nebenbei vielleicht schreiben. Erzählungen schreiben. Und dann? fragte ich weiter. Sie hob uninteressiert die Schultern. Dann — ja, das weiß ich doch nicht; dann lebe ich. Plötzlich wurden ihre Augen blank. Dann lebe ich, wiederholte sie mit klarer Entschlossenheit. Nina, sagte ich, es würde mich interessieren, wie Mädchen, Frauen Ihres Alters über die Ehe denken. Ach, sagte sie, noch immer arglos, darüber habe ich noch nie nachgedacht, aber ich glaube, ich möchte nicht heiraten, ich bin sehr gern allein, andere Menschen stören mich so leicht.

In einem plötzlichen Entschluß griff sie in ihre Handtasche, zog einen halbzerknüllten Zettel heraus und reichte ihn mir. Es war ein Gedicht. Nie vorher hatte sie mir etwas von dem gezeigt, was sie schrieb. Ich begann zögernd zu lesen. Ich hatte Angst, es könnte mir mißfallen. Was, so fragte ich mich, würde in mir vorgehen, wenn es ein wirklich schlechtes Gedicht wäre? Würde es mein Gefühl irritieren? Würde ich es ihr verzeihen, billigen Geschmack zu zeigen? Würde ich es mir verzeihen, jemand zu lieben, der schlechten Geschmack und Talentlosigkeit verriete? —

An dieser Stelle unterbrach ich unsere Lektüre. Ich konnte mich nicht mehr bezähmen.

Aber, sagte ich, das geht doch wirklich zu weit: die Liebe abhängig zu machen vom Talent des andern. Wenn man liebt, dann liebt man, und ob der andre nun mehr oder weniger kann, das ist doch nebensächlich.

Nein, sagte Nina lebhaft, nein, da muß ich Stein verteidigen. Sieh doch selbst: ist mein Gedicht schlecht, wirklich schlecht, nicht nur in der Form, sondern im Gehalt, sentimental und billig, dann kann man mit Sicherheit sagen, daß auch in mir Sentimentalität ist und der Hang zum Billigen. Jeder ist so, wie er schreibt. Du kannst nicht trennen. Wenn du scharf drauf achtest, wirst du alle Tarnungen durchschauen. Nein, nein, Stein hat ganz recht. Ich denke genau wie er. Es ist mir nicht möglich, einen Menschen zu lieben, der nichts kann. Das klingt grausam und intellektuell, nicht wahr?

Ja, sagte ich, das klingt fast brutal. Ich kann es allenfalls verstehen, wenn eine Frau so von den Männern spricht. Vom Mann kann man eine Leistung erwarten, Tätigkeit und Erfolg, beides. Aber eine Frau muß nichts leisten, sie ist einfach da; sie ist, was sie ist, ohne daß sie es mit einer Leistung beweist.

Nina sah mich nachdenklich an.

Ja, sagte sie, du hast recht, freilich hast du recht; aber wenn eine Frau begonnen hat, etwas zu tun, dann gibt es keinen andern Maßstab für das, was sie tut, als den, der an jede Leistung gelegt wird, ob sie von einem Mann oder einer Frau kommt.

Mit eindringlicher Melancholie fuhr sie fort: Ich habe mein Talent oft verwünscht, du kannst es mir glauben. Ich war hundertmal bereit, zu tauschen mit den Frauen, die heiraten, Kinder bekommen, ihre Möbel abstauben und im Garten Wäsche aufhängen. Warum lachst du?

Weil dir Staubwischen und Wäscheaufhängen so begehrenswert erscheinen.

Ach, sagte sie, du verstehst mich schon. Ich wünsche mir ein einfaches Leben, ganz klar geordnet, mit bestimmten sauberen Grenzen, gleichmäßig, ohne größere Gefahren. Jetzt lachst du mich einfach aus.

Ja, sagte ich, jetzt lache ich dich aus, weil du dir das ja gar nicht wirklich wünschst.

So, sagte sie aufsässig, weißt du das so genau? Glaubst du denn nicht, daß ich es auch einmal satt haben könnte, immer so zu leben wie ein ... ach, ich weiß nicht, wie ein Hase, über dem der Bussard kreist, Tag und Nacht?

Ehe ich etwas erwidern konnte, sagte sie leise: Aber du hast ja recht, ich will es nicht anders, und ich will auch mit niemand tauschen.

Sie legte flüchtig ihre Hand auf meinen Arm, eine scheue, aber zärtliche Gebärde, die ich schon mehrmals an ihr bemerkt hatte. Es klingt verrückt, sagte sie, aber es ist so: es gibt mitten im Schmerz eine windgeschützte Stelle, an die der Schmerz nicht gelangt, so heftig er auch ist, und an dieser Stelle sitzt eine Art von Freude, oder vielleicht nenne ich's besser triumphierende Zustimmung.

Ja, sagte ich, das weiß ich.

Sie sah mich erstaunt an: Woher willst du das wissen? Du kennst mich doch kaum.

Doch, ich weiß das. Ich spüre das, diese Unverletzbarkeit deines Wesens.

Ach, sagte sie rasch, wirklich? In letzter Zeit hat mich dieses Gefühl im Stich gelassen.

Ich weiß nicht, warum dieses Geständnis sie so verlegen machte, daß sie rot wurde. Sie beugte sich so tief über das Tagebuch, daß ich kaum mitlesen konnte. Erst später schob sie es näher mir zu.

— Ich wurde nicht enttäuscht. Es war kein vollendetes Gedicht, aber es war ein echtes Gedicht, auch wenn Nina noch nicht den völlig eigenen Ton gefunden hat. Ich erinnere mich nur mehr der Anfangsstrophe und des Schlusses. Mag sein, daß ich es nicht genau behalten habe. Eine Korrektur ist mir nicht möglich; Nina wollte mir den Zettel um keinen Preis überlassen.
Es ist nicht gut genug, sagte sie kurz und zerriß das Papier ohne Bedauern, mit einer einfachen und entschlossenen Bewegung. Alles, was mein Gedächtnis behielt, ist dies:

> Störet mir, oh dies eine Mal
> Störet nicht die scheuen Wesen,
> Die mir heute aus den Wäldern folgten,
> Die, uraltes Wissen heilig stumm verkündend,
> Großäugig wartend aus den Büschen traten,
> Da schweigend ich im Dunkeln ging.

Die Schlußzeilen wiederholten den Anfang:

> Doch ihr, ihr andern, störet nicht
> Dies eine Mal, ach, störet nicht
> Die scheuen Wesen, die ihr bei mir ahnt.

Außerdem entsinne ich mich einer Zeile, aus dem Zusammenhang gerissen. Sie hieß: Oh ihr, Verführende zum großen Tod. Es ist schön, sagte ich zu Nina. Schade, daß Sie es zerrissen haben. Können Sie es auswendig?
Nein, sagte sie, ich habe es schon wieder vergessen. Was geschrieben ist, das ist vergessen. Es geht mich nichts mehr an. Es sagt ja nur etwas, das schon vorüber ist. Ich bin inzwischen schon wieder älter geworden.
Aber, wandte ich ein, Sie haben es doch erst vor drei Tagen geschrieben, ich sah das Datum.
Vor drei Tagen, sagte sie, und drei Tage sind eine lange Zeit. Sie zerknüllte die Papierfetzen und schob sie in ihre Tasche. Aber, fuhr sie fort, haben Sie nun verstanden, warum ich allein bleiben will? Man braucht so viel Einsamkeit.
Sie sah mich kindlich offen und mit sachlicher Neugier an: Sie nicht? Brauchen Sie nicht auch so viel Alleinsein?
Wie sie mich entwaffnete mit ihrem klaren Blick und ihrer Frage!
Doch, anwortete ich, doch, Nina, auch ich brauche Einsamkeit. Aber ich habe zuviel davon, viel zu viel, und schon zu lange.
Sie senkte die Augen, und ich war sicher, daß sie mich verstanden

hatte. Aber als ich sah, daß sie an ihrer Lippe kaute, in angestrengtem Nachdenken wie ein Schulmädchen, das die Antwort nicht weiß, wurde ich tief unsicher. Sie denkt nach, dachte ich enttäuscht, sie fühlt nicht, sie hat mich nicht verstanden. Ich gab mich geschlagen; ich legte die Waffen ab, und eine große Ernüchterung machte mich frieren. Es ist unmöglich, so dachte ich erbittert, Nina zu gewinnen, unmöglich schon, ihr nahezukommen. Sie ist ein elbisches Wesen, verlockend, unschuldsvoll, ohne tugendhaft zu sein, und wissend aus Instinkt, doch fern und fremd und nicht zu halten. Und doch hatte ich schon jenes Gesicht gesehen, das sie einst haben wird, wenn sie Frau geworden ist. Was muß ihr noch geschehen, bis sie ihre menschliche Seele erkennt? Während ich dies dachte, bemerkte ich plötzlich Ninas Blick auf mir.

Es tut mir so leid, sagte sie leise.

Was tut Ihnen leid? — Die Bitterkeit meiner Überlegungen gab diesen Worten eine ironische Schärfe.

Alles, sagte sie traurig und rätselhaft. Ich fand keine Erwiderung. Noch leiser fügte sie hinzu: Daß Sie so allein sind.

Die unverhüllte Schwermut in ihren Augen zeigte mir, daß sie mich verstanden hatte, aber auch, daß sie wußte, sie könne mir nicht helfen. Wir sahen uns eine Weile schweigend voller Nachsicht, Trauer und Wärme an, dann war auch dieser Augenblick vorüber. Jetzt muß ich gehen, sagte sie. Ich brachte sie vor das Haus ihrer Mutter. Wir sprachen kein Wort mehr. Erst beim Abschied sagte sie: Ich danke Ihnen; und wenn Sie wollen, komme ich morgen auf einen Sprung, um Ihnen das Ergebnis zu berichten. Soll ich?

Es lag mir nahe, nein zu sagen, nein, komm nicht wieder, ich ertrage es nicht, aber ich sagte: Ich werde mich freuen. Sie warf mir einen Blick voller Zweifel, ängstlicher Spannung und elbischer Überlegenheit zu, der mich von neuem in Unruhe und Unsicherheit stürzte.

Die Nacht, die diesem Abend folgte, brachte mir keinen Schlaf. Der Schmerz über meine erneute Niederlage gewann nicht die erwartete volle Gewalt über mich, denn der Gedanke, Nina am nächsten Tag wiederzusehen, enthielt eine starke und schützende Beglückung. So verbrachte ich Stunde um Stunde in einem zart schwebenden Zustand erträglichen Leidens, der auch noch den Vormittag über anhielt, bei Beginn der Nachmittagsvorlesung aber schon in die tobende Qual des Wartens umschlug. Ich brach die Vorlesung, entgegen aller Gewohnheit, vorzeitig ab und fuhr so rasch nach Hause, daß ich eine Gartenmauer streifte und Kotflügel und Stoßstange verbog.

Nina kam kurz nach mir. Sie erklärte, sie habe nicht länger als eine Viertelstunde Zeit, sie müsse zum Zug, es sei der letzte am

Tag. Ich bot ihr an, sie mit dem Auto nach Wenheim zu bringen. Nein, sagte sie bestimmt, nicht bei dem Schnee, und es schneit immer noch weiter, Sie würden steckenbleiben. Ich fragte sie, ob sie glaube, ich habe noch nie Fahrten im Schnee gemacht. Aber sie blieb hartnäckig. Auf der Stuhlkante sitzend, halb schon auf der Flucht, berichtete sie rasch, daß Dr. Baum keinerlei Schaden an der Lunge festgestellt habe. Sie war erleichtert, ohne besonders glücklich darüber zu sein. Offenbar war ihr der Gedanke, krank zu sein, weniger schrecklich als andern Menschen. Trotzdem bitte ich Sie, sagte ich, von jetzt an die Quelle möglicher Ansteckung zu meiden. Sie warf mir einen raschen, schrägen Blick zu. Ich wünschte, ich könnte, sagte sie. Das war alles, was ich erfuhr. Sie erlaubte es, daß ich sie zur Bahn brachte. Während der Fahrt schwiegen wir, da ich meine volle Aufmerksamkeit brauchte, um durch das fast undurchdringlich dichte Schneegestöber zu finden. Beim Abschied sagte sie: Ich werde Ihnen schreiben. Dann war sie meinen Augen entschwunden. Ich hatte vergessen, ihr die Pelzhandschuhe zu geben, die ich für sie gekauft hatte.

Ich blieb in großer Verwirrung zurück, in einer abwartenden Ungewißheit, die durch nichts gerechtfertigt ist, denn Nina ließ mir nicht die geringsten Zweifel darüber, daß sie mich nicht liebt. Aber, so sagt mein Verstand, wie kann sie wissen, daß sie mich nicht liebt? Sie kennt sich selbst noch nicht, sie ist noch nicht interessiert an der Liebe. Sie weiß nicht, was es ist. Vielleicht wird sie lernen, es zu wissen. Vielleicht wird sie mich eines Tages lieben.

18. Januar 1933.
— Meine verzweifelte Torheit ist so weit fortgeschritten, daß ich diesen Unsinn wirklich glaube. Ich hoffe allen Ernstes darauf, Nina heiraten zu können. Mit dem blinden Eigensinn eines Knaben sage ich mir: ich will sie haben. Was ist mit mir geschehen. Auf welche Ebene habe ich mich begeben. Welcher Absturz ins Primitive! So war also meine kristallene Geistigkeit, deren ich mich so sicher glaubte, nichts als meine Lebenslüge? Ein unerträglicher Gedanke. Aber wozu ihn denken. Ich liebe Nina. Ich erwarte ihren Brief. Ich liefere mich mehr als je mit vollem Bewußtsein jenen Mächten aus, die ich seit meiner Jugend bekämpfe. Und dabei weiß ich, weiß ich mit aller Schärfe, daß ich mein Gesetz überschreite. Warum lasse ich es nicht bei einer schönen Freundschaft mit Nina bewenden? Sie gelänge uns. Aber ich kann nicht. Schon bin ich meiner nicht mehr mächtig. Die Zerstörung schreitet triumphierend fort. Was schrieb ich da eben? Wer hat mir diesen seltsamen Satz diktiert? Warum überhaupt schreibe ich all diese belanglosen, törichten unreifen Gedanken auf? Ich schäme mich ihrer. —

25. Januar 1933.
— Endlich der Brief von Nina. —

Er war mit einer bereits verrosteten Klammer an die nächste Seite geheftet.

23. Januar 1933.
Lieber Herr Doktor Stein, ich habe seit vielen Monaten nur mehr Geschäftsbriefe geschrieben, und es fällt mir schwer, an Sie einen andern, so ganz andern Brief zu schreiben. Aber ich habe es Ihnen versprochen, und auch wenn ich das nicht getan hätte, müßte ich schreiben.

Sie sagten, Sie seien sehr einsam, und ich sagte darauf, das täte mir so leid. Das mußte Ihnen als Phrase erscheinen. Aber es ist wahr. Ich weiß seit langem, daß alle Menschen einsam sind und daß das unabänderlich ist und schrecklich. Als ich neulich zu Ihnen kam, hatte ich das Bedürfnis, Ihnen vieles zu erzählen. Aber dann fühlte ich plötzlich, daß dies ganz sinnlos gewesen wäre. Man soll nicht über sich sprechen, aus purem Egoismus nicht, denn wenn man sein Herz ausgeschüttet hat, bleibt man ärmer und doppelt einsam zurück. Es ist eine Illusion, zu glauben, daß man einem Menschen um so näher kommt, je mehr man ihm anvertraut. Ich glaube, es gibt keine andere Möglichkeit der Nähe als die schweigende Übereinstimmung. Sie und ich, wir haben diese Übereinstimmung nicht ganz, nicht rein und nicht immer. Sie sind so viel älter und klüger als ich. Ich habe großen Respekt vor Ihrer Leistung, und ich bin dankbar für Ihre Freundschaft. Aber Ihre Nähe macht mich unfrei: Sie drängt mich in eine Richtung, die ich nicht will. Sie machen mich zu einem schüchternen jungen Mädchen, und zugleich erwarten Sie von mir Entscheidungen, die nur eine Frau treffen kann. Verstehen Sie doch bitte, daß ich keins von beiden bin. Ich weiß nichts so gewiß, als daß ich frei sein muß. Ich fühle, daß ich hundert Möglichkeiten in mir habe, alles in mir ist noch unentschieden und ganz am Anfang. Wie könnte ich mich da auf irgend etwas festlegen. Ich weiß ja nicht, wie ich bin. Das mag Ihnen ein seltsamer Ausspruch scheinen. Aber es ist wirklich so, ich weiß es nicht. Ich bin nicht mehr so jung, daß ich nicht begriffen hätte, was Sie mir angeboten haben. Aber es würde Sie nur unglücklich machen. Ich weiß das, obgleich ich keine Erfahrung habe. Ich will auch keine Erfahrungen dieser Art machen. Wenn ich ganz ehrlich bin: ich habe keinen andern Wunsch, als den, schreiben zu können. Glauben Sie, ich hielte das Leben in dieser kleinen toten Stadt, bei der unaufhörlich sterbenden Alten, zwischen Salzsäcken und Essigfässern aus, wenn mir dies Äußere nicht völlig gleichgültig wäre? Ich lebe in einer Welt, die ohne Zugang von außen ist. Wenn ich

74

je einem Menschen erlauben würde, sie zu betreten, dann wären Sie es. Aber ich werde es nicht erlauben. Glauben Sie nun nicht, daß ich nicht hin und wieder abtrünnig werde und das Alleinsein als Last empfinde. Es gibt Tage, die sehr schwierig sind.

Übrigens schulde ich Ihnen eine Erklärung. Ich sagte Ihnen, ich glaubte mich angesteckt zu haben. Nun: bis jetzt ist es nicht so, aber es könnte noch geschehen. Ich bin fast täglich mit einem Lungenkranken zusammen. Er ist Student der Theologie, er hat schon die niedern Weihen, aber er ist erkrankt und wartet zu Hause, bis er einen Freiplatz im Sanatorium bekommt. (Er ist sehr arm.) Er selbst glaubt, es sei schon zu spät für ihn, er rechnet mit seinem Tod. Für mich ist es gut, jemand zu haben, mit dem ich reden kann. Er hat mich in die katholische Dogmatik eingeführt; sehr interessant, wenngleich ich die hochmütige Sicherheit aller Dogmatiker nicht leiden kann und wenngleich ich für diesen Theologen eine Ketzerin bin. Hin und wieder hat er mich geküßt, ich ließ es geschehen, bis zu dem Tag, an dem es mich vor seinem Verfall zu ekeln begann. Er merkte meinen Widerstand und sagte: Jetzt gibst du mich auf, weil du den Tod witterst. Was sollte ich tun? Ich konnte ihm nicht sagen, daß ich mich ekelte. Ich lasse ihn gewähren, und nun wollte ich Sie fragen, ob man etwas tun kann, daß man sich nicht ansteckt dabei. Wenn ich meinem natürlichen Gefühl folgen würde, müßte ich es dem Mann verbieten, mich zu besuchen. Aber von diesen Besuchen bei mir lebt er; die Hoffnung auf mich läßt ihn buchstäblich am Leben. Wie könnte ich ihm diese Illusion nehmen? Was ist besser: diese sanfte, hilfreiche Lüge oder die harte Aufrichtigkeit? Ich habe manchmal die furchtbare Ahnung, als könne man nur in Kompromissen leben. Aber ich will es nicht. Ich kann es nicht. Ich werde eines Tages auch hier die Wahrheit sagen müssen. Dann wird er mich mit Recht fragen: Warum hast du es dann so weit kommen lassen? Dann werde ich sagen müssen: Aus Schwäche und dummem Mitleid. Vielleicht kann man nicht ohne Geheimnisse leben. Über all das möchte ich mit Ihnen sprechen. Aber ich kann es nur im Brief.

Das ist nun ein sehr langer Brief geworden, und ich habe viel zu viel gesagt und immer von mir gesprochen, genau das, was ich nicht wollte. Am liebsten würde ich diese Blätter zerreißen. Aber dann würde ich mein Versprechen nicht halten können, denn ein zweiter Brief gelänge mir nicht.　　　　　　　　Ihre N. B.

Die Rückseite des letzten Blattes dieses Briefs war von Nina nicht beschrieben. Dafür trug es eine kleine Notiz von Steins Hand:
— Nina hat mir einige Jahre später erzählt, sie habe diesen Theologen wieder getroffen. Er sei Pfarrer geworden, Domprediger, völlig geheilt. Sie haben sich begrüßt, ohne irgendeine An-

spielung auf die Vergangenheit zu machen. Bestimmt, so sagt Nina, ahnt keiner seiner Zuhörer in der Kirche, daß er Anfechtungen hinter sich hat, an die er nicht mehr erinnert werden will. Nina sagt das ohne Ironie und Bosheit, aber ihre trockene Sachlichkeit wirkt härter und schärfer als Spott. —

Nina gähnte. Das habe ich ganz vergessen, sagte sie, wie sonderbar, daß man manches einfach vergißt. Aber ich bin müde.
Dann, sagte ich, wollen wir schlafen gehen.
Ach, schlafen. Ich kann doch nicht schlafen. Aber wie selbstsüchtig ich bin! Du wirst schlafen wollen und du sollst auch schlafen. Du liegst hier auf der Couch, und ich hol mir den Liegestuhl von Frau Bertram herüber, das ist meine Nachbarin. Decken leiht sie mir auch.
Ich ging mit zu Frau Bertram. Es war eine freundliche alte Frau. Sie brach augenblicklich in Klagen aus: Mein Gott, wie wird mir Frau Buschmann fehlen! Als ich krank war, da war sie die einzige, die sich um mich gekümmert hat bei all ihrer vielen Arbeit. Das werde ich nie vergessen, wie sie nachts beim Gewitter in die Apotheke gelaufen ist.
Ach, sagte Nina müde, das ist nicht der Rede wert. Dafür haben Sie mich oft genug getröstet.
Ich Sie getröstet? Ja wann denn? Haben Sie denn jemals Trost gebraucht?
Manchmal ja. Wenn ich abends zu Ihnen kam und dahinten am Ofen saß und Sie mir Hagebuttentee kochten.
Aber da waren Sie doch immer sehr lustig. Da haben Sie mir doch die komischen Geschichten alle erzählt.
Ja eben, sagte Nina und griff nach dem Liegestuhl. Die alte Frau bot mir ihr Gästezimmer an, aber Nina sagte: Nein, heute nacht wollen wir beisammen sein, zum ersten- und letztenmal.
Die Frau schüttelte den Kopf: Jetzt redet sie schon wieder so traurig, flüsterte sie mir zu, sie hat einen Kummer, aber sie sagt ja nichts.
Während ich im Badezimmer war, richtete Nina unsere Lager. Sie hatte den Liegestuhl so gestellt, daß wir uns ansehen konnten. Ich nehm ein Schlafmittel, sagte sie, willst du auch?
Es war der Zufall, der mich eine kleine Beobachtung machen ließ: Nina hatte zwei Tassen vor sich stehen mit kaltem Tee. In eine warf sie das Schlafpulver, in die andre nicht. Dann nahm sie die Tasse ohne Pulver an sich und brachte mir die andre ans Bett.
Ich wollte sie auf ihren Irrtum aufmerksam machen, aber auf einmal kam mir der Verdacht, daß es Absicht war, eine undurchschaubare Absicht. So nahm ich also die Tasse, tat, als ob ich trinken würde, und stellte sie weg.

Nina löschte das Licht. Wir lagen still im Dunkeln und hörten einen D-Zug vorüberfahren in der Nacht und den Frühlingswind über der Stadt.

Nach einer Weile fragte Nina leise: Schläfst du?

Nein, ich schlief nicht.

Weißt du, sagte sie ganz unvermittelt, die meisten Menschen haben kein Schicksal. Daran sind sie selber schuld, sie wollen keins, sie nehmen lieber hundert kleine Stöße hin als einen einzigen großen Stoß. Aber die großen Stöße tragen sie vorwärts, die kleinen drängen einen nach und nach in den Dreck, aber das tut nicht weh, das Abgleiten ist bequem. Weißt du, mir kommt das so vor, wie wenn ein Geschäftsmann, der dicht vor der Pleite steht, den Bankrott vertuscht und da und dort Geld zu leihen nimmt und dafür sein Leben lang Zinsen zahlt und ein kleiner Mann bleibt, der immer Angst hat. Ich bin dafür, daß man immer mal wieder seinen Bankrott erklärt und dann von vorn beginnt.

Schläfrig sagte ich: Ja. Ich konnte ihr kaum folgen.

Ach, rief sie enttäuscht, du verstehst mich nicht. Ich meinte: man soll es sich immer eingestehen, wenn man auf einem Weg nicht mehr weiterkommt.

Dies war das letzte, was ich hörte, dann schlief ich ein.

Mitten in der Nacht wachte ich auf. Eine schwache Helligkeit war im Zimmer. Ninas kleine Tischlampe brannte, war aber mit einem Tuch abgeschirmt. Vor Ninas Liegestuhl war ein Hocker, auf dem, an eine Konservendose gelehnt, ein Bild stand. Es war ein Porträtphoto, und erst schien es mir, als wäre es ein Bild Ninas. Aber als sie sich bewegte, merkte ich, daß es nur ihr Spiegelbild im Glas war. Ich mußte wohl ein leises Geräusch gemacht haben, denn sie drehte sich hastig um und betrachtete mich aufmerksam mit zusammengezogenen Brauen. Aber ich atmete gleichmäßig wie im tiefsten Schlaf, und meine Augen waren bis auf einen schmalen Spalt friedlich geschlossen. Genau durch diesen Spalt sah ich nun das Bild. Es war ein männliches Gesicht, großflächig und ungewöhnlich. Als Nina sich versichert hatte, daß ich schlief, beugte sie sich wieder zu dem Bild, und nun sah ich, was sie tat. Sie schaute es nicht einfach an, sie brachte ihr eigenes Gesicht, ihr Spiegelbild, so nahe an das Gesicht im Bild, daß beide sich deckten; sie taten es vollkommen, Auge auf Auge, Mund auf Mund, alle Flächen gingen ineinander auf; keins war mehr vom andern zu unterscheiden. Dies kam mir im Augenblick nicht so seltsam und unheimlich vor, wie es mir einige Tage später erschien, als ich mit den Bildern meines Mannes und einiger andrer Leute das gleiche versuchte: es gelang nicht, um keinen Preis. Immer stimmte irgend etwas nicht, und eigentlich wundert mich das nicht. Auch in jener Nacht wunderte es mich

nicht. Es machte mir nur Sorge, wie Nina dasaß, unbeweglich, eine halbe Stunde lang, es war kalt im Zimmer, das Fenster stand einen Spalt weit offen, und es zog herein, die Märznacht war rauh, in dieser Stadt sind Vorfrühlingsnächte besonders frostig, und Nina hatte nur ihr Nachthemd an. Sie war schließlich so versunken, daß sie nicht einmal mehr hörte, wie ich aus Versehen an die Wand stieß. Plötzlich nahm sie die Hände von dem Rahmen und ließ sie fallen, und wie sie es tat, war so hoffnungslos, daß es mir ins Herz schnitt. Dann wickelte sie das Bild voller Behutsamkeit in ein wollenes Tuch und schob es in ihre Mappe. Gleich darauf drehte sie das Licht ab, aber hundert kleine, kaum hörbare Geräusche verrieten mir in der nächsten Stunde, daß sie nicht schlafen konnte. Ich überlegte mir, ob ich etwas sagen sollte; sie war so allein mit ihrem Kummer, vielleicht sehnte sie sich danach, mit mir zu reden. Aber warum hatte sie mir dann das Schlafmittel gegeben? Sie wollte, daß ihr die Nacht allein gehörte. Es war die Zeit, in der sie mit diesem Mann ungestört allein war. So verhielt ich mich regungslos. Eine Weile später, es hatte eben zwei Uhr geschlagen, wurde es von neuem hell im Zimmer, und ich sah, wie Nina mit unendlicher Behutsamkeit, mich nicht zu wecken, einen Schreibblock aus der Mappe zog und, halb im Liegen, halb im Sitzen, zu schreiben begann. Ich dachte: sie schreibt einen Brief an diesen Mann, einen Brief, den sie gewiß nicht abschickt. Nina war nicht die Frau, die Briefe abschickte, Briefe in einer solchen Nacht geschrieben, in der das Gefühl wild überhandnimmt und unkontrollierbar wird. Als ich erwachte, war es Morgen, acht Uhr, die Sonne schien durch einen leichten blauen Nebel, aber Ninas Tischlampe brannte noch immer. Ihr Licht war fahl und machte Ninas Gesicht fast grün. Der Schreibblock lag auf dem Boden, den Bleistift hielt Nina noch lose zwischen den Fingern. Sie hing halb über dem Liegestuhl wie eine Tote. Sie schlief, wie nur völlig Erschöpfte schlafen: gefühllos wie ein Stein, nicht zu wecken, unerreichbar weit weg.
Ich stand leise auf, drehte das Licht aus und ging ins Bad. Als ich wiederkam, lag sie noch genau so da, nur der Bleistift war ihr inzwischen aus den Fingern gerollt und lag quer über dem offenen Schreibblock, dessen Blätter sich im Fallen unordentlich eingebogen hatten. Ich setzte mich ans Fenster, so, daß ich fast gleichzeitig Nina und die Straße sehen konnte. Ninas Wohnung erinnerte mich in diesem blassen Morgenlicht mit den zugenagelten Kisten und Koffern an eine Bahnhofshalle oder einen Wartesaal, ungemütlich und provisorisch. Sicherlich hatte es sonst anders hier ausgesehen, wohnlich und warm. Eine Frau wie Nina, ich sah das an ihren Kleidern, hatte die Gabe, überall sich mit Geschmack ein Nest zu bauen, ganz gewiß konnte sie das. Aber ebenso sicher war ich, daß sie es nur von Zeit zu Zeit tat und

dann plötzlich wieder die Lust daran verlor und alles aufgab. Sie war keine von jenen Frauen, die festhalten, um jeden Preis festhalten, was sie haben. Sie hatte etwas Nomadenhaftes an sich, ihr Leben war ein Provisorium. Sie baute ihr Zelt, wohnte eine Weile irgendwo, ließ ihre Augen und Ohren grasen, bis sie das Land kannte, dann brach sie ohne Zögern das Zelt wieder ab und zog weiter. In ihrem Gesicht war das wilde Glück der Freiheit und die Trauer der Heimatlosen, beides, und beides sogar noch im tiefsten Schlaf. Als ich sie so ansah, dachte ich plötzlich: Ein vollgelebtes Leben; ich dachte es immer wieder wie den Refrain eines Liedes. Ich schaute auf die Straße, die mit all ihrer morgendlichen Geschäftigkeit da unten vorbeilief, unverbraucht und voller Eifer, und ich wurde von melancholischen Gedanken überfallen. Da fangen sie jeden Tag wieder mit neuen Hoffnungen an, dachte ich, und dann wird es Mittag und es wird Abend, und was ist geschehen? Nichts, als daß wieder ein Tag dahinging. Tag um Tag dasselbe. Zum Verwechseln ähnlich einer dem andern. Ich dachte an mein eigenes Leben. Ein beneidenswert schönes, ruhiges Leben ohne Katastrophen, ohne Geldsorgen, mit Konflikten so belanglos, daß sie mit ein wenig Selbstbetrug und Nachsicht spurlos zu beseitigen waren. Ich wollte es nicht mehr. Ich sah Nina an. Da lag sie noch immer und schlief und hatte alles, was sie sich nur wünschen konnte: Begabung und Leben und Leidenschaft und diesen Mann. Ich bin ja eifersüchtig, dachte ich, ich bringe dieses männliche Gesicht nicht mehr aus dem Kopf, aber es ist ja gar nicht dieses Bild, es ist die ganze nächtliche Szene, diese stumme, gewalttätige Leidenschaft, dieses unheimliche Überwindenkönnen, der Abschied. Sie liebt ihn mehr als ihr Glück, sagte ich mir voller Neid. Wenn ich sie noch lange so ansehen muß, werde ich sie noch hassen. Aber ich lächelte über mich. Du kannst sie doch nicht hassen, dachte ich, sie ist doch deine Schwester. Aber das war kein Grund, sie nicht zu hassen. Es gab nur einen Grund, es nicht zu tun: ich konnte überhaupt nicht hassen; ich hatte es nie gekonnt und nie versucht.
Plötzlich schlug sie die Augen auf, sofort hellwach.
Wie spät ist es? fragte sie.
Erst halb acht Uhr, log ich; es war neun.
Sie seufzte erleichtert, dann griff sie nach dem Block auf dem Boden und sagte: Mir ist heut nacht plötzlich eingefallen, daß ich der Zeitung noch eine Geschichte schuldig bin, ich hab sie fest versprochen, und trotzdem hab ich sie vergessen. Aber ich muß sie unbedingt abliefern, ehe ich nach England gehe. Sie warf mir den Block zu. Ich weiß nicht, ob sie was taugt, die ganze Sache. Willst du sie lesen, während ich im Bad bin?
Aber sie ging nicht ins Bad. Sie fiel wieder auf ihr Kissen zurück, murmelte noch einiges und schlief wieder ein.

Es war also kein Brief, was sie geschrieben hatte in der langen Nacht, sondern eine Arbeit, eine Pflichtarbeit, ein eingelöstes Versprechen, eingelöst trotz aller Müdigkeit, trotz Verzweiflung und Abschied.

Ich begann zu lesen:

Am 22. April 1945 erreichte Hanna B. die Grenze des Bezirks, in dem sie gewohnt hatte, ehe sie verhaftet worden war. Aber sie war immer noch etwa dreißig Kilometer von ihrem Heimatort entfernt. Es war Frühling und es regnete sanft und lau in die Blüten. Das ganze Land blühte, aber es sah verlassen aus. Hanna war der einzige Mensch weit und breit. Es wurde dunkel und es regnete stärker. Sie war schon naß bis aufs Hemd, denn sie war den ganzen Tag durch den Regen gegangen und sie hatte keinen Mantel. Sie ging sehr langsam. Sie konnte nicht schneller gehen, sie war todmüde und halb verhungert, sie hatte viel zu große Schuhe an, und die dicken, blaurot quergestreiften, durchlöcherten Zuchthausstrümpfe hatten ihre Fersen schon am ersten Tag der Wanderung wundgescheuert. Nun war sie fünf Tage unterwegs. Am 17. April waren plötzlich früh, lang vor Morgengrauen, alle Zellen aufgeschlossen worden. Die Aufseherinnen, der Gefängnisverwalter, der Direktor, die Sträflinge, einige Gestapo-Leute und der Staatsanwalt, alle liefen in wilder Hast durcheinander. Die Sträflinge mußten antreten im Hof, wie immer in Reih und Glied, aber niemand kümmerte sich an diesem Morgen darum, ob die Reihe gerade war. Sie standen still, sie waren schlaftrunken und hoffnungslos. Eine Laterne brannte rechts vom Tor, eine andere links. Das Licht war grell. Es beleuchtete scharf die vierhundert Frauen in ihren Zuchthauskitteln und den Holzpantoffeln. »Ist wieder eine ausgebrochen?« fragte jemand leise. Niemand antwortete. Hanna hatte in der Nacht fernes Schießen gehört, Geschützdonner von der Front vielleicht, vielleicht aber nur das gewohnte dumpfe Geräusch der Bomben. Aber jetzt, in der Morgendämmerung, hörte sie es plötzlich wieder. Alle hörten es, aber keine sagte etwas. Sie hatten schon zweimal so gestanden, abmarschbereit oder vielleicht auch zur Entlassung, sie wußten es nicht, niemand redete mit ihnen; nun glaubten sie an nichts mehr. Plötzlich kam der Direktor aus dem Haus. Einer seiner beiden Hosenträger hing herunter, und sein rechtes Schuhband war aufgegangen. »Der Feind ist fünfzig Kilometer vor der Stadt«, sagte er. »Ich entlasse Sie.«

Er sagte Sie. Er hatte immer nur »ihr Pack« gesagt oder »das Gesindel«.

»Ich lasse Ihnen Ihre Sachen aushändigen. Sie bleiben hier und warten, bis man sie Ihnen gibt. Sie bekommen außerdem pro Person einen Wecken Brot und vier Kartoffeln. Das ist alles, was wir noch haben. Und dann schauen Sie zu, daß Sie möglichst rasch von hier verschwinden.«

Keine rührte sich. Es kam zu überraschend. Es traf sie unvorbereitet vor Tagesanbruch, auf nüchternen Magen, und sie glaubten nicht mehr an Rettung. Sie blieben wie gelähmt in Reih und Glied stehen, bis jede ihren Entlassungsschein hatte. Erst als die Aufseherinnen mit den Körben kamen, in denen die Zivilkleider und die Brote waren, begannen sie zu reden, alle auf einmal.

»Jetzt schicken sie uns fort«, rief eine, »jetzt, wo wir nicht mehr heimkönnen, wo kein Zug mehr geht, nach keiner Richtung mehr. Im Westen die Amerikaner, im Osten die Russen.«

»Und dazwischen«, schrie eine andere, »die Deutschen mitsamt der SS und der Gestapo.«

»Und die Werwölfe?«

»Ach«, rief jemand, »die beißen nicht mehr. Die schlottern ja selbst vor Angst.«

Daraufhin wurde es eine Weile still; in diesem Augenblick begriffen sie die ungeheuerliche Wendung ihres Schicksals. Die SS hat Angst. Das fiel wie ein Blitz in ihre stumpf gewordenen Gehirne.

Dann brach der Lärm von neuem los. Ein paar Mädchen, Kriminelle, heulten laut. »Wohin sollen wir denn? Wir können nicht mehr heim. Hier ist wenigstens ein Dach über unserm Kopf. Wir können doch nicht auf dem Feld schlafen.«

Niemand kümmerte sich um sie. Alle waren beschäftigt damit, ihre Kleider zu bekommen. Jedes Kleidungsstück war numeriert, und die ganze Verteilung begann rasch und ordentlich vor sich zu gehen. Diejenigen, die ihre Sachen hatten, zogen sich an Ort und Stelle in aller Eile um. Sie ließen ihre Zuchthauskittel, die zerfetzten grauen Röcke und die seit vielen Wochen nicht gewaschenen Hemden fallen. Die Polizisten, die rauchend auf der Treppe hockten, schauten nicht einmal hin. Als die Häftlinge, die noch warten mußten, sahen, wie die andern die stinkende graue Zuchthauskleidung auf einen Haufen warfen, verloren sie plötzlich den Verstand. Niemand gab das Kommando dazu, aber mit einem Mal stürzten sich alle auf die Körbe und rissen Jacken, Mäntel, Schuhe und Strümpfe heraus, wühlten in dem Haufen, kratzten, bissen und schrien. Die Aufseherinnen schlugen mit den Fäusten auf sie ein; es nützte nichts. Sie riefen die Polizisten, die unbeteiligt grinsend zusahen. Nur einer kam, ohne Eile. Er betrachtete das wilde Getümmel, dann spuckte er aus, winkte einem jungen SS-Mann und sagte gelangweilt: »Schieß mal, daß die Schweine Angst kriegen.« Der junge Kerl schoß. Es wurde einen Augenblick lang still, nicht länger. Dicht neben Hanna war eine alte Frau bei dem Schuß umgesunken. Der Schreck hatte sie getötet. Hanna schrie, aber niemand achtete auf sie. Der SS-Mann beobachtete sie. Er sah sie an und rief ihr nachlässig zu: »Halts Maul du, sonst kommst du nicht lebend hier heraus. Auf eine mehr oder weniger kommt's nicht an.« Dann schlenderte er zu der Toten und zog sie an den Armen über den Hof und zu einem Kellerloch. Keiner der Polizisten rührte sich. Sie schauten nicht hin. Mehr sah Hanna nicht, denn plötzlich erschien der Direktor wieder, pfiff auf einer grellen Trillerpfeife und rief: »In fünf Minuten muß der Hof geräumt sein.«

Hanna bekam ein paar Schuhe, die viel zu groß waren. Strümpfe waren keine mehr da, so behielt sie ihre Zuchthausstrümpfe an. Ihr eigenes Kleid fand sich erstaunlicherweise, aber ihr Mantel war weg. Kurz nach fünf Uhr wurde das schwere eiserne Tor geöffnet. Die Frauen, ihre Brotwecken unterm Arm, die Kartoffeln in den Manteltaschen, standen eine Weile unentschlossen davor, bis man sie hinaustrieb wie eine Herde störrischer Kühe. Das Tor blieb hinter ihnen offen. Hanna war unter den letzten, die gingen. Die politischen Häftlinge hatten es nicht eilig. Sie blieben eng zusammen. Die Stadt schlief noch. Man hörte nichts als die Schritte der vierhundert Entlassenen, die sich rasch nach allen Seiten hin zerstreuten. Die acht Politischen gingen eilig und stumm fort. Erst auf einem Hügel vor der Stadt machten sie halt.

»Sterne«, rief eine, »so viel Sterne« und betrachtete weit nach hinten gebeugt den Himmel, den sie so lange nicht mehr gesehen hatte.

»Was wollen wir jetzt tun?« fragte Hanna. »Wir haben kein Geld, Züge fahren nicht mehr. Ich geh zu Fuß nach Hause. Es sind achtzig Kilometer. Wer mit mir gehen will, den kann ich bei mir daheim unterbringen.«

Zwei von den acht waren in der Nähe der Stadt zu Hause, zwei andere im Westen, nahe am Rhein, die andern im Norden. Im Westen und im Norden war der Krieg. Aber die zwei aus dem Westen erklärten, sie kämen sicherlich durch die Front; Schlimmeres als das Zuchthaus könnten sie nicht mehr erleben.

»Ihr könnt erschossen werden«, sagte eine. Aber sie zuckten nur die Achseln. Sie rechneten nicht mehr mit dem Tod, jetzt nicht mehr. Sie gingen rasch und unaufhaltsam fort, dem Geschützdonner entgegen.

»Narren«, sagte die eine von den Zurückbleibenden.

»Ob die wohl je heimkommen?« fragte die andre und fing plötzlich an zu weinen.

»Und wir?« sagte die erste und begann ebenfalls zu weinen.

»Kommt jetzt«, sagte Hanna. »Wir laufen mit dem Krieg um die Wette.«

Ehe die Stadt im Tal versank, blickten die beiden voller Haß zurück, aber Hanna zog sie weiter. »Das ist vorbei«, sagte sie, »und wir leben ja.« Da brachen die beiden von neuem in Tränen aus.

Sie hatten nie geweint im Zuchthaus, keine von den acht hatte je geweint in all diesen Monaten.

»Hört auf«, sagte Hanna unsicher, »eßt lieber euer Brot, sonst haltet ihr nicht durch.«

»Aber nicht am Straßenrand«, sagten sie, die Tränen vergeblich verbeißend. »Wenn uns die SS findet!«

»Wir sind doch frei«, rief Hanna, »begreift doch! Wir haben unsere Entlassungsscheine.«

Aber sie bestanden darauf, im dichten Gebüsch zu hocken und nicht auf der Straße weiterzuwandern, sondern auf schmalen Feldwegen, die der Frühlingsregen aufgeweicht und der Wind noch nicht wieder getrocknet hatte.

In der ersten Nacht schliefen sie in einer Hütte im Moor auf einer dünnen Schicht Schilfheu, in der zweiten in einem zerstörten Güterzug, der auf einem toten Geleise in einer verlassenen, zerbombten Ziegelei stand. Am nächsten Morgen regnete es, und sie aßen ihr letztes Stück Brot. Am Abend wurde die eine der beiden ohnmächtig. Sie war über sechzig. Hanna wagte sich in der Dunkelheit an einen einsamen Bauernhof heran, um Brot zu erbetteln. Aber das Haus war voller Leute. Es war eine schwer bewaffnete versprengte SS-Kampfgruppe, die dort nächtigte. Die Bäuerin kam zitternd an die Tür. Sie hatte kein Brot mehr, aber sie gab Hanna eine Schürze voller Kartoffeln und Rüben aus dem Stall und zwei Zigaretten, die einer verloren hatte. Aber sie drängte Hanna rasch aus dem Hof. »Geht dorthin«, flüsterte sie ungeduldig, »da oben ist ein Kloster. Vielleicht nehmen die euch auf.« Sie schloß die Tür hastig hinter Hanna ab.

Die alte Frau konnte kaum mehr gehen. Erst gegen Mittag erreichten sie das Kloster auf dem Berg. Niemand öffnete. Es schien, als sei das Kloster ausgestorben. Sie fanden einen Holzschuppen, in dem sie die Nacht verbrachten. Sie hätten gern die Zigaretten geraucht, aber sie hatten keine Streichhölzer. Am Morgen läuteten sie noch einmal am Tor. Aus einem Fensterchen wurden sie eine Weile scharf beobachtet, ehe man öffnete. Die Schwestern mißtrauten den dreien, es war deutlich zu sehen und es war kein Wunder; sie sahen heruntergekommen, schmutzig und verdächtig genug aus. Aber sie behielten die alte Frau und auch die andere, die eiternde Zehen hatte.

Am dritten Tag stand Hanna allein auf der Straße, und sie sah an einem Meilenstein, daß sie erst dreißig Kilometer weit gekommen war. In drei Tagen dreißig Kilometer, und ihre Füße waren voller Blasen und ihr Brot war zu Ende. Am sechsten Tag erreichte sie die Grenze ihres Heimatbezirks. Am 25. April sah sie von einem Hügel aus ihr Haus liegen, einsam, gut versteckt zwischen Wäldern, weitab vom Dorf an einer wenig befahrenen Straße. Dann kam sie heim.

Am 3. Mai hörte sie in der Morgendämmerung eine Reihe von Lastautos vorüberfahren. Es waren Wagen der SS. Sie fuhren auf der schlechten schmalen Straße, auf der man sonst nur Holzfuhrwerke sah und die Mistwagen der Bauern. Sie fuhren in einem mörderischen Tempo. Sie waren auf der Flucht. Es waren die ersten, die kamen, aber es folgten viele, drei Tage lang. Am 6. Mai wurde es plötzlich ganz still. Das Schießen hatte aufgehört. Kein Bomber überflog mehr die Wälder. Am 7. Mai war der Krieg zu Ende. In den folgenden Wochen zog das geschlagene Heer an Hannas Haus vorüber. Tag für Tag kamen Soldaten an die Tür und bettelten um Wasser und Brot. Sie waren mager, abgerissen und stumm. Sie schämten sich ihrer Niederlage. Manche kamen Hunderte von Kilometern weit, aus dem Balkan, aus der Tschechei, aus Italien. Sie mieden die großen Straßen und schlugen sich durch die Wälder, und sie wollten nichts anderes mehr als nachhause. Hanna gewöhnte sich daran, ihnen Tee zu geben oder Suppe; sie hatte selbst nicht mehr als das.

Eines Abends, Ende Mai, klopfte es wieder an ihrer Tür. Jedesmal erschrak sie, wenn es klopfte. Sie war ihrer Freiheit noch so wenig sicher, und die Angst verlernt sich nicht so rasch. Aber sie öffnete entschlossen. Zwei Soldaten standen draußen. Einer von ihnen war sehr jung, nicht älter als achtzehn. Den andern ließ der Bart fast alt erscheinen. Er war sehr blaß. Er bat um ein Nachtlager im Holzschuppen für sich und den Jungen. »Wir können nicht mehr weiter«, sagte er leise. Er schwankte, und der Junge stützte ihn. Hanna sah, daß er krank war.

»Kommen Sie herein«, sagte sie, ohne zu zögern. Sie war allein noch wach. Es war nahe an Mitternacht. Der Mann sackte mitten in der Küche zusammen. Sie waren beide, Hanna und der Junge, nicht stark genug, ihn auf die Bank zu heben. So ließen sie ihn liegen, wie er lag, bis er zu sich kam.

»Was fehlt ihm?« fragte Hanna. Der Junge schlug die Augen nieder. »Ich weiß nicht«, flüsterte er.

»Aber er wird Ihnen doch gesagt haben, wo er Schmerzen hat«, sagte sie ungeduldig. Der Junge schüttelte trotzig den Kopf.

»Vielleicht hat er nur Hunger«, sagte Hanna.

Der Junge erwiderte kein Wort. Plötzlich wurde er rot. Er blickte weg, aber selbst seine Ohren und sein Hals waren dunkelrot geworden. Hanna hatte keine Zeit, sich zu wundern, denn in diesem Augenblick kam der Mann zu sich. Der Junge sah ihn verwirrt an, und ihre Blicke trafen sich für eine Sekunde. Hanna schaute weg. Später fragte sie sich, warum sie das getan hatte. Vielleicht, weil sie nicht Zeugin eines stummen Gesprächs sein wollte, das sie nichts anging; vielleicht aber, weil sie das Mißtrauen nicht hochkommen lassen wollte, das in ihr aufstieg, als sie diesen Blick sah. Sie wollte nichts wissen, sie wollte nur ihre

Pflicht tun, und ihre Pflicht, das war in dieser Stunde nichts anderes als: einem Kranken helfen. Sie verbot sich alle Gedanken und tat das Nötige. Sie ging zum Herd und machte Feuer, setzte Wasser auf und röstete Haferflocken in einer eisernen Pfanne. Sie hatte kein Fett und keinen Zucker, aber etwas Milch. Geröstete Haferflocken in verdünnter Milch, das war seit Tagen ihre einzige Nahrung. Die beiden Männer hinter ihr saßen schweigend am Tisch.

»Ich habe nichts als das«, sagte sie.

»Ach«, rief der Junge lebhaft, »wir haben selbst Proviant.«

Plötzlich fiel der Mann zum zweitenmal um.

»Aber nun sagen Sie mir sofort, was ihm fehlt«, rief Hanna erschrocken.

Der Junge blickte schief an ihr vorbei.

»Ja zum Teufel«, sagte sie, »was wollen Sie denn von mir? Wie soll ich helfen, wenn ich nicht weiß, was er hat?«

Der Junge murmelte etwas, was sie nicht verstand. Erst als sie ihn noch einmal fragte, flüsterte er: »Blutvergiftung.«

»Und wo? Sagen Sie es schnell, bevor es zu spät ist.«

Aber er warf ihr nur einen verzweifelten Blick zu.

Sie wurde allmählich wütend. »Wenn ihr nicht reden könnt, dann schert euch fort«, sagte sie ungeduldig.

Da flüsterte er: »Ich darf doch nichts sagen.«

Er sah aus wie ein verprügeltes Kind, aber dann flüsterte er mit einem angstvollen Blick auf den Ohnmächtigen: »Da, am linken Oberarm.«

»Na also«, sagte Hanna erleichtert. »Jetzt helfen Sie mir. Ziehen Sie ihm die Jacke aus.«

»Nein«, rief der Junge und stellte sich vor den Mann wie ein Hund, der seinen Herrn zu verteidigen hat.

»Gut«, sagte sie, erschöpft vor Zorn, »dann stirbt er eben.«

Da gab er den Weg frei. Sie zogen dem Kranken die Uniformjacke aus, und Hanna wunderte sich flüchtig darüber, daß sie aus sehr feinem Tuch war. Das Hemd klebte am Arm. Sie schnitt entschlossen den Ärmel auf und löste das Taschentuch ab, das um die Wunde gebunden war. Es war eine sonderbare Wunde, fast viereckig, und sie eiterte. Von der Wunde zur Achselhöhle lief ein roter Streifen.

»Was ist denn da passiert?« fragte sie bestürzt. Der Junge blickte stumm auf seine Stiefelspitzen. Plötzlich weinte er. Die Tränen liefen über sein kindliches, verhärmtes Gesicht. »Ich kann doch nichts dafür«, flüsterte er schluchzend, »er hat es doch von mir verlangt, daß ich's tun soll. Er hat gesagt: Tu's, sonst erschieß ich dich auf der Stelle. Ich hab das Messer ausgeglüht, ich hab so achtgegeben, aber jetzt ist's doch Blutvergiftung geworden. Aber ich kann doch nichts dafür.«

Hanna versuchte, ihn zu verstehen. »Was war es denn, das Sie getan haben?« fragte sie erstaunt.

»Das Zeichen«, flüsterte er. »Sie haben doch alle das Zeichen am Arm, das Blutgruppenzeichen, alle von der SS haben es. Und wenn der Feind solche findet, dann legt er sie um.« Er versuchte, sein Schluchzen einzudämmen, aber die Tränen liefen unaufhaltsam weiter.

»Und du?« fragte Hanna. Er war plötzlich ein Kind für sie.

»Ich nicht«, sagte er, »ich bin erst in den letzten Wochen dazugekommen. Wir haben es nicht.«

Hanna kniete neben dem Ohnmächtigen und schaute aufmerksam sein Gesicht an.

»Gehen Sie zum Arzt«, sagte Hanna, »er wohnt im Haus neben der Kirche.«

Der Junge schüttelte verzweifelt den Kopf. »Da können wir ebensogut zu den Amerikanern gehen«, murmelte er. »Dann lieber sterben.«

Hanna sah, daß es höchste Zeit war.

»Also schön«, sagte sie; »aber ich bin kein Arzt. Wenn er stirbt, ist es eure Sache.«

Der Junge blickte sie flehend an. Da holte sie abgekochtes Wasser, Watte und ein kleines scharfes Messer, das sie am Spirituskocher ausglühte. »Halt ihn fest«, sagte sie. Aber dem Jungen wurde übel, als sie in die Eiterblase stach, und sie schickte ihn hinaus. Es war nicht das erstemal, daß sie Wunden behandelte. Sie hatte es im Zuchthaus gelernt, und sie war geschickt dazu. Der Mann kam zu sich, als sie mitten in der Arbeit war. Er blickte verwirrt und wild um sich.

»Ruhig«, sagte sie, »keine Bewegung.« Er gehorchte bestürzt.

»Ich habe mich verletzt«, flüsterte er.

»Quatsch«, sagte Hanna, »mir brauchen Sie nichts vorzulügen. Ich seh, was ich seh. Halten Sie den Mund.«

Als der Junge wieder hereinkam, weiß wie die Wand, lag der Mann schon auf der Bank, ein Kissen unter dem Kopf und zugedeckt. Die beiden sahen sich an.

Hanna ging hinaus. Sie war verwirrt, aber sie wußte, daß sie nicht anders hatte handeln können. Als sie wieder in die Küche kam, hörte sie die beiden streiten.

»Du hast es ihr gesagt«, rief der Mann.

»Aber sie hat es doch selbst gesehen«, erwiderte der Junge klagend.

»Das ist jetzt gleichgültig«, sagte Hanna. »Ihr braucht keine Angst zu haben. Vor mir nicht.«

»So waren Sie auch auf unserer Seite?« fragte der Mann mit leiser Hoffnung.

»Nein«, sagte Hanna laut. »Ich bin erst vor sechs Wochen aus dem Zuchthaus entlassen worden, weil ich dagegen war.«

»Oh«, sagte der Junge und starrte sie mit offenem Mund an.
»Ist das wahr?« fragte der Mann leise. Sie gab ihm keine Antwort.
»Geh du jetzt in den Schuppen«, sagte sie zu dem Jungen, »Decken habt ihr ja. Und Sie bleiben hier liegen, ich muß Ihr Fieber beobachten.« Der Junge schlich stumm hinaus. Hanna blieb mit dem Mann allein.
Sie saß am Tisch und las. Hin und wieder warf sie einen wachsamen Blick auf ihn. Jedesmal erwiderte er ihn schweigend. Erst im Morgengrauen schlief er ein. Einige Stunden später weckte sie ihn, um nach der Wunde zu sehen. Der rote Streifen war schwächer geworden.
»So«, sagte sie, »nun gehen Sie in den Schuppen. Niemand wird Sie dort suchen. Und sobald Sie können, gehen Sie fort von hier.«
Er sah sie nicht an, als er hinausging. Sie half ihm in einer dunklen Ecke aus Hobelspänen, Kissen und Decken das Lager richten.
Drei Tage blieben die beiden. Niemand erfuhr etwas davon. Nachts brachte Hanna ihnen zu essen und zu trinken. Sie sprachen kein Wort. Als sie am vierten Tag kam, um Holz zu holen, war das Lager leer. In der Ecke war der Rest ihres Proviants und ein Zettel, auf dem nichts stand als: »Wir danken Ihnen. SS-Obergruppenführer Hans Merk.«
Sie betrachtete nachdenklich den Zettel und versuchte zu begreifen, was ihn bewogen hatte, seinen Namen und Rang zu nennen. Sie konnte nicht glauben, daß es Hohn war. Schließlich zuckte sie die Achseln, zerknüllte das Papier und warf es zu den Hobelspänen, auf denen die beiden gelegen hatten. Dann schaufelte sie Hobelspäne und Papier in einen Korb, trug ihn in die Küche und machte Feuer.
Zwei Tage später kamen einige amerikanische Militärpolizisten, die das Haus nach Waffen und versteckten SS-Führern durchsuchten. Sie fanden nichts. Als ihnen Hanna ihren Entlassungsschein aus dem Zuchthaus zeigte, zogen sie sich mit einer Entschuldigung zurück, ohne eine weitere Frage zu stellen.

Ich hatte die Geschichte in einem Zug gelesen. Als ich fertig war und aufblickte, merkte ich, daß Nina wach war und mich beobachtete.
Ich glaube, die Geschichte ist schlecht, sagte sie. Man soll nichts schreiben, wenn man müde ist.
Nein, sagte ich, sie ist nicht schlecht, gewiß nicht. Sie ist sehr spannend und aufregend.
Ja, siehst du, rief Nina, das ist es eben. Sie ist spannend. Und warum? Weil sie ganz auf die Handlung hin gearbeitet ist. Ich kann solche Geschichten nicht leiden. Alle schreiben so. Solche

Geschichten habe ich dutzendweise im Kopf. Aber sie sind nichts wert. Der Stoff ist mir nicht wichtig.

Vielleicht dir nicht. Aber dem Leser.

Der Leser! sagte sie wegwerfend. Der Leser will unterhalten werden. Man soll ihm bequeme Geschichten servieren, leicht zu verfolgen: Erst passierte das, dann dies, dann jenes; und einen runden Abschluß, glücklich oder nicht, das ist gleich, es muß nur alles schön sauber aufgehen wie im Theater, und dabei glauben diese Leute, sie sind Realisten, während im Leben keine Rechnung aufgeht, keine einzige, und nichts einen Abschluß hat. Heirat ist kein Abschluß und Tod auch nur ein scheinbarer, das Leben fließt weiter, alles ist verworren und unordentlich, ohne irgendeine Logik, improvisiert das Ganze, und da reißt man nun ein Stück heraus und baut es auf nach einem sauberen kleinen Plan, den es in Wirklichkeit nicht gibt und der lächerlich erscheint vor der Verworrenheit des Lebens. Alles nur gestellte Photographien. Meine Geschichte auch.

Aber Nina, du übertreibst gräßlich. Deine Geschichte hat mich ergriffen, und ich bin nicht ohne Urteilskraft.

Sie achtete nicht auf mich. Nachdenklich mit ihren Haaren spielend, sagte sie: Ich muß sie ändern. Ich schreibe alle meine Geschichten dreimal und viermal. Ich dreh den Stoff durch die Mühle, bis er sich selber nicht mehr erkennt. Aber ich hab jetzt keine Zeit mehr oder vielmehr keine Ruhe. Zeit hat man immer, Zeit bedeutet gar nichts.

Und was würdest du ändern an deiner Geschichte?

Ich würde sie vor allem viel kürzer machen. Den Schlußabsatz kannst du gleich streichen.

Sie warf mir den Bleistift zu.

Hanna verbrennt die Hobelspäne, damit Schluß. Das ist richtig, sie verbrennt das Zeug, als wären Aussätzige drauf gelegen, das stimmt. Das andre ist einer von jenen Abschlüssen, die unsereinem so leichtfallen. Eine große abschließende Geste, eine elegante Verbeugung vor dem Leser, so, nun klatscht, ich bin fertig. Wir sind alle eitel. Aber ich will es nicht sein. Man muß schrecklich auf sich achtgeben. Man verdirbt so schnell, wenn man sich solch billige Effekte gestattet. Gib mir den Block, ich muß selbst sehen.

Sie überlas die Geschichte rasch. Ach, sagte sie, ich kann sie so nicht abliefern. Ich muß mindestens nochmal überdenken, was in Hanna wirklich vorging, als sie das Blutgruppenzeichen sah. Das habe ich mir viel zu leicht gemacht: sie ist wütend, dann schweigt sie und tut wütend und heroisch ihre Menschenpflicht und läßt sich vom Leser bewundern. Das ist zu billig. Ich hätte besser getan, sie weniger zu heroisieren. Ich werde es anders erzählen. Die beiden Männer kommen und erzählen eine lange

Geschichte, daß sie sich vor der SS verbergen müssen, weil sie desertiert sind, und daß die SS nach ihnen geschossen hat und den einen am Arm getroffen hat, und Hanna ist natürlich erschüttert und erzählt ihnen, daß sie im Zuchthaus war und wie sie von der SS behandelt worden ist, und der eine der beiden kann sich nicht genug tun in Schmähungen der SS, nur der Junge sieht weg und wird rot, und erst später, beim Behandeln der Wunde, begreift sie, daß sie sich hatte hereinlegen lassen. Was meinst du dazu? Das ist weit weniger schön, weniger Effekt, man schämt sich ein bißchen für diese Hanna, die so leichtgläubig ist und auch gleich von sich und ihren Leiden erzählt. Aber es ist dafür echter. Wir sind ja keine Helden, wir tun nur manchmal so, wir sind alle ein wenig feig und ein wenig berechnend und egoistisch und weit weg von Größe. Und das, siehst du, möchte ich zeigen: daß wir zugleich gut und böse, heroisch und feig, geizig und großzügig sind, alles dicht nebeneinander, und daß es unmöglich ist zu wissen, was es nun war, das einen zu irgendeiner Tat trieb, einer guten oder einer bösen. Ich mag die Leute nicht, die alles so simpel machen wollen, wo doch alles so schrecklich verworren ist.

Sie setzte sich auf und blickte aus dem Fenster. Die Sonne stand schon hoch. Mein Gott, rief sie entsetzt, du hast mich viel zu lange schlafen lassen.

Was schadet das? Mußt du denn noch etwas Wichtiges tun heute?

Nein, sagte sie, eigentlich nicht.

Und du hast so gut geschlafen.

Ja, seit langem nicht mehr so tief. Aber ich schreibe diese Geschichte doch noch um heute.

Hier in dem ausgeräumten Zimmer könnte ich nicht arbeiten, sagte ich.

Ja, sagte sie, früher konnte ich auch nur arbeiten, wenn ich an meinem Schreibtisch saß und wenn es Abend war und die Gardinen zugezogen waren. Aber seit einiger Zeit ist das anders. Ich sitze irgendwo, meist dort an dem kleinen Tisch vor dem Fenster, und ich lasse die Gardinen offen, auch wenn es draußen dunkel ist. Ich will nicht mehr abgeschlossen sein, ich will die Nacht sehen oder die Dächer und die Straßenbahndrähte und die Feuerleitern.

Sie sah mich verlegen an. Du glaubst gar nicht, wie unangenehm es mir manchmal ist, den schwarzen blechernen Schornstein zu sehen, da drüben, siehst du? Und die Mauer mit den abgerissenen Plakaten, und besonders, wenn es regnet.

Beim Frühstück, es war zugleich unser Mittagessen, denn es war inzwischen fast zwölf geworden, fragte ich sie: Du bist also Hanna. Und wie war die Geschichte in Wirklichkeit?

So, wie ich sie dir in der zweiten Fassung erzählte.

Ich habe es lange nicht gewußt, daß du verhaftet warst. Und warum warst du es?

Ach, sagte sie, laß das jetzt. Es ist vorbei. Ich möchte die Zeit nicht missen. Ich habe viel gelernt. Aber sag mal: hättest du dem Kerl geholfen? Ich habe mich hinterher oft gefragt, ob das nun richtig war. Einen Augenblick war ich damals unsicher. Stirb du nur, dachte ich, stirb vor meinen Augen, es soll mir ein Vergnügen sein. Ich möchte wissen, wie es mir zumute wäre, wenn ich ihn hätte sterben lassen oder ihn gleich ermordet hätte.

Nina! rief ich entsetzt. Nicht das, was sie sagte, jagte mir Schrekken ein, sondern die Art, mit der sie es vorbrachte; nachdenklich, kalt interessiert. Sie sah mich erstaunt an.

Das müßte man doch wissen, sagte sie ruhig. Aber hab keine Angst; ich weiß ja längst, daß ich nichts Böses tun darf. Nicht der Strafgesetze wegen und auch nicht der zehn Gebote wegen. Sondern einfach deshalb, weil es sich nicht lohnt. Das Böse ist so unfruchtbar.

Sie sah mich forschend an und wußte sichtlich nicht, ob sie mich verstand. Aber vielleicht lag ihr nichts an meinem Verstehen. Ich kannte sie nicht, noch immer nicht.

Während sie das Geschirr spülte und ich im Zimmer Ordnung machte, führten wir unser Gespräch weiter.

Du glaubst also nicht, daß ein Mensch sich aus diesem Knäuel von Gut und Böse lösen kann? fragte ich.

Das habe ich nicht behauptet.

Doch.

Sie trug den Eimer mit dem Abwaschwasser hinaus und im Hinausgehen murmelte sie: Ach, was weiß denn ich. Aber als sie wieder hereinkam, sagte sie: Heilige können es.

Ja, Heilige. Aber wir andern? Was bleibt denn uns, als uns selbst und allen andern zu mißtrauen.

Aber! sagte sie und lächelte ein wenig, ich habe gedacht, Übertreibungen seien mehr meine Sache als die deine. Ich meine doch nur: man soll vorsichtig leben und sich nirgendwo in Sicherheit glauben. Alle Geschöpfe leben so. Möchtest du vielleicht ein Vogel sein? Die Katze, der Bussard, der Marder, die Schulbuben, die Winterkälte, alle hinter ihm her. Und dazwischen lebt er und zieht seine Jungen groß, und keinen Augenblick sitzt er in Ruhe auf einem Ast, schau dir doch einen Vogel an, wie er so dasitzt: fluchtbereit und wachsam und ängstlich, und die ganze Welt sieht ihn feindlich an, und er singt.

Plötzlich lachte sie verlegen. Du hast eine ganz besonders infame Gabe, mich zum Reden zu bringen, noch dazu über Dinge, über die ich freiwillig sonst nicht reden würde, und gewiß nicht in dieser Art.

Aber sie wurde gleich wieder ernst. — Ist das nun eine Antwort auf deine Frage?

Ja, sagte ich, ja, aber nur für jemand, der so viel Mut hat wie du.

Ach was, rief sie ärgerlich, als ob den nicht jeder haben könnte, wenn er erst einmal etwas wagen würde.

Jetzt war ich es, die lächeln mußte: Ja, das ist es eben, daß nicht jeder die Gabe hat, etwas zu wagen.

Aber ich sah, daß sie mich nicht verstand, und ich begriff, daß eine gewisse Härte ihres Wesens von ihrem Unvermögen kam, zu glauben, es gebe von Natur aus schwächere Kreaturen. Sie forderte das Äußerste von sich, und sie verlangte es auch von den andern. Es war nicht bequem, mit ihr zu leben, das spürte ich.

Aber, sagte ich, hartnäckig auf meiner Frage beharrend, dann glaubst du auch nicht wirklich an Freundschaft. Vorsichtig fügte ich hinzu: Und nicht an Liebe.

Sie schaute mich verwundert an. — Aber ich habe es dir doch eben erklärt: man lebt leise und wachsam zwischen den Gefahren. — Fast unhörbar und rasch, als wäre es nicht für mich bestimmt, sagte sie: Besonders in der Liebe. Da ganz besonders.

Ich sprach es nicht aus, was ich dachte: Sie traut ihm nicht. Aber da sagte sie schon: Ja, glaubst du denn, ich hätte je gedacht, dieser Mann sei vollkommen?

Ihre Augen bekamen einen starken, eindringlichen Glanz, als sie dies sagte, aber es dauerte nicht lange, dann erlosch er, oder vielmehr: sie nahm ihn zurück.

In diesem Augenblick erinnerte ich mich ganz plötzlich, nach so vielen Jahren, nach Jahrzehnten, einer Szene aus unserer Kinderzeit. Wir schliefen in einem Zimmer zusammen. Eines Nachts wachte ich auf, und da sah ich Nina auf dem nackten Boden knien. Es war Winter und kalt im Zimmer, wir mußten bei offenem Fenster schlafen das ganze Jahr hindurch. Nina kann damals nicht älter als neun Jahre gewesen sein, denn ich habe bald darauf geheiratet. Sie kniete da, und von der Straße her fiel wohl etwas Licht ins Zimmer; ich konnte ihr Gesicht sehen. Es war das gleiche Gesicht: gesammelt, mit einem harten Glanz, voll gespannter und eindringlicher Hingabe an irgendeine Vorstellung. Du wirst dich erkälten, sagte ich, geh doch zu Bett, was tust du denn da, betest du? Sie sah mich ganz ruhig an, und genau so, wie sie es jetzt getan hatte, nahm sie damals kurzerhand den Glanz in ihrem Gesicht zurück. Laß mich, sagte sie, ich muß das können. — Was mußt du können? fragte ich. — Alles, sagte sie, alles was ich will: jederzeit aus dem warmen Bett steigen, auf dem kalten Boden knien, Brennesseln anfassen, zu bösen Hunden gehen, Schläge aushalten, Salz essen. — Ich weiß nicht, was sie noch anführte. Ich erinnere mich genau an die Szene, ich sehe Nina kauern, halb eine asketische Heilige, halb eine Indianerin, und ganz erfüllt von ihrem Streben, ihren Willen zu stärken. Vielleicht hat es ihr oft geschadet, daß sie einen zu kräftigen Willen hatte; vielleicht wäre es besser gewesen und vielleicht wäre es auch jetzt besser, sie hätte mehr Geduld und Nachsicht mit sich und dem Schicksal. Es war eine klare, harte Entscheidung für sie, nach England zu gehen und diesen Mann nicht mehr wiederzusehen, so klar und hart, daß es mich ängstigte. Es lag eine gefährliche Art von Gewalttätigkeit darin; sie griff dem Schicksal vor, und es erschien mir widersinnig, daß sie, die soviel vom Leben verstand, von der »leisen und wachsamen Art zu leben«, wie sie eben gesagt hatte, daß gerade sie einen solchen Fehler begehen sollte. Aber ich sagte nichts mehr darüber.

Nina ging zum Fenster. Es ist so laut draußen, sagte sie. Aber es war keineswegs laut. Ein Auto war vorübergefahren, ein Hund bellte an der Ecke, und die Spatzen schrien unten irgendwo im Hof. Es war ein stille Straße.

Ich kann diese Gegend und die ganze Stadt nicht mehr ertragen, murmelte Nina. Kennst du dieses Gefühl: man hat etwas satt, woran man hing, plötzlich satt, ganz und gar? Man glaubt, man kann es keinen Tag länger aushalten. Alles ist genau so, wie es immer war: das Zimmer, das Haus, die Straße, und plötzlich erscheint dir alles verändert, häßlich, unerträglich öde und feindselig. Dann muß man fortgehen. Dann ist es höchste Zeit. Ohne es zu wissen, hat man nämlich schon sich selber aus all den Dingen herausgeholt. Sie leben ja nicht aus sich. Sie leben nur, weil wir sie sehen.

Als sie das Fenster geschlossen hatte, sagte sie: Das alles verläßt mich schon, ehe ich fort bin.

Sie holte die nur mehr halbvolle Whiskyflasche aus der Ecke. Stumm bot sie mir ein Glas an. Als ich den Kopf schüttelte, trank sie es selbst aus. Mir liegt nichts dran, sagte sie, während sie die Flasche verschloß und wieder in die Ecke stellte. Im Gegenteil: ich empfinde immer eine starke Genugtuung, wenn mich irgend etwas verläßt. Als die Bomben meine Wohnung trafen und das Haus brannte, da stand ich auf der Straße und sah zu. Die Leute schrien und weinten, und ich stand da und hatte ein tolles Gefühl. Es war eine besondere Art von Freude. Keine verrückte, perverse Lust an der Zerstörung, Gott nein, dazu war es zu schrecklich. Es war auch kein Galgenhumor. Meine Nachbarin und ihr Mann saßen auf ihrem geretteten Koffer und betranken sich und machten Witze. So war das nicht bei mir. Es war auch nicht Gleichgültigkeit oder Heroismus. Es war ganz anders: ich war einfach zufrieden darüber, daß mein Leben wieder um eine Last leichter geworden war.

Sie sah mich plötzlich zweifelnd an. — Du hältst mich für roh oder verrückt, nicht wahr? Aber du mußt das verstehen, hörst du, es ist mir so wichtig, daß du das begreifst, gerade das. Vielleicht ist es schwer für dich zu verstehen, daß ich immer diese Art von Freude fühle, wenn mich irgendein Bekannter oder auch ein Freund verläßt oder auch, wenn jemand stirbt. Ich bin für den Abschied gemacht, glaube ich, für den Abschied und für die Vereinfachung, wenn du verstehst, wie ich das meine. Ich liebe ja auch kahle Zimmer und Bahnhofswartesäle und alles, was einen nicht hält.

Sie lachte verlegen über sich selbst. — Ich bin eine verhinderte Puritanerin.

Oder eine Zigeunerin. Man kann auch genau das Gegenteil behaupten, sagte ich.

Ja, antwortete sie, das ist wahr. Von allem ist auch das Gegenteil wahr. Nimm es nicht ernst, was ich sage, nichts davon. Wohin ist denn das Tagebuch geraten?

Während sie es suchte, fiel mir ein, daß mir, als ich ein Kind war, zur Strafe die Spielsachen weggenommen wurden. Ich schrie jedesmal fürchterlich und untröstlich. Nina, Jahre später, nahm dieselbe Strafe schweigend hin, gleichmütig und mit einer Art trotziger Fröhlichkeit. Und plötzlich war mir jene Szene auf dem Friedhof gegenwärtig, bei der Nina sich die ganze Verwandtschaft für immer zu Feinden gemacht hatte. Sie war sieben Jahr alt und Vaters Mutter war gestorben. Nina hatte sehr an ihr gehangen, mehr als an irgendeinem andern Menschen. Bei der Beerdigung stand sie ganz regungslos am Grab. Alle weinten, nur Nina nicht. Nach der Feier nahm die Mutter sie bei der Hand und führte sie vor das offene Grab. Da liegt nun deine liebe, gute Großmutter, du wirst sie nie wiedersehen, bist du nicht traurig? — Nein, sagte Nina laut und sachlich, gar nicht. — Alle schauten entsetzt auf das Kind. Die Mutter schämte sich fürchterlich und führte sie fort vom Grab und gab ihr ein paar Ohrfeigen. Alle Verwandten prophezeiten, Nina würde ein böser, harter Mensch werden.

Inzwischen hatte Nina das Tagebuch gefunden und die Stelle, an der wir stehengeblieben waren.

16. März 1933.

— Nina war hier und hat mich nicht besucht. Ich erfuhr es durch Braun, den ich heute traf. Sie hat ihn ein zweites Mal konsultiert; negativer Befund. Ich gab mich mäßig interessiert. Braun war es so sehr darum zu tun, etwas über Nina zu erfahren, daß der Verdacht in mir aufstieg, er habe die Begegnung mit mir absichtlich herbeigeführt. Er wollte von mir wissen, ob ich Nina schon längere Zeit und sehr gut kenne, ob sie wirklich Verkäuferin sei und dergleichen. Ich verhielt mich reserviert, aber diese Art von Reserve, ich weiß es, mußte Braun, der mich einigermaßen kennt, mißtrauisch machen. Er betrachtete mich prüfend; offenbar fühlte er, daß ich ihm einiges verheimlichte. Abschließend sagte er, Nina schiene ihm bemerkenswert klug zu sein, und man müßte ihr Bildungsmöglichkeiten eröffnen. Ich hörte mich selbst mit einiger Schärfe fragen: Und woran zum Beispiel denken Sie? — Mit schlecht gespielter Beiläufigkeit meinte er, sie würde sich vielleicht zur ärztlichen Helferin eignen. Ich gab daraufhin dem Gespräch eine entschiedene Wendung zum Sachlichen, und wir trennten uns bald und in deutlicher Gespanntheit.

Dieses Gespräch machte mich unruhig. Braun ist geschieden, er ist jünger als ich, ein gut aussehender Mann. Nina scheint ihn lebhaft zu beschäftigen.

Gibt es in aller Welt ein Mittel, mich von meinem Irrsinn zu heilen? Liebe ich Nina? Vielleicht liebe ich an ihr nur jene Eigenschaften, die mir fehlen und die sie in besonderer Reinheit und Stärke besitzt: ihren Mut, ihre unbesiegbare Lebensneugier, ihre Entschlossenheit. Ich mißtraue meiner Liebe — aber selbst dieser raffinierte Kunstgriff meines Selbsterhaltungstriebs vermag mich nicht zu retten. So werde ich also meine Jahre hinbringen als ein verschmähter und unablässig insgeheim werbender Ritter. Ich vermag der Romantik dieser Affäre keinen Reiz abzugewinnen.

Ich öde mich selber an. Der Ekel ist das schlimmste aller lebenhemmenden Übel, die einen Mann befallen können. Mit der Penetranz üblen Geruchs aus billigen Hotelküchen dringt er in jeden Augenblick des Lebens ein; jeder Gedanke und jegliche Empfindung wird schal und wertlos durch ihn, reif für den Mülleimer. —

Diesem Bericht folgte ein andrer, in einer ganz verstörten, schwer leserlichen Schrift, wie in großer Nervosität mehr hingekritzelt als geschrieben, ein paar Sätze nur, von denen einer oder zwei durchgestrichen und nicht mehr zu entziffern waren. Der letzte Satz hieß:

— Ich habe Nina für immer verloren. —

Der nächste Bericht war weit später datiert, aber die Schrift war noch immer äußerst fahrig und mit vielen Korrekturen durchsetzt.

15. Juni 1933.
— Das widrige Prinzip, das mein Leben regiert, bedient sich einer exakt arbeitenden Organisation. »Der Zufall« scheint sein verlässigster Helfer zu sein.
Am Pfingstsamstag, kurz nach drei Uhr nachts, erhielt ich einen Anruf aus Nauheim. Meine Mutter, die zur Kur dort war, hatte

einen schweren Herzanfall erlitten, und es stand zu fürchten, daß sie den nächsten Tag nicht überleben würde. Ich weckte Helene, und wir beschlossen, augenblicklich dorthin zu fahren. Um halb vier Uhr saßen wir im Auto und fuhren durch die Stadt. Es war ein klarer Morgen. Wäre es ein nebliger Novembermorgen gewesen, oder hätten wir fünf Minuten später den Platz vor dem Hotel Grünwald gekreuzt oder wäre mein Blick durch irgend etwas, einen Radfahrer oder eine Taube, abgelenkt worden, so hätte ich nicht den Eingang zu dem Hotel gesehen und nicht, in dem ekelhaft fahlen Zwielicht aus Morgendämmerung und Bogenlampenlicht, Nina auf den Stufen zu diesem Hotel. Ein Mann führte sie am Arm. Sie gingen in das Hotel. Kein Zweifel: es war Nina. In diesem Augenblick rief Helene: Vorsicht! Ich hätte um ein Haar einen Hund überfahren. Als ich sie ansah, merkte ich, daß auch sie Nina erkannt hatte. Sie blickte in starrem Hochmut geradeaus, ihr Mund war vor Abscheu ein Strich geworden, und ihre Nase noch schärfer als sonst. Hätte sie wenigstens Nina geschmäht, so wäre mir die Möglichkeit gegeben worden, Nina zu verteidigen (wenngleich ich nicht weiß womit). Aber sie schwieg. Diese ihre besondere Art von Diskretion war tödlich. Ein unwiderrufliches und überaus hartes Urteil. Während ich die Stadt durchfuhr, half mir der Zorn über Helene, meine Qual zu betäuben. Ich führte eine stumme, aber heftige und böse Anklage gegen sie. Ich erinnerte sie an ihre eigene Liebesgeschichte; ich ging so weit, ihr vorzuwerfen, daß ihre Tugend nichts weiter sei als der Trotz des verschmähten Mädchens (es ist nicht so gewesen, nicht ganz so, aber es kam mir gelegen, den Fall von dieser Seite her zu betrachten). Es sei so leicht, strenge Maßstäbe anzulegen, wenn man nie selber erprobt hat, wie weit die eigene Kraft reicht und wie rasch man an die Grenzen stößt. Ich warf ihr hölzerne und sträfliche Selbstgerechtigkeit vor und wünschte ihr, sie möchte — und das bald — selbst zu Fall kommen und obendrein sich lächerlich machen mit ihren fünfundvierzig Jahren. Allerdings meldete sich die Stimme meines Gerechtigkeitsgefühls, eine im Augenblick sehr schwache Stimme, die sagte, daß Helene ja nur um meinetwillen Nina verurteilte. Helene liebte mich auf ihre wortlose, versteckte, hochmütige Art, sie liebte mich wirklich und als einzigen Menschen, und sie verzieh es Nina nicht, daß sie mich kränkte. Allerdings verzieh sie es auch mir nicht, daß ich ein Mädchen liebte, das eines solchen Abgleitens fähig war. Abgleiten, so nannte ich es. Aber war es dies? Die Szene vor dem Hotel hatte etwas Zufälliges an sich, etwas Beiläufiges und Vages. Ich konnte sie nicht ernst nehmen. Nina liebte diesen Mann nicht. Sie war von ihrer Kleinstadt und ihrem tristen Kramladen zur Strecke gebracht worden. Sie suchte nach so langem Exil das »Leben«, und sie nahm es, wo es sich ihr bot. Aber lag nicht auch ihr Erlebnis mit dem lungenkranken Theologen schon auf dieser Linie? War es nicht doch ein langsames Abgleiten?

Als die Stadt in unserem Rücken lag und das freie Land vor mir, brachen alle meine Überlegungen ab, um einer Qual Platz zu machen, der ich nicht gewachsen war.

Es war ein wundervoller Morgen und es war die Stunde, die ich sonst über alles liebte: die Stunde vor Sonnenaufgang, die dem Menschen nicht zugetan ist, spröde, gläsern, kalt und streng, eine Pause kurz vor dem Erscheinen des Gestirns, jene Pause, in der der Atem der Natur stockt, eine unheimliche Stunde, von keinem Laut belebt, weniger der Zeit als der Ewigkeit angehörend. An diesem Morgen empfand ich zum erstenmal ihre starre Feindlichkeit. Es war Pfingsten, und das Land voller Lieblichkeit. Ich begann Helene für ihre Gegenwart zu hassen. Schließlich gelang es meiner Morgenmüdigkeit, zusammen mit dem Zwang, auf die vielen Radfahrer, Wanderer und Autos zu achten, die nach Sonnenaufgang plötzlich unterwegs waren, mich zu betäuben. Hin und wieder deutete Helene auf eine Wegtafel, die ich ihrer Ansicht nach sonst übersehen hätte, oder sie machte mich auf einen besonders schön erscheinenden Ausschnitt der Landschaft aufmerksam. Später reichte sie mir ein belegtes Brot, und, als ich es stumm zurückwies, eine Rippe Schokolade, und als ich auch das verschmähte, einen Becher heißen Kaffees aus der Thermosflasche, den ich schließlich nahm, um wach zu bleiben, wenngleich die Verlockung sehr stark war, mich mehr und mehr in jene gedankenlose, schwere Müdigkeit sinken zu lassen, in der man weder sich selbst noch jemand andrem volle Rechenschaft schuldig ist. Irgendwann fragte Helene, ob ich nicht haltmachen und etwas essen wolle, aber als ich den Kopf schüttelte, fragte sie kein zweites Mal mehr. Manchmal sagte sie: Du fährst zu schnell, und ich bemühte mich aus ihrer Stimme zu hören, ob sie Angst hatte. Aber ich bin überzeugt, sie hatte keine Angst oder doch nicht für sich. Plötzlich schien sie mir Nina zu gleichen in ihrer furchtlosen Unbedingtheit. Jetzt, Wochen später, fällt mir ein, daß sie mich nicht ein einziges Mal an den bevorstehenden Tod der Mutter erinnerte. Sie wußte, daß mir dieser Tod, so schmerzlich er war, weit weniger bedeutete als der Verlust Ninas — der Verlust auf solche Weise.

Der Glanz dieses Pfingstmorgens war unüberbietbar und ganz unerträglich. Alle Welt schien auf den Beinen zu sein und sich einer ausschweifenden Naturfreude und Fröhlichkeit hinzugeben.

Als wir in Nauheim ankamen, war unsere Mutter schon tot. Ich verbrachte die Tage bis zu ihrer Bestattung in einem Zustand der Betäubung. Die Besorgungen, Verhandlungen und Besuche, die ein Todesfall mit sich bringt, ließen mich Nina vergessen. Als der Sarg im Grab verschwand, verwirrten sich meine Gedanken, und ich glaubte, es sei Nina, die gestorben war.

Auf der Heimfahrt war schlechtes Wetter. Ein nasser grauer Schleier lag über dem ganzen Land. Die Baumblüte schwamm braun und faul im trüben Wasser der Gräben und Pfützen, und die Straße glänzte metallisch schwarz im Grau. Der Scheibenwischer quietschte. Dieser Laut erinnerte an das quenglige Jammern von Säuglingen. Helene, im schwarzen Trauerkleid, fügte sich der Tristesse vollkommen ein. Sie versuchte kein ablenkendes Gespräch. Sie überließ mich meiner bösartigen Verdüsterung, die übrigens nun, Wochen später, um nichts heller geworden ist. Es ist so, wie ich damals schrieb: Ich habe Nina für immer verloren.

7. August 1933.
— Ein unbegreiflicher Wandel der Situation. Ich bin ratlos, auf eine atemberaubende Weise überstürzt vom Rätsel dieser Veränderung. Vor zwei Tagen erhielt ich einen Brief von Nina. Sie bedankte sich darin für mein Buch. (Ich hatte ihr vom Verlag aus meine Arbeit über meine ärztliche Tätigkeit in den Tropen schicken lassen.) Nina fragte mich im Brief, warum ich ihr nie vorher darüber erzählt, ja mit keinem Wort jene Jahre erwähnt hätte und meine »große Leistung«. Das Wort Leistung kommt dreimal vor in dem Brief. Es war offenkundig, daß ihr meine »Leistung« Eindruck machte und daß um ihretwillen meine Chancen bei ihr stiegen. Ich hatte ihr das Buch schicken lassen, weil gerade eine Neuauflage davon erschienen war. Während ich diesen Satz schreibe, bin ich mir natürlich klar darüber, daß dies keine hinreichende Erklärung ist angesichts meines festen Entschlusses, Nina nie wiederzusehen. Aber ich versuche keine Erklärung zu geben. Genug: ich schickte das Buch. Und ich hatte recht getan. Ninas Brief war kurz, aber er schloß mit der Frage, ob ich sie wieder einmal besuchen möchte. Es wäre angebracht gewesen, ihr höflich zu erwidern, ich stehe kurz vor einer Reise nach Frankreich und sei mit den Vorbereitungen überaus beschäftigt. Es wäre noch passender oder natürlicher gewesen, den Brief zu zerreißen nach allem, was geschehen ist. Aber »nach allem, was geschehen ist«, hatte ich ihr ja bereits mein Buch geschickt. Und was war denn geschehen, bei Licht betrachtet? Sie hat ein Abenteuer erlebt, ihrem Alter entsprechend, was weiter. Alle diese Überlegungen waren rein theoretischer Art. Der Brief hatte mich am Sonnabend früh erreicht. Helene war beim Einkaufen in der Stadt. Ich widerstand mit Mühe der Versuchung, mich heimlich davonzumachen. Voller Ungeduld wartete ich ihre Rückkehr ab, um ihr zu erklären, ich hätte große Lust zu einer

Autotour. Ich riskierte es sogar, sie zu fragen, ob sie mich begleiten wollte. Ich wußte, daß sie am Abend Gäste erwartete. Ich war mir von vornherein klar, daß meine Aufforderung sie in ein Dilemma bringen und daß sie erwägen würde, den Gästen abzutelefonieren, daß aber ihr gesellschaftlicher Ernst es ihr doch nicht erlauben würde, eine Einladung ohne zwingende Gründe rückgängig zu machen. Es war schlecht von mir, diese kleine Komödie aufzuführen, aber sie sicherte mich gegen jeden Verdacht und jene Art von ausdrucksloser Diskretion, mit der sie mir früher die Rückkehr zu vergällen pflegte.

So fuhr ich denn in einer teils übermütigen, teils beklommenen Stimmung ab. Es war sehr heiß schon am Vormittag. Ich hatte das Verdeck geöffnet, aber ich schloß es wieder, es staubte erbarmungslos, die ganze Landschaft war voller Staub, die Bäume waren grau, das Gras war grau, der Kühler grau, die Räder sanken im Staub ein, Bachbetten und Gräben waren ausgetrocknet, der Staub und die Hitze schienen jeden Laut in der Welt zu ersticken, kein Vogel war zu hören, es war keine angenehme Fahrt, aber verglichen mit jener Pfingstfahrt war sie mehr als erträglich. Ich kann freilich nicht sagen: sie war schön. Mit zu großer Schärfe war ich mir dessen bewußt, daß ich etwas tat, was vielleicht jeder andere Mann als demütigend empfunden hätte: ich folgte Ninas Ruf wie der Hund dem Pfiff seiner Herrin. (Ich gebrauche absichtlich ein zu starkes Bild.)

Gegen Mittag kam ich in Wenheim an. Die Stadt schien ausgestorben zu sein. Alle Fensterläden waren geschlossen, ich brauchte an den Ecken nicht zu hupen, niemand kam mir in den Weg. Die Brunnen versiegt oder wegen Wassermangels abgesperrt. Ich stellte meinen Wagen in den kümmerlichen Schatten hinter der kleinen Kirche. Auf dem Platz vor Ninas Haus kochte die Hitze über dem Kopfsteinpflaster. Mitten auf den steinernen Treppenstufen saß in der prallen Sonne eine gelbe Katze und sah mich unbeweglich an, als wäre sie aus Stein. Ich hatte keine Zeit zu überlegen, was ich Nina sagen wollte. Die Glut trieb mich in das Ladeninnere. Geblendet stolperte ich hinein wie in einen dunklen Keller. Ehe ich Nina sehen konnte, hörte ich ihre Stimme.

Sie sind es wirklich? Und mitten in den Hundstagen!

Als meine Sonnenblindheit wich, sah ich, daß Nina gelesen hatte. Es war mein Buch. Ich sah, daß die Ränder der aufgeschlagenen Seiten mit Notizen bedeckt waren. Als Nina bemerkte, daß mein Blick darauf fiel, klappte sie es hastig zu. Noch eine halbe Stunde, sagte sie, dann kann ich den Laden schließen. Es werden nicht mehr viele kommen, die Leute haben alle am Morgen schon eingekauft, aber zehn oder zwölf Arbeiter von der Ziegelei kommen noch und holen ihren Tabak, wie jeden Tag. Wollen Sie so lange nach nebenan gehen?

In dem Raum, der zugleich Küche und Wohnstube war, hatte man nichts verändert seit meinem letzten Besuch. Die alte Frau saß in ihrem Lehnstuhl, als wäre sie nie aufgestanden seither. Fliegen krochen ihr über Gesicht und Hände, selbst über die geschlossenen Augen und den Mund, sie merkte es nicht. Sie war dicker geworden, sie füllte den Stuhl mit ihrem gelblichen fetten Körper aus. Die Wassersucht, damals kaum merklich, hatte rapide Fortschritte gemacht. Sie hatte nicht mehr lange zu leben. Ich sagte es Nina leise, als sie mit einer Flasche Selterwasser hereinkam. So, sagte sie, glauben Sie? Ihrer Stimme war keine Erleichterung anzuhören. Auch aus dem Blick, den sie der alten Frau zuwarf, sprach nicht mehr jener erbitterte Abscheu von damals.

Provozierend sagte ich: Sie werden bald befreit sein, Nina. Merkwürdig tonlos antwortete sie nichts als ja. Während sie einschenkte, fügte sie hinzu: Ich habe mich daran gewöhnt; in mancher Hinsicht ist es ein guter Platz. — Sie ging rasch hinaus, als sie das gesagt hatte, und überließ es mir, darüber nachzudenken, welche Hinsicht sie gemeint hatte. Die alte Frau nahm keine Notiz von meiner Gegenwart. Hätte sie nicht hin und wieder heiser gehustet, so wäre man versucht gewesen, sie für eine Tote zu halten. In der Nähe ihres Lehnstuhls war an der Decke ein Fliegenfänger befestigt, einer jener leimbestrichenen Papierstreifen, an denen die Fliegen kleben bleiben und, nach einer Zeit der verzweifelten Befreiungsversuche, wobei sie sich immer aussichtsloser in die zähen Leimfäden verwickeln, eines jämmerlichen Todes sterben. Der Fliegenfänger war bereits schwarz von Leichen. Ich wunderte mich darüber, daß die Gier der Fliegen nach dem süßen Leim stärker war als ihr Instinkt. Witterten sie den Aasgeruch nicht? Warnte sie das hilflose Zappeln der Sterbenden nicht, begleitet von den sirrenden Lauten der Verzweiflung? Es war mir widerlich, länger dem Todeskampf der Fliegen zuzusehen, und ich stand auf, um durch das kleine verhängte Fenster in der Tür Nina im Laden zu beobachten. Sie hatte gerade einigen Arbeitern ihre Tabakpakete gegeben Kaum war sie wieder allein, beugte sie sich über den Ladentisch und schrieb. Warum kam sie nicht zu mir? Warum ließ sie mich hier sitzen? Wollte sie, daß ich spüren sollte, welcher Art von Leben sie hier ausgeliefert war? Ich betrachtete den kahlen Raum, die langsam sterbende, wassersüchtige alte Frau, den kleinen Laden, die Fliegen; und hier hatte Nina fast ein Jahr zugebracht, und warum? Um die Schulden ihres Vaters abzutragen, um meine Hilfe nicht annehmen zu müssen, in Wahrheit aber, um sich zu beweisen, daß sie jede Aufgabe erfüllen konnte, die »das Leben« an sie stellte. Mußte sie nicht unglücklich sein in diesem Exil? Aber ist man unglücklich, wenn man sieht, daß man eine Schwierigkeit bewältigt? Sie wandte mir ihr Gesicht zu, ohne mich zu sehen. Mußte dieses Gesicht nicht härter geworden sein in diesem Jahr? Aber es wies keinen der scharfen Züge auf, die jene bekommen, welche, gleich Helene, sich dem Leben entzogen haben, um irgendeine wirkliche oder eingebildete Pflicht zu erfüllen.

Endlich hörte ich, daß sie die Rolläden herunterließ, und gleich darauf kam sie. Es bereitete mir ein quälendes Vergnügen, ihr zuzusehen, wie sie ihre Hände bürstete, sich eine reine Schürze umband und den Tisch deckte. Sie war sehr flink und geschickt in allem, was sie tat, und es war natürlich, daß ich sie mit Helene verglich. Helene hatte knapp bemessene Bewegungen, sie arbeitete mit der sauberen Präzision einer Maschine; Nina hantierte viel leichter und lässiger, ich möchte sagen, sie improvisierte, während ihre Gedanken unablässig mit andern und fernen Dingen beschäftigt waren. Mit unendlicher Geduld fütterte sie die alte Frau, die, appetitlos und halb gelähmt, mehr als die Hälfte von dem, was ihr Mund annahm, wieder herauslaufen ließ. Nina fing es mit dem Löffelchen auf, um es ihr von neuem zwischen die blauen Lippen zu flößen. Sie hatte Übung darin und großes Geschick.

Während ich ihr zusah, machte ich den Vorschlag, am späten Nachmittag ins Gebirge zu fahren, an den Eibsee etwa oder zu Tante Annette, und den Sonntag dort zu verbringen. Ich kann nicht, sagte sie einfach. Ich wagte einzuwenden, daß sie doch schon einmal Mittel und Wege gefunden hatte, sich freizumachen. Ja, damals, sagte sie. Sie sagte es mit einem Blick und einem Ton, als wäre es in einem andern Jahrhundert gewesen. Sofort bereute ich mein Angebot. Wahrscheinlich fürchtete sie eine Wiederholung jener unseligen Nacht. Aber sie zerstreute meine Bedenken: Ich kann die Tante nicht mehr allein lassen, sie ißt nicht, wenn ich sie nicht füttere. Sie sieht mich nicht und hört mich nicht, aber sie weiß sofort, wenn ihr jemand andrer nahe kommt. Versuchen Sie es einmal.

Ich begann, die alte Frau auf die gleiche Art zu füttern, wie Nina es machte. Sofort preßte sie die Lippen aufeinander und ihr gelbes, dickes, blickloses Gesicht zeigte entschlossenen Willen zum Widerstand. Da sehen Sie, sagte Nina. Ist es nicht sonderbar, fuhr sie fort, daß ein Mensch nach einem so langen Leben so kindisch eigensinnig sein kann? Ich mag alte Leute nicht, oder doch nur ganz wenige. Ich besuche die ganz alten Leute in der Stadt. Ich kenne sie. — Verlegen fügte sie hinzu: Ich schreibe etwas darüber. Zwei Dinge: Eine psychologische Untersuchung und eine Geschichte. — Ehe ich etwas darauf erwidern konnte, sagte sie: Die Bekanntschaft mit diesen Alten kann einem das ganze Menschsein verekeln. Was ist das Leben, wenn man mit achtzig böse ist und eigensinnig und mißgünstig und selbstsüchtig bis zur schamlosen Gier? Und andere, die sind so müde vom Leben, daß sie sagen: es hat sich nicht gelohnt. Ich dachte immer, man würde gut sein, wenn man alt ist. Ich habe mich nie davor gefürchtet, alt zu werden. Aber wenn ich auch so würde? Wofür lebe ich dann überhaupt? — Nein, erwiderte ich, Nina, Sie werden nicht böse sein, Sie nicht. — Ach, sagte sie, wer kann das wissen; aber Sie sehen, ich kann wirklich nicht fortfahren.

Als sie dies sagte, hatte ich das Gefühl, sie verberge mir den wahren Grund, aber ich ließ es dabei bewenden. Die nächste Stunde bestärkte mich in meinem Verdacht, daß sie etwas Wichtiges verheimliche. Ich muß leider noch den Laden putzen, sagte sie, ich habe nämlich keine Zugehfrau mehr. Ich überlegte, ob sie so sehr sparen müsse, daß sie diese Ausgabe scheute, aber ich wagte nicht zu fragen, um sie nicht zu verletzen. Es quälte mich zu sehen, wie sie ihre Hände in das schmutzige Wasser tauchte, den grauen Lappen auswrang und ihn um den Schrubber legte; es quälte mich noch stärker, daß sie, auf den Knien liegend, die Ecken unter den Regalen auswischte. Es lag nichts Provozierendes darin, wie sie es vor mir tat, sie stellte ihre Tüchtigkeit nicht zur Schau; sie forderte kein Mitleid, es lag ihr fern zu denken, daß sie jemands Mitleid damit erweckte. Sie tat einfach das ihr Notwendig-Scheinende, und sie war schon daran gewöhnt. Aber konnte ein Mensch wie sie jemals sich an derartiges gewöhnen?

Der Nachmittag, den ich mit ihr in der Küche verbrachte, da es im Freien, selbst im Schatten, unerträglich heiß war, überzeugte mich davon, daß sie selbst in dieser Verlassenheit sich einzurichten gewußt hatte. Sie zeigte mir eine Reihe von psychologischen Werken, die sie durchgearbeitet hatte, und eine andere Reihe von Büchern verschiedener Gattung, einige Romane von Gide, Conrad und Stendhal, einen Band Pascal und Hitlers »Mein Kampf«, von dem sie sagte, es sei ein sehr aufschlußreiches Buch. Wir sahen uns einen Augenblick lang an, und dieser Augenblick bestätigte, was ich schon lange wußte: sie war unbestechlich klar, und sie war von tiefem Mißtrauen gegen alle Menschen erfüllt. Auch mich nahm sie nicht aus. Damit hatte ich mich abzufinden.

Der Abend brachte keine Kühle, und doch beschlossen wir, einen Spaziergang zu machen. Nina sagte, der einzige Platz, an dem wir etwas frische Luft erwarten konnten, sei der Hügel, auf dem der Friedhof liegt. Also stiegen wir zum Friedhof hinauf. Der Luftzug, der dort oben zu spüren war, brachte nichts als Wärme und Staub, und doch gewährte er die Illusion leichter Kühlung. Wir setzten uns auf die niedere Friedhofmauer, die Kreuze und Steine hinter uns und die endlose Ebene vor uns, eine Ebene, die dürr und staubig, wie sie war, in der fahlen Dämmerung einer Wüste glich. Der Geruch der verwelkten Rosen auf den Gräbern hatte etwas zugleich widerlich Betäubendes und Erregendes. Wir waren ganz allein, und wenn irgend etwas in der Nähe raschelte oder knisterte, so waren es Mäuse oder was immer für unsichtbare Tiere. Plötzlich begannen die Grillen, und sie ließen nicht ab zu zirpen. Mit der mechanischen Ausdauer bezahlter Kaffeehausgeier rieben sie ihre Flügel, als hätten sie es darauf abgesehen, mir vollends das Bewußtsein zu rauben. Ich kratzte einen Stein aus der Mauer und warf ihn in die dürre Wiese. Eine sinnlose Handlung und vergeblich. Nina lachte leise. Dieses Lachen war mir fremd an ihr. Plötzlich fühlte ich, wie sie ihre Hände um meinen Arm klammerte. Es war ein gewaltsamer Griff, und, mir direkt ins Gesicht blickend, sagte sie: Ich weiß, daß Sie mich lieben. Ich könnte Ihnen jetzt sagen, daß ich Sie auch liebe. Aber es wäre nicht wahr. Und doch sind Sie der einzige Mensch, den ich hasse. Also muß ich Sie auch auf irgendeine Weise lieben. — Dann ließ sie, als wäre sie erschöpft, meinen Arm los und sagte laut: Ich möchte jetzt, daß Sie mich küssen. Ich tat es, benommen, flüchtig, und ich gestehe es, erschreckt. Nein, nicht so, rief sie, und schon spürte ich ihren Mund und ihre Zähne auf meinen aufgesprungenen Lippen. Sie war heiß und staubig, und sie erweckte in mir die jähe Erinnerung an jenen Tag, da ich sie zum erstenmal sah, ohnmächtig und sehr krank. Aber ihre Wildheit ängstigte mich, sie war übertrieben, sie kam zu plötzlich. Es war nicht Liebe, es war nicht einmal Begierde. Was immer es war: ich durfte es nicht annehmen. Aber ich durfte es auch nicht zurückweisen. Ich hielt sie in meinen Armen, sie zitterte, ihr Gesicht war naß von Schweiß, ich erwiderte ihre Küsse, aber ich hatte mich vollkommen in der Gewalt. Nie würde sie mir verzeihen, dachte ich, wenn ich ihre Trunkenheit mißbrauchen würde; vielleicht aber wird sie es mir nie verzeihen, sie jetzt nicht ins knisternde Gras gelegt zu haben. Wetterleuchten kam näher, und ich sah Ninas Gesicht. Es war ungezähmt, finster und böse. Sie liebte mich nicht. Sie erprobte mich nur, sich und mich, sie maß sich an mir. Schließlich entglitt sie mir auf Wieselart, und, als wäre nichts geschehen, sagte sie nüchtern: Es wird bald regnen. Sie brachte es fertig, auf dem Rückweg eifrig ein gleichgültiges Gespräch zu führen, und als wir, kurz vor Einbruch des Gewitters, das Haus erreichten, zeigte sie mir ein so ruhiges Gesicht, daß ich mich fragte, ob ich die Szene am Friedhof geträumt hatte.

Dann holte sie aus dem Nachbarhaus eine Frau, die ihr jeden Abend half, die so schwer gewordene Tante ins Bett zu heben. Nachdem die Nachbarin gegangen war, versperrte sie das Haus. Sie können jetzt nicht fahren, sagte sie, es wird bald regnen. Ich sagte, mein Auto sei wasserdicht, aber sie bestand darauf, daß ich noch blieb. Sie machte Tee und behandelte mich mit einer ruhigen Freundlichkeit, die so natürlich war, daß sie mich vollends verwirrte. Das Gewitter war sehr heftig, aber es regnete nur kurz. Wir gingen vors Haus. Der Boden war kaum feucht. Ich sagte Nina, daß ich nun sehr wohl fahren könne. Sie sah mich nachdenklich an, und plötzlich sagte sie rasch: Wollen Sie etwas für mich tun? Was ist es? fragte ich und ärgerte mich darüber, daß ich nicht augenblicklich und einfach ja gesagt hatte. Aber sie war zu erfüllt von ihrem Anliegen, um es zu bemerken. Sie zog mich ins Haus und flüsterte — obgleich niemand sie hören konnte als ich, flüsterte sie: Wollen Sie heute nacht jemand ein Stück weit mitnehmen? — Gerne, sagte ich, zugleich enttäuscht über die Belanglosigkeit dieser Bitte und bestürzt über den Ernst, mit dem sie vorgebracht worden war. — Es ist ein Kollege von Ihnen, sagte sie. Er will zur Grenze. Mit Ihrem Wagen ginge es viel schneller. — Ich begriff. Mein Gott, Nina, sagte ich, wissen Sie denn, was Sie riskieren? — Sie sah mich erstaunt an: Aber kann ich denn anders? Es ist nicht das erstemal. Der erste, der hierherkam, war Doktor Braun, vor sechs Wochen. — Aber Braun ist doch mit einer Expedition nach Tibet gegangen, rief ich. Sie lächelte flüchtig. Glauben Sie? Ich hoffe, er ist längst in der Schweiz und in Sicherheit. Und heute kommt Petersen. Man hat ihn gewarnt. Er war schon lang verdächtig. Nun ist es soweit. Meine Freundin, Sie kennen sie, erinnern Sie sich, sie ist Sekretärin bei der Partei. Sie erfährt oft, leider nicht immer, wer drankommen soll. Es ist alles gut organisiert. Auf mich fällt kein Verdacht. Verstehen Sie jetzt, warum es mir gar nicht eilt, von hier wegzukommen? Und warum ich kein Dienstmädchen und keine Zugehfrau habe?

Ich sah sie an. Wo war das zügellose Gesicht einer Hexe? Wie viele Gesichter hatte dieses Geschöpf? Wollte sie mich zu ihrem Geliebten haben, damit sie meiner ganz sicher war, wenn sie mich zum Mitverschwörer machte? Hatte sie mir deshalb geschrieben? Welchen Sinn aber hatten dann ihre Worte vom Haß? Und war ihr Ausbruch nicht echt gewesen? Wie sehr bedaure ich es, so wenig Erfahrung mit Frauen zu haben. Vielleicht ist sie eine jener Frauen, die um irgendeines Zieles willen zu Schauspielerinnen werden. Ich nehme an, daß mein Gesicht Spiegel meiner Überlegungen war, denn Nina fragte mich: Warum sehen Sie mich so mißtrauisch an? Mit einem Unterton von Spott fügte sie hinzu: Sie können es ruhig ablehnen, sich ins Spiel zu mischen. Ich verstehe jeden, der Bedenken hat. Aber ehe ich antworten konnte, ergriff sie meine Hände mit natürlicher Wärme. Verzeihen Sie, sagte sie, ich weiß: Sie haben keine Angst. Sie überschätzen das Leben nicht. Dann tat sie etwas, was mich noch tiefer verwirrte als ihre hexische Wildheit auf der Friedhofsmauer. Sie legte ihre Arme um mich, sie tat es mit sparsamer, spröder Zärtlichkeit, und sagte: Ihr Buch hat mir sehr gefallen, Sie haben so viel geleistet damals, und unter so schwierigen Umständen. — Ich konnte mich nicht enthalten zu sagen: Schon wieder dieses Wort »Leistung«. Bedeutet Ihnen das soviel? — Sie sah mich stumm verwundert an, und ich fuhr fort, plötzlich besessen von dem Wunsch, ihr den Respekt vor der »Leistung«, meiner und jeglicher Leistung, auszutreiben: Ich habe etwas geleistet, meinen Sie. Gut, ich habe zwei Jahre in den Tropen verbracht, ich habe einige hundert Eingeborene geheilt und Forschungen gemacht, ich habe sogar mehr getan, als in dem Buch steht, ich habe unentgeltlich gearbeitet, ich habe den Ertrag aus diesem Buch und einigen anderen wissenschaftlichen Werken der Siedlung zur Verfügung gestellt. Warum aber, glauben Sie, bin ich überhaupt dorthin gegangen, warum habe ich das alles getan? Aus Hochmut, Ehrgeiz und Neugierde und Langeweile, aus purem Überdruß an dem, was Europa bot. Als ich begann, mich auch in Südafrika zu langweilen, machte ich mit einem Teil des Vermögens, das mir mein Vater hinterlassen hatte, eine Weltreise. Das ist es, was Sie meine »Leistung« nennen. — Sie hörte mir schweigend zu. Dann küßte sie mich, und diesmal tat sie es mit ruhiger Wärme. Ich schob sie sanft beiseite. Nina, sagte ich, Sie haben bisher nicht gut genug von mir gedacht. Verfallen Sie jetzt nicht in das andere Extrem: überschätzen Sie mich nicht. Sie versuchte, ihre Hand auf meinen Mund zu legen, aber ich hielt sie fest, denn ich bestand darauf, zu Ende zu sprechen. Sie müssen mich sehen, wie ich bin. Als ich zwei Jahre in den Tropen war, hatte ich genug. Mein Vertrag lautete auf drei Jahre. Aber ich wollte vorher fort, um jeden Preis. Da brachte ich es fertig zu erkranken. Man ließ mich gehen. Das ist die Wahrheit, und, Nina, ich habe sie bisher keinem Menschen gesagt. So also bin ich, und so sollen Sie mich sehen. Ich halte nirgendwo bis zum Ende durch. Ich lebe nachlässig und voller Zweifel, feige vor Entschlüssen, die das Äußerste fordern, ich könnte es Ihnen mit einem Dutzend von Beispielen beweisen. Ich sagte es Ihnen bereits: Menschen wie ich sollten nicht geboren werden.

Noch ehe ich ausgeredet hatte, küßte mich Nina wieder und heftiger, und diesmal war der Zuneigung eine Art Zorn beigemischt. Vielleicht ärgerte es sie, daß ich das neue Bild, das durch die Lektüre meines Buches, meine politische Partnerschaft und wer weiß welche geheimen Erfahrungen in ihr entstanden war, mit Gewalt zerstören wollte. Vielleicht wünschte sie, mich zu lieben, aber sie konnte nur den lieben, den sie in mir sehen wollte, nicht aber den, der ich war. So wollte sie nicht, daß ich sie beirrte; sie nahm es mir übel, daß ich versuchte, es zu tun. Ich aber wollte nicht, daß sie um meinetwillen von ihrer hohen Gewohnheit, tröstliche und bequeme Illusionen zu verschmähen, abwich. Sie drängte sich mit süßer und animalischer Wärme an mich, und ich fühlte jene Ohnmacht herannahen, die jeden Widerstand zunichte macht. Aber ich verschmähte es, Zärtlichkeiten und Gefühle anzunehmen, die nicht mir galten, sondern dem, der ich für Nina sein sollte; zudem gefiel es mir nicht, daß Braun bei ihr gewesen war, und wenngleich dies, ich gebe es zu, ein sehr nebensächlicher Einfall war, so störte er mich doch. Ich schob Nina zum zweitenmal von mir. Sie ließ es geschehen; sie ließ es mit einer Ruhe geschehen, die ebensogut Gleichgültigkeit wie liebevolle Geduld sein konnte, und einen Augenblick später sah sie mit weit größerer Teilnahme damit beschäftigt, auf das Pfeifen des Nachtzugs zu lauschen, das, vom Wind zerpflückt, nur undeutlich zu hören war. In der nächsten Viertelstunde vergaß sie mich vollständig. Sie huschte über die Treppe nach oben und brachte einen kleinen Beutel mit Proviant, den sie bereitlegte. Dann setzte sie Wasser auf den Spirituskocher und mahlte Kaffee; während das Wasser zum Kochen kam, richtete sie in aller Eile ein kleines Abendessen. Sie hantierte eilig, stumm und gesammelt. Sie schien nach einem festen, oft erprobten Plan zu verfahren. Kurze Zeit darauf lief sie zur Hintertür. Ich hatte weder gehört, daß Schritte sich dem Haus näherten noch daß die Tür geöffnet wurde. Alles geschah lautlos. Ich erkannte Petersen kaum. Er war auf geschickte und glaubhafte Weise maskiert: er trug die Tracht eines Jägers und, der Vollständigkeit halber, ein Jagdgewehr, obgleich er nie in seinem Leben geschossen hatte. Nina äußerte ihre Bedenken; man konnte ihn für einen Wilderer halten. Aber er zeigte lachend seine Jagdkarte. Er war im übrigen keineswegs erstaunt, mich zu sehen, und nahm mein Angebot, ihn an die Grenze zu bringen, unbedenklich an. Nina nötigte uns, den starken heißen Kaffee zu trinken und einiges zu essen, dann drängte sie zum Aufbruch. Eine halbe Stunde später setzte ich Petersen in der Nähe der Grenze ab. Beim Abschied sagte er: Und Sie? Sie bleiben? Ein fernes und verdächtiges Geräusch wie von Schritten, die über Geröll gehen, ließ uns jäh abbrechen. Petersen verschwand in der Dunkelheit, und ich fuhr mit kalter Angst im Leibe zurück. Zum erstenmal in meinem Leben spürte ich diese tierische Angst. Sie galt mehr Petersen als mir, aber sie galt auch mir, und dies bestürzte mich. Ich hatte geglaubt, mein Leben so gering einzuschätzen, daß mir nichts an seiner Erhaltung lag. Nun aber hatte ich Angst. Diese Beobachtung gab mir zu denken. Noch mehr aber beschäftigte mich jener Satz Petersens, der unvermutet und ungewollt sein letzter geworden war: Und Sie? Sie bleiben?

Ich bleibe. Ich hatte nie die Absicht zu fliehen, ich war »unpolitisch«, ein »harmloser Wissenschaftler«. Es ist gewisser als je, daß ich bleibe: Nina braucht mich. Es wird nicht das letztemal sein, daß ich ihr helfen muß. Die Aussicht darauf, mit ihr zusammen eine Aufgabe zu erfüllen, eine geheime und nicht ungefährliche Aufgabe, macht mich nahezu glücklich und verleiht meinem Leben einen provisorischen Sinn. Freilich liegt auch eine gewisse Beschämung für mich darin, daß ich auf diese Aufgabe erst gestoßen werden mußte. Aber ich will diesmal beides mit Gelassenheit annehmen: die Beschämung wie die Aufgabe. Ich bin begierig zu erfahren, was weiterhin von mir verlangt werden wird und auf welche Weise mir die Aufträge übermittelt werden, ob ich Nina wiedersehen werde und ob die Veränderung ihres Verhaltens mehr als eine Laune, mehr als vergänglicher Enthusiasmus über meine »Leistung« und mehr als kluge Berechnung ist. —

14. August 1933, morgens vier Uhr.
— Zurück von einer zweiten Fahrt an die Grenze. Die Nachmittagspost brachte eine offene Postkarte mit gefälschter Absenderadresse und der leicht verstellten Schrift Ninas: Wir würden uns freuen, Sie wieder einmal in unserm Kreis begrüßen zu dürfen. Ich fuhr augenblicklich nach W. (Meine geplante Reise nach Frankreich habe ich zu Helenes größtem Erstaunen aufgegeben, ohne diesen Entschluß ihr gegenüber zu begründen. Sie betrachtet mich seither mit gewissem Unbehagen. Sie weiß nicht, was sie davon halten soll. Ich fragte mich, ob ich sie einweihen soll, will jedoch erst mit Nina darüber sprechen.) Kurz nachdem die Post gekommen war, schellte es, und ein unbekannter junger Mann gab einen dicken Brief ab, ohne ein Wort weiter zu verlieren. Der Umschlag enthielt zwei Pässe. Ich begriff, daß ich sie mitnehmen sollte, und ich wunderte mich, wie prompt hier gearbeitet wird. Es bereitet mir ein ungewohntes Vergnügen, nichts als Glied einer Kette zu sein. So fuhr ich denn auch durchaus gutgelaunt, ja in einer gewissen wilden Fröhlichkeit nach Einbruch der Dunkelheit den nun schon gewohnten Weg nach W., wurde von Nina herzlich, aber ohne Zärtlichkeit und mit Anzeichen von Nervosität und Ungeduld empfangen und befand mich, ehe ich recht zu mir kam, an der Seite eines völlig fremden und schweigsamen Mannes auf dem Weg zur Grenze. Der Fremde hatte den einen der beiden Pässe bekommen, während der andere, wie Nina sagte, mir zugedacht war, »für alle Fälle«. Ich kam um drei Uhr morgens zurück und versuchte, den versäumten Schlaf nachzuholen. Vergeblich. So entschloß ich mich, wach zu bleiben, einige Zeilen zu schreiben und bis zum Morgen zu lesen, falls es mir möglich sein wird. Ich denke, wie könnte es anders sein, über Ninas so schroff wechselndes Verhalten nach. Ich komme zu keinem gültigen Schluß und gebe es auf, zu begreifen. Aber selbst der Gedanke, daß es Berechnung sein könnte,

sublime, vielleicht unbewußte Berechnung, was sie mir näher-
brachte, vermag mich nicht wirklich zu bestürzen. Was mich beunruhigt, ist vielmehr die Erfahrung, daß meine Menschen-
kenntnis, sonst recht zuverlässig, mich bei ihr im Stiche läßt.
Das Hexische oder besser: das Elbische in ihrem Wesen ist verwirrend. Vielleicht liebe ich sie gerade um ihrer Undurchschaubarkeit willen.
Der Tag bricht an, ich trat an das offene Fenster und atmete den
Taugeruch des Morgens. Ich habe die Nacht durchwacht, aber ich
fühle mich frischer als sonst, und ich möchte fast sagen: Ich bin
glücklich. Für mich bedeutet Glück: für einen Augenblick, eine
Stunde oder, wenn es hoch kommt, einen Tag lang glauben können, daß mein Leben nicht ganz verloren ist. Tausendfache Erfahrung aber lehrt mich Vorsicht. Was liegt im dunkeln Hinterhalt? —

2. Oktober 1933.
— In knapp sieben Wochen haben wir zehn Flüchtlinge über die
Grenze gebracht. Ich sage »wir«. Ich weiß nicht, wer »wir« sind.
Immer der gleiche wortkarge junge Mann überbrachte mir die
Aufträge; ich fuhr nach W., nahm dort bekannte und unbe-
kannte Personen in Empfang und setzte sie an verschiedenen
Plätzen nahe der Grenze ab. Mit Nina war ich nie mehr allein.
Sie schien kein Privatleben mehr zu führen und es nicht einmal
zu vermissen. Vor vier Tagen aber sagte sie mir, daß dies meine
letzte Fahrt sein werde. Sie sei gewarnt worden, und man habe
sich entschlossen, sie und mich vorläufig aus der Affäre zu halten. Sie war etwas blaß, als sie es mir sagte, aber ruhig. Kommen
Sie jetzt eine Weile nicht mehr zu mir, bat sie, ich werde dafür
zu Ihnen kommen, wenn wir außer Gefahr sind. Sie wissen nicht,
daß die beiden letzten, die Sie an die Grenze brachten, aus dem
Konzentrationslager geflohen waren; man ist ihnen und damit
uns auf der Spur; fahren Sie fort bis zum Semesterbeginn und
verschaffen Sie sich ein Alibi; und Sie kennen mich nicht, verstehen Sie? — Ja, sagte ich, aber Sie, Nina? — Ich hoffe, antwortete sie, man glaubt mir, wenn ich alles leugne. Und wenn nicht?
Sie zuckte leicht die Achseln: Dann kann ich auch nichts machen,
dann ist es eben so. — Ich beschwor sie, auf der Stelle mit mir
zu fahren. Sie sah mich erstaunt an. Und das alles hier, fragte
sie, was soll daraus werden? Nein, ich kann nicht fort. — Ich
wandte ein, daß sie, falls man sie mit Gewalt wegholte, ebenso
alles im Stich lassen müsse. Das ist etwas anderes, erwiderte sie
und sah mich ruhig an, ein wenig verwundert darüber, daß sie
nicht ohne weiteres verstand. Ich verstand sie, und trotzdem
versuchte ich, sie davon zu überzeugen, daß es mir unmöglich
sei, mich in Sicherheit zu bringen und gefährdet zu wissen. Nun,

sagte sie, so bleiben Sie eben auch. Sie sagte es ohne Spott und mit vollkommener und trockener Sachlichkeit. Gut, sagte ich, also werde ich in der Stadt bleiben. Ja, sagte sie, aber mich nicht mehr besuchen, nicht schreiben, mich nicht kennen. Und nun: leben Sie wohl. — Das war der Abschied. Vielleicht werde ich sie nie mehr wiedersehen. Man pflegt kurzen Prozeß zu machen mit Landesverrätern. Ihr Gesicht, ich werde es so im Gedächtnis behalten: blaß, sehr blaß, in den Augen die herausfordernde Großzügigkeit der Jugend, für die Leben und Tod gleicherweise erregende Sensationen sind, nirgendwo eine Spur von Angst und Unsicherheit.

Ich bleibe also in der Stadt. Manchmal, nachts, im Morgengrauen, habe ich Angst. Schritte in der Dämmerung, ein Auto, das in unsrer Straße knirschend hält, die Trillerpfeife einer Polizeistreife — Laute, die mir den Schweiß aus den Poren treiben. Ich habe keine Angst vor dem Tod, aber ich fürchte mich vor der Begegnung mit der Staatspolizei, vor der Berührung mit den Widerpartnern des Geists. Und Nina? Sie ist ganz allein. Ein Mädchen, allein mit der Gefahr. Sie hat niemand, mit dem sie über ihre Befürchtungen sprechen kann, niemand, mit dem sie in diesen schwer erträglichen Stunden vor Tagesanbruch einen Pakt gegen die Angst schließen kann, sie ist ausgesetzt in der Einsamkeit, abgeschnitten von jeglicher Zuflucht. Es ist unerträglich für mich, ihr fern zu sein. Aber führe ich zu ihr, so würde ich sie noch mehr gefährden. Hundertmal in diesen Tagen habe ich erwogen, sie zu besuchen, den Wagen irgendwo außerhalb Wenheims stehen zu lassen, als harmloser Passant in die Stadt zu gehen und mir in Ninas Laden Zigaretten zu kaufen. Aber vielleicht werden meine Fahrten und alle meine Schritte überwacht. So verwerfe ich den Plan, um ihn eine Stunde später von neuem zu erwägen. Helene, durch das plötzliche Ende meiner nächtlichen Fahrten noch mehr verstört als durch die Fahrten selbst, stellte heute fest, ich habe seit vier Tagen kaum etwas gegessen. Ich wußte es nicht. Ich war in heftiger Versuchung, ihr alles zu erzählen. Es würde mir Erleichterung bringen. Aber Nina hatte mir verboten, es zu tun, und auch ohne dieses verständliche Verbot hätte ich es vorgezogen zu schweigen, da auch Nina allein war mit der Gefahr. Es gibt jetzt Augenblicke am Tag und auch in den Nächten, in denen ich ahne, daß die Angst ein dem Menschen gemäßer Zustand ist. Eine nicht mehr ganz originelle, aber jetzt, da sie mich unmittelbar betrifft, sehr wichtige Erkenntnis, die mir eine neue Sicht auf mein Leben und das menschliche Dasein überhaupt verschafft. Es erscheint mir durchaus möglich, daß man die Angst zu lieben beginnt. Ich erinnere mich eines Jugendfreundes, der eines Tages erkrankt war und den ich, ihm unerwartet, besuchte. Sein Zimmer war erfüllt von Zigarettenrauch, aber meine Nase nahm auch einen andern, befremdlichen Geruch wahr, der mich unruhig machte. Schließlich stellte ich fest, daß es eine Spur von Leuchtgas war, eine kaum merkliche Spur. Mein Freund rief hastig: Oh, das macht nichts, gar nichts, das ist ganz unerheblich. Als ich darauf bestand, die undichte Stelle im Gasrohr zu finden und den Schaden beheben zu lassen, bat er mich in seltsamer Nervosität, es nicht zu tun, und dann gestand er, daß er diesen leicht giftigen Geruch liebe, den Geruch und die ständige Gefahr, er liebe sie wie ein Rauschgift, ein Parfum aus dem Abgrund, man würde auch die schadhafte Stelle niemals finden, sie sei gewiß zu winzig, und, fügte er, damals mir rätselhaft, hinzu, vielleicht existiere sie gar nicht wirklich. Er ist nie an Gasvergiftung erkrankt, sein Organismus gewöhnte sich daran. —

3. Oktober 1933.
— Dieses Abgeschnittensein von Nina ist nicht zu ertragen. Ich gehe keinen Schritt aus dem Haus, um daheim zu sein, wenn sie kommen wird. Dies ist töricht. Sie wird nicht kommen, nicht jetzt, und trotzdem warte ich unablässig auf sie oder auf irgendeine Nachricht über sie. Meine Angst um sie wird stärker und stärker. —

5. Oktober 1933.
— Ich war bei Nina, aber sie weiß es nicht. Ich fuhr mit der Bahn, stieg zwei Stationen vor W. aus und ging auf Feldwegen weiter. Es regnete, und kein Mensch war unterwegs. Ich sah Nina im Laden stehen, wie immer. Hinter Bonbongläsern, Kaffeebüchsen und Pyramiden von Schuhcremedosen sah ich ihr Gesicht. Ich gestattete es mir nicht länger als einige Minuten, vor der regennassen Scheibe zu stehen. Es war sehr schwer fortzugehen, ohne mit ihr gesprochen zu haben. Aber ich ging unverzüglich weiter, verirrte mich und fand schließlich eine Landstraße, von der mich ein Lastwagen auflas und nachhause brachte. Ich kam in einem Zustand an, der Helene in jeder Hinsicht nur befremden konnte: naß, mit Schuhen, an denen die Erde der Felder klebte, dreckbespritzt, erschöpft und heiter. Ein höchst unwürdiger Zustand, wie Helenes Blicke mir sagten. Aber Nina lebt, Nina ist noch da, sie verkauft noch Bonbons und Tabak. Ich wage zu hoffen, daß die Gefahr vorüber ist. —

12. Oktober 1933.
— Die Angst kehrt wieder; vielleicht gilt sie gar nicht der akuten Gefahr, der politischen Gefährdung. Vielleicht liegt sie in der Zeit, zu ihr gehörig wie der Gasgeruch zur Kammer meines Jugendfreundes. Ich versuche, mich auf den Semesterbeginn vor-

zubereiten. Ich arbeite lustlos, zerstreut und hundertmal am Tag durch Anfälle von schwerem Mißmut erheblich gestört. —

16. Oktober 1933.
— Nina wird morgen kommen. Die alte Frau ist tot, das Haus verkauft, W. wird hinter ihr liegen wie ein Albtraum oder wie ein Jahr Dienst in der Fremdenlegion, eine böse Zeit und eine gute Schule, wie Nina am Telefon sagte. Nina wird kommen, sie wird ihr Studium wieder aufnehmen, sie wird hier in der Stadt leben, ich werde ihr an der Universität begegnen, ich werde sie sehen, die Gefahr scheint noch einmal vorübergegangen zu sein. Nina hat angerufen, ich habe ihre Stimme gehört, ihre angenehme tiefe Stimme. Ich werde Nina vom Bahnhof abholen, sie wird hier Tee trinken, ich habe es Helene erzählt, und sie sagte undurchdringlich: ich werde alles richten. Welchen Kuchen soll ich backen? Was ißt sie am liebsten? — Gott weiß, welche Überwindung es sie gekostet hat, diese Frage zu stellen und Nina zu empfangen. Aber ich kann ihr nicht helfen. Es lag mir brennend auf der Zunge zu sagen: Helene, was immer auch früher geschehen ist, Nina hat alles gutgemacht. Aber ich schwieg. Mag sie selbst erkennen, wer Nina ist. Und wenn sie es nicht erkennt, was liegt daran. —

18. Oktober 1933.
— Nina war hier, sie kam zum Tee und sie blieb bis zum Abend. Sie sieht schlecht aus, blaß, ein wenig magerer geworden, mit einigen Anzeichen von Erschöpfung. Helene hatte sie mit vollkommener Selbstbeherrschung begrüßt, eine Tasse Tee mit uns getrunken, eine korrekte Konversation über das Leben in Kleinstädten geführt und uns dann unter einem annehmbaren Vorwand alleingelassen. Nina sprach wenig. Sie war müde und ungewöhnlich sanft. Später erzählte sie mir von den letzten Wochen in W., und dieser Bericht, ganz nüchtern vorgebracht, ohne eine andere Absicht als die, meine dringenden Fragen zu beantworten, erschütterte mich. Am 6. Oktober starb die alte Frau. Ich erinnerte Nina daran, daß sie gewünscht hatte, einmal jemand sterben zu sehen. Ja, sagte sie, nun habe ich jemand sterben sehen, es war nicht schön und nicht häßlich, es war einfach ein Schlußpunkt, nichts weiter; bei ihr war es sicherlich das Ende. Wenn ich sterben würde, wäre es wahrscheinlich kein Ende, weil ich noch nicht fertig bin und viel zu unruhig, es wäre höchstens ein Gedankenstrich. Aber die Tante war wirklich fertig. Zwei Jahre lang starb sie, zuerst schien es, als würde sie vertrocknen, eingehen wie ein alter Baum, und dann plötzlich begann sie aufzuschwellen, die Wassersucht machte sie dick wie ein Faß, und sooft es ihr auch genommen wurde und so viele Spritzen sie auch

bekam, es kehrte immer wieder. Sie haben sie ja gesehen damals im August, aber das wurde noch viel schlimmer und immer schlimmer. Dabei war sie halb gelähmt und meistens nicht bei klarem Bewußtsein, und so sehr ich auch achtgab auf sie, immer wieder lag oder saß sie in ihrem Unrat, und nachts, wenn ich die Nachbarin nicht zu Hilfe holen konnte, mußte ich sie so liegenlassen, und ich konnte den Geruch nicht mehr ertragen und den Anblick auch nicht mehr. Aber als ich sie eines Tages ins Krankenhaus bringen lassen wollte, merkte sie es und schrie. Sie schrie einfach los wie ein Kind; was sollte ich tun, ich ließ sie eben zuhaus. Und einmal versuchte ich es, ihr eine Pflegerin zu geben; aber da verweigerte sie das Essen, und eines Tages sagte sie laut und deutlich mitten aus ihrer Lethargie heraus: »Wenn du mich nicht pflegst, kann ich das Testament ja ändern.« Daß sie das sagte, machte mir die letzten Wochen schwierig. Ich war zu ihr gegangen des Geldes wegen, das ist wahr; aber daß ich so lange blieb, bis zum Ende blieb, das war nicht mehr des Geldes wegen.

Als ich Nina fragend ansah, um sie zum Weitersprechen zu ermuntern, sagte sie zögernd: Ich weiß nicht, ob Sie begreifen können, daß man sich an etwas, das man mit so großem Widerstreben begonnen hat, schließlich gewöhnt, nein, daran gewöhnt habe ich mich eigentlich nie, aber ich habe es angenommen, wenn Sie verstehen, wie ich das meine. Ich glaube, es gibt keine Lebenslage, die ganz unerträglich ist, wenn man sich in ihr einrichtet. Der Laden zum Beispiel, er war mir zunächst gräßlich mit seinen billigen Gerüchen, und Kernseife kann ich wahrscheinlich mein Leben lang nicht mehr benützen, so widerlich ist mir dieser scharfe Geruch geworden; aber dann fand ich heraus, daß auch dieser Laden Reiz hat mit seinem Halbdunkel und seiner Kühle und seiner kleinen Ordnung, und auch die Tante hatte etwas, das mich anzog: ihr langsames Sterben und das Aufquellen ihres gelben Fleisches, diese unheimliche Auflösung und ihr Eigensinn und die Selbstbehauptung dieses fast schon aufgelösten Körpers, an dem niemand mehr etwas lag, am wenigsten ihr selbst. Oder die kleine Stadt, die ich anfangs haßte und dann interessant fand, mit all den vielen schrulligen und boshaften Leuten und dem Wichtignehmen ihrer lächerlichen Anliegen, und wie sie so am Leben vorbeilebten, ganz ahnungslos, und zum Schluß nahm ich sie nicht mehr für bare Wirklichkeit, sondern für eine komischböse kleine Traumstadt. Ich habe auch eine Geschichte drüber geschrieben, aber sie ist nicht gut, ich kann noch immer nichts.

Ich bat sie, mir diese Geschichte zu zeigen, aber sie sagte nur: Ich habe sie zerrissen, ich schreibe sie nochmal, später. Und dann kam der Tod ganz rasch. Ich saß in der Küche, gegen Abend, und las, und die Tante saß in ihrem Lehnstuhl, und ich sah sie an und dachte, wie schrecklich das Leben ist. Ich hatte uralte Photographien gefunden und da sah ich, daß die Tante einmal ein hübsches junges Mädchen gewesen war und eine schöne Braut, und nun saß sie da und war alt und furchtbar häßlich geworden und unappetitlich und stank, und sie lebte kaum mehr und war ganz einsam, sie hatte niemand mehr als mich, und mich hatte sie nur, weil ich ihr Geld erben mußte und weil ich aushalten wollte bei ihr. Das war das Ende. Ich sah sie lange an und ich begriff zum erstenmal in meinem Leben, daß es schrecklich war zu leben, wenn man sich nicht in den Geist rettet. Denn die alte Frau da, sie war ja kein einzelner Fall, und ihr Ruin war nicht der ihre allein.

Nina sah mich mit einem raschen und unsicheren Blick an, als sie das sagte, als wollte sie mich bitten, sie zu verstehen; dann fuhr sie fort: Als ich so saß und die alte Frau ansah, da sah ich mich plötzlich selber so dasitzen, alt und aufgequollen und schon halb tot, und das war kein angenehmes Bild. Da bekam ich Angst, und ich ging schnell ins Freie, in den kleinen Garten hinterm Haus, da hatte ich Dahlien und Astern gepflanzt, die blühten, aber dann dachte ich: Siehst du, so gehst du jeder wichtigen Erkenntnis aus dem Weg und der nackten Wahrheit, geh du nur wieder hinein und sieh dir die alte Frau an und dich selber; es schadet gar nichts, wenn dir schaudert, das gehört mit zum Leben, alles muß man erfahren, und man erfährt das Wichtige nicht, wenn man nichts Häßliches sehen will. Da ging ich also wieder hinein, und ich kam gerade recht zum Sterben der Tante. Ich spürte es mehr, als daß ich's sah. Sie saß plötzlich höher aufgerichtet da, die Hände auf den Lehnen, als wollte sie aufstehen, den Kopf vorgestreckt, die Augen weit offen. Sie sah etwas, ganz bestimmt sah sie etwas. Wenn ich nur wüßte, was sie sah. Sie schaute ernst und aufmerksam hin, und dann lächelte sie, vielleicht verzog sich auch nur ihr Gesicht, und es war eine Grimasse, kein Lächeln, aber es sah so aus, als ob sie etwas sehen würde, was ihr Freude machte, dann fing sie an zu keuchen, genau wie bei einem Asthma-Anfall, und plötzlich war es aus, mitten im Husten, sie blieb stehen wie ein Uhrwerk mitten im Stundenschlag, und dann fiel sie in sich zusammen, und der Tod machte sich gleich über sie her, und man mußte sie schon nach zwei Tagen begraben statt nach dreien, weil sie sich einfach aufzulösen begann. Aber diese paar Minuten vor dem Sterben, die waren wichtig, das weiß ich. Sie sah etwas, und das, was sie sah, gab ihrem Leben von hinterher, vom Ende her, den Sinn. Ich kann mir nicht denken, daß man in diesem Augenblick noch betrogen wird und sich betrügen läßt. Man hat ihr etwas gezeigt, was sie zufrieden machte. Aber warum erfährt man das erst so spät? Ich verstehe das nicht.

Ohne Übergang fügte sie hinzu: Der eine der beiden, die sie zuletzt an die Grenze brachten, wurde erschossen. Der andere ließ uns Nachricht zukommen.

Und ebenso ohne Übergang und Vorbereitung stand sie auf, legte ihre Arme um mich und sagte: Ich danke Ihnen für alles, was Sie getan haben. Und dann begann sie, den Kopf an meiner Schulter, zu weinen. Im ersten Augenblick dachte ich: Sie weint um den Erschossenen, aber dann begriff ich, daß sie vor Erschöpfung weinte. Zwei Jahre hatte sie im Exil verbracht, sie hatte mit äußerster Tapferkeit ausgeharrt, aber es war über ihre Kraft gegangen, ohne daß sie es wußte. Nun weinte sie an meiner Schulter. Nach kurzem Zaudern — hundert Bedenken versuchten meine Hände zu lähmen — zog ich sie auf meine Knie. Sie ließ es geschehen. So saß sie lange, sehr lange, und weinte. Plötzlich aber hörte sie auf, trocknete ihr Gesicht wie ein Kind mit ihrem Ärmel und Handrücken und lächelte beschämt. Da haben Sie mich in meiner Torheit, sagte sie. Sitze ich hier und heule Ihnen was vor. — Es macht mich glücklich, Nina, erwiderte ich, daß Sie es bei mir tun. — Ach, sagte sie, es ist nichts besonders Schönes, ein Mädchen weinen zu sehen, so ohne allen Grund, einfach aus Hysterie. Ganz unvermittelt fuhr sie fort: Sie haben viel für uns getan. Ich habe nicht geglaubt, früher, daß Sie so etwas tun würden. Sie sah mir voll und klar in die Augen. Ich glaube, Sie würden sehr viel für mich tun. — Ja, sagte ich, ich würde viel für Sie tun, alles, Nina. Dabei überfiel mich die Liebe zu ihr mit solcher Gewalt, daß mir schwindelte. Es geschah nicht mit meinem ganzen und freien Willen, daß ich fragte: Scheint es Ihnen nun noch immer unmöglich, mit mir zu leben, als meine Frau, Nina? Und dann sagte sie jenen kleinen Satz, um dessentwillen ich den ganzen Bericht in allen Einzelheiten aufzeichnete — um nochmal jene süße, aufregende und marternde Spannung zu genießen, diese stundenlange Spannung, die meiner Frage vorausging. Sie sagte: Nein, es scheint mir nicht mehr unmöglich.

Zum erstenmal in meinem Leben handelte ich ohne Überlegung, in aller Einfachheit. Ich tat, was jeder Mann an meiner Stelle getan hätte: Ich küßte sie, solange ich wollte. Ich fühlte keinen Widerstand, in Nina nicht und nicht in mir. Dann kam Helene zurück und deckte den Tisch zum Abendbrot. Sie fand uns in heiterster Stimmung. Ich sah, wie sie einen starken Verdacht in aller Eile in sich verschloß. Nach dem Abendessen aber zog sie sich, die Grenze ihrer Kraft wohl kennend, sehr bald und vollständig zurück. Ich überredete Nina noch am gleichen Abend, eine Woche mit mir bei Tante Annette zu verbringen, ehe das Semester begann. Sie willigte ohne Umschweife ein. Ihre Bereitwilligkeit rührte mich. Sie war so ungewohnt. Ich brachte Nina nachhause. Sie wird zunächst bei ihrer Mutter wohnen, dann aber die Wohnung auflösen, da es nicht mehr nötig ist, durch Vermieten zu verdienen. Die Mutter will in ein Altersheim ziehen, Nina sich in der Nähe der Universität ein Zimmer nehmen. So wird sie endlich frei sein. Ich werde sie nicht drängen, wenngleich es mir unsinnig erscheint, jetzt noch länger zu warten. Aber sie soll vollkommene Freiheit haben. Sie soll studieren, sie soll, wenn sie Lust hat, zu mir kommen, sie soll mit mir reisen, wenn sie Lust hat, sie soll haben, was ich ihr geben kann, und sie soll, wenn sie den Zeitpunkt für gekommen hält, meine Frau werden. Ich werde Helene vorerst noch nichts darüber sagen. Übermorgen wollen Nina und ich zu Annette fahren.

Es ist Mitternacht, ich fühle eine große weiche Müdigkeit herannahen, eine Art von Müdigkeit, die ich bisher nicht kannte, eine wunderbare Entspannung, eine süße Lösung meiner Glieder und meiner Empfindungen. So ist es also doch möglich, daß man »glücklich« ist? Ich bin es. Mit Nina werde ich es immer sein. Nie mehr werde ich sagen: Menschen wie ich sollten nicht geboren werden. Ich nehme mein Leben aus Ninas Hand an. —

28. Oktober 1933.
— Letzter Tag unsrer kleinen Reise. Ich habe Tage erlebt, die so schön waren, so ungetrübt schön, so vollkommen, daß ich kaum zu atmen wage. Ich zittere bei dem Gedanken, daß es aller Erfahrung und allen Lebensgesetzen zuwiderliefe, würde solchen Tagen eine Wiederholung gewährt oder gar Dauer. Ich wage nicht an die Zukunft zu denken. Aber was immer auch geschehen mag: diese Tage waren. Nichts wird sie auslöschen aus meinem Gedächtnis.

Ich habe eine neue Nina kennengelernt, eine Nina, die fast schon Frau ist. Ihre Bewegungen sind ruhiger und weicher, sie schweigt viel und hört aufmerksam zu, wenn ich spreche oder mit Annette mich unterhalte, sie hört zu mit jenem Ausdruck, den ich oft an älteren Frauen beobachtete, die viel erlebt haben, und der besagt: ich höre, ja, ich höre, ich nehme Anteil, gewiß, aber eigentlich ist das alles nicht wichtig, ich schweife unterdes in einem Reich umher, in dem sich Wichtigeres begibt und zu dem ihr keinen Zugang habt.

Sie hat sich in diesen Tagen erholt. Das Wetter war mit uns im Bunde. Obgleich auf den höchsten Bergen schon Neuschnee liegt, ist es im Tal tagsüber noch so warm, daß wir im Garten essen konnten. Wir streiften oft an den Berghängen umher, die letzten überreifen Brombeeren pflückend. Wie lange tat ich das nicht mehr? Ferne Erinnerungen aus meiner Kindheit stiegen in mir auf. Der Geruch des feuchten Mooses unter den Fichten, der dumpfe Pilzgeruch, der Moderduft in den Hohlwegen, der Schrei von Bussarden hoch oben in der klaren Luft, die waagrecht ausgespannten Spinnennetze, an denen aufgereiht Tautropfen hingen, der blaue Nebel über dem Moor, der nach Rauch schmeckt, und, gegen Mittag, das leise Rascheln der sanft und gleichmütig fallenden Blätter, die blanken Augen eines Eichhörnchens, die uns regungslos ansahen, das eilige Watscheln eines kleinen grauen Igels über einen Waldpfad — meine Sinne sind gelöst, das Siegel der Starre ist von mir genommen, ich lebe, ich lebe hundertfach. Ich bin heimgekehrt, die Erde nimmt mich wieder an. Nina liebte es, ihre Hände in das eiskalte Wasser der Wildbäche zu tauchen und aus ihnen zu trinken. Ich tat es ihr nach. Dieses Wasser — wonach schmeckt es? Ach, es schmeckt nach Leben, nach langentbehrtem Leben. Ich freute mich, Nina auf den schmalen Pfaden vor mir gehen zu sehen. Ich liebe ihren leichten Gang, ich liebe die raschen Drehungen ihres Kopfes, wenn sie mir einen Pilz zeigt oder eine flüchtende Haselmaus, ich liebte die Tannennadeln in ihrem dunklen Haar und die Spinnweben an ihrem Rock. Annette ist krank, ihr altes Leiden: die Leber. Sie liegt viel, und wir sehen sie meist erst am Abend. Nina ist von schweigender Fröhlichkeit erfüllt. Manchmal legt sie ihren Arm in den meinen und sagt: Sie glauben nicht, wie herrlich es ist, zu wissen, daß man keine Schulden mehr hat und daß man sogar ein kleines Kapital auf der Bank liegen hat. Dreitausend Mark. Damit kann ich jahrelang leben. Es ist wunderbar. Und einmal sagte sie: In drei Jahren bin ich fertig. Drei Jahre, ist das eigentlich lang? Sie blickte mich fragend an. Ja, sagte ich, wenn Sie mich fragen, Nina, ja, drei Jahre sind furchtbar lang, unausdenkbar lang. Sie antwortete nichts darauf, und so ließ ich es dabei bewenden. Heute nacht fiel es mir ein, daß ich sie nicht gefragt habe, ob sie meine Frau werden will. Worauf gründet sich meine Zuversicht? Auf ein vages Wort Ninas und auf meinen inständigen Wunsch. Auf nichts sonst. Aber die Gespenster haben keine Gewalt über mich in diesen Tagen. Ninas Macht reicht weit, sie reicht in meine Nächte hinein, in denen ich, durch eine Wand von ihr getrennt, wachliege, um an sie zu denken. Wunderbare Stunden bei Anbruch des Tages! Mein Bett steht dem Fenster gegenüber. Ich sehe über den Garten hinweg auf die schneebedeckten Berge, fern und kalt, ich sehe die Sträucher des Gartens aus der Dämmerung auftauchen, ich sehe die Farben des Herbsttags erwachen, ich höre das Öffnen und Schließen des Gartentors, wenn die Milch gebracht wird, ich höre die hundert kleinen Geräusche im Haus, mit denen gutgezogenes Personal in behutsamem Eifer den Tag beginnt: das Klirren der Herdringe und das Aufsetzen des Wasserkessels, das leise Huschen über die Treppen, das Öffnen der Fenster im Salon, und dann das Einlaufen des Wassers im Badezimmer nebenan. Nina ist wach. Gleich wird sie baden. So ist es also auch für mich Zeit aufzustehen. Es macht mir Freude zu baden, mich zu rasieren, mich anzuziehen. Kaum begreife ich mehr, welche Qual der Beginn jedes neuen Tages für mich war: immer wieder dasselbe erbarmungslose Drehen des Rades, das von Trauer und Überdruß trieft. Wie fern liegt diese Zeit. Fragte ich einmal, welchen Sinn mein Leben habe? Ich frage nicht mehr. Wäre es mir vergönnt zu beten, ich möchte es jetzt tun. Ich möchte Gott und alle Götter und Heiligen beschwören, abzulassen von ihrem grausamen Gesetz, das da heißt: Nichts sei vollkommen auf Erden, und Vergänglichkeit und Tränen sind das Brot der Menschen. Mein Glück macht mich beben.

Noch einige Stunden hier, dann zurück in die Stadt. Noch einen Gang durch den Garten, der von Tau und Nebelfeuchte tropft, einige Minuten an Annettes Bett, das Mittagessen mit Nina auf der Terrasse, noch ein paar tiefe Atemzüge vor den letzten Rosen zwischen den Buchsbaumhecken und den Chrysanthemen, die noch kein Reif versengte in diesem Jahr, und dann die Fahrt zurück. —

30. November 1933.

Die Arbeit des Semesterbeginns nahm mich völlig in Anspruch. Ich arbeite gern. Alles, was ich anfasse, geht mir leicht von der Hand. Alles scheint zu glücken. Mein Buch über die Arbeit in den Tropen wurde neuerdings auch ins Italienische, Englische und Schwedische übersetzt. Ich bekam eine sehr ehrenvolle Einladung zu dem medizinischen Kongreß in Stockholm. Nina wird mich begleiten. Sie freut sich über meine Erfolge. Ich sehe sie fast jeden Tag. Sie wohnt seit einer Woche in einem kleinen Zimmer in der Mandlstraße, mit dem Blick auf den Englischen Garten. Wir treffen uns meist am späten Nachmittag zwischen den Vorlesungen auf ein Stunde im Café Leopold. Sie ist voller Eifer, und ihre alte Leidenschaft für ihre Arbeit scheint ungebrochen. Heute allerdings bemerkte ich Unruhe an ihr, und sie erzählte mir, daß sie einen politischen Zusammenstoß gehabt habe mit einigen Kommilitonen. B. habe in einer psychiatrischen Vorlesung das Problem der Euthanasie berührt, und es habe sich im Anschluß daran zwischen den Studenten eine heftige Debatte entwickelt. Nina schien erschöpft und wollte nicht davon sprechen, aber schließlich tat sie es doch. B. habe mit vorsichtiger Formulierung erklärt, es gäbe erlaubte Vernichtung menschlichen Lebens: das Strafgesetz gestatte Hinrichtungen und das Völkerrecht den Krieg, und so müsse auch ein Gesetz gefunden werden, das die Tötung unheilbar Kranker erlaube; noch sei dieses Gesetz aber nicht gefunden worden. Diese Worte, berichtete Nina, seien in der Vorlesung schweigend hingenommen, nachher aber um so leidenschaftlicher diskutiert worden. Einer der Studenten habe erklärt, dieses Gesetz gäbe es bereits seit jenem Tag, an dem das deutsche Volk sich gegen die schwächlichen Ansichten des Humanismus und für die Herrschaft der Starken entschieden habe. Da sei sie, Nina, aufgefahren und habe gerufen: Aber ich gehöre auch zu diesem Volk, und ich bin dagegen, und viele sind mit mir dagegen. Wie kann ein Gesetz in Kraft treten, das nur von einem Teil des Volks angenommen wird? Man habe ihr erklärt, daß es der größte Teil des Volks sei, der einverstanden sei. Aber der schlechtere Teil, habe sie gesagt. Zum Glück sei ihre Bemerkung unbeachtet geblieben, da eine andere Studentin erklärte, daß man kranke Tiere schlachte, wenn man damit die ganze Herde vor der Seuche schützen könne. Daraufhin seien die Meinungen heftig aufeinandergeprallt, ob ein Mensch gleich einem Tier als Objekt betrachtet werden dürfe und ob ein unheilbar Geisteskranker noch Mensch sei oder nicht und ob die Gesellschaft die Tötung eines Menschen verlangen dürfe, wenn eine Absonderung des Kranken die Gesellschaft ebensogut schütze wie die Tötung. Zwei oder drei der Gruppe haben, auf Ninas Seite kämpfend, erklärt, es sei unmöglich festzustellen, ob ein unheilbar Geisteskranker noch menschlich oder bereits unmenschlich sei; außerdem sei der Begriff der Unheilbarkeit sehr vage; es gäbe Irrtümer in der Diagnose und es gäbe Fortschritte der Therapie; man lerne Fälle zu heilen, die bisher für unheilbar gehalten worden seien. Sie, Nina, habe daran erinnert, daß die Grenze zwischen Geisteskrankheiten und Abnormitäten kaum zu ziehen sei und daß es unheilbare Kranke gäbe, die dennoch durch ihre Arbeit für die Gesellschaft wertvoll seien, während es gesunde Asoziale gäbe. Darauf habe jemand gesagt: So müssen eben auch die gesunden Asozialen vernichtet werden; das Volk müsse sie opfern, diese und die Geisteskranken. Da habe Nina gerufen: Sie hätten also auch Hölderlin ermordet, nicht wahr? Und dann habe sie jede Beherrschung verloren, und sie habe geschrien, daß der Korridor widerhallte: Und wer wird die Autorität sein, die über Leben und Tod entscheidet? Skrupellose Leute wie Sie, nicht fähig zu begreifen, daß Mord Mord ist, auf jeden Fall und immer, und Leute wie Sie werden, wenn sie erst angefangen haben, mit dem Schein des Rechts zu morden, weitermorden, gleichgültig ob zu Recht oder zu Unrecht, und zuletzt werden nur mehr die Mörder übrigbleiben. Aber ich, ich werde nicht aufhören, dagegen zu sein, nie werde ich aufhören, und nie werde ich einen Staat anerkennen, der den Mord erlaubt und ihm auch noch den Anschein des Notwendigen und Guten gibt.

Da habe man sie niedergeschrien, und einer habe gesagt, Leute wie sie gehörten nicht an die Universität, und wenn sie unbelehrbar sei, so wisse man, was man zu tun habe.

Ninas Bericht erregte mich aufs äußerste, aber ich beherrschte mich, um sie nicht weiter zu beunruhigen. Ich riet ihr, vorsichtig zu sein und derartige Zusammenstöße zu vermeiden. Auch versprach ich, diese schwierige Frage eines Tages in Ruhe mit ihr zu diskutieren, aber sie müsse mir versichern, darüber zu schweigen. Sie sah mich erstaunt an. Aber wie kann ich schweigen, wenn etwas geschieht, was schlecht ist? Und dann sagte sie mit aller Entschlossenheit, deren sie fähig ist: Wenn von mir verlangt werden wird, diesen Unsinn, diese bösartige neue Form von Psychiatrie und Medizin zu studieren und nach ihr zu handeln, so höre ich auf. Lieber wäre ich ich hinter meinem Ladentisch in Wenheim geblieben.

So sehr mich der Vorfall an der Universität bestürzte, so sehr gefiel mir Ninas Mut. Aber ich fürchte, es ist eine Art von Mut, die dem Wahnsinn gleicht. Wie soll ich sie schützen, wenn sie sich derart in die Arena begibt? Die Sorge um sie trübt mein Glück, aber verschärft auch seine Süßigkeit. Sie wird nicht schweigen können zu dem, was sie noch wird sehen müssen in den kommenden Jahren. Ich werde sie vergeblich lehren, klug zu sein. Wenn sie doch die Universität verließe! Als meine Frau hätte sie hundert Möglichkeiten weniger, sich zu gefährden. Aber ich fürchte, sie ist dazu geboren, sich zu wagen, und ich liebe sie um ihres Mutes willen.

Nachts. In das, was ich mein Glück nenne, mischt sich eine leise Furcht: Wird es Nina genügen, meine Frau zu sein? Ihr Mut, ihr Geist, ihr ganzes Wesen ist für Weite geschaffen; sehe ich denn nicht mehr, wie schweifend ihre Augen sind? Ist sie für die Ehe gemacht? Und ich, ich selbst, werde ich es vermögen, sie und mich zu halten? Ich brachte es bisher zuwege, Annettes Warnung in den Wind zu schlagen. Sie sagte bei meinem letzten Besuch: Ihr seid also noch immer zusammen? — Ja, antwortete ich, oder besser: wir kamen erst jetzt zusammen, nach drei Jahren. Darauf erwiderte sie langsam: So? Ihr seid also beisammen. Ich fragte sie: Wundert dich das denn so sehr? Sie sagte trocken: Ja, es wundert mich, denn ich kenne dich. — Ich, meines Glückes sicher, fragte sie voller Übermut: Und du würdest jede Wette eingehen, daß wir nicht beisammenbleiben, wie? Sie antwortete mit einem unbestimmten Lächeln, und dann sagte sie: Versuch's. Sie ist jede Anstrengung wert.

Ja, ich versuche es. Aber werde ich es können? Und Nina? Wird sie wollen, daß ich sie halte? Und halte ich sie denn? Was ist geschehen zwischen uns? Wir haben uns geküßt, wir sind zu politischen Verschwörern geworden, wir sehen uns täglich — ist dies ein unzerreißbares Band? Ich glaubte glücklich zu sein; nun sehe ich, daß Glück nichts ist als der Glanz auf einer Stunde. Aber wie undankbar bin ich: was hätte ich vor Monaten noch gegeben um diesen flüchtigen Glanz? Nun fordere ich schon Dauer.

Aber morgen sehe ich Nina wieder, morgen nachmittag. Sie hat mich zum Tee in ihr kleines Zimmer in der Mandlstraße eingeladen, zum erstenmal. Weg mit den Nachtgespenstern! Ich will leben, ich will Nina fühlen, ich will ihre Augen sehen, ihre Stimme hören. Ich will nicht zweifeln. Ich will nicht Furcht empfinden.

1. Dezember 1933.

– Ich war bei Nina und ich frage mich nun zum hundertsten Male: Hat dieser Tag meinem Glück Sicherheit verliehen oder hat er es der tiefsten Unsicherheit überliefert? Ich weiß es nicht. Nina empfing mich mit der Nachricht, sie habe auf Umwegen einen Gruß von Braun erhalten, er sei in der Schweiz, die Rettung sei gelungen. Die strahlende Freude, mit der sie mir dies erzählte, schien mir zu verraten, daß ihr unendlich viel an dieser Botschaft und an der Rettung Brauns liege; mein alter Argwohn tauchte wieder auf, und ich war um so empfänglicher für ihn, als ich eine schlaflose Nacht hinter mir hatte.

Meiner nicht ganz Herr, fragte ich sie: Und wenn Braun wiederkehrt?

Sie sah mich erstaunt an. – Wenn er wiederkehrt? Er wird nicht wiederkehren, solange er hier gefährdet ist. Und das, fügte sie verdüstert hinzu, kann lange dauern, vielleicht auch nicht, wer weiß das.

Von blindem Eigensinn befallen, beharrte ich auf meiner Frage: Und wenn er dann wiederkehrt, über kurz oder lang?

Sie verstand noch immer nicht. Dann? Dann wird er eben wieder seine Praxis aufnehmen, und der ganze Spuk wird vorüber sein.

Ich, von Torheit gejagt, konnte mich nicht bezähmen zu sagen: Er liebt Sie.

Sie seufzte so, wie beschäftigte Mütter über die Fragen ihrer Dreijährigen zu seufzen pflegen, in ärgerlicher Geduld.

Nina, sagte ich, wir haben nie darüber gesprochen, nicht klar genug, meine ich . . .

Sie zog mich ans Fenster, vor dem der Englische Garten lag. Es hatte ein wenig geschneit und wieder getaut, nun standen die Bäume metallisch grau im blauen Wasser und spiegelten ihre nackten Zweige; eine späte Sonne schien schräg auf den Park und gab ihm einen müden frostigen Schimmer.

Nein, sagte ich böse und besessen, nein, das interessiert mich nicht.

Und dann rief sie jenen Satz, der mich zu Tränen des Glücks erschütterte und mich jetzt so tief unsicher macht. Mein Gott, rief sie, Sie wissen es doch, daß, wenn ich je heiraten werde, Sie es sind, den ich heirate.

Ich hörte in dieser Stunde nur das Ja. Es war eine wundervolle Stunde. Ich habe vergessen, worüber wir sprachen. Vielleicht sprachen wir kaum. Dunkel entsinne ich mich des Zimmers. Es ist eine der üblichen mittelmäßigen Studentenbuden; ich saß, glaube ich, auf Plüsch, und auch die Vorhänge sind aus derlei schwerem Stoff. Ninas Lebendigkeit aber füllte den billigen Raum, und man vergißt ihn um ihretwillen.

Nun aber sitze ich hier und gebe dem Zweifel Raum, und, als genüge die Qual meiner Unsicherheit noch nicht, befällt mich plötzlich eine neue Art von Überdruß: Ich glaube, ich beginne meine eigene schöne, sorgfältig eingerichtete Wohnung zu hassen, weil Nina nicht hier lebt. Warum will Nina nicht mein Gästezimmer beziehen? Und wie vage ist die Möglichkeit einer Heirat mit ihr. Wenn je — sagte sie, wenn je. Aber sie fuhr fort: Dann sind Sie es. So liebt sie mich also? Oder schätzt sie mich nur? Weiß sie denn, ob sie mich liebt? Kann sie Liebe von Freundschaft unterscheiden? Wie kann ich sie an mich binden? Wenn sie ein Kind bekäme? Aber das wäre unfair. Nein, niemals. Und auch das gäbe keine Sicherheit. Geduld, Geduld, Geduld. Zum Teufel mit der Geduld. Und doch gibt es keinen anderen Weg. Keinen. So klammere ich mich an ihr Wort: »Dann werden Sie es sein.« Viel und wenig. Bei Licht besehen: nichts. —

Neujahrsmorgen 1934.
— Kein Jahr meines Lebens begann schöner. Es ist Morgen, die Sonne scheint, ich atme tief die kalte, reine Luft am offenen Fenster und blicke in die Richtung, in der ich Ninas Zimmer weiß. Nina war bis nach Mitternacht bei mir. Wir hörten die Domglocken den Beginn des Jahres einläuten, ich hielt Ninas Hand und ich sagte: Dies ist mein Geburtstag, Nina, ich habe nicht gelebt bis heute, bis zu dem Augenblick, in dem du mir sagtest, daß du zu mir kommen würdest. Sie hatte es gesagt, freiwillig und ungefragt, in tiefem Ernst und in aller Einfachheit. Ich werde sie nie bei ihrem Wort nehmen. Ich sagte ihr das heute nacht. Du weißt, sagte ich, daß ich keinen tiefern Wunsch habe als den, das Leben, das ganze Leben mit dir zu teilen. Aber es könnte sein, Nina, daß dein Wort dir selbst vorausgeeilt ist und daß es dich eines Tages reut. Vergiß nicht, daß du nicht gebunden bist. — Ja, sagte sie, ich werde daran denken, und ich danke dir. — Und nun ist es Morgen, und ich fühle, wie eine ruhige und sichere Hand Ordnung in mein Leben bringt. Da und dort rückt sich etwas mühelos zurecht, was nie seinen Platz fand; da und dort erhellt sich etwas, entwirrt sich etwas und hört auf, mich zu quälen. Bedurfte es wirklich nur dieses Mädchens, um mich zu ordnen? Ist es wirklich so viel leichter zu glauben, daß es schön und sinnvoll ist zu leben, wenn man nicht mehr allein ist? Liegt die

Rettung darin, sich zu binden? Gibt diese Bindung Sicherheit vor Untergang? Das unbeschreiblich starke Glücksgefühl, das mich hebt und trägt wie der Wind den Vogel und der Fluß das Boot, es gibt mir Antwort. Ich, der ich glaubte, verloren zu sein, ich, der ich bereit war, das Leben wegzuwerfen wie einen durchlöcherten Stiefel, ich beginne dieses neue Jahr mit einem Dankgesang an das Leben. —

Als ich an dieser Stelle angelangt war, blickte ich von den Blättern auf und sah, daß Nina nicht mehr mitlas. Ihr Gesicht hatte einen aufmerksam gespannten Zug. Erst eine Weile später hörte ich Schritte auf der Treppe. Nina muß ungemein feine Ohren haben. Das ewige Warten und Lauschen hat ihre Sinne geschärft. Sie sprang von der Kiste, noch ehe es klingelte. Die Post, sagte sie, von vornherein zugleich enttäuscht und erleichtert. Es war wirklich der Briefträger. Sie kam mit einer Handvoll Post zurück und warf sie zu der vom vergangenen Tag.
Aber willst du nicht wenigstens sehen, von wem die Briefe sind? fragte ich. Sie konnte sie in der Eile doch gar nicht durchgesehen haben. Ach, sagte sie, von wem werden sie schon sein. Von Lesern oder irgendwelchen Leuten, und Prospekte, und vom Finanzamt was und von der Bank vielleicht. Wie immer. Wir täten besser, ein bißchen spazierenzulaufen.
Aber der Himmel hatte sich eingetrübt, und die Sonne war weg. So blieben wir zuhause, und obwohl die fast leeren Zimmer mit den grauen Kisten höchst unfreundlich aussahen, fand ich es plötzlich sehr gemütlich. Nina saß auf einem wackeligen Hocker und mahlte Kaffee in ihrer türkischen Mühle, das Wasser begann zu sprudeln, der Kaffee duftete, in den Dampfheizungsrohren tickte es leise, es war warm, und ich war glücklich, eine Schwester zu haben. Ich sagte es ihr. So, sagte sie und war nicht ganz bei der Sache, du findest es gemütlich. Das freut mich.
Sie schüttete den gemahlenen Kaffee in die Kanne, und während sie langsam das kochende Wasser aufgoß, fügte sie sachlich hinzu: Ich kann mich nicht erinnern, daß ich mich in den letzten zehn Jahren einmal gemütlich gefühlt hätte. Und vorher, ich weiß nicht, vorher wohl auch nicht oft. Ich hätte es gern öfter erlebt, aber das ist mir wohl nicht bestimmt. Kannst du das denn, dich tagelang gemütlich fühlen?
Ich konnte es, tagelang, wochenlang, eigentlich immer; ich dachte an meine schöne Wohnung, an die Hunde, an meinen rücksichtsvollen Mann, der mich vielleicht nach Strich und Faden betrog, es aber sorgfältig verbarg und mich dafür mit Verwöhnung aller Art entschädigte; ich dachte daran, wie wohltuend gleichmäßig meine Tage dahingingen. Störungslos und ordentlich glitten sie in die Vergangenheit, und die Vergangenheit sah mich ebenso

friedlich an wie die Zukunft, ich hatte, was ich wünschte, und ich wünschte nichts, was ich nicht haben konnte; wie sollte ich mich nicht behaglich fühlen. Daran dachte ich, als Nina mich fragte, und ich dachte auch, wider Willen dachte ich es, daß es mir von jetzt an, nach diesen Tagen mit Nina, sehr viel schwererfallen würde, Behagen zu empfinden, und als ich auf Ninas Frage antwortete: Ich weiß nicht, sagte ich die Wahrheit.

Du weißt nicht? fragte Nina und fuhr fort: Ich habe mich längst damit abgefunden, daß ich es nicht kann. Ich habe mir Mühe gegeben. Aber da war immer etwas, das mich weiterjagte: eine dringende Arbeit, die unbedingt in der Nacht noch geschrieben werden mußte, und immer wieder eine Arbeit von mir und kein Absehen, wann ich einmal mit alledem fertig sein würde, und dabei das Gefühl, nie etwas Vollkommenes zu leisten, immer nur Ansätze, trostlos wie die Sprünge eines Hundes, der über eine Mauer setzen will und immer wieder abrutscht und sich die Krallen bricht dabei und die Pfoten durchscheuert, und es immer und immer wieder versucht, der arme Hund. Und immer das Bewußtsein: du tust nicht genug, du wirst sterben, ohne getan zu haben, was du tun mußt. Und dies Ungenügen am Erfolg, wenn du ihn für eine Sekunde in Händen hältst und dich eben ein wenig freuen willst, und schon löst er sich auf und ist nichts mehr, weil du nicht fähig bist, dich zu freuen über das, was fragwürdig und vergänglich ist, und weil schon wieder ein neuer Einfall da ist, der dich quält. Und dann die hundert kleinen Unruhen: die Kinder haben Husten oder eins hat gelogen, und du denkst, es könnte einen schlechten Charakter haben. Oder wenn das alles einmal nicht ist, dann kommen die größern Gespenster aus dem Hinterhalt: das Gefühl, du wirst ersticken unter den zu vielen Büchern, die geschrieben werden, und unter den zu vielen Menschen, die herumlaufen. Und die Traurigkeit darüber, daß alles Schöne vergeht, im Handumdrehen vergeht. Und der Jammer darüber, daß es nichts Vollkommenes gibt, nicht einmal vollkommen reine Verzweiflung, nur Mischungen, billige Mischungen. Und daß man nicht glücklich sein kann und daß man aber auch nicht den Frieden erreicht, wenn man auf Glück verzichtet. Das alles, verstehst du, das ist immer da, das steht hinter mir. Und kommt einmal das Vollkommene im Leben, da steht es wieder da, gerade dann, und sagt: nein, nicht für dich; du vergißt, daß es dein Gesetz ist weiterzugehen, immer weiterzugehen. Und es nützt nichts, daß du weinst und dich wehrst, es reißt dich fort.

Sie hatte das Wasser längst auf den Kaffee gegossen, aber sie stand noch immer da, den Kessel in den Händen und über die offene Kanne gebeugt, als sähe sie darin alles, wovon sie sprach, und dann sagte sie: Und fragst du dich, was das ist, das dich so jagt, dann weißt du es nicht, und wenn du dir sagst, du selbst bist es ja, dann ist das nur ein Wort, nichts weiter, und erklärt gar nichts, denn du selbst, du willst ja nur glücklich sein und du jagst dich doch nicht selber weg vom Glück. Und wenn du sagst: es ist dein Schicksal, dann ist das auch nur ein Wort, sonst nichts, und keine Erklärung, denn wer macht es, dieses Schicksal? Du selbst. Aber warum — und dann beginnt sich das Rad von neuem zu drehen. Und wenn du sagst, Gott macht es, damit du weise wirst, dann fragst du: wozu soll ich weise sein, wenn ich auch im Glück gut bin? Und ist denn Weisheit besser als Glück und Gutsein?

Sie warf mir einen verzweifelten Blick zu, als müßte, müßte ich eine Antwort auf diese Frage wissen.

Und warum ist es so eingerichtet, daß man nur durch Leiden weise wird? fuhr sie leise und hartnäckig fort. Und warum muß ich weise werden, wenn ich es gar nicht werden will?

Ach Gott, sagte sie, du wirst denken, ich bin verrückt. Vielleicht bin ich es auch, und vielleicht rede ich gegen meine bessere Einsicht. Aber einmal, da ist man einfach am Ende und dann fühlt man sich ausgeliefert, ich weiß nicht wem. Aber kümmere dich nicht drum.

Aber, fragte ich vorsichtig, könntest du denn schreiben, wenn du glücklich wärst? Sieh mich an: ich bin, vergleichsweise, glücklich. Kann ich schreiben? Journalismus, ja, das ist alles, und versuch ich einmal etwas andres, dann bleibt's im Vordergrund, und niemand wird davon erschüttert. Du kannst schreiben und du zahlst dafür in bar. Das weißt du doch. Ist das nicht ganz in der Ordnung: du bezahlst viel und du bekommst viel; und ich bezahle fast nichts und ich bekomme auch fast nichts.

Ja, sagte sie, die Rechnung scheint aufzugehen. Aber vielleicht wird man auch manchmal übers Ohr gehauen, und man bezahlt zuviel. Aber was hilft's: entweder du hörst auf mit alledem und wirst ein Heiliger oder eine Nonne in Tibet, oder du lebst weiter und spürst, wie das Rad sich dreht und dreht. Erinnerst du dich, wie verzweifelt ich war, als wir uns in Badenweiler trafen? Ich lief nachts im Park herum, und dann ging ich fort, und gegen Morgen kam ich zu einer Sägemühle. Ich weiß gar nicht, ob du verstehen wirst, warum ich dir das erzähle. Da war ein Wasserrad, und man konnte von oben darauf sehen. Das Wasser rann aus einer hölzernen Rinne auf das Rad, es war nicht viel Wasser, und das Rad drehte sich ganz langsam. Ein uraltes Rad, ganz dunkel von Alter und Feuchtigkeit, in der Dämmerung sah es aus, als wäre es aus Metall, blauschwarz und glänzend, und das Wasser sah ebenfalls dunkel aus, und das Rad schaufelte das Wasser ganz langsam, als wäre es zu müde zu alledem, es drehte sich nur mehr aus uralter Gewohnheit, und es sah aus, als wäre es nicht in dieser Zeit, überhaupt nicht in der Zeit, und wie es sich so drehte, da gab es einen leise sausenden und pfeifenden Ton, kaum hörbar, etwas zwischen Geräusch und Musik, und das Ganze sah so saturnisch einsam und finster und großartig gelassen aus; da habe ich viel begriffen. Aber warum siehst du mich denn so an, Margret?

Weil, sagte ich, dies eine sehr schöne poetische Schilderung ist. Du müßtest Gedichte schreiben.

Nein, sagte sie unfreundlich, ich kann keine Gedichte. Und wenn du meinst, ich erzähle dir so etwas, weil es poetisch ist, dann verstehst du das alles nicht. Ich bin nicht poetisch, und wenn du je etwas liest von mir und findest Poesie darin, dann liegt's an dir und nicht an mir und ist gegen meine Absicht. Poetische Schilderungen, die Zuflucht aller Schriftsteller, bei denen der Geist nicht ausreicht.

Sie war seltsam aufgebracht, aber als ich rief: Um so besser, wenn deine Arbeiten poetisch wirken, ohne daß du diese Wirkung suchst, da sagte sie, schon wieder ruhig und müde, als sei ihr das und alles ganz und gar gleichgültig: Nun, so ist es eben poetisch, meinetwegen.

Dann stand sie auf und ging zu dem kleinen Tischchen am Fenster, schob die Blechdosen beiseite und holte Papier aus ihrer Mappe: Du mußt mich jetzt für eine Stunde entschuldigen, ich will die Geschichte von heute nacht umschreiben.

Während sie ihren Füllhalter aufschraubte, sagte sie: Es ist mir nämlich unmöglich, eine Arbeit abzuliefern, die nicht so gut ist, daß ich weiß, besser kann ich sie nicht machen. Willst du inzwischen meine Post durchsehen oder weiter in Steins Tagebuch lesen?

Ich entschloß mich für das Tagebuch, und Nina beugte sich über den Tisch. Aber als ich einige Minuten später nach ihr schaute und sooft ich es während der nächsten Stunde tat, sah ich, daß sie dasaß und aus dem Fenster blickte, und ich brauchte nur ihre Schultern anzusehen, die sie hochgezogen hatte, als fröre sie, und ich wußte, woran sie dachte und warum sie nicht arbeiten konnte.

Noch ehe ich einen Satz im Tagebuch weitergelesen hatte, dachte ich, daß es nun nicht mehr lange dauern könne, bis Stein etwas Unangenehmes berichten müsse; ich spürte es mit aller Gewißheit heraus. Vielleicht hatte ich auch schon einen Blick für die Unterschiede in seiner Handschrift bekommen. Der folgende Bericht war, wie fast alle, sehr sauber und ordentlich geschrieben, in jener allzu bewußt durchgeformten Art, die Nina nicht leiden konnte; diese kunstvolle Kargheit, diese steile Reserve und penible Ordnung war hier so sehr betont, daß sie übertrieben wirkte und nach Gewaltsamkeit aussah. Da war kein Leben mehr, da war nur Haltung. Allmählich begann auch ich einigen Widerstand gegen diese Schrift und diesen Mann zu empfinden. Aber was ich las, tat mir doch leid. Für ihn.

20. Februar 1934.
— Fast zwei Monate der klaren Harmonie liegen hinter mir. Heute die erste Trübung: eine Auseinandersetzung mit Nina. Sie hatte mich besucht, und wir waren auf jenes unselige Thema zu sprechen gekommen, das zu diskutieren ich ihr einmal versprochen hatte. Sie ist sehr hartnäckig in ihren Überlegungen. Ich bemerke das häufig: sie schneidet ein Thema an und läßt es wieder fallen, um es einige Zeit später von neuem aufzugreifen, und jedesmal ist dann zu erkennen, daß sie sich in der Zwischenzeit damit beschäftigt hat. Sie fragte mich in ihrer direkten Art, ob ich mit meinen Patienten Mitleid empfunden habe. Ich antwortete ihr, daß ich zwar als fühlender Mensch häufig Mitleid mit sehr kranken, sehr gemarterten Menschen und als denkender Mensch Mitleid mit der leidenden Menschheit überhaupt habe, daß ich aber als Arzt von Mitleid nichts hielte. Ich habe mich gehütet, meinen Patienten je Mitleid zu zeigen; Mitleid des Arztes wirkt häufig der ärztlichen Aufgabe entgegen, da es im Kranken angenehme Gefühle erzeugt, die sowohl ihn wie den Arzt über seine wahre Situation hinwegtäuschen. Ein Thema, das mich sehr interessiert; ich hätte gerne länger darüber gesprochen. Aber Nina hatte anderes im Sinne. So würdest du, fragte sie, nie einen Kranken aus Mitleid töten? Das sei eine Frage, die nicht ohne weiteres beantwortet werden könne, sagte ich; aber, setzte ich hinzu, wenn ein Kranker davon überzeugt sei, daß er unheilbar krank sei und daß das Leben an sich keinen Wert für ihn oder andere habe und, als entscheidender Punkt der Überlegung, daß das ewige Leben, das ihm durch den Tod zuteil würde, ein höherer Wert sei als das biologische, das zeitliche Leben, so wäre Euthanasie zu rechtfertigen; oder, fuhr ich fort: wenn man annimmt, daß es unwertes Leben gibt, etwa das Leben von tatsächlich unheilbar Geisteskranken, durch deren Opferung eine größere Gemeinschaft gerettet wird. Noch ehe ich ausgesprochen hatte, fuhr Nina ungeduldig auf: Nun gebrauchst auch du solche Begriffe wie Opferung und Gemeinschaft; das hört sich recht plausibel an: man merzt kranke Leute aus, um das Volk als Ganzes zu retten. Man opfert Menschen für andere Menschen. Man nennt die einen wertlos, die andern wertvoll. Und was, bitte, ist der Maßstab? Ihre Nützlichkeit für das Kollektiv. Das ist für mich kein Maßstab. Niemals. Jeder Mensch hat seinen Wert in sich. Und sind die andern, für die geopfert wird, wertvoll? Sie sind vielleicht biologisch gesund. Aber sind sie deshalb wertvoll? In einem gesunden Körper . . . ja, ich weiß.

Aber ich glaube es nicht. Und wer ist es denn, der mit absoluter Sicherheit über Wert und Unwert urteilen will? Und was für ein wahnsinniger Denkfehler: als ob man je Krankheit ausmerzen könne! Immer wieder werden Krankheiten dasein, immer werden Gesundheit und Krankheit sich die Waage halten. Und überhaupt ist der biologische Standpunkt der Medizin falsch, grundfalsch.

Sie redete sich in einen flammenden Zorn. Ich versuchte mehrmals, sie zu unterbrechen, um ihr zu erklären, daß auch die Medizin der Wandlung unterstünde wie alle Wissenschaften, daß es auch bisher schon eine ärztliche Vernichtungsgewalt gegeben habe, so etwa die Tötung ungeborener Kinder zur Rettung der Mutter, und daß vielleicht — man müsse objektiv sein bei solchen Überlegungen — diese Vernichtungsgesetze einer Revision bedürfen und einer Reform oder Revolution. Aber Nina rief: Nein, es gibt Vorurteile, die nicht umgestoßen werden dürfen. Und du darfst, du darfst hier nicht objektiv sein. Du bist so viel klüger und beschlagener als ich, und es ist dir sicher möglich, den Anschein des Rechts zu behalten, und möglicherweise hast du auf deine Art wirklich recht, denn du bist eben ein objektiver Wissenschaftler, aber ich ahne, daß dies alles dennoch falsch ist und daß wir damit schrecklich Unrecht tun werden und daß . . .

Sie brach unvermittelt ab und sagte dann finster und leise: Entschuldige, daß ich so aufgeregt bin. Aber ich habe nun genug von alledem. Ich höre es dauernd in den Vorlesungen. Ich kann es nicht mehr länger ertragen. Ich höre auf zu studieren.

Aber Nina, wandte ich ein, welch maßlos übertriebene Konsequenz. Auch diese Jahre werden vorübergehen.

Ach, sagte sie, so redet jeder: Es wird vorübergehen. Aber wird es wirklich vorübergehen? Und was wird geschehen, bis es vorübergegangen sein wird? Und wenn schon Menschen wie du . . .

Sie sprach nicht weiter, sondern blickte in stummer Erbitterung zum Fenster hinaus.

Nina, sagte ich, du mißverstehst mich. Ich teile deine humanen Vorurteile. Das weißt du doch.

Ach, murmelte sie, wie konntest du dann sagen, daß es möglich sei, einen medizinischen Standpunkt zu finden, der vom ethischen verschieden ist?

Sie sah mich mißtrauisch an. Du beschäftigst dich damit, nicht wahr? fragte sie, und der Ton von Aufsässigkeit in ihrer Stimme erschreckte mich.

Plötzlich begriff ich, daß sie Streit suchte oder vielmehr: daß jede Diskussion, worüber auch immer, zu Streit führen mußte. Sie hatte aus Gott weiß welchem Grunde sich innerlich von mir entfernt, ohne daß ich es bemerkt hatte, vielleicht ohne daß sie selbst es gefühlt hatte, und es bedurfte nur dieses unglückseligen Zwischenfalls, um es ihr zu Bewußtsein zu bringen. Sie sah mich an. Wie sah sie mich an? Fremd, sehr fremd. Was hilft es, daß sie einen Augenblick später ihre Arme um meinen Hals legte und sagte: Ich bin nervös, verzeih. Aber es ist wirklich unerträglich, Dinge zu studieren, die man als verlogen erkannt hat. Ich bin nun einmal unfähig zu deiner Objektivität. Ich habe Gefühle, Vorgefühle oder wie ich's nennen soll, innere Schranken, Gesetze, über die ich nicht springen kann und will. Es ist besser, ich seh mich nach einem andern Beruf um.

Ich zögerte, ehe ich sagte: Wozu einen andern Beruf suchen, Nina? Weißt du nicht, daß du jederzeit zu mir kommen kannst? Sie schüttelte den Kopf. Nein, das wäre zu leicht. Einfach fliehen vor der Entscheidung? Den Kopf in den Sand stecken? Du kannst nicht wollen, daß ich das tu. Aber was soll ich tun? Gibt es einen Beruf für mich, in dem ich nicht lügen muß, nicht mitmachen muß mit allen andern?

Ich versprach ihr, es zu überlegen und mich umzusehen. Es war spät geworden, und Nina stand auf, um zu gehen. Ich wollte sie, wie immer, wenn sie hier war, nachhause fahren, und wir gingen zusammen in die Garage. Plötzlich aber erklärte sie, sie ziehe es vor, zu Fuß zu gehen und allein, sie müsse ganz allein dies alles zu Ende überlegen. Dies alles, sagte sie, und ich fühlte, was sie meinte. Ich fühlte, daß sie, noch ohne es zu wissen, bereits von mir gegangen war. Sie küßte mich rasch und mit ungewohnter, ja unnatürlicher Hitze, dann lief sie davon. Sie lief. Ich hörte ihre Schritte in der menschenleeren Straße verhallen. Sie lief fort. Für immer. Auch wenn sie morgen wiederkommen wird: sie hat mich verlassen. Aber warum tat sie es?

Nachts. Jage ich nicht Hirngespinsten nach? Eine kleine Differenz, was weiter? Wie kann sie mich so tief verstören? Nina ist überreizt, sie fühlt sich gefährdet unter den Kommilitonen. Sie ist nervös. Ich muß ihr Zeit lassen, sie in Ruhe lassen, behutsam sein. Auch muß ich ihr Launen zugestehen. Sie ist sehr jung, sie hat es schwer mit ihrer heftigen, unbedingten Art. Sie ist noch voller Disharmonien. Ich werde ihr morgen sagen, daß nichts anderes will als ihr helfen, sich zu entfalten. Sie muß sich frei fühlen. Vielleicht leidet sie, weil sie mir versprochen hat, meine Frau zu werden? Möchte sie das Versprechen zurückholen? Ich werde es ihr zurückgeben, ehe sie darum bittet. Vielleicht darf man ein so freies Wesen wie sie nicht binden, wenn man es halten will? Ich bin von tiefer Unsicherheit befallen. Schon beginnt mein Leben wieder fragwürdig zu werden und überall steigen die alten Schatten auf, Schatten, die kaum greifbar und doch so scharf sind, scharfkantige Zweifel, die mich zerschneiden, schwere Bedenken, die mich zerstoßen. Ich werde Nina nicht halten können. —

28. Februar 1934.

— Ich hatte Nina eine Woche lang nicht gesehen. Sie hatte viel Arbeit, sagte sie. Mag sein. Gestern war ich bei ihr. Sie hatte mich eingeladen. Weder sie noch ich erwähnten unsern Zank. Das Thema wurde nicht mehr aufgegriffen. Wir sprachen wenig und nur Allgemeines, bis Nina ganz unvermittelt sagte: Ich habe eine Stelle gefunden. Am ersten April fange ich dort an. Eine schöne Stelle, ich werde dort unbehelligt sein und vielleicht auch einiges Nötige tun können. Ich werde Verkäuferin in der Universitätsbuchhandlung.

Aber Nina, rief ich, da bist du ja der Gefahr genau so nah. Deine Kommilitonen kennen dich. Sie werden dich auch dort beobachten. Und du mußt jene Bücher verkaufen, deren Ansichten du bekämpfst.

Sie sah mich lächelnd an. Meinst du? sagte sie rätselhaft. Da überwältigten mich Angst und Schmerz derart, daß ich, entgegen meinen Absichten, rief: Du ziehst es also vor, Verkäuferin zu werden, statt zu mir zu kommen? Du liebst mich also nicht?

Doch, antwortete sie leise, doch.

Nein, rief ich, sonst würdest du mich nicht so leiden machen.

Doch, wiederholte sie tonlos. Ihre Augen füllten sich mit Tränen, aber sie weinte nicht. Ich habe niemand als dich, sagte sie, und ich liebe dich, soweit ich überhaupt lieben kann.

Nein, rief ich hartnäckig und von aller Vernunft verlassen, du liebst nur die Gefahr, nur das Wagnis, nur das Leben, aber nicht mich.

Nun sah sie mich an. Das Leben, sagte sie ruhig, du hast recht. Aber ich liebe es durch dich hindurch.

Ich aber, rief ich, von blinder Qual und Leidenschaft hingerissen, ich liebe das Leben in dir, nur in dir. Indem ich dich liebe, liebe ich das Leben. Das ist der Unterschied. Der furchtbare Unterschied. Und darum kannst du wieder von mir gehen.

Wovon sprichst du? fragte sie, und in ihren Augen stand so großes Entsetzen, daß ich plötzlich unsicher wurde. Vielleicht täuschte ich mich? Aber ich glich einem Wagen, der angestoßen worden war und nun rollte, rollte und rollte, abwärts, immer rascher, und unaufhaltsam ins Ungewisse.

Ja, rief ich, im Zimmer auf und ab laufend, ja, du wirst wieder von mir gehen. Du kennst keine Treue. Du kannst sie nicht kennen. Für mich ist Treue in die Liebe eingeschlossen wie der Kern in die Frucht. Aber du, du kannst lieben und gehen und wieder lieben und wieder gehen, durch mich hindurch, durch andre hindurch, durch alles hindurch.

Ihre Augen folgten mir durchs Zimmer, und sie waren vor Schrecken geweitet. Was sagte ich ihr da? Woher wußte ich, was ich sagte? Woher kannte ich ihre Zukunft? Woher diese plötzliche, diese blitzartige Kenntnis ihres Wesens? Irrte ich mich nicht?

Sie stand langsam auf. Sie war sehr blaß. Was redest du da? fragte sie leise. Weißt du nicht, daß ich dir versprochen habe, dich zu heiraten, wenn ich jemals heiraten werde?

Ja, ja, rief ich, besessen von Zerstörungswut, aber du leidest an diesem Versprechen. Ich weiß es. Du willst wieder frei sein. Ich gebe dir dein Wort zurück.

Ach, sagte sie kaum hörbar, das also ist es. Du willst nicht mehr. Gut.

Ich tat nicht, was ein schlechter oder auch ein guter Schauspieler in diesem Augenblick auf der Bühne getan hätte: ich warf mich nicht zu Ninas Füßen. Ich ging ans Fenster und starrte blind hinaus, von Qual verhärtet.

Mißversteh mich doch nicht so fürchterlich, sagte ich, ohne mich nach ihr umzuwenden.

Du bist schrecklich, erwiderte sie.

Ich? rief ich. Das Leben ist schrecklich.

Ja, sagte sie leise, sehr schrecklich, wenn du es dazu treibst.

Allmählich bekam ich wieder Gewalt über mich, und ich vermochte zu sagen: Nina, du weißt, nein, du weißt nicht, wie ich dich liebe. Aber ich möchte, daß du aus freien Stücken zu mir kommst. Ich fühle, daß du leidest. Du kannst es nicht verbergen. Ich warte, bis du selber sagst: nun ist es Zeit, nun komme ich. Ich gebe dir dein Wort zurück, aber ich werde meines halten. Ich möchte nichts als dir helfen.

Helfen, rief sie ungeduldig, helfen! Mir braucht niemand zu helfen.

Nun, sagte ich, gebrauchen wir das Wort mit aller Einschränkung. Jeder Mensch bedarf der Hilfe. Aber laß mich so sagen: ich möchte dir nur Gelegenheit geben, an mir zu leben, wenn du verstehst, wie ich das meine.

Ich begriff, daß ich einen neuen Fehler gemacht hatte, und ich schwieg.

Sie sah mich argwöhnisch, doch ohne Feindseligkeit an. Gut, sagte sie, ich nehme die Freiheit an. Vielleicht werde ich sie brauchen, vielleicht auch nicht.

Als ich nachhause fuhr, es war Nacht geworden, merkte ich, daß ich mich in der so vertrauten Gegend völlig verfahren hatte. Ich sah es jedoch erst, als ich auf freiem Feld anlangte. Da ließ ich den Wagen stehen, lehnte mich über das Lenkrad, unfähig, zu denken und zu fühlen, und blieb so bis Mitternacht. Dann erst fuhr ich heim. —

2. *April 1934.*

— Nina hat die Universität verlassen. Ich habe sie heute zum erstenmal in ihrer Buchhandlung besucht. Sie sah mich nicht sofort, und ich beobachtete sie.

Sie schien mir älter geworden. Ein Zug von allzu reifem Ernst und von schwerer Nachdenklichkeit fiel mir auf. Als sie mich erblickte, lächelte sie flüchtig und fremd. Ich bemerkte, daß sie keine Zeit hatte, mit mir zu sprechen, und ich fragte sie, ob ich sie nach Geschäftsschluß erwarten dürfte. Wenn du willst, sagte sie freundlich und abwesend. Ich ging in ein kleines Café in irgendeiner Seitenstraße, um auf sie zu warten.

Ich hatte nur eine Stunde zu warten, aber diese Stunde war sehr lang. Ich war unruhig und hatte ein unklares Vorgefühl. Es ist nicht angenehm, nichts zu wissen und nichts in Händen zu halten. Ich habe dieses Gefühl schon seit Tagen. Manchmal stehe ich auf und öffne die Tür: niemand ist draußen. Ich nehme die Post in Empfang: nichts steht in den Briefen. Ich nehme den Telefonhörer ab: niemand spricht. Ich gehe auf die Straße: kein Mensch begegnet mir. Ich steige aus dem Auto: ich bin allein in der Stadt. Und doch wartet etwas auf mich, und ich erwarte es. Warum glaube ich, es müsse »Glück« sein? Es wird nicht Glück sein.

Niemand ist glücklich; warum sollte ich glücklich sein? Mit welchem Recht erwarte ich, eine Ausnahme zu sein in der Welt, ein ausgesparter Raum inmitten der Leiden andrer? Niemandes Wünsche werden erfüllt. Warum sollten die meinen erfüllt werden? Weil ich sie mit so viel zäher Geduld verfolge? Niemand wird nach Verdienst belohnt. Und niemand achtet auf das Bemühen eines Menschen.

Nina kam. Sie war abgespannt, still und fremd. Einmal versprach sie sich und sagte Sie zu mir. Wollen Sie mich ein Stück weit begleiten? fragte sie, und ich korrigierte sie nicht. Wir gingen durch den Englischen Garten. Ich führte sie den gleichen Weg, den sie damals mit dem dicken, dunklen Professor gegangen war. Sie hatte gewiß keine Erinnerung mehr daran. Ich sah nur die Szene wieder: Nina, ganz Leben, ganz träumerische Hingabe. Sie hat es vergessen. In zwei, drei Jahren wird sie diesen Weg wieder gehen, und sie wird nicht mehr daran denken, daß sie hier mit mir gegangen ist. Vergessen. Aber ich, ich werde es nicht vergessen können. Das ist der Unterschied, der ganze Unterschied.

Es war ein belangloser Spaziergang, wenn ich davon absehe, daß mich Ninas Fremdheit marterte. Einmal sagte sie: Du bist so schweigsam und machst es mir schwer, irgend etwas zu reden. — Ich erwiderte schärfer, als ich wollte: Es ist auch nicht nötig, »irgend etwas« zu reden.

Sie sah mich kurz von der Seite her an, dann sagte sie leise und rätselhaft: Es tut mir so leid. Und gleich darauf: Oh, ich muß ja in zehn Minuten zuhause sein, ein Student kommt, mit dem arbeite ich öfters.

Ich fragte nicht, was sie mit ihm arbeite. Ich fragte gar nichts, und es gab hier wohl nichts zu erzählen. Sie war mir nicht »untreu«. Vielleicht hat sie ihre politische Tätigkeit wieder aufgenommen. Es ist durchaus möglich. Ich betrachtete sie, wie sie neben mir ging, immer einen halben Schritt voraus, immer eine Spur schneller als ich, das Gesicht nach vorne gerichtet, diese schweifenden Augen, die Augen der Heimatlosen, diese zarte, aber unstillbare Unruhe, die nicht nervös ist, nicht körperlicher, sondern geistiger Natur. Was ist es, dem sie nachjagt? Wo liegt das Ziel, das sie wittert, ohne es zu sehen? Wird es je einem Mann gelingen, sie zu halten? Welcher Art müßte dieser Mann sein, und welche Erfahrungen müßte sie gemacht haben, ehe sie sich halten lassen würde?

Sie ist meine Nina, meine, keines sonst, sie sagt es selbst, und doch habe ich bereits resigniert, ehe sie mich verläßt. Glaube ich, das Schicksal täuschen oder milde stimmen zu können, indem ich vorgebe, sie nicht halten zu wollen? Ach. Ich möchte sie halten wie mein Leben, aber ich werde es nicht können. —

22. April 1934.

— Das ist der Tag, den ich lang vorausgefühlt habe. Das ist der Abschied. Gestern kam Nina zu mir, und daß sie kam und daß sie sprach, war gut. Sie wählte den unbequemen Weg der offenen Aussprache. Oder ist er für sie der bequemere? Fast habe ich den Verdacht, daß es ihr leichterfällt zu reden und harte, vielleicht voreilige Schlußstriche zu ziehen als schweigend eine langsame Entwicklung abzuwarten. Wie auch immer: sie kam. Ich wußte, als sie eintrat, daß etwas geschehen würde, oder vielmehr, daß etwas geschehen war, aber ich wollte es nicht wissen. Wir tranken Tee, und ich war zu meiner Verwunderung liebenswürdiger, gesprächiger denn je. War ich je witzig in meinem Leben, je amüsant? Ich war es gestern nachmittag; ich wußte, daß ich es war, und ich wußte, warum ich es war. Allein es war wirkungslose Beschwörung. Auch das wußte ich. So nahm alles seinen Verlauf, wie es natürlich war. (Natürlich? Warum sage ich: natürlich? Ist es nicht vielmehr wider alle Natur, und wider alle Vernunft dazu?) Nina ließ mich reden. Sie hörte höflich und mit dem Schein der Aufmerksamkeit zu, aber sie war ohne Teilnahme. Sie war nicht kalt. Sie kann nicht kalt sein, denn ihr Wesen ist Wärme, Lebenswärme. Aber sie war von Kühle umgeben. Ihre animalische Wärme war von geistiger Kühle abgeschirmt. Erinnere ich mich genau ihrer Worte? Sie unterbrach plötzlich, mitten in einem Satz, unser Gespräch. Sie sah mich an, und einen Augenblick lang lag Trauer in ihrem Blick. Ich muß jetzt mit dir reden, sagte sie.

Bitte, antwortete ich ruhig.

Du hast, sagte sie, mein Wort nie richtig angenommen, nicht wahr? Du hast es mir zurückgegeben. Jetzt möchte ich diese Freiheit annehmen.

Du hast sie nie verloren.

Doch, sagte sie, ich wollte mich an dich binden. Ich wollte es. Wieder dieser Blick voller Trauer. Ich wollte es, wiederholte sie leise.

Aber du kannst nicht, sagte ich.

Ich kann es nicht, erwiderte sie, und nach einer Pause, die unermeßlich lang schien: Nein, es ist nicht richtig, wenn ich sage, daß ich es bin, die nicht will.

Willst du sagen, daß ich es bin? fragte ich böse.

Du solltest mich jetzt nicht mit Absicht mißverstehen, antwortete sie ruhig; aber ich sah mit Genugtuung, daß ihre Lippen zitterten.

Wie soll ich dich überhaupt verstehen? fragte ich eigensinnig.

Ich hoffe, sagte sie, du weißt, daß es kein andrer Mann ist, der mich wegholt.

Weggeholt? dachte ich, welcher Ausdruck für den freiwilligen Entschluß, mich zu verlassen! Ich zuckte böse die Achseln und verachtete mich dafür. Sie sprach weiter, als hätte sie es nicht bemerkt: Vielleicht wird kein Mensch mehr mich so lieben wie du.

Aber, fiel ich ihr ins Wort, du liebst mich nicht. Warum sagst du es nicht rundheraus?

Du bist schwer zu ertragen, erwiderte sie. Aber ich bin's auch, fügte sie mit einem Lächeln voller Selbstironie hinzu, das ihrem Alter vorauseilte; dann fuhr sie fort: ich weiß nicht, was Liebe ist. Aber ich weiß eines: daß ich mich nie binden werde. Ich muß frei sein. Da ist etwas, das mich forttreibt und immer weiter gegen meinen Willen. Ich hätte das früher wissen müssen und eigentlich habe ich es auch gewußt, und daß ich es dir nicht von Anfang an ganz klar sagte, das ist meine Schuld und ich werde sie büßen müssen. Aber ich habe gehofft, ich würde bei dir bleiben dürfen.

Bleiben dürfen, sagte sie; dieses Wort rührte mich. Es rührte an meine Starre, aber ich zeigte es nicht.

Und was treibt dich fort? fragte ich mit künstlich spöttischer Stimme.

Ich weiß es nicht, sagte sie. Oder vielmehr: ich weiß es, aber es ist schwer zu benennen.

Dein Freiheitsdrang? fragte ich kühl.

Vielleicht, sagte sie, aber das besagt nichts. Frei ist man nie. Aber frei von Menschen, wenn du das meinst, dann hast du eher recht. Ich habe ein Gefühl, ganz scharf habe ich es, ein, wie soll ich sagen, ein Durchgangsgefühl. Weißt du, was ich meine? Männer, Menschen, das bedeutet nicht viel für mich.

Deine Arbeit? fragte ich uninteressiert.

Ja, die Arbeit ist wichtig, aber auch das ist es nicht. Die Arbeit ist nur ein Teil.

Plötzlich stand sie auf, kam zu mir und ergriff meine Schultern, als wollte sie mich schütteln.

Warum, rief sie zornig, warum verstellst du dich so? Du begreifst es doch besser als ich.

Nein, sagte ich.

Sie ließ mich los und blieb vor mir stehen. Warum zwingst du mich, Dinge zu sagen, die ich nicht sagen will? Ich habe vor einigen Wochen etwas geträumt.

Geträumt? Was haben Träume mit dir und mir zu tun?

Ich habe geträumt, daß ich in einer Haut eingeschlossen war, in einer ganz durchsichtigen Haut wie aus Glas oder Schleier, hauchdünn. Ich stand da etwas gebückt und wollte heraus. Ich wollte es nicht heftig, eher nur sehnsüchtig. Und jemand sagte: Diese dünne Haut trennt dich . . . Die Stimme sagte nicht, wovon sie mich trennt. Aber ich wußte es. Da draußen war etwas, da war die Freiheit oder der Friede oder die Weisheit oder — ach, ich weiß das Wort nicht. Jedenfalls: es war das, was ich suchte und brauchte und wohin ich gelangen mußte. Und seit diesem Traum ist mir vieles klar. Du denkst: das soll Klarheit sein? Das ist ja nur Unsinn und Gerede, womit sie sich rechtfertigen will. Aber du hast nicht recht. Nur: wenn du es nicht glaubst, dann habe ich nichts, um dich zu überzeugen. Dann muß ich eben gehen mit deiner Verachtung im Rücken.

Nein, sagte ich, und es fiel mir schwer zu sprechen; ich fühlte, wie ich mich verhärtete, um mich gegen den Schmerz zu wappnen, der auf mich zukroch. Ich werde dich nicht verachten. Was für ein Wort! Du mußt tun, was du für gut hältst. Du bist frei. Ich verstehe, daß du dich entwickeln mußt. Allerdings verstehe ich nicht ganz, daß du dazu den vollkommenen Bruch unserer Beziehung brauchst.

Ach, sagte sie, wie du bist. Wie verletzt du bist. Und ich kann doch nichts dafür.

Gut, sagte ich, sprechen wir nicht mehr darüber.

Mein Gott, sagte sie leise. Dann aber, in plötzlicher und harter Entschlossenheit, stand sie auf und sagte: Es ist sicherlich falsch, über solche Dinge viel zu reden. Du verstehst mich, du gibst es nur nicht zu. Du weißt selbst, was Geist ist und daß er etwas Wirkliches ist, so wirklich wie Hunger oder Regen oder Wärme. Du weißt genau, daß es sehr unbequem ist, von ihm getrieben zu sein. Du mußt es doch aus eigener Erfahrung wissen. Warum stellst du dich taub und blind?

Ja, sagte ich, es ist gut. Ich verstehe dich. Ich habe es längst erwartet. Ich bitte dich nur um eines: versteh nun auch du etwas.

Versteh, daß du mein Leben mit dir nimmst, wenn du von mir gehst.

Sie schüttelte den Kopf. Du bist stärker, als du jetzt glaubst, sagte sie ruhig, und sie fügte hinzu: Und was hättest du schon von mir. Ich bin nicht halb so viel wert, wie du dir einbildest.

Sie lächelte, und ich gewann meine Selbstbeherrschung zurück.

Nein, sagte ich und lächelte ebenfalls, ich überschätze dich nicht. Aber ich hätte wissen müssen, daß man Wildkatzen und elbische Wesen nicht zähmen kann. Ich wünsche dem elbischen Wesen nur, es möge eine menschliche Seele bekommen.

Sie sah mich betroffen an, aber sie erwiderte nichts, und ich ärgerte mich, weil ich mir den Anschein der ruhigen Überlegenheit gab.

Wirst du mich nun überhaupt nicht mehr sehen wollen? fragte sie.

Ich stelle es dir anheim, zu kommen oder nicht zu kommen, antwortete ich, während eine törichte Hoffnung in mir hochsprang.

Danke, sagte sie leise. Und nun: leb wohl.

Leb wohl, sagte ich. Aber darf ich dich nicht nachhause bringen?

Sie warf mir einen Blick zu, den ich nicht vergessen werde, solange ich lebe; es war der Blick eines Menschen, der zu Schiff an jener Insel vorbeifährt, an der auszusteigen er sich vorgenommen hatte. Das Schiff aber fährt weiter. Er blickt voller Trauer auf die verwehrte Insel, aber er rührt die Glocke nicht an, die den Kapitän bewegen würde, den Kurs inselwärts zu nehmen. Ein unsichtbarer Arm hält ihn, und er gehorcht, und es ist ihm recht so. Das Schiff fährt weiter, und die Insel bleibt liegen, mitten im Ozean; nie wieder wird sich ihr ein Schiff nähern.

Nina ging. Ich brachte sie nicht einmal bis auf die Straße.

Nun bin ich allein. Was ist weiter zu sagen? Ich habe es im Grunde von Anfang an erwartet. Keine Ursache, mich enttäuscht zu fühlen. Ein glatter, reinlicher Schnitt. Vorüber.

Ich sah Nina vom Fenster aus nach, wie sie fortging. Sie ging rasch und hocherhobenen Haupts. Sie hat es hinter sich gebracht, sie hat die unangenehme Pflicht erledigt, mir reinen Wein eingeschenkt, alles geordnet und geklärt. Sie hat getan, was sie tun muß. Sie wird — erleichtert, erlöst — weiterleben. Und ich? Und ich? —

Diesem Bericht folgte eine leere Seite und noch eine, mehrere leere Blätter waren es. Ich blickte auf und bemerkte, daß Nina mich ansah.

Wie vertieft du warst, sagte sie. Ich schau dich schon eine ganze Weile an.

Bist du fertig mit deiner Geschichte?

Ach, rief sie und stand auf, ich kann nicht arbeiten. Ich werde überhaupt nicht mehr arbeiten können, nicht mehr schreiben. Sie knüllte die Blätter zusammen und warf sie in den Papierkorb. Später holte ich sie wieder heraus, um sie aufzubewahren.

Ich muß bald hier weg, sagte sie. Warum bleibe ich eigentlich noch da? Paß und Visum habe ich schon, alles ist in Ordnung. Soll ich morgen fahren?

Wenn du mich fragst: Nein. Glaubst du, es macht mir Spaß, dich, kaum gefunden, wieder zu verlieren?

Ach, murmelte sie, was bin ich schon für dich. Dann ergriff sie meinen Arm auf ihre heftige, aber flüchtige Art. Und du? fragte sie, wann mußt du fahren?

Eigentlich heute mit dem Nachtzug.

Nein, sagte sie, tu das nicht.

Aber mein Mann kommt morgen zurück. Er wartet auf mich.

Dein Mann, dein Mann, rief sie. Den hast du immer. Er wird nicht sterben, wenn er einmal allein ist. Schick ihm ein Telegramm.

Gut. Und was soll ich telegrafieren? Komme morgen?

Nein. Laß es unbestimmt: Komme in einigen Tagen.

Aber du fährst doch morgen schon?

Ich weiß nicht, murmelte sie. Ich weiß wirklich nicht.

Ich gab die Nachricht telefonisch durch. Als ich mich umdrehte, sah ich, daß Nina wieder trank. Es machte mich ärgerlich, daß sie es tat. Es paßte nicht zu ihr. Aber ich sagte nichts, als ich ihr Gesicht sah. Sie stand, die offne Flasche in der Hand, regungslos und starrte vor sich hin, und ihr Gesicht war wie eine Maske, ganz zugeschlossen und ganz ohne Hoffnung. Sie korkte die Flasche zu und stellte sie weg. Hast du im Tagebuch weitergelesen? Was denn?

Die Abschiedsszene.

Ach. War sie sehr rührend? Führten wir ein edles Schauspiel auf?

Nina, sagte ich, Zynismus steht dir nicht.

Ich weiß, antwortete sie. Mir steht auch die Verzweiflung nicht und die Klage nicht und das Trinken nicht.

Mit Bitterkeit fügte sie hinzu: Von mir erwartet man immer, daß ich ruhig bin und stark und Trost für andre. Als ob ich nicht auch nur ein Mensch wäre mit Angst vor etwas, das zu schwer ist. Sie unterbrach sich mit einer Grimasse. So, da hast du das tapfere Geschöpf. Aber komm, laß uns nach der Post sehen.

Sie wühlte in dem Stoß, der sich in zwei Tagen angesammelt hatte, und murmelte etwas vor sich hin. Plötzlich begannen ihre Augen zu strahlen. Von den Kindern, rief sie und riß den Umschlag mit dem Daumen auf, obwohl der Brieföffner neben ihr lag. Zwei Briefe, sagte sie, und ihre Stimme war ungewohnt warm und bewegt. Sie sah glücklich aus. So konnte sie also aussehen, so strahlend und weich.

Von Ruth, sagte sie, sie ist jetzt vierzehn. Was schreibt sie? »Liebste Nini, ich bin sehr traurig darüber, daß Du nach England gehst. Aber Martin meint, es ist sicher sehr gut für Dich, wenn Du es tust. Und Du wirst ja wissen, was gut für Dich ist. Aber es wird uns sehr fehlen, daß wir Dich nicht mehr jeden Sonntag sehen. Und wir müssen allein in die Oper gehen. Aber Du kommst ja wieder. Uns geht es hier sehr gut. Ich hab eine Eins in Musik, in allen drei Fächern, in Singen, Klavier und Theorie. Ich lerne gerade die Rolle der Bastienne, und der Professor ist sehr begeistert. Am 1. Mai ist die Aufführung. Schade, daß Du nicht hier sein kannst. Ich will doch lieber Sängerin als Pianistin werden. Aber ich bin noch zu jung und auch viel zu mager. Läßt Du mich auch bestimmt aufs Konservatorium, wenn ich siebzehn bin? Der neue Musikprofessor ist himmlisch. Ich bin so verliebt in ihn. Aber er weiß es nicht und ich geb sehr acht, daß er nichts merkt. Aber er mag mich auch gern leiden. Oft, wenn er mich ansieht, hab ich Herzklopfen, und dann bleibt mir der Ton fast stecken. Nini, ich kann Dir alles erzählen, das ist großartig, und Du bist überhaupt die großartigste Mutter, die ich mir denken kann. Wann fährst Du, Nini? Alles Gute für England und tausend Küsse. Deine Ruth.«

Dieses Kind, sagte Nina glücklich. Sie hat ein gutes Herz, und sie hat Alexanders Sensibilität und seine Begabung. Und das ist ein Brief von Martin, fuhr sie fort. Er ist dreizehn, er ist ganz anders, er ist Percys Kind. »Liebe Nini! Ich spare Geld, damit ich nächstes Jahr mit den Pfadfindern nach England gehen kann, dann besuche ich Dich. Ruth hat gesagt, Du heiratest sicher irgend so einen Engländer und magst es nicht mit uns besprechen. Aber ich glaub das nicht, weil Du uns immer alles gesagt hast. Wegen uns kannst Du ohne Sorge sein. Ich bin der Beste in Mathematik und Physik, da bin ich weit voran. Aber ich bekomme diesmal sicher einen Verweis wegen Frechheit. Bist Du sehr bös? Ich glaube nicht. Viele Grüße Dein Martin. (Und einen neuen Pullover brauche ich, am liebsten braun mit gelb, sagt Ruth.)«

Nina steckte die beiden Briefe in ihre Mappe; sie brauchte dazu länger als nötig.

Ich wollte, ich hätte auch Kinder, sagte ich.

Man kann nicht alles haben, antwortete sie ruhig.

Doch, rief ich, man kann. Du hast ja auch alles.

Mein Gott, sagte sie, wie du übertreibst. Ich habe zum Beispiel keinen Mann.

Du hast mehr als das.

Sie antwortete darauf nicht, sie legte ihre Hand auf meinen Arm und sagte: Aber sieh mal, deine Kinder, vielleicht Söhne, wären gerade alt genug gewesen für den Krieg. Vielleicht wären sie gefallen, und das wäre noch schlimmer als überhaupt nie Kinder gehabt zu haben.

Nein, sagte ich, du hast nicht recht, das weißt du selbst.

Sie sah mich erstaunt an, und ich selbst wunderte mich über meine Worte, denn nie vorher hatte ich etwas anderes gedacht, als daß es gut war, keine Kinder zu haben in dieser schlimmen Zeit. Und nun schien es mir besser, um etwas Verlorenes zu klagen, als es nie besessen zu haben. Zum erstenmal begriff ich, daß Schmerzen auch ein Reichtum sind. Aber jetzt bin ich achtundvierzig.

Nina gab mir die Hälfte der Post. Bitte, sieh sie durch, und wenn du etwas für wichtig hältst, sag es mir. Ich bin einfach nicht fähig, das alles zu lesen.

Der erste Brief war eine Abrechnung vom Verlag. Nina steckte ihn ungelesen in ihre Mappe. Der zweite war ein überschwenglicher Dankbrief eines Studenten für hundert Mark, die sie ihm geschenkt hatte. Der nächste Umschlag enthielt eine Zeichnung. Ein paar Striche nur: ein Boot mit schlaffen Segeln, eine Frau und ein Mann im Boot, einander abgewandt, und der Mann blickt einem Vogel nach, der davonfliegt. Der Stil kam mir bekannt vor, und da sah ich auch das Signum. Es war N., der Graphiker, mit dem mein Mann und ich oft zusammen sind. Ich kannte ihn und seine junge hübsche Frau sehr gut, aber das behielt ich für mich. Auf der Rückseite der Zeichnung stand ein Brief. Ich sagte es Nina, und sie murmelte, mit einem Zeitungsausschnitt beschäftigt: Lies mir's vor. — Ich wollte, ich hätte es nicht gelesen.

»Dies meine Situation. Ich kann nicht arbeiten ohne Dich. Ich denk Tag und Nacht an Dich, das sollst Du nur wissen. Soll ich Dein nächstes Buch illustrieren?«

Eine unleserliche Unterschrift. Aber es bestand kein Zweifel, ich kannte ihn.

Ach, sagte Nina, die nur mit halbem Ohr zugehört hatte, jede Woche bekomme ich einen solchen Brief von ihm, aber ich kann ihm nicht helfen.

Ich sagte nichts darauf. Es verwirrte mich; es ist immer verwirrend, zu erfahren, daß man sich getäuscht hat. Dieser Zeichner und seine Frau, sie schienen so glücklich. Alle Welt hielt sie für das glücklichste Paar. Und was war in Wirklichkeit? Er liebte Nina und fühlte sich elend in seiner Ehe und betrog seine Frau hundertmal, zum mindesten in seinen Gedanken. Und wer weiß, vielleicht betrog sie ihn auch. Ich habe mich längst damit abgefunden, daß es keine Treue gibt, sondern nur eine unverbrüchliche Gewohnheit des Zusammenlebens. Aber es ist nicht angenehm zu erfahren, daß man, wohin man tritt, abstürzen kann, daß kein Geländer sicher ist und keine Treppe fest und keine Brücke und keine Straße dauerhaft, alles ist aus Nebel gebaut oder aus morschem Holz. Was mag mein eigner Mann tun in Salzburg? Er fährt so oft dorthin. Er hat dort zu tun, ich weiß, ich weiß es ganz gewiß. Und doch: was tut er nach der Arbeit? Aber der Gedanke schmerzt mich nicht. Ich zucke die Achseln. Bin ich treu? Ich bin es, gewiß, aber bin ich darum besser? Ich habe mich längst von meinem Mann entfernt, ich lebe mein eigenes Leben ganz in mir, er hat keinen Anteil daran. Hatte mich Nina gefragt, ob ich ihn liebe? Ich liebe ihn, so wie ich meine Wohnung liebe und alle meine süßen Gewohnheiten. Er ist eine Gewohnheit. Aber nicht einmal diese Erkenntnis schmerzt. Ich bin alt, so scheint es mir. Was aber wird aus Nina und diesem Mann? Was wird, wenn zwei feurige Sterne ineinanderstürzen? Sie werden ihr Feuer dämpfen müssen, sie werden abkühlen, oder sie werden sich zerstören. Wenn ich Nina nicht kennte, so wie ich sie kennengelernt habe in diesen Tagen, würde ich sagen: Sie werden sich zerstören und untergehen. Aber Nina mit ihrer unbezwinglichen Kraft wird ihn und sich retten.

Es waren noch mehr Briefe da, die wir nicht gelesen hatten, aber Nina rief plötzlich: Schau doch! Das Licht!
Es hatte geregnet, wir hatten es beide nicht bemerkt, aber nun war die Sonne noch einmal durchgebrochen, und alle Dächer und Regenrinnen glänzten, und die Drähte in der Luft glänzten, und die Knospen an den Bäumen und die Mülltonnen glänzten, alles war in Licht und Glanz aufgelöst. Nina riß das Fenster auf. Ein Schwall von Duft stürzte herein.
Komm, rief sie, ich muß hinaus.
Sie hatte eine etwas aufreibende Art, ihre Entschlüsse augenblicklich auszuführen. Ungeduldig wartete sie an der Tür, bis ich meinen Mantel angezogen hatte. Komm doch, sagte sie, als könnten wir etwas unendlich Wichtiges versäumen. Sie seufzte vor Ungeduld, als ich auch noch meine Handschuhe suchte.
Wir liefen durch irgendwelche Straßen und genossen den heftigen Frühlingsgeruch, ohne viel zu reden, dann aßen wir irgendwo rasch zu Abend, Nina wie immer nur ein paar Bissen, und dann beschlossen wir noch in den Englischen Garten zu gehen. Plötzlich blieb sie vor einer Litfaßsäule stehen oder genauer gesagt: sie hielt im Gehen inne, als wäre sie mit einem Schlag gelähmt worden.
Orpheus, murmelte sie.
Nun, und?
Heut abend ist »Orpheus« von Gluck. »Orpheus und Eurydike«.

Ich konnte mir nicht denken, daß dies ein Grund zu großer Aufregung war. Willst du hingehen? fragte ich. Es ist aber schon reichlich spät.

Sie schüttelte den Kopf und ging weiter, aber sie blieb eine ganze Weile stumm und abwesend und merkte nicht, wenn sie in Regenpfützen geriet oder an die triefend nassen Sträucher am Wegrand stieß. Ich hatte Zeit zu Vermutungen. Vielleicht, so dachte ich, ist »dieser Mann« Sänger und singt den Orpheus; aber nein, es war ja keine Männerrolle. Oder ist er Dirigent? Oder Regisseur? Oder Nina wußte, daß er zu dieser Aufführung nach München kam. Weiß Gott, sie hatte mich angesteckt: alles Aufregende brachte ich schon in Verbindung zu »diesem Mann«.

Obwohl wir beschlossen hatten, bis zum nördlichen Ende des Englischen Gartens zu laufen, sagte Nina bereits am Kleinhesseloher See: Ich möchte lieber umkehren. Ich muß heim. Sie warf mir einen Blick zu, der so voll von melancholischer Ratlosigkeit war, daß ich alles verschluckte, was ich sagen wollte. Wir kehrten also um. Der Heimweg glich mehr einer Hetzjagd als einem Spaziergang. Was eigentlich trieb sie nach Hause? Besuch erwartete sie wohl nicht, die Post hatten wir schon durchgesehen, Telefongespräche von »diesem Mann« nahm sie nicht ab. Nun, ich lief neben ihr her und bemühte mich zu hören, was sie erzählte. So rasch sie ging, fand sie doch Zeit und Atem, zu sprechen. Manches verstand ich in der Eile nicht, manches wurde vom Quietschen bremsender Autos übertönt oder vom Wind zerpflückt, aber schließlich reimte ich mir die Geschichte doch zusammen. Nina war einmal mit »diesem Mann« in der Oper gewesen, zum erstenmal hatten sie zusammen Musik gehört, und es war »Orpheus«. Sie waren beide nervös von vieler Arbeit, und sie hatten wohl die Nacht vorher kein Auge zugetan, jedenfalls waren sie in jenem Zustand, in dem man keine Haut mehr hat, und Nerven, dünner als Spinnwebfäden, gespannt bis zum Zerreißen. Ein gefährlicher Zustand. So saßen sie nebeneinander, beide musikalisch, hörten die wunderschöne Musik und waren außer sich, kurzum: sie erlebten eine Art Ekstase, gewoben aus Musik und Liebe, denke ich. Aber die Aufführung ging zu Ende, und draußen regnete es, und kein Taxi kam, und da standen die beiden im Regen an einer Ecke, an der es zog, und da fing er, »dieser Mann«, Streit mit ihr an. Es muß irgendein dummer Streit gewesen sein, aber er machte Nina todunglücklich, und sie konnte nicht fassen, daß das Glück nur zwei Stunden gedauert haben sollte, und sie weinte im Regen, mit abgewandtem Gesicht, damit er es nicht merken sollte. Aber er merkte es, und da sagte er laut und wütend vor allen Leuten: Nie mehr will ich mit dir Musik hören. Erst viel später lernte sie ihn verstehen, und dann, sagte sie, wußte sie, daß es nichts anderes war als Reue und Scham darüber, ihr seine Liebe gezeigt zu haben.

Es mußte ziemlich schwierig sein, mit diesem Mann auszukommen. Wahrscheinlich gab er Nina immerfort Rätsel auf, und ich möchte wetten, daß es gerade diese Undurchschaubarkeit war, die sie an ihn band. Ich hatte sie sogar im Verdacht, daß sie ihn gar nicht durchschauen *wollte*. Sie wahrte sein Geheimnis, denn es war das ihre und das ihrer Liebe.

Ich muß wohl laut geseufzt haben bei dieser Erkenntnis, denn Nina drehte sich nach mir um und sagte: Was hast du gesagt? Ich hatte nichts gesagt, und ich hütete mich, ihr das zu sagen, was ich gedacht hatte.

Als sie die Haustür aufschloß, murmelte sie: Schade, daß wir schon hineingehen.

Sie warf einen sehnsüchtigen Blick zurück auf die Straße, die jetzt in einem feuchten grün und rosa Schimmer schwamm, dem letzten Tageslicht, aber sie schloß trotzdem schnell die Tür hinter uns und lief die Treppe hinauf, als wäre es höchste Zeit heimzukommen. Obgleich sie nicht erwarten durfte, daß irgend jemand in die Wohnung gekommen war während unserer Abwesenheit, schien sie doch maßlos enttäuscht, daß niemand da war. Mit einem rasch und scheu streifenden Blick schaute sie mehrmals um sich, dann gab sie es auf. Sie hatte sich in der Gewalt. Mit steifen Bewegungen hängte sie unsre Mäntel auf, schloß das Fenster, rückte hier etwas zurecht und dort etwas, und schließlich sagte sie ganz unvermittelt und scheinbar ganz zusammenhanglos: Ich habe eine bestimmte Vorstellung von der Hölle, du auch?

Ich mußte gestehen, daß ich mir nie Gedanken darüber gemacht hatte und keinerlei Vorstellungen besaß.

Aber ich, sagte sie leise. Ich weiß, wie es ist: man sitzt ganz gottverlassen da und fühlt, daß man nicht mehr lieben kann, nie mehr, und daß man nie mehr einem Menschen begegnen wird, in alle Ewigkeit nicht.

Und daß man nie mehr geliebt wird, fügte ich hinzu.

Sie schüttelte den Kopf. Das ist nicht wichtig. Aber daß du nicht mehr lieben kannst, das ist es.

Ich spürte plötzlich eine Abneigung gegen derartige Gespräche und ich versuchte sie ins Scherzhafte zu ziehen. Ja, sagte ich, und der Himmel ist dann ein Ort, in dem man auf Schritt und Tritt Menschen begegnet, die man liebt, aber nicht sehr, nur ein bißchen, nur so weit, wie es bequem und süß ist, nicht mehr, denn sonst geraten wir unversehens ins Fegefeuer, wo man liebt, aber nur einen, und den allzusehr.

Nein, sagte sie, ohne auf meinen Spott zu achten. Himmel, das ist ein halbwegs glücklicher Zustand . . .

Wieso nur halbwegs? unterbrach ich sie.

Sie schaute mich fast mitleidig an, dann lachte sie ein wenig mühsam.

Aber so sehr ich vorher zum Spott geneigt war, machte mich Ninas Resignation traurig. Es war eine Trübung ihres Wesens. Nina durfte leidenschaftlich verzweifelt sein und voller Ungeduld und Schmerz, aber sie durfte nicht resignieren. Ich hätte gewünscht, sie möchte trinken oder reden oder irgend etwas tun, nur nicht so dasitzen mit hängenden Armen und diesem müden, blassen Gesicht voller Hoffnungslosigkeit. Sie sah uninteressiert zu, wie ich das Tagebuch aufschlug und jene leeren Blätter suchte, die Steins letztem Eintrag vom 22. April 1934 folgten.

Als sie diese leeren Blätter sah, sagte sie nachdenklich: 1934, was war denn da? Ich weiß gar nicht... Warte, laß mich denken. Da war überhaupt nichts. Eine Zeit, in der sich gar nichts ereignet hat. Ich arbeitete in meiner Buchhandlung, ich hatte wenig politische Verbindungen, Stein sah ich auch nicht, ich war ganz allein. Aber, ja, mein Gott, da lernte ich Percy kennen. Wie konnte ich das nur vergessen. Ich fuhr eines Tages von Starnberg zurück, im Zug, da sah ich im Fenster gespiegelt ein Gesicht. Das war Percy.

Da sie nicht weitersprach, eine ganze Weile nicht, sondern mit einem Ausdruck von Mißmut oder vielleicht auch nur angestrengtem Sicherinnern vor sich hinblickte, fragte ich: Und wie war dieses Gesicht?

Welches Gesicht? fragte sie.

Percys. Du hast doch gerade davon erzählen wollen.

Ja, ach ja, sagte sie zerstreut. Wie es war? Was meinst du damit? Sie war heftig beschäftigt mit Gedanken oder Vorstellungen, die gar nichts mit Percy zu tun hatten, und ihr Gesicht hatte den verbohrten und zerquälten Ausdruck von Leuten, die über einer Rechnung sitzen, die nicht aufgeht.

Nun, ich meine, wie sah es aus, im Fenster gespiegelt?

Männlich, sagte sie uninteressiert, und dann fügte sie mit einem Anflug von Zorn hinzu: Er sah genau so aus, wie ich es vorher niemals und nachher erst recht nicht ausstehen konnte: groß und blond und blauäugig und gesund und sportlich. Warum lächelst du?

Weil mein Mann genau so aussieht.

Wir schauten uns rasch von der Seite an und brachen in Lachen aus, aber dann hielten wir betroffen inne. Wir hatten beide zugleich bemerkt, daß sich in unser Gelächter ein wenig Bitterkeit gemischt hatte.

Aber, sagte Nina rasch, er war in mancher Hinsicht tadellos. Und wie er starb, das war großartig.

Als ich sie fragend ansah, sagte sie leise: Ich habe ihm Gift gegeben. Nein, schau nicht so entsetzt. Ich habe ihn nicht vergiftet, ich habe ihn nur vor dem Galgen gerettet.

Hatten sie ihn eingesperrt?

Ja, sagte sie, aber ich habe es nicht gewußt. Wir waren ja schon längst geschieden, und er lebte mit einer andern Frau. Eines Abends, 1942, kam die Frau, Cläre hieß sie, zu mir. Du mußt aber wissen, daß wir uns vier Jahre nicht mehr gesehen hatten, und sie wußte, daß ich sie nicht ausstehen konnte.

Ja, sagte ich ganz unwillkürlich.

Warum sagst du ja? Weißt du es denn?

Ich habe es aus deiner Stimme gehört. Du hast sie sogar gehaßt. Es kostet dich ja immer noch Überwindung, ihren Namen auszusprechen.

Ja, sagte sie, das ist wahr. Ich wundere mich darüber. Es ist so lange her. Aber es muß, du hast recht, es muß immer noch etwas von diesem schrecklichen Gefühl in mir stecken. Ich mag sie nicht, diese Person. Sie hat Augen wie ein hungriger Hund. Ich weiß nicht, was Percy an ihr gefiel. Du lächelst. Du denkst, Frauen wissen nie, was ihren Männern an andern Frauen gefällt. Aber du irrst. Percy hatte schon mal eine Freundin, die war sehr hübsch und lieb dazu, und da verstand ich, daß er mit ihr schlafen ging. Aber diese Cläre, sie war nicht mal hübsch. Sie hatte so große Zähne, die zeigte sie immer, und ich hatte das Gefühl, daß sie rohe Lämmer zerreißt mit diesen Zähnen. Sie ist Malerin, aber sie malt schlecht, das ist das Schlimmste an ihr. Das hab ich Percy am wenigsten verziehen. Aber es ist häßlich von mir, so über sie zu reden. Und sie hat auch eine Menge trauriger Dinge erlebt.

Percy hat sie nicht geheiratet?

Nein, er wollte wohl, aber er kam nicht mehr dazu. Ich weiß nicht. Jedenfalls war sie damals schwanger, als sie zu mir kam, im siebten Monat. Sie kam spät abends, in der Dunkelheit, sie hatte einen weiten Mantel um und eine Kapuze auf, ich habe sie nicht erkannt. Sie war ganz atemlos vom Treppensteigen und vor Angst, und obwohl sie schon ziemlich dick war, schlüpfte sie herein wie ein Aal und machte die Tür sofort hinter sich zu. Als ich sah, daß sie schwanger war, dachte ich, Percy hat sie verlassen, darum kommt sie zu mir. Ich dachte: das ist mir völlig gleichgültig, sie soll nur rasch wieder gehen, von mir kann sie keine Hilfe erwarten. Sie war ganz grün im Gesicht und eingefallen, sie sah wie eine alte Frau aus. Das war natürlich eine Genugtuung für mich. Ich bin nicht besser als andre: ich freu mich, wenn es einer Feindin schlecht geht.

Nina sagte dies mit betontem Trotz, und ich fühlte, daß sie gegen ihre Überzeugung sprach.

Ich war, fuhr sie fort, gerade an dem Abend gut angezogen, weil ich vorher eingeladen war zum Tee. Ich setzte mich ihr gegenüber und zündete mir eine Zigarette an, und obwohl ich weiß, daß Frauen in dem Zustand nicht rauchen sollen, habe ich ihr auch eine angeboten. Aber sie sagte ganz leise: Danke, wenn du mir aber eine Tasse Kaffee geben könntest, wäre ich sehr froh. Weiß Gott, was es sie gekostet haben mag, zu kommen und nun auch noch um etwas zu bitten. — Ich machte ihr also Kaffee, ich hatte Bohnen, das war selten im Krieg, und sie sagte: Oh, das sind ja Bohnen. Ja, dachte ich, du siehst: es geht mir gut. Es ging mir gar nicht gut, und es waren meine letzten Bohnen, aber sie sollte nur glauben, daß es mir sehr gut ging, trotz allem, und daß ich Percy nicht vermißte, in keiner Weise. Sie hatte immer noch nichts gesagt darüber, warum sie gekommen war, und ich fragte nicht, absichtlich nicht, ich wollte es ihr schwermachen. Ja, dachte ich, erinnere dich nur an den Abend, als ihr mich hinausgeworfen habt, nachts um zehn Uhr, da habt ihr auch nicht gefragt, wohin ich ging, und ihr habt beisammengelegen in dieser Nacht, und wo war ich? Auf einem Stuhl in einer Kneipe, wo man mich sitzen ließ aus Mitleid bis zum Morgen, weil ich zu müde war, um heimzugehen, und du hattest gefragt: Was wollen Sie noch hier, sehen Sie nicht, daß ich längst Percys Frau bin. Daran dachte ich. So etwas vergißt man nicht. Ich stand auf und schaltete das Radio ein, Tanzmusik, das mußte sie kränken, ich fühlte das. Ich war abscheulich glücklich, es war ein ganz teuflisches Wohlbehagen. Plötzlich sagte sie leise: Percy muß sterben. Aber das traf mich noch nicht. So, sagte ich ganz ruhig, ist er krank? Ach nein, sagte sie, er ist eingesperrt, Gestapo, er wird das Todesurteil bekommen, es ist schon ganz sicher, man hat es ihm schon gesagt. Nächste Woche wird er gehängt oder geköpft.

Ich weiß nicht mehr, was ich darauf sagte. Ich hatte nicht einmal Zeit, mich zu schämen für mein Behagen. Ja, mein Gott, sagte ich, wie können wir ihn retten? Gar nicht, sagte sie, gar nicht, es ist aus. Aber das glaubte ich nicht, ich denke immer zunächst und solang es irgend geht an Rettung. Wo sitzt er? fragte ich. In Traunstein, aber er kommt weg, nach Stadelheim, da wird er hingerichtet. Sie erzählte, daß man sie nicht zu ihm lassen wollte, sie sei nicht verwandt mit ihm; nur seine Frau dürfte zu ihm. Ja, sagte ich, aber ich bin doch geschieden. Das macht nichts, meinte sie, darüber hatte sie sich schon erkundigt, ich dürfte zu ihm, weil ich Kinder von ihm habe. Ein Kind, verbesserte sie sich, und trotz aller Aufregung merkten wir beide es und sahen uns einen Augenblick lang an, nicht sehr freundlich. Aber was soll ich denn bei ihm, fragte ich, er wird keinen Wert drauf legen mich zu sehen, er wird dich sehen wollen, nicht mich. Ach, sagte sie, das ist jetzt gleichgültig, er muß nur mit jemand sprechen können, er hat sicher noch einiges zu regeln, und wir dürfen ihn nicht so furchtbar allein lassen. Gut, sagte ich, ich geh hin. Ich fahre morgen mit dem ersten Zug, aber ob ich gleich Sprecherlaubnis bekomme, das weiß ich nicht; am besten wäre es, du fährst mit, vielleicht könnt ihr euch doch sehen, ich kenne einen Anwalt, ich bin dort schon einmal kurz verhört worden, aber sie mußten mich wieder laufen lassen.

Am nächsten Tag bin ich hingefahren, mit Cläre zusammen. Sie war wie ein geschlagenes Tier, und wie sie mich ansah, das war das einzige, was schwierig war für mich an dieser ganzen Sache, diese Augen, und daß ich so die Rolle der Großmütigen spielen mußte wider Willen. Es war gar nicht Großmut, ich hätte jedem andern genau so geholfen in dieser Lage, und ich verwünschte es, daß es gerade Percy war, für den ich's tat. Aber was half's. Ich mußte ja. Es war Februar, naß und kalt und grau, und Pfützen überall und spritzende Autos, und diese ganze Stadt grau und weitab von der Welt. Im Hotel bekamen wir nur ein Doppelzimmer, es war nichts andres frei, da mußte ich also mit Cläre schlafen. Es war kalt, die Dampfheizung war kaputt, oder es waren keine Kohlen da, und Cläre blieb im Bett, während ich fortging. Am ersten Tag bekam ich gleich die Sprechkarte, es war ganz einfach, und am nächsten Vormittag ging ich ins Gefängnis. Warst du jemals in einem Gefängnis, Margret?

Nein, Gott sei Dank nein, sagte ich.

Sag nicht Gott sei Dank. Es ist keine Kleinigkeit, es zu erleben. Ich spreche jetzt gar nicht davon, wie es ist, wenn man selber eingesperrt ist. Das ist schlimmer in einer Hinsicht, in andrer aber weniger schlimm. Es ist gräßlich, jemand hinter dem Gitter zurückzulassen, während man selber in die Freiheit hinausgeht. Aber ich will erzählen: Ich zeigte meine Besuchskarte, und der Verwalter las den Namen. Percy Hall, las er laut, und dann nochmal etwas leiser, und dann schaute er die Aufseher an und las zum drittenmal: Percy Hall. Die Aufseher taten, als hörten sie nichts. Ich dachte: Percy ist schon tot. Aber dann sagte er: Setzen Sie sich, ich lasse ihn holen. An diesem Tonfall habe ich gemerkt, daß Percy schon zu den Toten gezählt wurde. Ich fragte den Verwalter: Hat mein Mann das Todesurteil? Er sagte: Ich weiß gar nichts. Aber er sah mich nicht an. Ich fragte: Wann kommt er fort von hier? Er zuckte die Achseln: Vielleicht Montag, aber das wissen wir noch nicht. Dann ging er ans Fenster und tat, als sähe er hinaus, und dabei sagte er leise: Sie können ihn jeden Tag sehen bis dahin. Es war aber schon Mittwoch. Im nächsten Augenblick brachte man Percy. Ich hätte ihn nicht erkannt, so verändert war er mit seinem glattrasierten Kopf und den langen Bartstoppeln und entsetzlich mager. Man hatte ihm wohl nicht gesagt, wer ihn erwartete. Vielleicht dachte er: Cläre ist gekommen. Als er mich sah, war er ganz verwirrt. Natürlich konnten wir zuerst beide kein Wort reden. Das ist immer so. Man weiß nicht, wie man sich zu einem Gefangenen verhalten soll. Man spürt, daß er in einer ganz andern Welt lebt. Er hat nichts mehr zu tun mit uns. Man fragt irgend etwas ganz Törichtes, etwa: Wie geht es dir denn? Oder: Was kann ich für dich tun? Und er antwortet: Danke, du siehst, oder er lächelt nur. Und dann sagte ich: Cläre ist hier, sie darf nicht herein, aber sag mir, was ich ihr bestellen soll. — Cläre, sagte er; er sagte es, als müßte er sich erinnern, wer das ist. Sie ist im siebten Monat, sagte ich, es geht ihr gut, sie läßt dich tausendmal grüßen. Ja, danke, grüß sie auch, sagte er, und dann sah er mich an. Bitte, sagte er, verlaß sie nicht in diesen Monaten, trotz allem nicht. — Ich hätte ihm in diesen Minuten alles versprochen, nur um ihm zu helfen. Dann sagte er: Du weißt wohl, wie es steht mit mir. Aber da rief der Aufseher, der neben uns stand — immer hört bei Besuchen im Gefängnis ein Aufseher zu —, er rief: Es ist verboten, über Dinge zu sprechen, die den Straffall betreffen. Aber es war auch nicht nötig, daß wir weiter darüber redeten, wir hatten uns verstanden. Einen Augenblick später wurde der Aufseher ans Telefon gerufen, und ich war mit Percy allein.

Kannst du mir Gift bringen? fragte er ganz ruhig, ich will nicht diesen Leuten in die Hände fallen; bitte, sieh zu, daß du es morgen bringst. Ich konnte nichts antworten, denn der Aufseher kam zurück, und die fünf Minuten Sprechzeit waren vorüber. Ich überlegte, was ich Cläre sagen sollte. Man mußte sie schonen, aber vielleicht war es besser, daß sie jetzt, wo sie bei mir war, alles hörte, die ganze Wahrheit. Ich jedenfalls hätte es vorgezogen, die Wahrheit zu wissen. Aber vielleicht gab es einen Ausweg, und diesen Ausweg fand ich auch, nachdem ich den ganzen Nachmittag gelaufen war. Ach, dieser Weg über die Hügel im Osten der Stadt, dieser Weg ... Daß man solche Stunden überlebt, Margret! Ich sollte Percy Gift bringen, ich, und ganz allein dafür verantwortlich sein, ganz allein. Aber ich sagte mir, Percy ist verloren, und ich will nicht, daß er hingerichtet wird, er soll nicht diese letzten schlimmen Tage erleben, diese langen Tage, die kein Ende nehmen. Aber dann dachte ich: wer weiß, was in diesen Tagen geschehen wird. Vielleicht ist plötzlich der Krieg zu Ende oder Percy wird begnadigt oder er kann fliehen, weiß Gott, es gibt doch Zufälle. Das alles mußte ich überlegen. Aber dann dachte ich: er wird das Gift ohnedies erst nehmen, wenn er ganz sicher ist, daß es keine Rettung mehr gibt. Aber woher das Gift bekommen. Mit dem Anwalt konnte ich nicht reden. Ich durfte mit keinem Menschen darüber reden, keinem einzigen. Da dachte ich an Stein. Ich ging ins Hotel und erzählte Cläre, daß es Percy gut gehe, daß er nur Herzbeschwerden habe und daß der Anwalt gesagt hat, er habe Berufung eingelegt, und die Sache stehe nicht so schlimm, wie wir dachten. Ach, sagte sie, das erzählst du mir nur, sag mir die Wahrheit. Das ist die Wahrheit, sagte ich, du siehst es daran, daß ich heute noch rasch nach München fahren und einige Sachen für ihn holen muß, Wäsche und Seife und solche Dinge. Wirklich? fragte sie, wirklich? Sie glaubte es, weil sie es glauben wollte. Aber plötzlich sagte sie: Er hat immer Gift bei sich gehabt, Zyankali, für alle Fälle; glaubst du, sie haben es ihm abgenommen? Ja, sagte ich, das glaube ich wohl, aber wie kommst du darauf? Es wäre gut, sagte sie, wenn er Gift hätte. So, sagte ich, meinst du? Nach einer Weile fing sie wieder damit an: Könntest du nicht irgendwo Gift bekommen für ihn? — Aber wozu, sagte ich, es wird bestimmt alles gut enden, du sollst dich nicht unnötig aufregen, denk an das Kind — und was man eben in solchen Fällen sagt.

In der Nacht war ich in München, und ich fuhr gleich zu Stein. Es war schon Mitternacht vorbei, aber er war noch auf, immer war er so lange wach. Er machte selber die Tür auf, ohne zu fragen, wer draußen ist. Es sah fast so aus, als hätte er mich erwartet. Aber jetzt weiß ich, daß er etwas anderes erwartet hat und ganz einfach bereit war dazu: er dachte, man würde ihn verhaften. Ich wußte nicht, was sich ereignet hatte; ich dachte gar nicht, daß er auch Kummer haben könnte und Aufregungen, so selbstsüchtig war ich. Sonst hätte es mir doch auffallen müssen, wie blaß er war, und zum erstenmal sah ich ihn unrasiert, mit langen grauen Bartstoppeln. Er sah beinah verwildert aus. Aber ich achtete nicht darauf. Ich erzählte ihm sofort, warum ich gekommen war. Ich wußte natürlich, daß er Percy nicht leiden konnte und daß es ziemlich viel war, was ich da von ihm verlangte, aber zu wem sonst hätte ich gehen sollen mit diesem Anliegen. Er sagte lange gar nichts darauf, gar nichts, er lief im Zimmer auf und ab, und dann sagte er: Man soll dem Schicksal nicht vorgreifen. Aber ich blieb einfach stehen und schaute ihn an, ich ging nicht, ich wartete. Er sagte noch dreimal nein, er könne das nicht, dürfe es nicht, und ich müßte vieles bedenken: man würde wissen, von wem Percy das Gift bekommen habe, man würde mich verhaften, und es könnte sein, daß Percy das Gift zu früh nähme, vor der Rettung, und wer weiß, welche Erkenntnisse ein Verurteilter habe in diesen letzten Tagen vor dem Tod, man habe kein Recht, ihn um diese Tage zu bringen. Aber ich wartete weiter, und schließlich, es war schon gegen Morgen, gab er mir Coffeïn, und er sagte mir, wie ich es machen sollte: das Coffeïn mit Butter vermischen und auf Brot streichen, das war alles. Die Dosis war tödlich, und sie wirkte rasch. Erst als ich schon auf der Straße stand, fiel mir der Blick ein, mit dem er mich angesehen hatte beim Abschied unter der Tür, und ich kehrte noch einmal um. Was ist geschehen, sagte ich, es ist etwas passiert mit dir. Ach, sagte er völlig ruhig, nichts Besonderes. Man hat mich nur wieder einmal verdächtigt wegen politischer Unzuverlässigkeit. Ich fragte ihn, was er nun tun würde. Gar nichts, sagte er, hier sitzen und arbeiten, was sollte ich sonst tun. Ich meinte, ob er nicht lieber nach Berlin gehen und dort untertauchen wollte. Aber er schüttelte nur den Kopf. Ich habe es lange erwartet, sagte er, und es berührt mich wenig. Aber das war nicht wahr. Es erschütterte ihn, er hing sehr an seiner Arbeit und seinen Studenten, und er fürchtete, sie zu verlieren. Damals bewunderte ich ihn sehr, und wenn ich ihn überhaupt hätte lieben können, ich hätte es von diesem Morgen an getan. Als ich zurückschaute, stand er noch immer da, wie ein Fels, grau und hart und stumm und schrecklich einsam und mit einer Art von Größe, die einem weh tat. Wenn er damals gesagt hätte: Heirate mich, ich glaube, ich hätte es getan, Margret.

Aus Mitleid? fragte ich.

Nein. Eher aus Respekt. Oder vielleicht... ja, vielleicht einfach aus Freundschaft. Aber er hat es nicht gesagt, Gott sei Dank nicht. Ich ging noch rasch nach Hause, um nach Ruth und Martin zu schauen, sie schliefen tief. Ich hatte damals ein gutes Mädchen, und ich konnte unbesorgt wieder nach Traunstein fahren. Aber unterwegs — oh Margret, dieser Morgen! Regen an den Fensterscheiben, ungeheizt der ganze Zug, ich allein im Abteil, ein Personenzug, der an jedem Bahnhof hielt und manchmal mitten auf der Strecke, weiß Gott warum, und der Regen tropfte durch das Wagendach, immer im selben Rhythmus. Und dazu meine Gedanken. Gespenster von Gedanken. Da hatte ich also das Gift in der Tasche. Ich sollte es Percy geben, er würde sterben, unfehlbar sterben. Nie wieder lebendig zu machen. Und da begann ich zu überlegen; man braucht ja in solchen Situationen immer ganz wahnwitzige Pläne, die sind ganz verteufelt folgerichtig, alles greift wunderschön ineinander, es fehlt nur eins: der Ausgangspunkt stimmt nicht, der erste Faktor in der Rechnung, und damit stimmt alles nicht. So dachte ich mir also aus: Ich gebe Percy das Butterbrot mit der halben Dosis Coffeïn. Das würde ausreichen für einen schweren Herzkollaps. Dann käme er ins Krankenhaus. Dort müßte ich einen Arzt kennen, der ihn für tot erklärte. Dann würden wir ihn wegschaffen. Gerettet. Ich müßte nur folgendes wissen: ob Percy wirklich in ein Krankenhaus gebracht würde, jetzt noch, so kurz vor dem Fallbeil oder dem Galgen, und ich mußte wissen, ob es einen Arzt gab, der uns helfen würde. Ich dachte: ich gehe gleich zum Anwalt und ziehe ihn ins Vertrauen. Aber war er verschwiegen? War ihm zu trauen? Niemand war zu trauen. Dann begann ich mich plötzlich

davor zu fürchten, man würde entdecken, daß ich Percy das Gift gebracht hatte, und man würde mich verhaften und wegen Mordes verurteilen. Das war sehr wohl möglich. Und schließlich, ich war ja kein Engel, weit entfernt davon, ich dachte: Warum soll ausgerechnet ich mich in Gefahr begeben, was ging Percy mich eigentlich an, mochte Cläre ihm das Gift bringen, sie brauchte ja nicht zu wissen, daß das Butterbrot vergiftet war. Ich wollte ihr Sprecherlaubnis verschaffen, dann konnte sie es ihm geben, und ich war frei von Verdacht. Aber das war natürlich eine Versuchung, leicht zu durchschauen, und als ich in Traunstein ankam, übernächtig, durchfroren und ganz zerschlagen von all diesen Überlegungen, da wußte ich genau, was ich zu tun hatte. Zuerst wollte ich den Anwalt nach einer Möglichkeit der Rettung fragen, und wenn er Percy aufgab, dann wollte ich in der Stadt bleiben bis zum Tag des Urteils. Der Gefängnisverwalter würde mir Nachricht geben, er hatte Mitleid mit mir oder Sympathie, einerlei. Und dann würde ich Percy das Gift geben.
Der Anwalt saß gerade beim Frühstück. Es war mir ganz unfaßlich, daß er so dasitzen und frühstücken konnte, und sein Klient wurde zum Tod verurteilt. Er fand meinen Plan ganz töricht, Percy käme niemals in ein Krankenhaus, er würde in der Zelle verrecken. Ja, so sagte er, verrecken, und er war voller Bitterkeit, aber dabei aß er sein Käsebrot mit allem Behagen. Und außerdem habe er erfahren, daß das Todesurteil eingetroffen sei. »Tod durch Strang« sagte er. Da wurde mir übel, und ich mußte rasch hinausgehen, und draußen übergab ich mich, und dann ging ich ins Hotel. Cläre war entsetzlich aufgeregt. Sie war schwer zu ertragen für mich, und ich mußte doch auch noch überlegen, ob ich sie zu Percy schicken sollte. Ich hätte ihr meine Sprechkarte geben können, der Verwalter hätte bestimmt ein Auge zugedrückt. Aber sollte sie ihn sehen, mit diesem geschorenen Kopf und in seinem Elend? Es war nicht gut für sie und für das Kind. Wo hast du die Wäsche für ihn, fragte sie sofort. Die habe ich schon am Gefängnis abgegeben. Das Lügen fiel mir ganz leicht. Und wo ist das Gift? Das ist hier, sagte ich und zeigte ihr ein Röhrchen mit Aspirin. Getarnt, sagte ich. Sie sagte nichts, aber sie war mißtrauisch wie ein Tier. Und warum bist du so blaß, fragte sie. — Du wärst auch blaß, wenn du morgens von halb fünf bis halb neun im ungeheizten Zug gesessen hättest, sagte ich. Dann ging ich fort, und in irgendeinem Gasthaus bestellte ich Brot und Butter, eins davon aß ich; wie ich das habe essen können, weiß ich heute nicht mehr. Es war kein Mensch im Lokal und ich konnte in aller Ruhe das Coffeïn in die Butter mischen und aufs Brot streichen und dieses Brot packte ich ein. Es war sehr verlockend, davon zu essen. Als ich ins Gefängnis kam, sah mich der Verwalter an, als wüßte er auch schon etwas. Aber es ist un-

wahrscheinlich, daß man es ihm schon gesagt hatte. Und dann kam Percy. Wir waren natürlich nicht allein, aber ich hatte mir genau überlegt, was ich sagen wollte. Cläre läßt dich grüßen, sagte ich, du sollst keine Sorge haben, es geht ihr gut, und ich behalte sie bei mir in den nächsten Monaten. Danke, sagte er, sonst nichts. Und dann fragte ich: Hast du Hunger? Ich habe dir etwas mitgebracht, ein paar Äpfel und Brötchen, und da habe ich noch ein Butterbrot, magst du es? Der Aufseher nahm es mir weg und schnitt jedes Brötchen durch, um zu sehen, ob nichts verborgen war, ein Brief oder ein scharfes Rasiermesser, sie kannten sich aus. Das Butterbrot schnitt er auch durch. Schneid du nur, dachte ich und machte Percy ein Zeichen. Ich sah, daß er augenblicklich verstand. Ich war froh, als die Besuchszeit vorüber war. Ich konnte nicht mehr. Danke, sagte Percy wieder, und dann gaben wir uns die Hand und sahen uns an. Küß unser Kind von mir, sagte er, und ich habe keine Angst um dich; vor nichts habe ich Angst, vergiß das nicht, es ist alles gut so und ich danke dir. Dann führten sie ihn hinaus. Er schaute sich nicht um, kein einzigesmal. Nachher hat ihn keiner von uns mehr gesehen.

Und du, was hast du getan, und was hast du mit Cläre gemacht? fragte ich. Und ist er wirklich an dem Gift gestorben?

Ja, sagte Nina, er ist daran gestorben. Das Todesurteil kam zu spät. Ich hörte zwei Tage später davon, denn da kamen zwei Polizisten und verhörten mich. Ich hatte das erwartet, aber ich war ganz ruhig. Wie könnte ich ihm Gift gegeben haben, sagte ich, wo ich nur zweimal bei ihm war und jedesmal der Aufseher daneben stand; er hat alles geprüft, was ich gebracht habe; aber mein Mann hat immer Gift bei sich getragen, schon früher, für alle Fälle. Sie konnten mir nichts nachweisen. Und Cläre, die brachte ich zu einer Tante Percys. Ich habe sie jede Woche besucht. Sie bekam einen Jungen.

Und, fragte ich, du hast das gekonnt: sie immer wieder sehen, obwohl sie deine Feindin war?

Anfangs war es nicht so schwer. Ich war so erregt von Percys Tod, und wenn man in Erregung ist, in irgendeiner außerordentlichen Situation, da ist man über sich hinausgehoben; man kann, was man zu andern Zeiten nicht kann, im Guten und im Bösen. Später wurde es immer schwerer, und als dann der Junge geboren war und als sie wieder verdiente, da hab ich mich nicht mehr um sie gekümmert. Von Percys Tod erzählte ich ihr erst ein halbes Jahr später. Vorher hatte ich immerzu Geschichten über ihn erfunden zu ihrer Beruhigung.

Oh, Gott, Nina, sagte ich.

Sie sah mich erstaunt an.

Aber ich konnte ihr nicht sagen, was ich empfand. Meiner Bewunderung war Grauen beigemischt, und ich fragte mich, ob dieses Maß an Pflichtbewußtsein, diese unverrückbare Zuverlässigkeit, dieses genaue Gefühl für das sachlich Notwendige nicht ein wenig unmenschlich war, beängstigend. Womit bezahlte sie diese Eigenschaften? Was mangelte ihr dafür? Aber ich konnte es nicht finden. Sie war nicht kalt, nicht trocken, nicht hart, sie war leidenschaftlich und sensibel. Wieviel mag es sie gekostet haben, so viel Haltung zu gewinnen. Nun verstand ich, warum sie auch von andern Menschen so furchtbar viel Stärke und Mut verlangte. Es war nicht leicht, vor ihr zu bestehen.

Ich wagte nicht, ihr meine Erschütterung über den Bericht zu zeigen, als ich ihr Gesicht sah. Es war unbewegt, fast streng.

Ich glaube, sagte ich, um irgend etwas zu sagen, ich glaube, du hast Percy doch geliebt.

Ich weiß nicht, sagte sie. Ich habe es nie gewußt.

Aber du hast ihn geheiratet.

Fast gegen meinen Willen, sagte sie. Es fing schon gegen meinen Willen an. Es ging Hals über Kopf und Schlag auf Schlag. Es war, wie wenn man ein Tier fängt mit einem Netz, so rasch, daß das Tier sich gar nicht wehrt, es ist nur verwundert und läßt sich fortführen, es kommt nicht zur Besinnung.

Und so etwas passiert dir, Nina, dir?

Ja, sagte sie, man kann mich leicht überrumpeln, wenn man es versteht. Als ich Percy im Zug sah, schaute ich weg. Aber er stieg mit mir aus. Er ging mit mir durch die Sperre, er fuhr mit mir in der Straßenbahn, und immer sah er mich an, und er sah mich so an, als hätte er bereits seine Hand auf mich gelegt, ganz selbstverständlich und ohne überhaupt an Widerspruch zu denken. Für ihn war alles klar. Er stieg auch mit aus, und dann, in der Königinstraße, sprach er mich an, und fünf Minuten später schob er seinen Arm in den meinen, und eine Stunde später küßte er mich, und wieder eine Stunde später wußte ich, daß er Architekt war, daß man seine Bauten im Dritten Reich nicht liebte, weil sie zu extravagant waren, und daß er wenig Geld hatte, aber immerhin so viel, daß er heiraten und eine Frau ernähren könnte, und schließlich wußte ich seine Adresse und er die meine, und wir hatten verabredet, übers Wochenende ins Gebirge zu fahren, und wir taten es auch, es war wunderschön, Herbst, und alle Wälder waren gelb, und ich war durchaus geneigt zu glauben, daß Percy allein schuld war an dem schönen Wetter und den hübschen Tagen, und als wir in die Stadt zurückfuhren, waren wir so gut wie verlobt.

Aber gefiel er dir denn? rief ich.

Ich weiß doch nicht, sagte sie. Er hatte eine stürmische Art, das Leben anzupacken, mit Schwung und Kraft und ohne viel Nachdenken. Es war angenehm für mich, daß ich endlich ein wenig Sicherheit hatte. Es war keine echte Sicherheit, natürlich nicht, aber das tat damals nichts. Es war ein schöner Herbst, ich war bereit, eine gute Ehefrau zu werden, ich zog einen Schlußstrich unter meine Jugend und richtete mich auf das Leben mit Percy ein. Wir fingen an, für die Wohnung einzukaufen, da einen Topf, dort einen Vorhangstoff, und es war reizend, Braut zu spielen, ich fühlte mich so ordentlich und wichtig und ganz verändert. Percy war jung und ein wenig leichtsinnig und mitreißend, und daß er mich oft leise belächelte, störte mich nicht, im Gegenteil, ich mochte das, es schien mir ein Zeichen für seine Überlegenheit.

Und das gefiel dir? — Ich konnte es nicht glauben.

Ach, sagte sie, du ahnst nicht, wie gerne ich es habe, nachzugeben, ganz weich zu sein und mir befehlen zu lassen.

Nein, rief ich, das ist doch nicht wahr, Nina. Das bildest du dir ein. Du bist so eigenwillig, so selbständig . . .

Weil ich muß, sagte sie. Nur weil ich muß. Alle Leute denken, Nina Buschmann ist eine moderne Frau, Musterbeispiel einer emanzipierten Frau. Sie verdient für sich und ihre Kinder selbst, braucht keinen Mann, denkt klar wie ein Mann und packt das Leben an wie — ach, ich weiß nicht. Aber das ist doch nur ein Teil von mir. Ich habe einen starken Sinn für das Notwendige. Aber das andre . . . Sie lächelte ein wenig. Glaub mir, fügte sie hinzu, ich bin nichts als eine Durchschnittsfrau, die gerne heiraten möchte, wenn sie könnte.

Du könntest ein dutzendmal, sagte ich etwas ärgerlich. Aber sie warf mir einen kurzen, düstern Blick zu.

Ich bin altmodisch, fuhr sie fort, ich glaube an die Ehe, ich glaube, daß jede normale Frau eine gute Ehe haben möchte und daß jede wirkliche Frau es liebt, ein wenig tyrannisiert zu werden. Du etwa nicht?

Nein, sagte ich, denn ich war immer für die Freiheit der Frau, obgleich ich selbst eine gute Ehefrau bin.

Ich weiß nicht, fuhr ich fort, ob ich es lieben würde, wenn mein Mann tyrannisch wäre. Er ist es nicht. Er ist gleichmäßig rücksichtsvoll und läßt mich herrschen, soviel ich will.

So? sagte Nina und sah aus dem Fenster; aber ich wollte doch etwas erzählen. Was war es denn?

Ich glaube, du wolltest erzählen, wie du Percy geheiratet hast.

Nein, so weit bin ich noch lange nicht. Ich wollte dir erzählen, daß ich irgendwann Ende November oder im Dezember Percy mit zu Stein nahm. Ich weiß nicht, was ich mir davon versprach. Jedenfalls: es mißlang. Ich hatte Percy gesagt: Stein ist ein alter Freund von mir, ich besuche ihn, gehst du mit? Er ging mit. Ich hatte natürlich Stein von meiner Verlobung geschrieben und ihn gefragt, ob ich ihm Percy vorstellen dürfte. Er hat, es war gar nicht anders zu erwarten, sehr höflich geantwortet. Es war sehr dumm von mir und ganz überflüssig, hinzugehen, aber ich tat es eben. Die beiden Männer waren vom ersten Blick an Feinde. Sie waren auf eine unversöhnliche Art verschieden. Wie sie sich die Hand gaben, voller Widerstreben, das war eine offene Kriegserklärung. Dabei wußte Percy nicht einmal, daß Stein mich liebte. Wir waren zum Tee eingeladen. Gott sei Dank war Helene da und war so höflich und liebenswürdig wie nie zuvor. Sie sah mit tiefer Genugtuung, daß sie vorläufig nichts mehr zu fürchten hatte für Stein. Sie und ich, wir mußten die ganze Unterhaltung allein führen. Die beiden Männer schwiegen und rauchten und waren steif vor Feindseligkeit. Es war keine angenehme Stunde, das kannst du dir vorstellen. Als wir wieder auf der Straße waren, sagte Percy: Der kann mich nicht riechen. Und dann fragte er plötzlich: Was war zwischen euch? Nichts, sagte ich, nichts außer Freundschaft; er hat mir geholfen, Leute über die Grenze zu bringen. — Er sah mich voller Mißtrauen an, und dann lachte er. Du Schäfchen, sagte er, ich trau dir's zu, daß du es nicht merkst, daß er dich liebt; er haßt mich, weil ich dich ihm wegnehme. — Dieser Satz machte mich krank vor Zorn, aber ich sagte kein Wort; ich wollte sagen: nein, er haßt dich für deinen Mangel an Geist und Sensibilität. Einen Augenblick lang wußte ich es ganz scharf, daß ich Percy nicht heiraten durfte. Aber ich wollte es nicht wissen. Ich wollte treu sein, um jeden Preis. Ich habe die Warnung der Götter in den Wind geschlagen und habe dafür gebüßt. Die zweite Warnung kam übrigens bald danach und ebenso vergeblich. Das war zu Weihnachten. Percy wollte, daß ich die Feiertage mit ihm bei seinen Eltern verbringen sollte, und also fuhren wir zu ihnen. Ich wußte nicht viel von Percys Familie, er liebte sie nicht sehr, aber er hing an ihr; ich wußte nur, daß sein Vater einen illegitimen englischen Vater gehabt hatte, der verschollen war, und daß Percy eine Schwester hatte, die Malerin war und Kitty hieß; der Vater hatte eine Vorliebe für englische Namen. Das war alles. Als wir klingelten, stürzte eine dicke Frau heraus, in einer Küchenschürze, die Hände voller Teig; sie umarmte uns ziemlich stürmisch. Dann schrie sie über die Treppe hinauf in den ersten Stock: Kitty, komm herunter, Besuch ist da, Percy und seine Braut! Kitty schrie: Du kannst mich . . . Ja, wirklich, das schrie sie, laut und deutlich. Und die Mutter rief zurück: Du mich auch, wir trinken ohne dich ebenso gern Kaffee. Das war der Empfang. Ich fand, Percy hätte mich darauf vorbereiten können. So aus heiterm Himmel kam das doch etwas überraschend für mich, und ich hatte damals noch viel zu wenig Sinn für Komik. Jetzt würde ich lachen. Damals war ich gekränkt. Ich saß dann auch ziemlich stumm und unglücklich in der Küche. Die Mutter war dabei, Kuchen zu backen, es standen schon Kuchen und Christstollen und Körbe voller

Weihnachtsplätzchen herum, und ich dachte, wer das wohl alles essen würde. Ich saß mitten in dem Küchendampf und Rauch wie im Nebel, und ich hörte ganz von ferne, daß die Mutter unaufhörlich plauderte. Percy war fortgegangen, er hatte mich einfach im Stich gelassen. Einmal kam Kitty herein, sie war etwa neunzehn und eigentlich hübsch, dunkel wie die Mutter, sie hatte ein rotes Halstuch umgebunden, knallrot, sie rauchte eine Zigarette und streute die Asche überall herum. So, sagte sie, du bist also Nina und hast den Mut, in diese Familie hereinzuheiraten, na Prost die Mahlzeit, du wirst deine Wunder erleben, laß es lieber bleiben. Sie warf den Zigarettenstummel im Bogen durch die Küche und verschwand. Toller Teufel, sagte die Mutter sorgenvoll, aber mach dir nichts draus, Nina, laß sie reden. Dann rief sie ihr nach: Komm aber zur Bescherung heim, und Kitty schrie zurück: Denkst du, ich mach euern sentimentalen Klimbim mit, ich geh und komm nicht vor zwölf zurück, und fort war sie. Es wurde dunkel draußen, und Percy kam nicht, und ich dachte, es wäre nun Zeit zur Bescherung, und ich dachte plötzlich an Stein. Bei ihm wäre mir das alles nicht zugemutet worden. Endlich kam Percy, und dann sollten die Kerzen am Weihnachtsbaum angezündet werden. Aber da fiel es der Mutter plötzlich auf, daß ihr Mann nicht da war. Es war schon acht Uhr und stockdunkel. Wir saßen in der Küche und warteten und warteten und spielten Karten, und dann aßen wir das Abendbrot, und ich mußte essen, bis mir fast übel wurde, man mußte einfach, um die Mutter nicht zu kränken, sie aß selbst ungeheuer, man wurde nicht gefragt, man bekam den Teller vollgehäuft. Schließlich war es zehn Uhr, und der Vater war immer noch nicht da, und Percy sagte: Ich geh mal und schau nach dem Alten. Ich wollte mit ihm gehen, aber er sagte: Bleib du nur hier, das ist nichts für dich. So blieb ich bei der Mutter, und jetzt, da sie nichts mehr zu tun hatte, saß sie unglücklich herum. Der Alte, sagte sie, wo er nur bleibt; mein Leben lang habe ich nichts als Kummer mit ihm erlebt; er treibt sich herum und fühlt sich unverstanden und zu was Besserem geboren, dabei hat er nie die leiseste Anstrengung gemacht, um was Besseres zu werden als ein kleiner Beamter, aber er gibt mir die Schuld; ich hätte ihm seine Flügel gestutzt, behauptet er, ich sei das Bleigewicht an seinen Füßen, das Unglück seines Lebens; dabei wär er längst verkommen, wenn ich nicht wäre; dieses Haus — und dabei schlug sie mit beiden Fäusten auf die Wand und dann auf ihre eigene Brust — dieses Haus hat er von meinem Geld gebaut, diese Möbel, diese Töpfe, die Wäsche, alles von meinem Geld, und dabei sagt er, ich sei sein Unglück, dieser alte Schwätzer. — Und wie ist Percy? fragte ich. Percy, sagte sie, der ist mehr nach mir geraten, aber du mußt achtgeben auf ihn, er hat schon mit fünfzehn Jahren das erste Mädel gehabt, und so ging es fort, ich sag dir das ganz ehrlich; das hat er vom Alten, der kann es auch nicht lassen. Aber sonst ist Percy richtig, er packt das Leben an, wo man's anpacken muß, und wenn du es fertigbringst, ihn zu halten, wird alles gut gehen. Ja, sagte ich kleinlaut, und dann zog ich meinen Mantel an und lief fort. Ich glaube, ich wollte für immer fortgehen, ich hatte genug von Percys Familie und von ihm selbst. Ich lief quer über die gefrorenen Felder, der Nebel war weg, und Sterne standen am Himmel, und da sah ich jemand auf der Erde liegen. Einen Mann. Ich rührte ihn an, er war steif vor Kälte, und ich dachte, er sei tot; er roch stark nach Schnaps. Ich wußte plötzlich: es war Percys Vater; er war betrunken, stockbetrunken, und da lag er, vielleicht war er erfroren oder nah am Erfrieren. Ich war ganz allein weit und breit, und ich schrie laut nach Percy. Ich versuchte, den Alten über das Feld zu schleifen, aber er war zu schwer. Da fing ich erst einmal an zu weinen, so elend war mir zumute, aber dann mußte ich mich um ihn kümmern. Ich lief nachhause, und da, zum Glück, begegnete mir Percy, und er bekam den Alten auf die Beine, und schließlich hatten wir ihn zuhause. Er war halbtot und er sagte immerfort: Laßt mich sterben, ich habe dieses Leben satt, ich bin zu gut dafür. Aber seine Frau sagte nur: Quatschkopf, und sie rieb ihn warm und gab ihm heißen Tee zu trinken. Er jammerte leise vor sich hin und war erbarmungswürdig. Geh du ins Wohnzimmer, sagte Percy. Da saß ich nun bei dem Weihnachtsbaum und bei den Geschenken, um die sich niemand kümmerte, und war böse mit Percy. Als er endlich kam, fragte ich ihn: Warum willst du mich eigentlich heiraten? Ich erinnere mich noch genau an seine Antwort, sie tröstete mich auf eine sonderbare Weise, so wenig sie mich auch befriedigte: Weil man mit dir Pferde stehlen kann, sagte er, und weil man dir solche Szenen zumuten kann wie diese hier heut abend. Damit hatte er mich genau an der Stelle getroffen, an der ich zu treffen war: ich wollte nicht feige sein, ich wollte durchhalten, und so feierte ich tapfer Weihnachten mit. Man muß alles erlebt haben, dachte ich. Es gab so vieles, was ich nicht kannte; ich hatte noch nie einen derartigen Weihnachtsabend und eine derartige Familie erlebt; es durfte nichts geben, was ich nicht kannte. Ganz im geheimen dachte ich: das alles werde ich einmal in einer Geschichte schildern.

Plötzlich lachte Nina leise.

Dieser Alte, sagte sie, Percys Vater, das war ein Kauz. Eigentlich mochte ich ihn. Er hatte so schrecklich Mitleid mit sich selbst. Als er am Weihnachtsmorgen beim Frühstück erschien, schämte er sich entsetzlich. Er gab mir nur kurz die Hand und schlich an seinen Platz und schielte nach seiner Frau, die ihm voller Verachtung den Kuchenteller zuschob. Er sah gut aus, durchaus wie ein »Herr«, mit silbergrauen Haaren, mager und sehr englisch. Er hätte ein Gelehrter sein können, dem Aussehen nach. Er aß ohne Appetit und so, als wollte er sagen: Wie ich diese triviale Beschäftigung hasse! Aber seine Frau legte ihm unbarmherzig noch ein Stück Kuchen auf den Teller und noch eins, und er mußte essen, er war an stummen Gehorsam gewöhnt. Die Mutter und Kitty und auch Percy aßen schreckliche Mengen in aller Geschwindigkeit. Es sah wie ein Wettessen aus. Nach dem Frühstück wollte ich der Mutter in der Küche helfen, aber da winkte mich der Alte zu sich und nahm mich mit in sein Zimmer. Er hatte sich eine elende kleine Dachkammer eingerichtet mit einem eisernen Öfchen, das er selbst versorgte; er mußte Asche ausnehmen und Feuer machen und sogar kehren; er ließ niemand in diese Klause. Percy war nie in seinem Leben darin gewesen und Kitty nur einmal, als sie ihm den Schlüssel aus der Tasche gestohlen hatte. Seine Frau durfte nicht einmal fegen oder Fenster putzen dort. Er schlief auf einem alten Sofa, das viel zu schmal war, und er arbeitete an einem wackeligen Tischchen, wenn er vom Büro nachhause kam. Er hatte sehr gute Manieren, übertrieben gute, sie wirkten komisch in dieser Umgebung. Ich saß auf dem einzigen Stuhl, den es dort gab, er selbst lehnte neben dem Ofen, denn es wäre unschicklich gewesen, auf dem Bettsofa zu sitzen. Es war ihm sichtlich noch übel vom Rausch, aber das hinderte ihn nicht, höchst feierlich zu sein und eine Rede zu halten. Liebe Schwiegertochter, sagte er und legte seine Hände mit den Fingerspitzen aneinander, liebe künftige Schwiegertochter, ich begrüße dich herzlich in diesem Hause, ich begrüße dich als Glied einer Familie, die sich aus den widerspruchsvollsten Elementen zusammensetzt. Er sagte das ganz leise, mit einem Blick auf die Tür, den übrigen Teil der Rede flüsterte er überhaupt nur: Die Menschen dieser Familie, geboren einander zum Unglück, so wertvoll jeder für sich auch ist, dem andern zum Hemmschuh und Kettenlast; meine so überaus tüchtige Lebensgefährtin, ein Juwel von einer Hausfrau, aber so gänzlich ohne Verständnis für höheres Streben, mißtrauisch gegen alles Geistige, mißtrauisch gegen mich, voller Verachtung, da ich nicht genug Geld verdiene, und wie unwichtig ist mir Geld! Und meine Tochter Kitty, prachtvoll in ihrer Lebenskraft, unbekümmert und begabt, aber ohne Sensibilität, und ebenfalls mich verachtend. Und mein Sohn Percy, den du zum Mann erwählt hast, begabt mit der Tüchtigkeit seiner Mutter und mit dem künstlerischen Talent seines englischen Großvaters, und mit dessen Starrkopf ... Und dann sagte er ganz kurz: Ich wünsche dir, daß du glücklich wirst mit ihm. Er sagte es so heftig, daß es mich bestürzte. Und was ist weiter mit Percy? fragte ich. Nichts, nichts weiter, flüsterte er, das Leben ist schwer, es ist voller Fallstricke und Zwielicht, keiner ist glücklich, keiner, alles ist Täuschung, keiner versteht den andern. Er warf mir einen Blick voller Jammer zu: Was bleibt uns übrig, als uns zu betäuben? Ich meinerseits, siehst du, ich trinke, du hast mich in meiner Erniedrigung gesehen, aber ich fühle, du verstehst mich, du bist die einzige fühlende Brust unter diesen Larven, du weißt, wie ich leide hier, du bist aus anderm Stoff gemacht als diese drei. — Und dann kam er auf mich zu, auf Zehenspitzen, immer mit dem Ohr zur Tür, und flüsterte: Heirate ihn nicht. Einen Augenblick lang war ich sehr betroffen, ich wußte ja, daß er recht hatte, aber ich wollte es nicht wissen, und so stand ich brüsk auf und sagte: Das muß ich doch ganz allein mit mir selber abmachen, da kann kein Dritter hineinsehen. — Ich muß das wohl ziemlich bestimmt und abweisend gesagt haben, denn er war ganz bestürzt, ganz verzweifelt vor Bestürzung. Ach Gott, sagte er, so geht es mir immer im Leben: ich will das Beste und werde nicht gehört, werde verachtet und beschimpft, was ich auch sage und tu, alles ist falsch, alles ist verkehrt, ich bin geboren, um verachtet zu werden. Und da liefen ihm wahrhaftig die Tränen über sein Gesicht. Er tat mir sehr leid, ich wußte gar nicht, wie ich ihn trösten sollte. Ich mochte ihn gern, mit all seiner Wehleidigkeit mochte ich ihn, es war etwas an ihm, was mich anzog, er war mir verwandter als Percy, aber meine Sympathie war gemischt mit Verachtung. Er hatte recht: alle verachteten ihn, auch ich tat es, wider Willen. Vielleicht hätte dieser Mann wirklich nur eine andere Umgebung gebraucht, um so zu werden, wie er aussah. Aber nun war er schwach und gebrochen, sein Selbstmitleid ging mir auf die Nerven, und so war ich schließlich froh, als Percy mich rief. Übrigens betrank sich der Alte nicht mehr, solange ich zu Besuch war, acht Tage lang, bis nach Neujahr, nicht einmal am Silvesterabend. Trotzdem gab es jeden Tag wüste Szenen, meistens zwischen der Mutter und Kitty, aber auch zwischen den beiden Alten, und auch zwischen Kitty und Percy, immer wurden plötzlich Türen zugeschlagen und immer wurde irgendwo geflucht, aber keiner fand etwas dabei, das gehörte nun mal dazu, und sie hielten trotzdem zusammen. Ich muß wirklich einmal eine Geschichte schreiben über diese Familie. Übrigens sind sie alle tot. Die beiden Alten sind durch eine Bombe umgekommen, Kitty hat sich aus Versehen vergiftet, sie war Laborantin geworden später im Krieg, vielleicht war es auch kein Versehen, ich weiß es nicht, und Percy, nun, das weißt du ja. Es sind überhaupt keine Verwandten mehr da, Martin ist der einzige Überlebende, und manchmal habe ich Angst, er hat zuviel von dieser Familie mitbekommen. Aber man soll sich darüber keine Sorgen machen. Wenn's immer danach ginge, du lieber Gott, wie müßten wir beide, du und ich, geworden sein bei dieser kalten pedantischen

Mutter und diesem engen mißtrauischen Vater. Aber vielleicht kannten wir die beiden gar nicht. Wer weiß, wie sie wirklich waren. Manchmal denke ich darüber nach, wie ich einmal sein werde, wenn ich alt bin: eine einsame Frau, melancholisch, mürrisch, mißtrauisch, schwerhörig, vielleicht arm, in einem Altersheim.

Nein, rief ich, hör auf. Du wirst nie verbittert werden, du nicht. Du bist viel zu lebendig, um einsam zu sein.

Ach, sagte sie hart, du vergißt nur eins: daß es Dinge gibt, die einen Menschen verändern.

Ich sah, daß sie plötzlich wieder in ihren Schmerz gestürzt war wie in eine tiefe dunkle Fallgrube.

Es war Abend geworden. Lange Zeit saßen wir im Dunkeln und schwiegen, und ich dachte: das sind die seltsamsten Tage, die ich je erlebt habe; ich war gekommen, um meine Schwester zu sehen, für einen Tag, ein wenig zu plaudern, vielleicht auch ihr zu helfen, und nun saß ich da und mußte zusehen, wie sie sich grämte eines Mannes wegen, dem sie die harte Entscheidung ersparen wollte, aus Liebe; und mir selbst wurde der Boden unter den Füßen weggezogen, und alles ging mich an, mich, ich war plötzlich mitten im Spiel, es war kein heiteres Spiel, ich sah mich mit einem Mal so, wie ich war, der Vorhang war weggerissen, und von der Bühne wehte ein kalter Wind.

Nina, rief ich, und obgleich ich das Gefühl hatte, kein Wort von mir dringe zu ihr, fuhr ich verzweifelt fort: Nina, bist du nicht zu hart zu dir selbst? Treibst du das Leben und das Glück nicht mit Gewalt von dir? Vielleicht wirst du es eines Tages bereuen, alles auf eine Karte gesetzt zu haben. Ich würde dich gerne glücklich wissen.

Sie machte eine kleine müde Handbewegung, die mich zum Schweigen brachte.

Glücklich, sagte sie, glücklich, was heißt das schon.

Dann drehte sie sich nach mir um und sagte heftig, als hätte sie sich gegen mich und gegen vieles zu verteidigen: Du denkst, ich bin verzweifelt. Ich bin es, aber dabei bin ich glücklich. Das kannst du nicht verstehen? Nein? Kannst du nicht?

Es scheint, dachte ich, du bist immer dann glücklich, wenn es ans Äußerste geht, an die alleräußerste Grenze deiner Kraft.

Aber ich sagte es nicht; eine abscheuliche Traurigkeit hatte mich überfallen, und ich fand, daß eigentlich ich es sei, die Trost brauchte. Es schien mir auf einmal unmöglich, wieder nachhause zurückzukehren und so weiterzuleben, wie ich's gewohnt war.

Plötzlich sprang Nina auf.

Ich muß noch an die Luft, rief sie. Gehst du mit?

Irgend etwas in ihrer Stimme verriet mir, daß sie lieber allein sein wollte. Vielleicht ging ihr dieses ständige Zusammensein mit einem andern Menschen auf die Nerven, sie war es nicht gewohnt.

Ja, geh, sagte ich, ich bin zu müde, um dich zu begleiten.

Ich sah ihr vom Fenster aus nach. Sie ging sehr schnell, fast lief sie, aber an der Ecke blieb sie stehen, blickte zurück, kehrte um und blieb wieder stehen. Sie war ganz allein auf der nächtlichen Straße. Nie vorher und nie nachher habe ich so genau begriffen, wie allein sie war, ganz allein. Sie stand mitten auf der nassen dunklen Straße, eine ganze Weile, als hätte sie vergessen, was sie dort wollte. Dann ging sie langsam weiter und verschwand in den Anlagen.

Ich fühlte mich ziemlich unbehaglich in dem leeren Zimmer, so schrecklich unbehaglich, daß ich schließlich Ninas Whiskyflasche suchte, mir ein Glas voll einschenkte und in einem Zug austrank. Dann verspürte ich mit einem Mal Hunger; ich war ganz ausgehöhlt vor Hunger und Aufregung, und obgleich ich mich schämte, Appetit zu haben, während Nina verzweifelt herumirrte in der Nacht, aß ich eine große Menge. Ich aß aus einer Art Trotz. Warum sollte ich mich noch weiter in Verwirrung stürzen lassen? Eigentlich, dachte ich, eigentlich möchte ich jetzt nachhause fahren, ich werde diese Tage vergessen müssen, ich kann nicht soviel Entscheidung und Verzicht und tödliches Gefühl vertragen, ich bin nicht Nina, ich habe mein eigenes Leben.

Als ich gegessen hatte, blickte ich aus dem Fenster. Ich wünschte, Nina käme wieder. Sie sollte nicht so allein herumlaufen in der Nacht, und sie sollte mich nicht so allein lassen in diesem kahlen Raum. Aber sie kam nicht, und so holte ich Steins Tagebuch, obwohl ich nicht erwarten konnte, daß es mich erheitern würde. Ich blätterte, bis ich jene leeren Seiten fand, die Steins letztem Eintrag vom 22. April 1934 folgten, dem Bericht von Ninas Abschied. »Sie wird erleichtert, erlöst weiterleben«, hatte er geschrieben. »Und ich? Und ich?«

Den leeren Seiten, die wie eine Atempause zwischen den Berichten wirkten, wie eine lange beklemmende Pause voller Spannung, voll unausgesprochener innerer Ereignisse, folgte ein Eintrag vom Dezember des gleichen Jahres.

2. Dezember 1934.

— Heute früh erreichte mich die Anzeige von Ninas Verlobung. Hatte ich noch geglaubt, daß Nina, die mich seit Monaten mied, zu mir zurückkehren würde? Hatte ich dieses Kapitel meines Lebens nicht abgeschlossen? Warum erregte mich diese Nachricht so? Es ist tief in der Nacht. Ich bin den ganzen Tag im Dachauer Moor umhergeirrt. Ich wußte nicht, wo ich war. Es regnete. Ich merkte es erst, als mein Mantel schwer von Nässe war. Nachts fand ich mich an einer unbekannten kleinen Bahnstation. (Ich berichte dies so ausführlich, um mich zu zwingen, ruhig zu werden und Ordnung in meine Gedanken zu bringen. Es ist außerordentlich schwierig.)

Nina ist also verlobt. Sie wird heiraten. Sie liebt. Sie hat sich endgültig entschieden.

Stunden später: Ich begreife es nicht. Ich werde es nie begreifen. Dieses seltsame Zurückweichen der Wände, die mein Leben bisher schirmten; dieses Zerbrechen der letzten Hoffnung; diese fürchterliche Hoffnungslosigkeit, die mich einreiht in das Heer der Hoffnungslosen. Die graue, nie mehr zu erhellende, unwiderrufliche und ganz gewöhnliche Hoffnungslosigkeit. Vorbei, vorbei, das Leben vorbei. Was nehme ich noch zur Hand, was hält noch in meinen Händen, was wird nicht zu Staub? Ich rieche Staub, überall liegt Staub. Staub auf mir, dicht, erstickend, er reicht mir bis zum Munde.

Ich muß Nina Glück wünschen. Es ist üblich. Sie erwartet es. Es wäre unhöflich, nicht zu antworten. —

Dieser Seite lagen drei Briefentwürfe bei. Zwei davon waren in der Mitte durchgerissen, zerknittert und wieder geglättet und geklebt worden.

Liebes Fräulein Buschmann, ich wünsche Ihnen zu Ihrer Verlobung alles Gute. Mögen Sie glücklich werden in der Erfüllung der neuen Aufgabe. Ihr B. St.

Der zweite:

Nina, so hast Du mich also endgültig, endgültig verlassen. Du bist glücklich oder glaubst es zu sein. Was aber tust Du mir an. Du weißt es nicht, und es ist gut so. Du kennst diese Art von Verzweiflung noch nicht. Für Dich springt aus jedem Leiden Hoffnung, für mich nichts als Zerstörung. Von jetzt an werde ich richtungslos irren, ziellos, automatisch werde ich Schritt vor Schritt setzen und von Tag zu Tag unempfindlicher werden gegen das Leben. Die Lähmung kriecht näher und näher auf mein Mark zu; bald wird es erreicht sein, und ich werde erstarren. Es wäre töricht, Dir Vorwürfe zu machen. Du tust, was sein muß, oder wovon Du glaubst, es müsse sein. Du gehst. Unerreichbar weit weg wirst Du sein. Dies ist das letzte Wort vor dem Verstummen.

Dieser Brief war zu allem Überfluß auch noch quer durchgestrichen, aber Stein hatte offenbar versucht, den Tintenstrich auszuradieren. Warum hat er es getan? Warum hat er diese Briefe aufbewahrt? Hatte er damals schon die Absicht, sie einmal Nina zu übergeben? Konnte der Schmerz eines Menschen übermächtig sein, wenn er es zuließ, noch an die Zukunft zu denken?

Der dritte Brief war vermutlich der endgültige Entwurf. Er war einige Tage später datiert.

Liebes Fräulein Buschmann,
ich danke Ihnen für die Nachricht von der Veränderung, die in Ihrem Leben eingetreten ist und die Sie gewiß mit aller Überlegung herbeigeführt haben.

(Die zweite Hälfte dieses Satzes war durchgestrichen, dafür stand nun:)

Sie werden in diese neue Phase Ihres Lebens gewiß mit aller Überlegung eintreten und mit dem Mut und der Entschlossenheit, die Ihnen eigen ist, darin zu verharren. Ich wünsche Ihnen, daß Sie Befriedigung finden und daß der neue Zustand Ihrer Entwicklung förderlich sei.   Ihr B. St.

Auf der nächsten Seite ein Eintrag vom

8. Dezember 1935.
— Was mag Nina bewogen haben, mir diesen Herrn Hall vorzuführen? Sie fragte mich in einem kurzen Brief, ob es mir angenehm wäre, sie und ihn zu empfangen. Nun, sie kamen. Dieser Herr Hall ist einer jener jungen Männer, deren Blondheit und Blauäugigkeit genügt, sie zu strahlenden Helden zu machen. Ein Naturbursche, unangefochten von Zweifeln an seiner eigenen Person, draufgängerisch, gesund und mit jenem Maß an Intelligenz ausgestattet, das für ein gutes Fortkommen dienlich ist. Dabei das, was man einen »netten Burschen« nennt. Gewiß unter seinesgleichen ein guter Kamerad, offen, da er nichts zu verbergen hat, fröhlich, da er keine Probleme kennt, von jener markanten Männerschönheit, wie Frauen unsrer Tage sie bevorzugen. Im ganzen genommen: ein Durchschnittsmann, ahnungslos, geheimnislos, bedenkenlos.

Das also war es, was Nina suchte. Ich will mich bemühen, sie zu verstehen. Vielleicht entspringt diese absurd erscheinende Wahl einem tiefen Bedürfnis ihres gefährdeten Wesens nach einem unbeschwerten Partner. War es nicht meine eigene Schwere, die ihr eine Verbindung mit mir unmöglich machte? Vielleicht hat sie aus dem Geist des Widerspruchs, der sie insgeheim leitet, einen Mann gewählt, der mein Gegenspieler ist? Er mag sie auf irgendeine Weise überrumpelt haben. Vielleicht entbehrte sie bei mir jene draufgängerische, skrupellose Sinnlichkeit, die solche Männer besitzen. Habe ich nicht jede Gelegenheit versäumt, die sich mir bot, Nina zu nehmen? Sind Frauen, selbst Frauen von Ninas Art, primitiver, als ich glaube? Vielleicht scheren sie sich den Teufel um geistiges Verständnis, wenn sie nur richtig genommen werden, bis ihnen der Atem vergeht. Ich beginne zu vermuten, daß das Bett für eine Frau eine weit größere Rolle spielt als der Geist.

So mag sie also hingehen mit diesem Herrn Hall, mit ihm schlafen, mit ihm Kinder haben und selig werden. Dieser Nachmittag erleichtert mir den Abschied. Der fade Geschmack auf meiner Zunge wird noch eine Weile anhalten und dann vergehen. —

Neujahrsmorgen 1936.

— Ich habe Weihnachten wie in früheren Jahren mit Helene bei Tante Annette verbracht. Ich wohne in dem Zimmer, in dem zuletzt Nina gewohnt hat, vor mehr als zwei Jahren. Damals war es Herbst. Tage voll unbeschreiblicher Vollkommenheit, durchtränkt von uneingestandener Angst vor dem Schicksal des allzu Schönen: Zerstörung.

Ich schlage mein Tagebuch auf. Mit Erschütterung lese ich den Satz: Fragte ich einmal, welchen Sinn mein Leben habe? Ich frage nicht mehr.

Auch heute frage ich nicht mehr. Was ist mit mir geschehen? Ich habe geschlafen, einen todesähnlichen Schlaf. Als Nina mich verließ, ergriff mich die Vereisung. In diesem Zustand habe ich zwei Jahre verbracht, meiner nicht mehr bewußt. Aber nun bin ich erwacht. Ich schlage die Augen auf und blicke um mich und fühle: ich lebe, ich lebe. Was geschah? Ich versuche es zu begreifen.

Helene bewog mich, diese Fahrt zu Annette zu machen, und ich folgte teilnahmslos. Ich verbrachte die Tage in Annettes Bibliothek. Ins Freie zu gehen wagte ich nicht. Ich sagte mir, das Wetter sei zu schlecht. Aber es war nichts als Angst, was mich abhielt, Angst vor Erinnerungen, Angst vor dem Erwachen, Angst vor dem Schmerz. Gestern rief mich Annette. Sie ist sehr alt geworden und vor Schwäche bettlägerig. Aber ihre Augen haben noch Vogelschärfe, und ihr Geist ist klar wie je. Der sichtlich nahe Tod (ich gebe ihr noch einige Monate) verleiht ihr einen Grad von Hellsichtigkeit und Weisheit, den vorher, lebenslang, ihr Hochmut und ihr Hang zur Bosheit nicht zur Geltung hatte kommen lassen.

Du bist verstockt, sagte sie ohne weitere Einleitung. Was hast du? Es ist dieses Mädchens wegen, nicht wahr?

Ich verschloß mich augenblicklich. Ohne auf eine Antwort zu warten, fuhr sie fort: Du brauchst nicht zu erzählen, was geschehen ist. Ich habe es dir vorausgesagt, du hast es nicht geglaubt, nun gut. Das alles ist weit weniger wichtig, als du denkst. Wichtig ist nur, daß du jetzt dich falsch verhältst. Warum sitzt du in der Ecke, steif vor Trotz? Weil dir ein Wunsch nicht erfüllt worden ist? Als ob das wesentlich wäre. Außerdem hätte es ein Unglück gegeben, wenn du sie geheiratet hättest, das weißt du selbst.

Ich verspürte einen Anflug von Zorn. Dies war die erste Regung von Leben, die sich meldete, nach langer Zeit, schwach noch, viel zu schwach, um sich auch nur in einem Wort des Widerspruchs zu äußern.

Unbarmherzig fuhr sie fort: Wie lange willst du denn beleidigt sein? Mach dir doch nichts vor. Du bist verletzt, weil man dir einen andern Mann vorgezogen hat. Du kannst das nicht begreifen. Kein Mann begreift das.

Diesmal unterbrach ich sie. Du weißt, sagte ich, daß es dies allein nicht ist.

Ja, sagte sie, ich weiß. Dabei legte sie mir ihre Hand auf den Arm. Ich weiß. Es war deine letzte Hoffnung auf Leben. Du rührst mich.

Sie sagte es ohne Spott und ungewohnt weich. Geh jetzt, fügte sie hinzu, ich bin müde.

Ich ging, und unversehens fand ich mich im Garten und auf einem der Wege, die ich mit Nina gegangen war. Plötzlich verspürte ich einen heftigen Schmerz. Er ging vorüber und ließ mich fast betäubt zurück. Ich blickte auf, der blaue Himmel sah mich an. Ich blickte um mich: der Garten, schneelos, winterlich kahl und doch nicht tot, in zarten Farben, leicht bereift, die blätterlosen Büsche, steif gefrorenen Buchshecken, die Bäume, alles sah mich an. Ich vermag es nicht anders zu beschreiben: die Erde sah mich an. Da bemerkte ich, daß ich vor dem Schwimmbecken stand, auf dessen Steinrand Nina so gern gesessen hatte. In diesem Augenblick löste sich meine Vereisung. Es geschah nicht sanft, sondern gewalttätig. Ich lief durch den Garten. Blindlings fand ich die kleine Pforte, die auf die Wiese führte; ich lief weiter, ohne zu wissen, was ich tat. Bei Einbruch der Dunkelheit fand ich mich hoch oben in den Bergwäldern. Ich stand auf einer Lichtung, pfadlos umgab mich Wald und Gestrüpp. Fremde Landschaft. Es ängstigte mich nicht. Ich stand und blickte um mich, atemholend. Ich atmete, als hätte ich nie zuvor in meinem Leben geatmet. Die Luft war kalt und rein. Was lag hinter mir? Ich begriff es nicht mehr. Ich atmete. Ich fühlte Schmerz und Freude.

Beim Abwärtssteigen — es war mühsam, und ich verirrte mich, fand aber schließlich dennoch den Hohlweg, der zum Dorf hinunterführte — begann ich mich zu erinnern. Was hatte Annette gesagt? Dieses Mädchen bedeutete deine letzte Hoffnung auf Leben. So ging es also gar nicht eigentlich um Nina? So war Nina nur ein Gleichnis? Das Verlangen nach der Ehe mit ihr nichts als der Trieb nach Flucht vor dem mir Bestimmten? So hatte ich sie nicht wirklich geliebt?

Noch war es nicht Zeit, darüber nachzudenken. Ich begriff es noch nicht ganz. In der Nacht erst überfiel mich das Begreifen. Was wurde von mir verlangt? Ich sollte mich der Marter des Verzichts stellen, waffenlos. Ich sollte gestehen, es sei nicht Liebe gewesen, sondern, wie Annette gesagt hat, »Hoffnung auf Leben«, und mein Schmerz um den Verlust Ninas nichts anderes als der Schmerz um ein verweigertes Spielzeug?

Ich schonte mich nicht. Stunde um Stunde verging, ich lag wach, ich verbot mir das beruhigende Brom, der Morgen graute. Da fühlte ich, wie der Schmerz sich durchgewühlt hatte bis in jene tiefste Schicht, in der der Lebensquell liegt. Ich fühlte, wie er ihn anbohrte und wie das Wasser hervorsprang, neues Wasser, neues Leben.

Nun ist es Morgen. Neujahrsmorgen. Ich spüre eine herannahende Heiterkeit noch unbekannter Art. Ich glaube zu begreifen, daß ich die Lebenskrise, in der ich seit Jahren unwissend lebte, überwunden habe. Aber ich weiß nun auch und ich werde nie mehr daran irre werden: ich liebe Nina. Ich liebe sie auf eine neue, eine geläuterte Art, unverlierbar. Ihr danke ich den Schmerz, der mich erlöst hat. Die Tränen der vergangenen Nacht haben die starre Not meines Lebens hinweggeflößt. Was blieb, ist die Trauer des Verzichtens, der dunkle Untergrund der neuen Heiterkeit. Mag Nina ein Gleichnis sein, Gleichnis für alles, was ich zu haben und zu sein wünsche. Mag sie es immer sein! So ist sie mir Gleichnis für das Leben selbst.

Ich wünsche, Nina schreiben zu dürfen, ihr zu danken für das, was mir durch sie geschehen ist. Aber ich weiß seit zwei Jahren nichts von ihr. Ein Brief von mir, nun nach so langem Schweigen und so persönlichen Inhalts, könnte sie stören. Ich will sie nicht stören. Aber ich blicke in die Richtung, in der sie lebt, und danke ihr. —

30. Januar 1936.
— Die wunderbare Heiterkeit dauert an. Mein Leben scheint endlich in eine hellere Phase getreten zu sein. Das Glück lächelt mir zu, unschuldsvoll, und ich lächle zurück, wissend und ohne Furcht. Ich habe, ohne zu erfahren, welchem Umstand oder wessen Fürsprache ich es danke, meine Professur zurückerhalten, die man mir meiner »politischen Unzuverlässigkeit« wegen genommen hatte. So stehe ich also wieder vor meinen Studenten, von denen ein Teil mich mit Freude begrüßte, ja mir eine offene Ovation bereitete, die ich nur mit Mühe unterdrückte. Der andre Teil freilich betrachtet den Rehabilitierten mit wachsendem Mißtrauen. Ich werde auf Eiern tanzen müssen, und ich bin nicht

sicher, ob es mir gelingen wird. Aber vorerst bin ich voller
Freude darüber, wieder lehren zu dürfen. Meine private Arbeit
gedeiht ebenfalls. Zu allem Überfluß erschien kurz nach Neujahr
mein alter, mein einziger Freund Alexander, der ein Gastspiel
als Egmont in den Kammerspielen geben wird. Er war lange in
Zürich und in Wien gewesen, und wir hatten uns aus den Augen
verloren. Aber eine Stunde genügte, um jenes ruhige, selbst-
verständliche Verhältnis sicheren, fast behaglichen Vertrauens
wiederherzustellen, das ich keinem anderen Menschen gegenüber
je empfand — Nina nicht ausgenommen. Diese Freundschaft ist
um so erstaunlicher, als Alexander eigentlich mein Widerpart
sein müßte. Er ist ein außerordentlicher Schauspieler und der
beweglichste Geist, den ich kenne, jedem Eindruck ausgeliefert,
jedem Netz entschlüpfend, dem Wandel verschrieben. Sein Groß-
vater, Hamburger, war Konsul auf einer Südsee-Insel, seine
Großmutter Kreolin. Daher der uneuropäische, der vegetabilische
Reiz seines Wesens, das oft Unbegreifliche, Unkontrollierbare
seines Verhaltens. Ich liebe es, ihn anzusehen. Er hat jene Grazie,
die der ungehemmten Harmonie der Nicht-Intellektuellen entspringt. Er ist von schmiegsamer, samtener, musikalischer Dunkelheit, die Sanftheit vortäuscht. Sein Temperament ist feurig und
bisweilen überraschend im Zupacken. Er hat mannigfache Abenteuer mit Frauen hinter sich. Ich habe deren etwa zwei Dutzend
miterlebt. Treue ist nicht seine Sache. Trotzdem kenne ich eine
Reihe von Frauen, die ihn glühend weiterlieben, jahrelang, auch
wenn er sich ihnen plötzlich entzog ohne den Versuch, sich zu
rechtfertigen. Mir allein zeigt er Anhänglichkeit und Beständigkeit der Zuneigung. —

Am Rande dieses Blattes stand, vom *Mai 1937* datiert: — Falls
Nina eines Tages dieses Blatt lesen sollte, möge ihr gesagt sein,
daß weder Alexander noch ich je daran dachten, unserer Freundschaft das »Odium des Verruchten« (wie sie sich einmal ausdrückte) zu verleihen, wenngleich ich gestehen will, daß meine
Liebe zu Alexander zeitweilig das übliche Maß der Freundschaft
überschritt. —

Als ich bis hierher gelesen hatte, befiel mich Unruhe um Nina.
Wo mochte sie herumirren in der Nacht. Ich ging ans Fenster
und schaute die dunkle Straße entlang. Nichts. Schließlich sagte
ich mir, sie sei kein Kind und werde schon kommen. Aber die
Unruhe wollte mich nicht verlassen, als ich weiterlas, und das,
was ich nun las, war nicht geeignet, mich zu beruhigen und zu
unterhalten.

16. Februar 1936.

— Was für ein bitterer Tag! Nina sucht Hilfe bei mir, und ich kann ihr nicht helfen. Nachmittags kam ein Anruf. Ich war zu überrascht, als ich ihre Stimme hörte, um irgend etwas zu denken. Sie fragte mich, ob ich abends Zeit für sie hätte. Ja, sagte ich, mühsam das alte Du erwidernd, willst du zu mir kommen? Sie lehnte es rundweg ab. Nein, sagte sie, bitte komm du in die Stadt, ich erwarte dich um acht Uhr im Café — ich habe den Namen vergessen. Ich verbot mir, müßige Gedanken zu hegen. Um acht Uhr war ich in dem kleinen, obskuren Lokal. Sie wartete bereits. Sie saß der Tür gegenüber und sah mir entgegen. Meine Brille beschlug sich in dem warmen Raum, und ohne Brille sehe ich neuerdings kaum. So stolperte ich blindlings auf sie zu. Sie kam mir entgegen. Ich nahm sie wie im Nebel wahr, aber ich bemerkte sofort, daß sie außerordentlich blaß und eingefallen war. Ihre Hand war kalt. Ich hatte mir einige höfliche, überbrückende Worte zurechtgelegt, allein sie verboten sich von selbst.

Sie versuchte zu lächeln. Du wirst erstaunt sein, sagte sie, ihre Stimme war heiser und fremd, du wirst erstaunt sein, daß ich nach so langer Zeit mich wieder melde.

Nein, sagte ich und lächelte ebenfalls — zwei Masken lächelten einander an — mich erstaunt so leicht nichts mehr.

Sie spielte nervös mit den Krümeln eines Brots, das sie zur Hälfte gegessen hatte. Ich habe niemand außer dir, sagte sie leise, mit dem ich darüber reden kann.

Worüber, fragte ich, Unbefangenheit vortäuschend, worüber willst du mit mir reden?

Ohne mich anzusehen, sagte sie: Es ist schön, daß du gekommen bist.

Ich beeilte mich, ihr zu versichern, daß es selbstverständlich sei.

Nein, erwiderte sie, es ist nicht selbstverständlich. Es war unverschämt von mir, dich anzurufen. Aber — hier wird ihre Stimme so hart und laut, daß die Kellnerin sich nach uns umwandte — aber ich habe wirklich niemand außer dir.

Ich legte meine Hand in erschrockener Teilnahme auf ihren Arm. Sie ließ es geschehen, ja es schien mir, als habe ihr diese Berührung einigen Trost gegeben. So sehr also entbehrte sie menschliche Nähe.

Was ist es, Nina, sagte ich, erzähle. Der Blick, mit dem sie darauf antwortete, kam aus einem Abgrund von Verwirrung. Du kannst nicht helfen, sagte dieser Blick, mir kann niemand helfen.

Es fiel ihr unbeschreiblich schwer zu sprechen, und ich war nicht geschickt genug, es ihr zu erleichtern.

Wie geht es dir? fragte sie, und ohne eine Antwort zu erwarten, fuhr sie fort: Ich freue mich, daß du deine Professur wieder hast.

Und du, Nina? Bist du verheiratet? Ich fragte es leichthin, während ich spürte, wie Erinnerung, Furcht und Hoffnung mich jäh und chaotisch bedrängten.

Nein, antwortete sie, ich bin nicht verheiratet. Ich bin noch immer im Buchhandel. Ich leite eine Filiale in Schwabing. Nette Leute kaufen dort ein. Gewisse Verlage verdienen nicht viel durch uns.

Sie lachte, und für die Dauer dieses Lachens, kurz genug, erschien die Nina von früher, beherzt, unbestechlich und durch nichts zu zerstören.

Mit einem vorsichtig raschen Blick auf die übrigen Gäste verstummte sie.

Und wie geht es deiner Arbeit? Schreibst du noch? Hast du etwas, das du mir zeigen möchtest? Ich fragte, um zu reden, um sie zum Reden zu bringen.

Ja, sagte sie, ja, manchmal schreibe ich. Aber ich habe wenig freie Zeit. Es ist alles schlecht, was ich schrieb.

Plötzlich sah sie mich an, offen, sichtlich entschlossen zu reden. Ich sollte im Sommer heiraten, sagte sie. Percy hat eine Stelle bekommen in einem Architekturbüro.

Ohne die Stimme zu senken, so gleichgültig war ihr alles, fuhr sie fort: Und nun bekomme ich ein Kind.

Als ich sie überrascht und verständnislos ansah, setzte sie rasch hinzu: Es ist nicht von Percy.

Ich war zu bestürzt, um zu antworten.

Niemand weiß es noch außer dir, sagte sie.

Nina, sagte ich, komm, laß uns gehen. Hier kann ich nicht darüber sprechen.

Sie schüttelte den Kopf. Ich bin zu müde, es geht mir nicht gut, es ist der zweite Monat.

Dann komm zu mir nach Hause, mein Wagen steht draußen.

Nein, sagte sie fast flehend, laß uns hierbleiben.

Es war ein häßlicher Raum mit einer schmutzigbraunen schadhaften Vertäfelung, fleckigen Marmortischchen und zweifelhaften Gästen. Ich weiß nicht, was Nina bewog, gerade in diesem Lokal zu sitzen. Nun, wir blieben, da sie es wünschte.

Bist du sicher? fragte ich.

Ganz sicher.

Und niemand weiß es?

Der Ton meiner Frage ließ sie betroffen aufblicken. Nein, sagte sie zögernd, niemand; fügte aber dann fast mit Schärfe hinzu: Aber ich werde es Percy natürlich sagen.

»Natürlich«, sagte sie. Ja, es war »natürlich« für sie, daß sie es tat.

Und was wird geschehen? fragte ich.

Sie zuckte die Achseln. Das ist mir jetzt gleichgültig.

Und der Mann, fuhr ich zögernd fort, der Vater des Kindes, er weiß auch nichts?

Noch nicht, sagte sie, aber als sie es sagte, bekamen ihre Augen Glanz. Diese Beobachtung gab mir zu denken. War es, bei Licht besehen, ein Unglück für Nina, wenn sie diesen Herrn Hall verlor und dafür einen anderen Mann gewann, der es fertigbrachte, ihren Augen Glanz zu verleihen, wenn sie an ihn dachte? Einen andern Mann. Oder auch die Einsamkeit. Ich gestehe, daß ich dachte: Dann wird sie mit dem Kind zu mir ziehen. Aber dieser Wunsch war verfrüht. Ich verbot ihn mir, ehe er mir voll bewußt wurde. Warum aber, so fragte ich mich, hatte Nina mich rufen lassen? Wozu brauchte sie meinen Rat? Sie schien so klar und so bestimmt. Ich forschte weiter: Könntest du den Vater des Kindes heiraten?

Ich weiß nicht. — Das war alles, was sie erwiderte.

Nina, sagte ich, vorsichtig weitertastend, kannst du dir vorstellen, daß es dir Freude machen wird, dieses Kind zu bekommen?

Ich weiß nicht.

Wieder dieser trübe Blick. Sie ist sehr bedrängt und verwirrt von den körperlichen Veränderungen, die sie noch nicht begreift. —

An dieser Stelle war das Blatt abgeschnitten. Statt dessen waren mehrere Seiten, später, eingelegt worden, vom *Mai 1946* datiert:

— Als mir 1938 die Verhaftung wegen »nahen Umgangs mit jüdischen Personen« drohte, hielt ich es für geraten, das Tagebuch nicht nur zu verstecken, sondern einige Passagen überhaupt zu vernichten. Meiner Vorsicht zum Opfer fiel auch die Stelle über meine neue, gänzlich gefahrlose, weil Sepsis mit absoluter Sicherheit ausschließende Art der Interruptio graviditatis.

Was lag näher, als sie Nina anzubieten?

Ich sagte an jenem Abend nichts davon, bat sie aber, am nächsten Tag zu mir zu kommen, ihren inneren Widerständen zum Trotz. Sie versprach es zögernd. Ich erinnere mich unsres Abschieds vor der Tür dieses obskuren Lokals, das ich später nicht mehr zu finden fähig war. Wir standen auf der Straße neben meinem Wagen unter einer Laterne, Regen fiel mit Schnee untermischt.

Nina, sagte ich, man könnte dir helfen.

Sie schaute mich aufmerksam an. Es fiel mir nicht leicht weiterzusprechen.

Du müßtest dieses Kind nicht unbedingt zur Welt bringen.

Sie verstand mich nicht sofort, ich sah es an ihrem Blick. Dann öffnete sie langsam ihren Mund. Vielleicht wollte sie erwidern, aber sie tat es nicht, und so blieb diese Bewegung eine Geste grenzenloser und rührend hilfloser Bestürzung.

Daran, flüsterte sie, daran hab ich noch nicht gedacht.

Ein Schimmer von Hoffnung sprang in ihre Augen.

Komm morgen nachmittag zu mir, sagte ich. Sie nickte. Dann ging sie langsam fort.

In der Nacht erst überfielen mich Zweifel. Meine Methode war absolut sicher und gefahrlos. Ich hatte sie in vielen Fällen erprobt, in denen Interruptio graviditatis aus Gründen der medizinischen Indikation geboten war. Aber war sie bei Nina geboten? Nina war gesund. Sie war nicht so verzweifelt, daß ich fürchten mußte, sie würde sich töten. Welches Recht hatte ich, in dieses Schicksal einzugreifen?

Ich sah, daß Nina litt. Mehr noch, wichtiger noch: ich sah, wie ihre Entwicklung, die so vielversprechend war, gebrochen wurde, in eine falsche Richtung gedrängt. Wo war Ninas geistige Kühnheit, ihr unbesiegbarer Lebensmut, ihre Neugier auf Erfahrung, auf Leiden, auf den Tod? Was war aus Nina geworden? Eine angstvolle, verwirrte Kreatur. (Sie war es weit weniger, als ich dachte, aber das wurde mir erst am nächsten Tage klar.) Ich malte mir aus, wie ihr Leben weiterhin verlaufen würde: dieser Herr Hall verließ sie, oder vermutlich verließ Nina ihn, sie heiratete weder ihn noch den Vater des Kindes (wer weiß, wer es sein mag, dachte ich voll bitterer Eifersucht. Was wäre geschehen, hätte ich damals schon gewußt, daß es Alexander war?). Sie brachte das Kind zur Welt; sie mußte es, da sie ihren Beruf nicht aufgeben konnte, in ein Kinderheim stecken, sie würde noch mehr arbeiten müssen, und sonntags hätte sie das zweifelhafte Vergnügen, ihr Kind nach Hause zu holen für einen Tag. Was für ein trister Aspekt. Gab er mir nicht das Recht, ihr zu helfen? Entsprach es nicht den Intentionen eines geistigen Ordners dieser Welt? Allen Überlegungen dieser Art zum Trotz blieb ich unsicher. Schließlich, es war darüber Morgen geworden, kam ich mit mir überein, es Ninas Entscheidung anheimzustellen.

Nina kam. Ich sah beim ersten Blick, daß sie sich besser fühlte, und ich ahnte sofort, daß sich etwas ereignet hatte, was sie ihrer Stumpfheit entrissen hatte. Natürlich erinnere ich mich heute, nach einem Jahrzehnt, nicht mehr genau unseres Gesprächs, wenngleich mein Gedächtnis in allem, was Nina angeht, von großer Treue ist. Ich will nicht versuchen zu rekonstruieren. Aber ich entsinne mich der Hauptsachen. Sie war, berichtete sie, nachdem sie die Nacht über nachgedacht hatte, am Morgen zu ihrem Verlobten gegangen und habe ihm alles gestanden. Er habe nur gesagt: Was für eine Komödie ist das nun wieder; und woher willst du wissen, daß das Kind nicht von mir ist? Diese Frage habe sie im Augenblick bestürzt, und die Situation sei ihr mit einem Mal höchst zweifelhaft erschienen. Aber die Verwirrung sei rasch vorübergegangen. Er sei etwa eine Stunde im Zimmer auf und ab gelaufen, mit gesenktem Kopf, stumm und ohne sie anzusehen, während sie in einer Ecke kauerte. In dieser Stunde erst habe sie begriffen, daß etwas Ungeheuerliches geschehen war: sie hatte ein Versprechen gebrochen; man konnte ihr nicht mehr vertrauen, sie selbst war irre geworden an sich. So also war sie, »so eine« war sie. Ich verstand sie gut. Die unverletzte und unverletzbare Unschuld ihres Wesens vermochte diese neue Erfahrung nicht zu bewältigen; sie war ein strenger Richter, sie erlaubte sich keine Rechtfertigung. Das Zimmer, so erzählte Nina, habe sich plötzlich mehr und mehr verengt und sei schließlich über ihr eingestürzt. Als sie zu sich kam, lag sie auf dem Sofa, ihr Verlobter saß neben ihr und sagte: Weiß es denn schon jemand? Nein? Dann wird es auch nie jemand erfahren. Ich gebe dich nicht frei. Wir werden sehr bald heiraten. Niemand wird sich wundern, wenn das Kind etwas zu früh geboren wird. Es ist unser Kind. Und vielleicht ist es wirklich so. Nun schlaf.

Das war sehr vernünftig, das mußte Nina zugeben, auch ich konnte nicht umhin, einigen erschrockenen Respekt zu empfinden angesichts dieser entschlossenen Art, Verwicklungen lösen zu wollen, indem man Grad und Ursache ihrer Verworrenheit ignoriert. Sie habe sich daraufhin sehr erleichtert gefühlt, geborgen, ja behaglich, und sie habe voller Dankbarkeit gelobt, eine gute Ehefrau zu werden.

Nach dieser Unterredung habe ich nichts mehr von Nina gehört außer der Nachricht von ihrer Verheiratung und schließlich, im Frühherbst, jene von der Geburt ihrer Tochter Ruth. Ich kann hier, aus zehn Jahre alter Erinnerung, hinzufügen, daß Nina damals zwar einen äußerst entschlossenen, auch befreiten Eindruck machte, daß sie aber keineswegs glücklich schien, obwohl die äußere Verwirrung sich zu ihren Gunsten gelöst hatte. —

3. März 1936.
— Ninas Besuch hat meinen Frieden gefährdet. Es ist ein künstlicher Friede, ein ausgehöhlter, unterminierter, ein in allen Fugen krachender Friede. Da geht sie also hin und heiratet diesen Herrn Hall, diesen belanglosen Burschen, den sie nicht liebt und dem sie nur treu bleibt, weil sie es ihm versprochen hat. Und der, den sie vielleicht liebt, der Vater ihres Kindes, weiß nichts davon; er kümmert sich nicht um das, was geschah. Er nahm sie und ging. Welcher verantwortungslose Schuft mochte das sein? Ich habe sie nicht gefragt. Sie hätte auch nicht geantwortet. Ich verbringe törichterweise eine Menge Zeit damit, mir diesen Mann

vorzustellen, dem es gelungen war, Nina zu verführen, so kurz vor ihrer Hochzeit. Er muß sehr geschickt, sehr gerissen sein oder Ninas innerstem Wunschbild überraschend und aufs genaueste entsprechen. Vielleicht aber versuchte sie auf diese Weise der Sklaverei ihrer Verlobung zu entrinnen. Ich weiß zu wenig von Frauen, um sie zu begreifen. Ich weiß nur, daß ich erneut von einem Wirbel der Qual und Trauer, des Verdrusses, der Erbitterung, Eifersucht und derlei überwunden geglaubten niederen Regungen angesogen werde, und ich stelle mit schauderndem Entzücken fest, daß Nina mein Schicksal ist. Ich segne und verfluche es. —

Während ich über diese Stelle nachdachte und aus dem Fenster auf die Straße starrte, scheine ich eingeschlafen zu sein. Jedenfalls erschreckte mich plötzlich heftiges Geklingel. Ich eilte benommen zur Tür, um Nina einzulassen. Aber es war niemand draußen, und was so klingelte, das war das Telefon. Ich nahm, noch immer schlaftrunken, den Hörer ab. Das Fernamt meldete sich. Ein Gespräch aus Genf für Buschmann. Ist der Teilnehmer zu erreichen?
Ich weiß nicht, was mich bewog zu antworten: Ja, am Apparat. Einen Augenblick später bereits machte ich mir Vorwürfe. Was mischte ich mich da in fremde Angelegenheiten. Nina würde es gewiß übelnehmen oder doch sonderbar finden. Ich wollte dem Amt sagen: Nein, es ist ein Irrtum, das Gespräch ist für meine Schwester, sie ist nicht da, rufen Sie bitte in einer Stunde wieder an. Aber ich tat es nicht. Warum tat ich's nicht? Ich bin nicht neugierig, Indiskretion ist nicht meine Sache, ich bin sonst auch nicht von Vorahnungen heimgesucht, aber ich fühle keine Neigung, den Apparat zu verlassen; irgend etwas entschied über mich, und ich blieb, übermüdet und noch zu schlaftrunken, um wirklich klare Gedanken zu fassen.
Plötzlich aber dachte ich: Wenn es nun »dieser Mann« wäre? Nein, er ist doch nicht im Ausland, Nina sagte doch, sie verläßt Deutschland um seinetwillen. Aber vielleicht meinte sie mit Deutschland den Kontinent. Warum sollte der Mann übrigens nicht verreist sein? Aber ich hatte ihm gesagt, Nina sei schon in England. Nun, er konnte doch anrufen, um ihre britische Adresse zu erfahren.
Dies alles dachte ich keineswegs so ruhig und klar, wie es hier steht; es waren nur schattenhafte Fetzen von Überlegungen. Dabei aber spürte ich, wie mir kalt wurde vor Aufregung, und plötzlich kam ich völlig zu mir. Wenn er es wirklich ist, was soll ich ihm sagen? Es hängt doch davon ab, was er will, dachte ich. Aber nein, dachte ich weiter, nein, ich muß jetzt sofort überlegen, was ich ihm sagen werde. Dies ist die letzte Gelegenheit, die mir

gegeben wird, etwas für Nina zu tun. Mir wurde ganz elend bei dem Gedanken, Ninas Schicksal in der Hand zu halten und vielleicht das »dieses Mannes« dazu. Ich verwünschte meine Situation, hätte es aber um keinen Preis vorgezogen, nicht in sie geraten zu sein.

Die Verbindung kam nicht sofort zustande, und es blieb eine ganze Menge Zeit, mir auszudenken, was ich sagen wollte. Hören Sie, sagte ich zu ihm, während das Fräulein vom Amt sich von Zeit zu Zeit meldete: Bitte, bleiben Sie am Apparat; — hören Sie, sagte ich ihm, ich weiß nicht viel von Ihnen, sozusagen nichts. Aber ich weiß, daß es schwierig ist, mit Ihnen verbunden zu sein. Nein, dachte ich, »verbunden zu sein«, das klingt hier am Telefon wie ein absichtliches Wortspiel, es lag mir weiß Gott fern, geistreich zu sein. Also anders: Ich weiß, daß Nina Sie liebt, mehr als Sie verdienen oder überhaupt ein Mensch verdienen kann. Ihnen zuliebe, genau gesagt Ihrer Bequemlichkeit zuliebe, gibt sie ihre wunderbare Stellung hier auf und geht ins Exil, jawohl, es ist für sie ein Exil, denn was wird sie sein da drüben? Haushälterin eines alten Ehepaares. Ja, Sie hören richtig. Und sie läßt ihre Kinder hier zurück. Wissen Sie, was das bedeutet für eine Frau? Nein, dachte ich, das sage ich nicht, das klingt so, als wollte ich ihn rühren, ich will ihn nicht rühren, ich will ihn — ja, was will ich denn? — Bitte, bleiben Sie am Apparat. — Ja, ich bleibe, natürlich bleibe ich; ich muß ja mit ihm sprechen. Was will ich? Ich will ihn bewegen zu kommen, ja, einfach das. Alles andere wird sich von selbst ergeben. Aber waren sie nicht schon oft beisammen gewesen, ohne daß »alles andre« sich von selbst ergeben hat? Also muß ich stärkere Waffen gebrauchen. Ich will, ehrlich zugegeben, ich will, daß er Nina heiratet. Aber will Nina es denn? Was weiß ich denn von den verrückten Formen, die die Liebe annehmen kann?

Plötzlich schienen mir all meine Überlegungen wie ein kaputtes, altes, morsches Netz mit viel zu großen Löchern. Mit dem war nichts zu fangen, nichts. — Bitte, bleiben Sie am Apparat. — Mein Gott, nein, ich halte das nicht aus. Ich werde kein Wort sagen als das, was mir Nina ein für allemal aufgetragen hat: Sie ist nicht da, sie ist bereits verreist. Aber was für einen Sinn hatte dann dieses ganze Gespräch? Nein, ich mußte irgend etwas sagen, irgend etwas Entscheidendes.

Es machte mich ganz krank zu sehen, daß der Hörer in meiner Hand zitterte. Ich konnte nun alles verderben. Mein Gott, kommt denn diese Verbindung nie zustande? Ich telefoniere dauernd mit unsrer Pariser und Londoner Nachrichtenagentur und brauche nie so lange zu warten.

Da knackte es im Apparat und ich erschrak, als hätte ich das Schicksalsrad selbst knacken hören. Und dann kam diese Stimme, dieser tiefe, fragende, unverkennbare, langgezogene Ruf: Nina? Als riefe er über weites Land hin. Nein, Nina ist nicht da. Ich war plötzlich ganz ruhig. Das Lampenfieber war vorbei.

Die Stimme veränderte sich. Sie wurde sachlich und etwas heller und schärfer. Können Sie mir sagen, wo Frau Buschmann ist?

Aber ohne meine Antwort abzuwarten, fragte er hastig: Wer ist denn am Apparat?

Die Schwester von Nina. Sie haben bereits einmal mit mir gesprochen, vorgestern.

Nein, sagte er, verbesserte sich aber sofort. Ich meine: nein, Frau Buschmann ist nicht verreist, Sie sagen mir, sie sei verreist.

Plötzlich ließ seine Stimme die Maskierung fallen, sie wurde wieder dunkel. Nein, sie ist nicht verreist. Warum sagten Sie mir das? Sie ist bestimmt noch da. Sagen Sie mir die Wahrheit, sagen Sie es mir, es ist wichtig.

Gut, wenn Sie darauf bestehen: sie ist noch da. Im Augenblick läuft sie draußen in der Dunkelheit herum.

In der Dunkelheit? Was tut sie, wo läuft sie herum, was sagten Sie?

In der Stadt, in der Dunkelheit.

So, dachte ich, nun frag du nur weiter, so ist's ganz recht. Aber er fragte nichts. Es entstand eine Pause. Dann wiederholte er: In der Dunkelheit. Und ganz allein? Sagten Sie ganz allein?

Ich mußte lächeln. Ja, ganz allein. Natürlich.

Warum natürlich, fragte er langsam.

Ich gab mir einen Stoß. Nun rede ich, dachte ich; wenn ich jetzt nicht rede ...

Ja, ganz allein. Es geht ihr nicht gut. Sie hat irgendeinen großen Kummer. Aber sie spricht nicht darüber. Sie bemüht sich entsetzlich, ihn nicht zu zeigen.

Erst nach einer Pause kam die Frage: Hat sie Sorgen wegen der Kinder oder im Beruf?

Um ein Haar hätte ich gerufen: Mein Gott, sind Sie wirklich so ahnungslos oder so ein glänzender Schauspieler? Aber ich sagte nur: Oh nein.

Dies mußte genügen, um ihn aufzuregen.

Ist sie krank? Seine Stimme wurde immer unsicherer, ich bemerkte es mit Genugtuung.

Krank? Nicht eigentlich krank, aber vollkommen erschöpft.

Hat sie ... Ich meine: wissen Sie etwas von Ihrer Schwester? Ich meine ...

Nein, sagte ich rasch, ich weiß nur, was ich sehe. Sie geht jetzt nach England.

So geht sie also wirklich nach England? Und wann?

Morgen, sagte ich kurz entschlossen.

Morgen? Seine Stimme war voll unverhüllter Bestürzung. Morgen? Und plötzlich gab er alle Vorsicht auf. Hören Sie, rief er, ich werde kommen. Sagen Sie ihr ... Nein, sagen Sie ihr nichts. Ich werde kommen. Aber ich kann morgen noch nicht dort sein. Ich fliege übermorgen nachmittag ab, ich bin gegen Abend in München.

Ich zitterte, aber ungerührt sagte ich: Das wird zu spät sein. (Mochte er nur leiden und sich aufregen.)

Aber ich kann doch nicht ...

Ich hörte, wie verzweifelt er war.

Ich kann doch nicht früher. Eine Sitzung, von der viel abhängt. Aber hören Sie: halten Sie Nina. Halten Sie sie um jeden Preis, bis ich komme. Tun Sie das. Ich werde kommen.

Als ich bereits glaubte, das Gespräch sei zu Ende, hörte ich ihn noch murmeln: Ich werde kommen. Ich werde kommen.

Es klang wie eine Beschwörung. Dann hängte er unvermittelt ab.

Es war halb elf, und Nina war noch immer nicht zurück. Wie gut, daß sie nicht dagewesen war. Aber warum kam und kam sie nun nicht? Ich versuchte in Steins Tagebuch weiterzulesen, aber ich gab es wieder auf, ich begriff kein Wort. Immer hatte ich diese Stimme im Ohr, diese höchst beunruhigende Stimme. Wie man mich verstrickt hat in diese Geschichte! Aus dem Hinterhalt hat man mich gefangen, mit spinnwebdünnen Fäden, die sich als unzerreißbar erwiesen. Ich wünschte mich fort, nach Hause, in mein ruhiges Leben. War es nicht doch besser, in einem geordneten Haus zu leben als derlei Ausflüge in großartige, aber unbegangene gefährliche Landschaften zu unternehmen? Ich wußte es nicht, nicht mehr. Es gab plötzlich mehr als *eine* Ordnung, es gab viele Arten von Ordnungen, und alle waren richtig. Oder alle waren falsch. Das war sehr verwirrend.

Ich öffnete das Fenster. Die kühle scharfe Märzluft tat wohl. Nun standen auch Sterne am Himmel, mit dem unruhigen grünen Licht, das sie im Vorfrühling oft haben. Das wenigstens war wirklich, man konnte damit rechnen: genau abgegrenzte dunkle Dächer, glitzernde Telefondrähte, scharf gezeichnete Baumgerippe, der ferne Lärm vom Bahnhof her. Ich war nicht für das Ungewisse geschaffen, nicht für die Leidenschaft. Was half's, daß ich erkannte, um wieviel kleiner mein Leben war als das Ninas. Es war eben so.

Die Straße war leer. Kein Schritt zu hören. Ich schloß das Fenster wieder, die Nacht war kalt. Es blieb mir nichts Besseres zu tun als hin- und herzulaufen, durch das eine Zimmer, durch das andre, und wieder zurück, hin und her. Zehn Minuten später kam Nina.

Oh Gott, rief sie atemlos, schon so spät. Ich bin gelaufen und gelaufen, immer am Fluß entlang. Und dann mußte ich den ganzen Weg wieder zurückgehen. Was hast du inzwischen getan?

Ich? Gelesen natürlich.

Hat die Redaktion angerufen?

Nein, antwortete ich guten Gewissens, nein, die hat nicht angerufen.

Sie fragte nicht weiter. Sie war überhaupt nicht geneigt zu reden, sie war in sich gekehrt, auf eine beharrliche Art mit sich beschäftigt, und sie wollte sofort zu Bett gehen. Ich versuchte, sie zu überreden, diese Nacht nicht im unbequemen Liegestuhl, sondern auf der Couch zu schlafen, aber sie wollte nicht.

Heute werde ich schlafen, sagte sie bestimmt, und dann, schon wieder abwesend, wiederholte sie: Ich werde schlafen. Sie sagte es mit genau demselben Tonfall, wie er gesagt hatte: Ich werde kommen.

Wir hatten uns gute Nacht gesagt und das Licht abgedreht. Aber kaum lagen wir im Dunkeln, flüsterte sie: Ich habe das Gefühl, du sagst mir etwas nicht.

Ich stellte mich schlafend und taub. Aber sie fragte weiter: Es hat jemand angerufen, nicht wahr?

Gähnend antwortete ich: Aber ich habe es dir doch schon gesagt.

Sie schwieg, und ich hoffte, sie möchte eingeschlafen sein. Aber plötzlich sagte sie: Du brauchst mir nichts zu erzählen. Es ist jetzt ganz gleichgültig.

Ich war hellwach, aber ich rührte mich nicht. Ich wartete darauf, daß sie weiterreden würde. Doch sie schwieg, und bald hörte ich sie ruhig und tief atmen, und eine Weile später, als der Mond kam, sah ich ihr Gesicht. Es war voller Frieden.

In dieser Nacht war ich es, die wachlag.

Erst gegen Morgen schlief ich ein. Das letzte, was meine Augen aufnahmen, war das schiefergraue Dämmerlicht, das einen trüben Tag verkündet; das erste, was ich sah, als ich erwachte, war dasselbe Halbdunkel. Es war aber schon acht Uhr, und draußen regnete es. Irgendwo in der Nähe mußte ein Blechdach sein, auf das der Regen trommelte, gleichmäßig und hartnäckig. Noch ehe ich ganz zu mir kam, hatte ich eine unangenehme, eine ganz unbestimmte Empfindung; ich war verdüstert und bedrückt und wünschte nichts als wieder einzuschlafen, um dieses unbequeme Gefühl loszuwerden. Da fiel mein Blick aufs Fenster, es war offen, und davor stand Nina. Sie stand im Nachthemd dort, mit wirren Haaren und hängenden Armen, ein Bild der Verlassenheit. Draußen sangen Amseln, man sah sie nicht; sie sangen sehr laut, der Regen machte sie ungemein vergnügt.

Nina, rief ich, Nina!

Sie rührte sich nicht. Vielleicht hatte sie mich nicht gehört. Ich konnte sie nicht so stehen sehn, so ausgeliefert ihrer Traurigkeit und ganz allein. Ich stand auf und trat neben sie ans Fenster. Sie tat, als bemerkte sie mich nicht; vielleicht hörte sie mich wirklich nicht.

Nina, sagte ich, du wirst dich erkälten.

Sie drehte mir langsam ihr Gesicht zu, es war naß. In meiner Bestürzung rief ich: Du weinst ja! Sie machte nicht den geringsten Versuch, ihre Tränen zu verbergen. Sie weinte weiter auf ihre lautlose Art, sie sah mich an dabei, als wäre ich gar nicht da.

Ich war erschüttert und verlegen, ich wußte nicht, was ich tun sollte; schließlich lehnte ich mich auf die Fensterbank und starrte in den Regen hinaus; Nina kümmerte sich nicht um mich. Da zog ich mich zurück, auch das bemerkte sie nicht.

Eine Weile später wischte sie mit dem Ärmel ihres Nachthemds flüchtig über ihr Gesicht, drehte sich rasch um und sagte: Margret, heut muß ich fahren.

Sie sagte es ohne Betonung, aber so, daß ich augenblicklich wußte: da hilft nun nichts mehr; sie ist entschlossen.

Trotzdem gab ich es nicht auf, sie zu halten. Nina, rief ich, du wolltest doch erst Donnerstag fahren!

Ja, sagte sie, ich wollte; aber jetzt habe ich mich anders entschlossen.

Wäre eine Spur von Trotz in ihrer Stimme gewesen, hätte ich hoffen können, sie zum Bleiben zu überreden. Aber sie sprach ganz ausdruckslos, so als ginge sie das alles nichts mehr an.

Nina, sagte ich, überwältigt von Trauer und in diesem Augenblick ganz ohne Hinterlist, Nina, ich hatte mich so sehr gefreut, noch ein paar Tage mit dir beisammen zu sein.

Ach, sagte sie, was hast du schon von mir, du siehst ja. Damit ging sie rasch hinaus, und ich hörte, wie sie im Bad den Hahn aufdrehte und im Wasser plätscherte.

Ich war todmüde und hatte ein Gefühl, als würden Steine gemahlen in meinem Kopf, unaufhörlich, mühsam und knirschend. Wie sollte ich überlegen können, ob ich Nina von dem Telefonanruf erzählen durfte oder nicht! Vielleicht hing Ninas ferneres Geschick wirklich davon ab, ob ich sie halten konnte oder nicht. Aber in einem Anfall von Trägheit und Leichtfertigkeit sagte ich mir, daß »dieser Mann« sie auch in England finden könnte, wenn ihm wirklich so viel an ihr lag; wahrscheinlich, so tröstete ich mich, übertrieb ich die Bedeutung dieser Zusammenkunft. Möglicherweise stieg Nina in seinen Augen noch an Wert, wenn sie sich ihm entzog.

Sofort aber meldeten sich Bedenken: was aber, wenn er Ninas Entschluß für eine endgültige Absage hielte? Wenn er sich zurückzog, tief enttäuscht und getroffen?

Aber kannte er sie denn nicht? Mußte er nicht wissen, warum sie floh? (Ich dachte nie: sie verreist. Ich dachte immer: sie flieht.)

Schließlich sagte ich mir, daß aller Erfahrung nach das Schicksal eben Schicksal ist, und daß die wichtigen Dinge des Lebens über die Köpfe der Betroffenen hinweg entschieden werden. Das zu denken beruhigte mich vorläufig, aber nicht länger als bis zu dem Augenblick, in dem Nina hereinkam, frisch gebadet, ohne Tränenspuren im Gesicht, und zum Telefon ging. Noch ehe sie gewählt hatte, sagte ich — und daß ich es tat, kam überraschend für mich — Nina, sagte ich, häng den Hörer ein.

Sie drehte sich nach mir um, ohne allzu großes Erstaunen, eher höflich als interessiert.

Was ist denn? fragte sie.

Du mußt bis morgen abend bleiben, sagte ich so gleichgültig wie möglich.

Warum? fragte sie, und schon war ihr Gesicht abweisend.

Du weißt es doch, sagte ich rasch.

Sie sah mich schweigend an, ernst und ruhig, langsam gruben sich tiefe und dunkle Falten in ihre Stirn, und für einen Augenblick schlossen sich ihre Augen wie bei einem Anfall von körperlichen Schmerzen. Das Ganze dauerte nicht lange, es kam und ging wie ein Wolkenschatten; dann fragte sie: Und was wirst du jetzt tun?

Ich wußte es nicht, ich hatte es mir noch nicht überlegt.

Siehst du, sagte sie kurz und hob von neuem den Hörer ab.

Willst du nicht wenigstens an ihn telegrafieren? rief ich verzweifelt.

Sie schüttelte stumm den Kopf, während sie schon die Wählscheibe drehte. Sie schien ihr letztes Wort gesagt zu haben in dieser Angelegenheit. Nun gut; was konnte ich noch ändern? Aber eines konnte ich tun, ich mußte es tun: ich würde auf »diesen Mann« warten; man konnte ihn die Reise nicht vergeblich machen lassen. Das sagte ich aber Nina nicht.

Ich hörte sie mit dem Reisebüro telefonieren. Es war noch eine Platzkarte da für den Abendzug; Nina bestellte sie. So war nun alles entschieden. »Besiegelt« dachte ich, und dabei ließ ich es bewenden. Aber das abscheuliche Gefühl, mit dem ich aufgewacht war, verstärkte sich noch, und mir war ziemlich elend zumute.

Ich hatte nichts dagegen, daß Nina unendlich viel besorgen mußte an diesem Tag. Ich begleitete sie überallhin, und wer uns beobachtet hätte, den konnte unsre nervöse Heiterkeit recht wohl täuschen. Wir aßen bei Humplmayr zu Mittag, den Kaffee nahmen wir im Carlton, ganz wie zwei Frauen, die keine Sorgen haben und die froh sind, einmal ohne ihre Männer ausgehen zu können, aber je später es wurde, desto blasser und stiller wurde Nina. Nachdem sie für die Kinder noch Pullover, Handschuhe und Schokolade gekauft und das Paket gleich zur Post gegeben hatte, schien sie erschöpft und drängte nachhause. Aber kaum waren wir daheim, fing sie an zu packen, rastlos, ohne bestimmten Plan und so zerstreut, daß ich ihr schließlich trotz ihres Protests half. Doch einmal war auch diese Arbeit getan und eine andre beim besten Willen nicht mehr zu finden. Es war sieben Uhr. Der Zug ging erst nach neun. Diese beiden letzten Stunden waren schwieriger, als ich erwartet hatte. Warum sagte ich nicht: »Gehen wir doch ins Kino?« War ich schon angesteckt von Ninas Hang, keiner Aufgabe, keiner schwierigen Situation auszuweichen?

Wir hatten uns plötzlich nichts mehr zu sagen. Eine tiefe Verlegenheit und wortlose Traurigkeit hatte uns erfaßt. Ich versuchte meine Zuflucht zu Steins Tagebuch zu nehmen. Aber Nina nahm es mir aus der Hand. Das laß ich dir hier, sagte sie, du kannst es lesen, wenn ich fort bin, falls es dich interessiert.

Sie blätterte ein wenig darin, zerstreut und teilnahmslos, als wäre es ein langweiliges Magazin, dann klappte sie es zu und schob es weg wie ein erledigtes Aktenstück.

Wirst du es lesen? fragte sie, vielleicht nur, um überhaupt etwas zu reden.

Natürlich, antwortete ich.

Sie zuckte die Achseln, als wollte sie sagen: Wie man nur so etwas interessant finden kann.

Ich begriff, daß für sie alles, was hier aufgezeichnet stand, ganz und gar vorüber war; es hatte sich auf der andern Hälfte der Erde begeben, die jetzt im Schatten lag.

Wenn du es wirklich liest, sagte Nina, dann will ich dir vorher etwas sagen: ich weiß nicht, was Stein schreibt über meinen Versuch, mir das Leben zu nehmen, aber was er auch berichten mag — den wahren Grund hat er nicht gewußt. Eigentlich ist es gleichgültig, aber ich möchte nicht . . .

Sie stockte.

Was möchtest du nicht?

Nun: daß du mich falsch siehst. Sie sagte es hastig und verlegen, aber der rasche, schräge Blick, der mich dabei streifte, war voller Zärtlichkeit; sie nahm ihn gleich zurück.

Es ist dumm, so alte Geschichten aufzuwärmen, murmelte sie, aber im nächsten Augenblick war sie schon dabei, sich in die Erzählung zu stürzen wie in eiskaltes Wasser, sozusagen mit geschlossenen Augen, und während des ganzen Berichts fühlte ich, wie quälend es für sie war, darüber zu reden.

Als ich mit Percy lebte, ich meine: als ich ihn schließlich geheiratet hatte . . .

Sie stockte und gab einen unbestimmten und unwilligen Laut von sich, ehe sie fortfuhr: Es war schwieriger, als wir dachten. Wir gaben uns schreckliche Mühe, besonders Percy. Ihm fiel es so schwer, daß er es nur mit zusammengebissenen Zähnen konnte. Als das Baby da war, schaute er es nicht an, nicht ein einzigesmal. Wenn es weinte, ging er fort. Er sagte nichts, er nahm seinen Hut und ging. Nachts war er fast nie zuhaus. Ruths Bettchen mußte ich in die Küche stellen, hinter einen Wandschirm, dahin kam er nie, da sah er sie nicht. Die Windeln durfte ich nicht auf den Balkon hängen zum Trocknen, ich trug sie weit fort in den Garten von Bekannten.

Ich konnte mich nicht enthalten zu rufen: Und das hast du ertragen, Nina?

Ach Gott, sagte sie, es war eben ein Vertrag, der eingehalten werden mußte.

Und warum, fragte ich zögernd, warum bist du nicht zu Ruths Vater gegangen?

Sie zuckte die Achseln.

Ich sage dir ja: es war ein Vertrag, ich konnte ihn nicht brechen. Nicht so ohne weiteres. Später war es anders, als Percy zu Cläre ging. Aber da war Alexander, so hieß Ruths Vater, da war er verheiratet.

Sie blickte angestrengt auf ihre Knie, so nachdenklich, als versuchte sie herauszufinden, warum um alle Welt sie bei Percy geblieben war.

Weißt du, sagte sie plötzlich, diese Geschichte mit Alexander war eine von der Art, die nicht für die Dauer gedacht sind. Ich war eine einzige Nacht bei ihm, mehr wäre nicht gut gewesen. Immer wenn ich an diese Nacht denke, habe ich die Empfindung: ich bin in einen Fliederstrauch verwandelt worden. Lachst du? Nein? Ich dachte. Es ist ja auch komisch, wenn ich poetisch werde. Aber es ist nicht poetisch gemeint, es ist einfach die exakte Beschreibung meines Gefühls.

Sie zuckte die Achseln, überzeugt davon, daß ich sie für verrückt hielt.

Aber davon wollte ich nicht reden, fuhr sie fort, sondern von Percy. Eines Tages, Ruth war sieben Wochen alt, sah ich Percy an ihrem Bettchen stehen, es war das erstemal, und ich dachte: Sieh, jetzt beginnt er sich doch um das Kind zu kümmern. Aber da beugte er sich über das Bettchen, ich sah sein Gesicht.

Und? fragte ich, als sie nicht weitersprach; und? Aber da sah ich in ihren Augen Entsetzen; nach so vielen Jahren noch spiegelte sich in ihnen jene Szene. Ich weiß nicht, was es war, Nina erzählte es nicht; es muß etwas Schreckliches gewesen sein.

Und dann, fuhr sie rasch, fast überstürzt fort, dann kam er zu mir und sagte: Jetzt will ich auch ein Kind von dir. Es war Mittag, auf dem Herd stand das Essen, und er machte gar keine Umschweife. Er war ziemlich kräftig, es wäre auch geschmacklos gewesen, mich zu wehren, ich sagte nur: Es ist zu früh, so kurz nach Ruths Geburt, es geht mir nicht gut, du siehst es doch; aber er fragte nur: Ist es meine Schuld? Was sollte ich sagen, er hatte recht. Aber ich dachte dabei immerfort: Das ist die Buße, man muß für alles bezahlen. Als er fertig war, sagte er: So, nun geht die Rechnung auf; jetzt zeig, wer du bist. — Vielleicht wäre alles halb so schlimm gewesen, wenn er in den Wochen darauf nicht so zärtlich gewesen wäre, so herablassend zärtlich. Er ließ es mich fühlen, daß er der schreckliche, aber großmütige Sieger war; und eines Tages wußte ich, womit ich mich rächen konnte; er sollte kein Kind haben, nicht dieses, nicht von mir, keines je von mir. Da ging ich zu Stein. Aber er wollte nicht. Geld für einen andern Arzt hatte ich nicht, die alten Hausmittel halfen nicht. Was sollte ich tun. Auf dem Weg von Stein nachhause wurde mir ganz klar — oder was ich eben »klar« nannte —, was ich tun mußte: zuerst ein paar Briefe schreiben, dann die Wohnung aufräumen, dann Ruth zur Aufwartefrau bringen und sie mit einem Brief zu Stein schicken und dann — du verstehst. Man kann in solchen Stunden ungemein scharf denken und präzise handeln. Ich weiß nicht, ob du das je erlebt hast.

Sie schaute mich nüchtern interessiert an.

Nein, sagte ich, ich nicht, ich war nie verzweifelt, auf diese Art nicht.

Nein? sagte sie nachdenklich; wie sonderbar: nie verzweifelt, das muß sehr schön sein.

Vielleicht, sagte ich. Und dann, dann hast du das alles getan?

Ja, alles. Zuletzt ging ich durch die Wohnung. Sie roch nach feuchtem Kalk, es war ein Neubau, und wir waren zu früh eingezogen, als er noch nicht ganz trocken war. Wenn ich jetzt, nach so vielen Jahren, nassen Kalk rieche, wird mir übel. Übrigens: als ich den Gashahn schon aufgedreht hatte, fiel mir ein, daß man bei Gasvergiftung erbrechen muß, das ist häßlich, das wollte ich nicht. Ich drehte den Hahn wieder ab. Mir war ohnedies übel von der Schwangerschaft, ich brauchte nur zwei Finger in den Hals zu stecken. Gas ist scheußlich, ich würde nie mehr Gas wählen.

Nina! rief ich.

Sie sah mich verwundert an.

Übrigens war es zuerst schön, sagte sie. Das Geräusch ist anfangs wie ein pfeifender sausender Wind, du kannst denken, du bist im tiefen Wald, und dann hört es sich an wie Musik, großes Orchester. Aber dann kommt es anders; du bekommst rasendes Herzklopfen, und übel wird es dir, und die Atemnot . . .

Sie starrte vor sich hin. Nein, murmelte sie, nie mehr Gas.

Und dann? fragte ich rasch. Wie ging es weiter?

Stein kam zu früh, sagte sie, ich hatte gedacht, ich würde tot sein, bis er meinen Brief bekommen hatte. Als ich aufwachte, war ich bei ihm, in seiner Wohnung, und er pflegte mich. Das ist alles.

Oh Gott, rief ich, und von alledem wußte ich nichts.

Wie solltest du auch, sagte sie trocken.

Und, fragte ich, wie war es, als du wieder zu dir kamst und nicht tot warst?

Das machte keinen großen Unterschied, murmelte sie und verfiel in Nachdenken.

Plötzlich rief sie: Wahrscheinlich hat Stein geglaubt, er war es, der mich gerettet hat. Aber jemand am Sterben hindern, heißt noch lange nicht, ihn zum Leben bringen, nicht wahr?

Ich wunderte mich wieder einmal, wie die Erinnerung an Stein sie erregte. Er mußte ihr viel mehr bedeutet haben, als sie wahrhaben wollte.

Sie war, das sah ich, selbst bestürzt über die Heftigkeit, mit der sie gesprochen hatte, und sie fügte rasch hinzu: Er hat viel für mich getan damals, aber — hier brach wieder der alte Groll durch, sie konnte ihn nicht verbergen — aber er hat gerade das nicht getan, was er hätte tun sollen. Er ist schuld, daß ich mich damals nicht von Percy getrennt habe. Er hat es verhindert mit seiner verfluchten Angst vor Entscheidungen. Nun gut, lassen wir ihn. Aber er war es nicht, der mir geholfen hat.

Und wer war es?

Ich selbst, sagte sie trocken. Eines Tages, im Sanatorium, als alle dachten, ich würde diese Geschichte nie mehr überwinden, da beschloß ich zu leben, und ich fing auch sofort damit an.

Ich mußte lachen, es war immerhin eine ungewöhnliche Formulierung.

Doch, sagte sie fast eigensinnig, es war so; ich setzte mich an den Tisch und fing an, eine Erzählung zu schreiben.

Wie, rief ich, einfach so, aus heiterem Himmel?

»Heiterer Himmel« war gewiß kein passender Ausdruck für Ninas Situation, aber sie hatte es überhört.

Natürlich nicht, sagte sie nachsichtig. Am ersten Tag blieb das Blatt leer, am zweiten stand ein Satz drauf, am dritten wurde er durchgestrichen, am vierten schrieb ich zwei oder drei Sätze, und so fort; schließlich war es eine Geschichte.

Plötzlich stand sie auf und ging ans Fenster, während sie etwas murmelte.

Was sagst du? fragte ich.

Nichts, sagte sie, nichts Besonderes; ich habe nur »ekelhaft« gesagt.

Was ist ekelhaft?

Daß ich alles erzählt habe. Warum nur habe ich's getan?

Weil ich dich gebeten habe, sagte ich bestürzt, nicht ganz der Wahrheit entsprechend.

Ich hätte es nicht tun sollen, erwiderte sie, jetzt habe ich ein übles Gefühl.

Aber Nina, rief ich erschrocken, doch sie schnitt mir das Wort ab: Es geht gegen den guten Geschmack, soviel und solche Dinge zu erzählen, noch dazu ohne besonderes Bedürfnis.

Plötzlich lachte sie. Siehst du, sagte sie, das ist wieder einmal ein Beweis dafür, daß mich der gute Geschmack im Ernstfall im Stiche läßt. Der gute Geschmack hat immer mit Mäßigkeit zu tun, und ich bin wahrscheinlich fürs Unmaß gemacht. Ich will es nur nicht glauben, daß unsereiner eine Portion brutaler Primitivität braucht, um die Spannungen auszugleichen, in die uns der gute Geschmack bringt. Man hat doch nie den vollen Mut zu sich selber, nicht wahr?

Ich dachte: Nein, den hat man wohl nicht, ich nicht, und du auch nicht, wer weiß, sonst würdest du jetzt nicht reisen.

Sie sah mich an, als hätte sie meine Gedanken erraten, und plötzlich fragte sie leise: Margret, was würdest du an meiner Stelle tun?

Nina, sagte ich erschrocken, frag mich nicht. Ist denn nicht alles längst entschieden?

Doch, sagte sie, doch, es ist alles entschieden.

Noch leiser und ohne mich anzuschauen sagte sie: Aber es ist falsch, wenn du jetzt sagst, ich soll bleiben, dann bleibe ich.

O Gott, sagte ich, Nina, verlang das nicht von mir.

Gut, sagte sie, dann bestelle ich jetzt ein Taxi.

Die Sekunden, die sie brauchte, um zum Telefon zu gehen, gehören zu den schlimmsten meines Lebens.

Ich erinnere mich nicht, daß wir irgend etwas anderes gesprochen haben auf dem Weg zum Bahnhof als Banalitäten wie: Das Regenwetter wird länger dauern. Oder: Du wirst eine schlechte Überfahrt haben. Oder: Vergiß nicht, eh du wegfährst, die Schlüssel der Hausmeisterin zu geben.

Ich weiß nicht, ob Nina stillschweigend annahm, daß ich noch einen Tag oder länger bleiben würde, oder ob wir darüber gesprochen hatten; sicherlich haben wir alles genau besprochen; ich habe es nur vergessen; mein Gedächtnis setzt aus bis zu dem Augenblick, in dem Nina noch einmal aus dem Waggon kam und mich umarmte, rasch und heftig, und dann, schon auf dem Trittbrett stehend, rief: Nicht wahr, du tust, worum ich dich bitte? Du verrätst ihm nichts, wenn er kommt, nichts, auch nicht meine Adresse.

Die Lokomotive gab Dampf; weiße feuchte Wolken quollen unter den Wagen hervor; sie zischten laut, ich brauchte keine Antwort zu geben. Dann wurde es noch einmal still; Nina beugte sich zu mir herunter und flüsterte: Erzähl ihm, daß ich heirate, erzähl ihm das.

Aber Nina, rief ich, ist das denn wahr?

Sie schüttelte traurig den Kopf; das war das letzte, was ich sah. Die Tür wurde zugeschlagen, der Zug fuhr an, und der Regen machte die Scheibe blind, hinter der Nina stand. Dann ging ich langsam nachhause, in Ninas verlassene Wohnung. Da standen die Kisten, die ich mit nach Schweden nehmen sollte, da waren auch noch die Couch und der kleine nackte Tisch mitsamt den alten Gartenstühlen, die nachher die Nachbarin bekommen sollte; auf dem Tisch stand der Spirituskocher, der letzte Rest von Ninas Geschirr und einiges zu essen. Nina hatte mir, ohne daß ich es vorher bemerkte, eine Tüte mit Obst und eine andere mit belegten Broten hiergelassen. Aber ich konnte nicht essen. Ich war so müde, so bleiern müde wie vor einer schweren Krankheit. Ich ging sofort zu Bett. Was sollte ich auch anderes tun nach einem solchen Tag und in einer Wohnung, in der jeder Schritt widerhallte wie in einem leeren Kellergewölbe. Ich war froh, daß es regnete. Das gleichmäßige Rauschen und Trommeln des Regens war der einzige lebendige Laut, den ich hören konnte, bis ich einschlief, und er war es auch, der mich am Morgen weckte.

Es hatte über Nacht hereingeregnet, der Boden zwischen Fenster und Tisch war dunkel vor Feuchtigkeit. Die Fensterflügel bewegten sich leise im Wind, ohne zu klirren.

Ich hatte Angst vor dem Tag, der so begann, und die Versuchung, mit dem nächsten Zug abzureisen, war heftig und hartnäckig genug, mich eine Stunde lang ernstlich zu beschäftigen. Aber schließlich sagte ich mir, daß man die Suppe, die man sich selbst eingebrockt hat, auch auslöffeln muß. Ich allein hatte »diesen Mann« hergelockt, ich allein war ihm Aufklärung schuldig, ich hatte zu bleiben. Wenn ich ganz ehrlich bin, muß ich zugeben: es war auch Neugierde dabei, den Mann zu sehen, den meine Schwester liebt. Aber ich glaube, was vor allem mich hielt, das war die Vorstellung, daß er vor der Tür stehen würde, atemlos vor der verschlossenen Tür, endlos und vergeblich auf die Klingel drückend; ich sah ihn, wie er dort stand, Verwirrung in den Augen, nervös und nichts begreifend; dann würde er vermutlich bei der Nachbarin läuten oder den Hausmeister fragen, und man würde ihm sagen: Frau Buschmann ist abgereist, ja, und ihre Schwester auch. Er würde fortgehen, ganz langsam, ratlos und verletzt. Nein, ich konnte ihn nicht so fortgehen sehen.

Zuerst versuchte ich, wieder einzuschlafen, es war unmöglich. Dann holte ich Steins Tagebuch, aber ich sah, daß es nicht mehr sehr viel war, was ich zu lesen hatte, das wollte ich mir für den Nachmittag aufsparen. Aus dem Haus zu gehen wagte ich nicht. Auch regnete es zu sehr. Im Papierkorb fand ich einen halbzerrissenen alten Detektivroman; aber er langweilte mich. Mir war, ich merkte es beim Lesen, gar nicht nach Zerstreuung zumute. So waren schließlich doch Steins Aufzeichnungen die passende Lektüre für diesen Tag, der mich abwechselnd mit Melancholie erdrückte und mit nervöser Spannung zermürbte, je nachdem, ob ich an Nina dachte oder an »diesen Mann«.

Mit einiger Mühe fand ich den Anschluß an den letzten Eintrag Steins wieder, den ich gelesen hatte, ehe der Telefonanruf kam, das Gespräch, dem ich diesen qualvollen Tag zuzuschreiben hatte.

Dem langen Bericht vom 16. Februar 1936 folgte jener kurze vom 3. März des gleichen Jahres, in dem Stein versucht, sich Ninas »Verführer« vorzustellen. Der nächste Eintrag folgte erst ein halbes Jahr später.

10. Oktober 1936.
— Wie konnte ich hoffen, die Fesseln zu zerreißen, die mich an Nina binden? Ich glaubte mich frei und gerettet, als ich nach Ende meiner Gastvorlesungen in Mailand mich auf eine Reise via Süditalien und Sizilien nach Nordafrika begeben wollte. Ich war allein. Helene war beschäftigt mit dem Verkauf des Hauses von Tante Annette. Es war mir als Erbe zugefallen, doch ich verspürte keine Lust, es weiter zu halten, jetzt da Nina verheiratet war. Bisweilen störte mich flüchtig der Gedanke, daß diese Reise vollkommen schön hätte sein können, wäre Nina bei mir, doch schmerzte und verwirrte er nicht mehr.

In Rom aber erwartete mich in einem Stapel nachgesandter Post die Geburtsanzeige der Tochter Ninas.

Ich erinnere mich, daß ich als Kind eine tiefe und schlimme Wunde am Bein empfing. Ohne Anteilnahme beobachtete ich das Ausströmen des Blutes und das Klaffen des nackten Fleisches. Ich spürte keinen Schmerz. Erst viel später begann ich zu schreien. Damit etwa kann ich jene seltsame Stumpfheit vergleichen, mit der ich zunächst die Nachricht las und, ohne die übrige Post durchgesehen zu haben, fortging, um mich schließlich gegen Abend in einem Albergo wiederzufinden, betrunken, zum erstenmal in meinem Leben wirklich betrunken. Am nächsten Morgen fuhr ich nach Deutschland zurück, ohne eine Spur von Bedauern darüber, die Reise drei Wochen zu früh abgebrochen zu haben.

Jetzt freilich frage ich mich, warum ich es tat und was eigentlich es war, das mich so unmäßig erregte. Ich könnte sagen, es sei die kleine Bleistiftnotiz gewesen, von Ninas Hand der gedruckten Anzeige beigefügt: »Ich habe es mit knapper Not überlebt.« Aber war das ein Grund zu dieser überstürzten Rückreise? Das Kind war am 1. Oktober geboren, die Nachricht hatte mich am 7. Oktober erreicht. Ich mußte damit rechnen, eine bereits Genesene zu finden, der die Erinnerung an die schwere Entbindung längst entschwunden war und die meiner gewiß nicht bedurfte. Aber wie auch immer: die Reise war mir vergällt, Italien erschien mir plötzlich unerträglich, Algier verlor jeden Lockreiz; Heimfahrt war alles, was mir blieb.

Helene war noch verreist; die Wohnung war mir fremd geworden; ich ließ die Jalousien geschlossen und eilte zur Klinik. Ich mußte warten, da, wie man mir sagte, Ninas Mann bei ihr war und sie dann ihr Kind zu stillen habe. Ich zog mich in eine Fensternische zurück, von der aus ich Ninas Tür sehen konnte, ohne selbst gesehen zu werden. Kurze Zeit darauf verließ ihr Mann, einer Pflegerin zulächelnd, das Zimmer. Wenige Schritte vor der Tür veränderte sich sein Gesicht; von einem Augenblick zum andern wurde es hart und finster, fast möchte ich sagen: wutverzerrt. Er wandte sich, schon im Gehen, noch einmal um und warf einen Blick zurück, dessen nackte Brutalität mich erschreckte. Aber eine vorübereilende junge Schwester brachte mit Leichtigkeit eine neue Veränderung dieses Gesichts zuwege: es glättete und erhellte sich, als wäre nichts geschehen. Ich fragte mich, welches sein wahres Gesicht sei: das jungenhaft leichtsinnige oder das brutale, und welches von beiden er Nina gewöhnlich zu zeigen pflegte.

Ich überlegte — zum wievielten Male tat ich's? — warum Nina ihn geheiratet und, unbegreiflicher noch, warum sie darauf bestanden hatte, bei ihm zu bleiben. Bald darauf trug man ihr Kind an mir vorüber in das Zimmer, und ich fand mich plötzlich bei dem Gedanken, daß es das meine hätte sein können. Eine hartnäckig wiederkehrende Vorstellung, der ich mich schließlich überließ. Es muß sehr schön sein, vor der Tür zu warten, hinter der die Frau, mit der man verheiratet ist, das Kind stillt, das man mit ihr gezeugt hat. Es muß ein Gefühl unendlicher Harmonie erwecken. Man hat einen Auftrag erfüllt, den das Leben gab, man steht innerhalb der natürlichen Ordnung, man kann mit einem dankbaren Lächeln um sich blicken. Vielleicht ist dies die einzige Möglichkeit, die furchtbare Einsamkeit des Menschen zu überwinden, wenigstens für einige Jahre, für einige Tage. Eine Stunde nur, so wünschte ich, möchte es mir gegeben sein, des einfachen Glücks gestillten und geordneten Lebens teilhaftig zu werden.

Ich war zu alt für müßige Träume, und dennoch verschoben sich mir Wunsch und Wirklichkeit: Dies Kind war mein Kind, wessen es auch immer sein mochte, und Nina war meine Frau. War sie es nicht? Ist sie es nicht?

Als das Kind wieder an mir vorbeigetragen wurde, bat ich, es sehen zu dürfen. Es blickte mich an. Dieser Blick war ein höchst zufälliger, einzig dem Lichtreiz zuzuschreiben, der durch das Fenster brach, vor dem ich stand. Und dennoch galt er mir. Das Leben sah mich an. Aber es wurde mir entzogen; man trug das

Kind fort, es war und ist nicht das meine; ich habe nichts damit zu schaffen. Ich vermochte nicht, sofort zu Nina zu gehen. Ich gab die Blumen ab, die ich für sie mitgebracht hatte, und ging, um erst nach einer Stunde wiederzukehren.

Ich war nicht darauf gefaßt, sie so elend zu finden. Sie war um weniges weißer als die Kissen, in denen sie lag. Man hatte sie auf meinen Besuch vorbereitet, sie sah mir ruhig und müde entgegen. Ich wußte wenig zu reden, und da auch sie nicht geneigt war zu sprechen, verabschiedete ich mich bald. Sie hielt meine Hand erstaunlich fest, als sie sagte: Ich danke dir, daß du gekommen bist, ich danke dir sehr. Aber, fügte sie hinzu, komm nicht mehr, ich möchte nicht, daß du mit Percy zusammentriffst.

Fürchtete sie die Eifersucht ihres Mannes? Ängstigte sie sich, doppelt empfindlich in ihrem Zustand, vor weiteren Komplikationen? Will sie, durch seine zweifelhafte Großmut verpflichtet, alles vermeiden, was ihn ärgern könnte? Wohin ist ihr freier Stolz geraten? Oder ist es gerade dieser Stolz, der ihr gebietet, die neue Aufgabe ohne Klage und genau zu erfüllen? Ich fürchte, ich kenne sie noch immer nicht. Auch früher schon schien es mir bisweilen, als besäße sie in hohem Maße das, was sie mir des öftern vorwarf: unmenschlichen Hochmut. —

Der nächste Eintrag war in einer äußerst fahrigen Schrift geschrieben, entweder in großer Eile oder in höchster Erregung.

12. Januar 1937.
— Zwei Tage der unheilvollsten Verstörung. Nina versuchte, sich das Leben zu nehmen. Um ein Haar wäre es ihr gelungen, und ich bin mitschuldig. Dieser Gedanke, in nackter Präzision zu Ende geführt, könnte mich wahnsinnig machen, lenkte die Sorge um Ninas Wiederherstellung mich nicht ab. Ich will versuchen, den Hergang festzuhalten; vielleicht hilft mir diese Bemühung, die Herrschaft über mich wiederzuerlangen.

Am 10. Januar nachmittags kam Nina zu mir. Sie war sehr blaß und ging ohne alle Umschweife auf ihr Ziel los. —

Die folgende Seite war überklebt und die Fortsetzung des Berichts war 1946 neu eingefügt worden.

— Nina erinnerte mich an mein Angebot der Interruptio graviditatis, und sie schien es für selbstverständlich zu halten, daß ich es tat. Ich fragte sie nach dem Grund ihres Wunsches und fand ihn unzureichend. Sie sagte, sie könne dieses Kind nicht zur Welt bringen, da es das ihres Mannes sei, von dem sie kein Kind haben wollte. Außerdem gestand sie, daß sie bereits eine Reihe von Hausmitteln zum Teil nicht ungefährlicher Art angewandt habe, ohne Erfolg. Weiter war nichts von ihr zu erfahren, sie war verstockt und von finsterer Entschlossenheit. Es war sehr schwierig für mich, in diesem Falle eine Entscheidung zu treffen. Ich begriff zwar ihre Abneigung gegen dieses Kind, aber andrerseits sagte ich mir, daß sie, als sie sich entschloß, bei ihrem Mann zu bleiben, alle Verpflichtungen einer Ehe freiwillig auf sich nahm. Bei ihrem ersten Kind war die Situation, die äußere wie die innere, eine völlig andere gewesen. Damals war ihre Freiheit gefährdet, ihre Entwicklung. Beim zweiten Male umfaßte ihre Entwicklung das Bestehen dieser neuen Prüfung, ja, sie bedurfte ihrer. Außerdem, ich muß es gestehen, erschreckte mich der Gedanke, wie sehr ihr Wunsch meinen eigenen Intentionen entsprach: ich hätte das Kind mit einer ingrimmigen Lust beseitigt, als wäre es dieser Percy Hall selbst. Meine Urteilskraft war also getrübt, ich wagte nicht, Nina zu willfahren aus Angst, nur meinem eigenen Wunsche zu folgen. So sagte ich nein. —

Auf der nächsten Seite setzte sich der Bericht von 1937 fort:

— Als Nina gegangen war, fühlte ich zunächst eine große Erleichterung. Ich hatte die Versuchung überwunden. Aber kurze Zeit später befielen mich Zweifel. Woher, so fragte ich mich, nahm ich das Recht, mich zum Richter aufzuwerfen? Woher nahm ich den Mut zu entscheiden, was not tat und was nicht? Und woher, diese Frage beschäftigt mich am stärksten, woher nahm ich die Kraft, ihr eine so dringende Bitte abzuschlagen? Vielleicht wenn sie darauf bestanden hätte — vielleicht hätte ich nachgegeben. Aber sie schien mit meiner Entscheidung einverstanden. War ich denn mit Blindheit geschlagen, als ich sie gehen ließ? In irgendeiner Geste, irgendeinem Wort muß sich ihre Verzweiflung doch verraten haben. Und ich, ich sah es nicht, fühlte es nicht, ich, der vorgibt, sie zu lieben. Meine einzige Entschuldigung — ich klammere mich an sie — ist meine Angst davor, etwas zu tun, was meinem eigenen heftigen Wunsche entsprach und was, genau betrachtet, einem vorsätzlichen Morde gleichkam. Wie auch immer: ich eilte auf die Straße, um Nina zu erreichen. Sie konnte noch nicht weit sein, aber sie war verschwunden. Ich wußte ihre neue Adresse nicht, und auch wenn ich sie gewußt hätte, wäre ich nicht in die Wohnung ihres Mannes gegangen. Als ich, Stunden später, nachhause kam, lag ein Brief Ninas da.— (Er lag dieser Seite bei, aber ich las ihn erst später.)

— Helene sagte mir, eine Frau mit einem kleinen Kind sei dagewesen und habe ihn abgegeben. Ich riß ihn auf, ich ahnte den Inhalt. Wie ich den Wagen aus der Garage bekam, was ich Helene

sagte, was ich während der Fahrt dachte – ich weiß es nicht mehr.
Die Wohnung (die Adresse hatte im Brief gestanden) war schwer
zu finden, sie war in einer neuen Siedlung, und niemand konnte
mir Auskunft geben. Endlich fand ich sie. Die Wohnung war
verschlossen. Ich klingelte, ich versuchte die Tür einzudrücken,
vergeblich. Diese Minuten waren die schlimmsten meines Lebens.
Schließlich kam ich auf den Gedanken, den Hausmeister zu holen,
er mußte einen Schlüssel haben. Es war unumgänglich, ihn zu
instruieren. Ich bot ihm Geld an, alles, was ich bei mir hatte,
damit er schweigen sollte. Aber er wies es entrüstet zurück. Er
zitterte wie ich selbst, aber er zeigte sich als äußerst praktischer
Helfer.
Es war, wie ich erwartet hatte. Nina schien bereits tot zu sein.
Mein Gedächtnis weigert sich hartnäckig, das Bild zu repro-
duzieren, das sich mir bot.
Ich handelte mechanisch und hoffnungslos. Die Vergiftung war
weit fortgeschritten. Der Hausmeister half mir stumm und aufs
kräftigste, bis die normale Atmung endlich einsetzte. Dann trug
ich sie ins Auto, während der Hausmeister die Wohnung wieder
instand setzte. Ehe ich abfuhr, brachte er mir, atemlos, einen Brief,
den er gefunden hatte. Er versprach mir auch, für Ninas kleine
Tochter zu sorgen, bis Herr Hall von der Reise zurückkommen
wird. Zuletzt meldete sich eine Katze aufs kläglichste, und da es
unmöglich war, sie zu verscheuchen, nahm ich sie mit.
Ich hatte vor, Nina in die Klinik von W. zu bringen, aber ich
fürchtete, es würde darüber gesprochen, darum nahm ich sie mit
mir nachhause. Sie war wieder bewußtlos, so blieb ihr die Szene
erspart, die mich empfing. Helene öffnete. Ich informierte sie
kurz, worauf sie stumm sich abwandte. Seither hat sie keinen
Schritt in Ninas Zimmer gesetzt. Sie bringt Milch und alles,
dessen ich bedarf, aber sie stellt es auf ein Tischchen im Flur. Ich
fürchte, ihr Eigensinn wird unser Verhältnis für immer und aufs
empfindlichste stören. Aber ich habe jetzt keine Zeit, darüber
nachzudenken, warum sie sich gerade diesen Augenblick für
derartige Demonstrationen auswählt.
Nina lag bis heute mittag teils bewußtlos, teils bei halbem Bewußtsein gänzlich apathisch. Plötzlich kam sie völlig zu sich. Sie
sah mich an und sagte verwundert: Ich lebe ja! Und dann wiederholte sie leise und bitter enttäuscht: Ich lebe noch.
Dann drehte sie sich zur Wand und sprach nicht mehr. Ich glaube,
sie haßte mich, als sie begriff, was geschehen war. Später schlief
sie ein; sie schläft immer noch, seit fünf Stunden.
Abends: Als sie erwachte, schien sie gefaßt. Sie richtete sich
auf und fragte: Wo ist Ruth? Als ich sie beruhigte, sagte
sie: Percy soll nichts erfahren, aber ich will nicht mehr dorthin zurück.

Nein, nein, sagte ich, du bist bei mir, du bleibst hier, wir holen Ruth oder noch besser: du gehst in ein Sanatorium.

Sie hörte mir zerstreut zu, und plötzlich sagte sie: Ich mag nicht leben. Warum hast du mich nicht sterben lassen.

Ich versuchte, keine tröstende Antwort zu geben. Sie mußte selbst zurückfinden ins Leben. Sie wird es tun, ich bin dessen sicher, wenngleich mir scheint, daß es eine ganze Weile dauern wird. Sie ist sehr elend, auch hat sie, ganz unerwartet, erhöhte Temperatur. Plötzlich sagte sie etwas, was mich tief erschütterte: Nie, sagte sie, nie habe ich das Leben so irrsinnig heftig gefühlt, so zusammengedrängt scheußlich und wunderbar, als ich spürte, daß ich begann ohnmächtig zu werden.

Dann rief sie nach ihrer Katze, die am Fenster saß, schon heimisch hier, und als sie sie im Arme hielt, begann sie zu weinen. Ich ließ sie unbehelligt. Sie weinte lange und fast lautlos; es war wie wenn ein Frühlingsregen fällt. Sie sah es nicht, sie weiß es nicht, daß ich, am Fenster stehend, mitweinte, aber ich glaube, meine Tränen waren bitterer als die ihren. Sie waren nicht nur vom Leid erpreßt, sondern vom Zorn. Ich hasse dieses Leben, wenngleich die Chancen, Nina für mich zu bekommen, nie so günstig waren wie in diesem Augenblick.

Jetzt schläft sie wieder. Aus dem Weinen glitt sie sanft in den Schlaf. Ich werde heute nacht, wie schon die letzte, auf dem Sofa hier verbringen, ich werde auf ihre Atemzüge hören, ihr Milch reichen, wenn sie erwacht, und ich werde versuchen, mit mir ins reine zu kommen. »Ins reine«. Was für ein herrlicher Ausdruck: Ins reine. Nein — ich werde nie mehr ins reine kommen. Aber du wirst es, Nina, du ja. Du glaubst an das Leben, auch wenn du es nicht weißt, nicht wahrhaben willst. Für dich gehört dieser Versuch, dir das Leben zu nehmen, zum Leben selbst. Es ist eine neue Nuance, eine Überraschung, eine tiefe und interessante Erfahrung, ein Experiment, das dein Geist und deine Vitalität dir gestattet haben. —

13. Januar 1937.

— Eine ruhige Nacht. Etwas Temperatur. Ein heller sonniger Wintertag. Nina überrascht mich mit der Behauptung, sie habe mich weinen sehen, sie wußte jedoch nicht mehr, ob es in der Nacht oder am Abend war, und sie gab zu, es möglicherweise geträumt zu haben. Ich weiß, sagte sie, warum du geweint hast, ob es nun im Traum oder Wachen war: es tut dir leid, daß du mich gerettet hast, statt mit mir zu sterben. Als ich, aufs höchste bestürzt, versuchte, ihr zu widersprechen, sagte sie: Du weißt so gut wie ich, daß es sich nicht lohnt zu leben; wir haben nach dem Sinn des Lebens gefragt; das darf man nicht. Wenn man nach dem Sinn fragt, wird man ihn nie erfahren. Nur der, der nie danach fragt, weiß ihn. Sie sagte es einfach und traurig. Aber dieser kleine Satz holte mich ins Leben zurück. Ich vermag nicht zu erklären, wie es kam; ich fühlte mich plötzlich wunderbar gestärkt, »ins reine« gekommen. Welche Kraft wohnt in diesem Geschöpf, daß sie selbst in dieser Lage, erschöpft und ohne Hoffnung, andere aufzurichten vermag.

Ich werde diese Kraft brauchen, denn heute wird Ninas Mann von seiner Reise zurückkommen; ich werde ihn von der Bahn abholen und ihm eine plausible Erklärung geben. Wie gut, daß der Hausmeister den Brief, an ihn adressiert, fand und mir gab. Ich lege ihn diesen Blättern bei, uneröffnet. Nina hat nicht danach gefragt, so wie sie überhaupt nicht nach ihrem Manne gefragt hat. Sie scheint ihn vergessen zu wollen. Als ich ihr erklärte, in welcher Form ich ihn instruieren würde, sagte sie ohne Anteilnahme: Ja, aber er soll mich nicht besuchen.

Es ist mir äußerst unangenehm, ihm zu begegnen. —

14. Januar 1937.
— Ich war zu dem Nachmittagszug gegangen, jedoch war Hall nicht gekommen. Als ich zu Nina zurückkehrte, hatte sie Fieber. Sie rief mir sofort entgegen: Hast du ihm gesagt, daß ich nie wieder zu ihm gehen werde?

Als ich antworten wollte: Nein, er ist ja nicht gekommen, hörte sie nur das Nein und unterbrach mich mit einer zornigen Geste, als wollte sie etwas nach mir schleudern.

Du solltest es ihm aber sagen, du weißt es doch, nie tust du, was richtig ist.

Aber Nina, sagte ich, hör doch zu, er ist ja gar nicht gekommen.

Ach so, sagte sie, und um nichts beruhigt, fügte sie hinzu: Du sollst es ihm sagen, wenn er kommt.

Dies war eine neue Wendung; sie versetzt mich in eine weitaus schwierigere Lage. Es war mir äußerst unklar, was ich ihm sagen und was ich ihm verschweigen sollte, und als der Zug einfuhr, wußte ich es weniger als zuvor, und ich bin sehr unbegabt für Improvisation. So befand ich mich in gereizter Stimmung, die sich noch steigerte, als ich Hall in Begleitung eines jungen Mädchens sah; augenscheinlich eine Reisebekanntschaft. Sie waren in heiterster Laune, und es bereitete mir ein ingrimmiges Vergnügen, sie zu stören. Ich trat ihnen in den Weg und sagte: Herr Hall, ich möchte Sie sprechen. Er erkannte mich sofort; er hatte also mein Gesicht nicht vergessen, so wie ich das seine nie vergessen werde. Mein Anblick war ihm höchst unerfreulich, aber er schien zu fühlen, daß es sich um Wichtiges handelte. So verabschiedete er sich zögernd von dem Mädchen, das ihn verwirrt und voller Enttäuschung ansah und dann rasch und gekränkt davonging.

Die ganze Unterredung spielte sich auf dem nächtlichen Bahnsteig ab, inmitten der Passanten, des Lärms und Lokomotivqualms, und sie dauerte nicht länger als fünf Minuten.

Während Sie verreist waren, begann ich, ist Ihrer Frau ein kleiner Unfall zugestoßen; sie ist gestürzt und ein Sturz während der Schwangerschaft bleibt selten ganz ohne Folgen.

Er blickte mir scharf und stumm in die Augen. Ich wußte, was er dachte, und es ergötzte mich, ihn zu verblüffen.

Wenn wir das Kind halten wollen, fuhr ich fort, müssen wir äußerst vorsichtig sein.

Sein Gesicht entspannte sich, verlor aber nichts an Mißtrauen. Er sagte noch immer kein Wort.

Ihre Frau liegt augenblicklich in meiner Wohnung, sie suchte bei mir Hilfe, und ich hielt es für nötig, sie sofort dazubehalten. Ich nehme an, ich handelte in Ihrem Sinne. In einigen Wochen wird es ratsam sein, sie in ein Sanatorium zu schicken, sonst wird sie diese Schwangerschaft nicht überstehen.

Ich beobachtete ihn genau, als ich ihm diese Eröffnung machte. Er wurde blaß, soweit ich es in diesem diffusen Bahnhofslicht sehen konnte, und er stieß einige Sätze hervor, die ich erst bei der Wiederholung verstand: Ich will zu ihr, sie soll nachhause, ich werde sie pflegen.

Nein, sagte ich, Sie unterschätzen die Gefahr, in der Ihre Frau schwebt. Wenn Sie wollen, daß Ihr Kind gesund zur Welt kommt und Ihre Frau erhalten bleibt, müssen Sie sich diesen Anordnungen fügen. Im übrigen ist die kleine Tochter beim Hausmeister.

Er antwortete nicht; auf den Boden starrend, schien er zu überlegen oder um Fassung zu ringen. Schließlich sagte er: Gut, ich glaube Ihnen.

Es war unverkennbar, daß er mir *nicht* glaubte, und nun war die Situation gegeben, in der ich Ninas Auftrag hätte erfüllen können. Ich tat es nicht. Statt dessen sagte ich: Sobald es nötig ist, werde ich Ihnen Nachricht geben. Im übrigen ist hier meine Telefonnummer.

Er schien noch etwas sagen zu wollen, aber er ließ es, achselzuckend, sein. Ein vorüberfahrender Zug von Gepäckwagen trennte uns und ersparte den formellen Abschied.

Er hat bis jetzt noch nicht angerufen. Ich weiß nicht, was ich denken soll.

Als ich gestern nacht nachhause kam, schlief Nina. Ich sah, daß sie ein Schlafmittel genommen hatte. Es war ihr verboten, und ich wußte nicht, wie sie es hatte finden können. Heute gestand sie mir, daß Helene es ihr gegeben habe. Ich war aufs höchste verwundert. So war Helene also bei dir gewesen? Ja, sagte sie, und sie hat mir Obst gebracht. Was habt ihr gesprochen? fragte ich.

Ach, sagte sie, nichts weiter. Offenbar verschweigt mir Nina etwas. Ich verstehe Helene nicht, aber ich will sie nicht befragen.

Nina hat heute ihren Mann überhaupt noch nicht erwähnt. Sie liegt apathisch und schläft oder dämmert vor sich hin.

Nachts.

Ein Anruf von Ninas Mann. Kurze Frage, kurze Auskunft, ein Gespräch von einer Minute.

Ich berichtete es Nina. Sie zeigte keinerlei Interesse. Jetzt ist es Nacht. Sie schläft tief. Im Schlaf tritt ihre angeborene, durch so viele widrige Umstände verschüttete Liebenswürdigkeit rührend zutage. Ich werde nicht müde, sie zu betrachten. Während ich sie ansehe, spüre ich, wie meine Verhärtung, mein Schuldbewußtsein, meine Vorsicht hinwegschmelzen, und für kurze Zeit ist es mir dann vergönnt, an eine andere, glücklichere Möglichkeit meiner Lebensführung zu glauben. Ich wage es kaum zu denken, was geschehen kann, wenn Nina wirklich nicht mehr zu ihrem Mann zurückkehren wird, aber ich finde mich in unkontrollierten Augenblicken bei der deutlichsten Vorstellung davon, wie sie hier mit ihren Kindern spielen, wie sie durch diese Räume gehen, wie sie mich auf meinen Fahrten und Reisen begleiten wird. Ich werde nun zu Bett gehen, ich werde wachliegen, Stunde um Stunde, ich werde Nina atmen hören und eines unbeschreiblich subtilen Glücks teilhaftig werden. —

15. Januar.

— Ich wurde keineswegs eines subtilen Glücks teilhaftig in der vergangenen Nacht. Wie konnte ich annehmen, auf die Dauer in Ninas Nähe zu sein, ohne der schlimmsten Versuchung anheimzufallen? Nina ist müde, erschöpft und schwanger, und dennoch vermag sie zu betören. Ich glaubte, mit meiner Liebe »ins reine« gekommen zu sein. Ich hege, wie es scheint, knabenhafte Ideale. War es Nina, die einmal vom »Pathos der Keuschheit« gesprochen hat? Ich habe mich, unfähig zu billiger Liebe, entschieden der Keuschheit verschrieben. Es gelang mir, mich außerordentlich weit von gewöhnlicher Begierde zu entfernen. Ich liebe das klare, gesammelte Morgengefühl der Unabhängigkeit von derartigen Bedürfnissen. Aber ich unterschätzte die Gefahr körperlicher Nähe. Ich mußte den Raum verlassen. Ich habe den Rest der Nacht auf einem Stuhl im Zimmer nebenan verbracht und werde von heute an wieder in meinem eigenen Zimmer nächtigen. Es ist schwierig, weiterhin Unbefangenheit zu zeigen. Ich hoffe, Nina kann sehr bald reisen. Ich habe mit Bohle telefoniert, ich kenne ihn, er ist ein ausgezeichneter Arzt, und sein Sanatorium in der Nähe von Oberstdorf ist sehr gut.

Den ganzen Tag kein Anruf von Ninas Mann. Nina hat steigendes Fieber. Ich vermute eine beginnende Rippenfellentzündung. Ich werde morgen Meid zuziehen. —

16. Januar.
— Unnötige Sorge. Das Fieber ist plötzlich gesunken. Ich sprach heute mit ihr über die Sanatoriumsfrage. Sie zeigte keine Anteilnahme. Plötzlich aber sagte sie: Wir haben kein Geld.
Ich log: Dein Mann hat ein Patent verkauft, er sagte es mir eben am Telefon, das Geld ist also da, mach dir keine Sorge.
Sie widersprach nicht mehr. Am Abend verlangte sie nach ihrer Katze, wobei sich herausstellte, daß das Tier seit länger als vierundzwanzig Stunden verschwunden war. Nina schlief wieder ein, ich aber begann nach der Katze zu suchen. Ich fragte Helene, sie zuckte die Achseln und sagte: Die wird schon wiederkommen, wenn sie nicht Gift gefressen hat.
Diese Antwort überraschte mich. — Warum sollte sie Gift fressen?
Helene antwortete mit trockener Schärfe: Ich sagte nicht, daß sie es tat; ich sagte, sie wird wiederkommen, wenn sie es nicht getan hat.
Die Spannung zwischen Helene und mir nimmt in dem Maße zu, in dem mein Verlangen nach Nina wächst. Ich glaube, Nina wird in einigen Tagen reisen können. —

22. Januar, nachts; gegen morgen.
— Nina ist fort. Ich brachte sie und ihre kleine Tochter zur Bahn. Sie bestand darauf, die Reise ohne mich zu machen. In Oberstdorf wurde sie mit einem Sanitätsauto abgeholt. Ich rief Bohle eben an. Sie ist verhältnismäßig wohl bei ihm eingetroffen, aber er sieht eine langdauernde und tiefe Krise voraus. Er weiß, was vorgefallen ist; ich hielt es für nötig, ihn zu informieren.
Während ich am Bahnhof war, machte sich Helene über das verlassene Zimmer her, ohne auf die Putzfrau zu warten. Als ich zurückkam, fand ich das Zimmer in wilder Unordnung, die Fenster waren trotz der großen Kälte weit geöffnet, es schneite herein, die Bettkissen und Decken waren abgezogen und zum Lüften ausgebreitet, der Teppich, den sie sonst nie allein zu bewältigen vorgegeben hatte, hing auf dem Balkon, die Vorhänge waren abgenommen. Helene, demonstrativ in Putzfrauenkleidern, war dabei, den Boden zu bohnern.
Ich sagte kein Wort, aber ich verließ die Wohnung und verbrachte den Rest des Tages in einem Café. Dort traf ich Meid, Gott sei Dank ohne Frau. Er fand mich verstört und zerstreut und schrieb mir Übermüdung und Erschöpfung zu. Er hat recht, in der Tat; ich war so erschöpft, daß ich die Selbstkontrolle verlor und mich

ihm zu eröffnen begann. Selbstverständlich vermied ich jede Anspielung auf Nina und blieb im Allgemeinen. Aber er fragte schließlich sehr direkt, was mich denn hindere, diese Frau zu heiraten. Ich vermochte nichts zu antworten als: Sie wird nicht wollen; sie liebt mich nicht.

Meid betrachtete mich mit einiger Belustigung, die jedoch nichts Kränkendes hatte. Junge, sagte er (er ist um ein Jahrzehnt älter), Junge, du denkst zuviel und handelst zu wenig.

Das war eine triviale Feststellung, die mir nicht helfen konnte, und doch enthält sie den Kern meiner Misere.

Schließlich fragte mich Meid, ob ich denn allen Ernstes glaubte, daß ich zur Ehe geeignet sei und, wichtiger noch, wie er sagte, ob ich denn glaubte, daß Ehe ein wünschenswerter und hilfreich sinnvoller Zustand sei.

Meids Ehe galt als eine der wenigen musterhaften unter allen meinen Bekannten; daher bestürzte mich seine Frage.

Nun, sagte er, siehst du: als ich heiratete, war ich dreißig, meine Frau siebzehn. Sie gefiel mir, sie war lebhaft, und sie schien, bei ihrer Jugend und ihrer Aufgewecktheit, recht geeignet, sich erziehen zu lassen. Ich erzog sie also, und in den ersten Jahren war ich berauscht von ihrer raschen Entfaltung. Nun — und dann war es zu Ende. Ich hatte entwickelt, was zu entwickeln war, die Grenze war bald erreicht. Von da an tat sie, was sie wollte. Sie beharrte auf der erreichten Stufe und breitete sich dort aus. Meinen Versuchen, sie höher zu ziehen, begegnete sie mit Widerstand, und schließlich wurde ich ihr lächerlich. So ließ ich sie endlich, wo sie war, sie ist dort zufrieden, sie hat sich in ihrer Welt eingerichtet, alles andre ist ihr gleichgültig. Sie glaubt, sie führt die beste Ehe der Welt, weil ich sie gewähren lasse. Sie hat nicht die leiseste Ahnung, daß ich weiterging, allein, und daß sie mir gleichgültig geworden ist. Frauen, mein Lieber, Frauen enttäuschen uns immer. Aber, fügte er versöhnlich und weise — wie mir scheint — hinzu: Auch wir enttäuschen die Frauen. Nie gibt es eine wahre Ehe, es gibt nur Resignation.

Ich sagte nichts, ich stellte mir Meids Frau vor. Sie war hübsch und von durchschnittlicher Intelligenz, lebhaft und selbstbewußt und verstand es, ein Haus zu führen. Ich verglich sie mit Nina und stellte fest, daß die beiden nichts gemeinsam haben.

Nein, sagte ich schließlich, nein; du hast nicht recht; es gibt Frauen, die Schritt zu halten vermögen, ja uns überflügeln.

Meid warf mir einen melancholischen Blick zu. Ja? fragte er kläglich, meinst du wirklich? Und sind solche Frauen nicht unerträglich?

Wir brachen beide in ein etwas gezwungenes Gelächter aus, das damit endete, daß Meid durchaus mit der Frau, die ich liebte (so behauptete er), bekannt zu werden wünschte; als ich ihm auseinandersetzte, daß es unmöglich sei, schlug er mir vor, mit ihm ins Bordell zu gehen. Er brauche das bisweilen, gestand er freimütig. Ich brachte ihn in meinem Wagen dorthin und verspürte plötzlich den heftigsten Wunsch nach Entspannung.

Es war enttäuschend, obgleich es gewisser Reize nicht entbehrte. Ich fühlte mich eher gelangweilt als erregt oder angewidert. Ich werde es nie wieder tun. —

An diese Seite geheftet fand ich einen Brief Ninas an Stein, mit dünner, aber erstaunlich ordentlicher Schrift geschrieben.

10. Januar 1937.
Lieber Freund, ich begreife nicht ganz, warum Du mir diesmal nicht hast helfen wollen, gerade dieses eine Mal, wo ich Dich wirklich brauchte. Vielleicht hast Du gedacht: sie ist stark genug, um es zu bestehen. Oder Du hast gedacht: das ist die Sühne für alles, was sie falsch gemacht hat in den letzten Jahren. Vielleicht aber hast Du Dir gedacht: Was geht mich das an, sie soll nun den Weg weitergehen, den sie selbst gewählt hat. Ich weiß es nicht. Aber eines weiß ich: ich habe kein Bedürfnis nach Sühne und Buße. Ich habe vieles falsch gemacht, aber wie soll man leben ohne Irrtümer? Ich bereue gar nichts. Aber ich will nicht mehr weiterleben. Ich kann nicht leben ohne Freiheit. Ich habe sie verloren. Jetzt bleibt mir nur ein einziger Weg, wieder frei zu werden. Es ist wahrscheinlich sehr gut, daß Du mich sterben läßt. Denk nicht, daß Du schuldig bist. Du sollst Dich keine Sekunde quälen deswegen. Es ist gar nicht schwer für mich, zu sterben. Ich danke Dir für alles, was Du je für mich getan hast. Tu noch eines: Sieh bitte nach meiner kleinen Tochter. Percy soll sehen, daß ihr Vater sie zu sich nehmen wird. Percy weiß seinen Namen. Es wird ihm nicht schwerfallen, seine Adresse herauszufinden. Bis Percy von seiner Reise zurückkommt, kann die Kleine beim Hausmeister bleiben. Geld liegt bei. Es ist alles, was ich habe.

Und nun will ich nicht mehr an das denken, was war, sondern an das, was kommen wird, was sein wird.   Deine N.

P.S. Ich werde es etwa um drei Uhr tun, in ungefähr zehn Minuten; ich bin unbeschreiblich müde, als wäre es schon zur Hälfte vorbei.

An die nächste Seite war ein Brief geklammert, ein geschlossener Umschlag, von Ninas Hand an Percy Hall adressiert. Zögernd öffnete ich ihn.

9. Januar 1937.
Lieber Percy, ich ertrage Deine Großmut nicht länger, auch Du erträgst sie nicht mehr. Du kannst mein Kind nicht ausstehen,

und ich werde das Deine nie lieben können. Damit sind wir quitt. Du hast Dich geweigert, in eine Scheidung zu willigen. Ich bin zu müde, um zu kämpfen. So bleibt mir also nichts anderes übrig als zu gehen. Bitte, gib beiliegenden Brief an Ruths Vater. Ich weiß seine Adresse nicht. Ich glaube, er ist in Zürich. Du wirst eines Tages gewiß erfahren, wo er ist. Du brauchst Dich nicht um mich zu grämen, Du wirst es ohnedies nicht lange tun. Das ist kein Vorwurf; Deine Natur ist eben so, und sie ist der meinen ganz konträr. Warum hab ich Dich geheiratet? Warum hast Du darauf bestanden, mich zu heiraten? Ein unglückseliger Irrtum von uns beiden. Ich weiß Deine Qualitäten, aber ich hasse Deine Ahnungslosigkeit so, wie Du es haßt, was Du meine Kompliziertheit nennst. Jetzt bin ich müde. Dieses Kind, so rasch nach dem ersten und gegen meinen Willen entstanden, geht über meine Kraft.   N.

Der beiliegende Brief lautete:

9. Januar 1937.
Lieber Alexander, es ist sonderbar zu denken, daß Du diesen Brief lang nach meinem Tod bekommen wirst. Vielleicht erinnerst Du Dich meiner nicht mehr deutlich, und das wäre nicht Deine Schuld. Es haben sich in letzter Zeit Dinge ereignet, die mich bestimmen, lieber zu sterben als unter solchen Umständen weiterzuleben. Bitte, nimm Ruth zu Dir. Ich hoffe, sie hat etwas von Deiner Begabung und Deinem Wesen. Ruth soll leben, weil sie Dein Kind ist. Wenn sie jemals, später, nach mir fragen sollte, kannst Du ihr ruhig sagen, daß ich mir das Leben genommen habe, weil ich es nicht ertragen habe, unfrei zu sein und erniedrigt. Ich habe große Sehnsucht nach vollkommener Freiheit. Du wirst mich verstehen. Leb wohl.   N. B.

Der Brief an Stein war vom 10. Januar, diese beiden aber waren vom Tag vorher. So hatte sie also, schon ehe sie zu Stein ging, jede Hoffnung verloren. Ihr Mißerfolg war nichts mehr als die Bestätigung dessen, was sie schon wußte. Ich wunderte mich darüber, wie ein Mensch, der verzweifelt ist, kurz vor dem Tod noch so ruhige, klare Briefe schreiben kann. Eigentlich war ich bestürzt, fast entsetzt. Es wäre mir lieber und es wäre natürlicher gewesen, wenn sie verwirrt und klagend geschrieben hätte. Sie war so schrecklich beherrscht, und nun begriff ich, was sie meinte, als sie, tags zuvor, gesagt hatte: Viel Kraft zu haben ist gefährlich. Ich war plötzlich sehr erleichtert darüber, daß sie jetzt wenigstens verzweifelt war und daß sie es auch gezeigt hatte. Mag sein, daß mehr Größe dazu gehört, alle Leiden zu verbergen und um jeden Preis Haltung zu bewahren. Aber menschlicher ist es, auch einmal schwach zu sein, und ich habe das sichere Gefühl, daß man mit zuviel Anspannung wenig erreicht. Vielleicht, dachte ich, ist es doch nicht ganz so falsch, wie ich lebe: Ein wenig nachlässig und gedankenlos, mit mir einverstanden und ohne besondere Leidenschaft.

Die nächsten Blätter brachten die Fortsetzung von Steins Bericht über Ninas Genesung.

28. März 1937.
— Ich habe während der vergangenen zwei Monate fast täglich bei Bohle angerufen. Bis vor wenigen Wochen fand er Ninas Zustand besorgniserregend. Eines Tages aber stellte er eine Wendung zur Genesung fest, deren Plötzlichkeit ihm Rätsel aufgab. Endlich erlaubte er mir, Nina zu besuchen, und ich benützte den ersten Tag der Semesterferien für diese Fahrt.

Ehe ich Nina sah, sprach ich mit Bohle. Er nimmt lebhaftes Interesse an diesem Fall und scheint eine besondere, ja intensive Vorliebe für Nina zu haben. Er ist der Ansicht, daß Nina eine schwere Lebenskrise hinter sich habe, daß sie aber keineswegs außer Gefahr sei, und daß immer wieder mit Rückfällen zu rechnen sei, wenn sie ihr Leben unter unveränderten Umständen weiterführe. Ich brauchte ihn nicht zu fragen, was er damit meinte, denn er fügte sofort eine Erklärung hinzu. Er habe, so sagte er, Ninas Mann kennengelernt und sei der Meinung, daß die Verbindung mit ihm für Nina der schwerste Hemmschuh ihrer Entwicklung sei. Diese Feststellung sei kein Werturteil über den Mann, fügte er hastig (allzu hastig) hinzu, er wolle damit nur sagen, daß Nina diese Ehe als eine Aufgabe betrachte und daß sie in dem Versuch, sie aufs beste zu erfüllen, ihre Kräfte restlos und zweifellos vergeblich verbrauche.

Nina mache jetzt schon wieder alle Anstalten, ihren zerbrochenen Willen aufs neue zu sammeln für diesen unfruchtbaren Kampf. Tun Sie alles, sagte er mir, alles, was Sie können, um sie von dem Mann zu trennen.

Ich bin äußerst überrascht von diesem Ansinnen, denn ich kenne Bohle seit langem als konservativ, Feind jeder Scheidung. Er, selbst in einer von Natur nicht harmonischen Ehe lebend, behauptete bisher, man könne jede Ehe führen, wenn man sich die rechte Mühe gäbe und mehr von sich selbst als vom Partner erwarte — eine Ansicht, die mir aus dem Munde eines Psychotherapeuten (der er eigentlich ist) immer höchst zweifelhaft und lebenswidrig erschien. Einen Augenblick lang hatte ich den Verdacht, als sei Bohle nicht objektiv im Falle Nina und als übersteige seine Anteilnahme das übliche Maß beträchtlich. Aber ich mag mich täuschen. Meine leicht reizbare Eifersucht zeigt mir vieles verzerrt. Auf jeden Fall überschätzt Bohle meinen Einfluß auf Nina. Er ahnt nicht, daß ich sie durch meine bloße Existenz zu Widerspruch und Widerstand reize.

Ich versuchte, ihn zu weiteren Äußerungen zu verlocken, indem ich ihm seine eigenen Ansichten aus früherer Zeit entgegenhielt. Aber er verteidigte mit Leidenschaft seine neue These, daß es ein Unrecht vitaler und geistiger Natur sei, einen Menschen, dessen Wesen ins Größere dränge, mit einem Partner zu verkoppeln, der ihm diese Entwicklung abschneide. Nun gut, ich bin seiner Meinung, ohne jedoch zu wissen, ob Nina nicht längst und unwiderruflich beschlossen hat, weiter mit Hall zu leben. Wie ich sie kenne, wird sie so leichten Kaufs nicht preisgeben, was sie einmal auf sich genommen hat. Jetzt, einen Tag nach dieser Unterredung, will es mir scheinen, als habe Bohle auf den Busch geklopft, um zu erfahren, ob mein Interesse an Nina andrer als freundschaftlicher Art sei. Er hat so wenig Klarheit über mich gewonnen wie ich über ihn, und unsere vorsichtige Art des gegenseitigen Ausforschens scheint mir jetzt der Komik nicht zu ermangeln. Wie leicht macht ein Mann sich lächerlich, wenn er glaubt, seine Liebe verleugnen zu können. Doppelt lächerlich ist es, wenn zwei Männer dasselbe tun und wenn noch dazu beide (wie ich glaube) um ein unerreichbares Objekt würfeln.

Nina selbst lebt noch ganz außerhalb dieses Bezirks. Sie hat sich sehr verändert. Sie ist still, scheu und in sich gekehrt, und sie zeigt eine Seite ihres Wesens, die bisher verborgen war; sie ist weich, empfindlich, ich möchte sagen pflanzenhaft. Sie sprach wenig und sie liebte es zu lächeln, freundlich, doch abwesend. Auf ihrem Tisch lagen beschriebene Blätter, und sie sagte beiläufig, es sei eine Geschichte, die sie in den letzten Wochen geschrieben habe.

Ehe ich mich verabschiedete, forsche ich vorsichtig nach ihren Plänen für die nächste Zeit, aber sie zuckte nur die Achseln auf eine ungewohnt und rührend zögernde Art. Ich weiß nicht, woraus Bohle schließt, daß sie sich für ein Weiterleben mit Hall entschieden hat. Ich glaube vielmehr, daß für sie alles äußere Leben jetzt noch in einem vagen Dämmerlicht liegt, sehr fern und ohne Anspruch und Verpflichtung.

Diese Krankheit, diese Lebenskrise, kann von großem Segen für sie sein: sie hat eine innerste Schicht in ihr zum Leben erweckt. Aber es ist nicht abzusehen, was sich ereignen wird, wenn sie genesen ist.

Ich fühle mich zugleich erleichtert und beunruhigt. Nina kann ebenso große Kraft zum Bösen wie zum Guten entfalten; sie lebt in Spannung und Gefahr. —

25. Juni 1937.
— Heute abend sah ich Nina; ich bin sicher, daß sie es war, obgleich es bereits dunkel war. Ich mußte mit dem Wagen an einer Straßenkreuzung warten. Die Passanten gingen schattenhaft an mir vorüber, ich achtete nicht auf sie, aber plötzlich fiel mir eine Frau auf, die wie eine Schlafwandlerin ging; ihre Augen waren offenbar auf etwas gerichtet, was in einiger Entfernung vor ihr stand oder dort sich bewegte. Sie ging, als würde sie gezogen; sie bemerkte nicht, daß sie mehrmals an andere Menschen stieß, man wandte sich erstaunt nach ihr um. Ihre zierliche Gestalt war durch die Schwangerschaft bereits verändert. Ich fuhr, sobald das Signal zur Durchfahrt gegeben war, in der Richtung weiter, in der sie fortgegangen war, aber ich sah sie nicht mehr.
Diese Begegnung mitsamt der Tatsache, daß ich seit acht Wochen keinerlei Nachricht von Nina habe (ich kann sie nicht besuchen, noch kann ich ihr schreiben), bereitet mir große Sorge; aber seitdem sie sich jede Einmischung in ihre Ehe verbeten hat, als sie aus dem Sanatorium zu Hall zurückkehrte, vermeide ich streng die leiseste Spur einer Annäherung. Ich spüre eine neue Katastrophe herannahen und fühle mich versucht, Bohle anzurufen, um ihn zum Bundesgenossen zu machen. Aber ich unterlasse es. —

29. Juli 1937.
— Ein Telefonanruf der Oberschwester aus der Klinik unterrichtet mich eben darüber, daß Nina gestern einen Sohn bekommen hat; eine Frühgeburt. Nina lasse mich grüßen.
Das heißt: Hier die Tatsache, aber besuche mich nicht.
Ich wage es nicht einmal, Blumen zu schicken. Es könnte ihr mißfallen und ihren Mann verärgern.
Damit scheint Ninas Geschick besiegelt zu sein. Sie wird bleiben, sie wird ihre Kinder aufziehen, sie wird resignieren und ihre Träume vergessen. Schade. Sie war ein so vielversprechender, ein so besonderer Entwurf zu einer Frau.
Ich werde die Stadt verlassen und meine Ferien in Italien verbringen, und diesmal wird Nina nicht mehr vermögen, mich zurückzurufen, was immer auch geschehen wird. Helene wird mich begleiten.

28. Oktober 1937.
— Bei meiner Rückkehr erwartete mich ein Brief Ninas. Er liegt dieser Seite bei. —

24. Oktober 1937.
Lieber Freund, während Du in Italien und Algier warst (Du siehst, ich bin wohlunterrichtet), hat sich einiges ereignet. Ich

198

habe mich endlich von Percy Hall getrennt, habe eine kleine Wohnung in der Leopoldstraße gefunden, dazu ein tüchtiges Mädchen, das für meine Kinder sorgt, bin tagsüber in meiner alten Buchhandlung beschäftigt und habe Aussicht, Lektorin in einem Verlag zu werden. Mein Entschluß ist unwiderruflich. Er kam überstürzt, von einem Tag zum andern, als das Maß voll war. Darüber später, wenn überhaupt je. Es wird bald unwesentlich für mich geworden sein. Zunächst steht mir noch die Scheidung bevor. Ich bin atemlos, von Entschluß und Veränderung fast betäubt und kann es noch nicht glauben, daß ich das neue Ufer bereits erreicht habe. Mir ist zumut wie nach einer schlimmen Krankheit. Ich muß erst wieder gehen und in der leichten Luft atmen lernen. Aber sei sicher: ich werde es bald können. Willst Du mich besuchen? Wenn Du noch in unserer alten Buchhandlung einkaufst, wirst Du mich mit Ausnahme des Mittwoch tagsüber immer treffen. N.

— Dieser Brief versetzte mich in Unruhe. Ich bin von meiner ausgedehnten und wohlgelungenen Reise mit mehr Ausgeglichenheit zurückgekehrt, als ich sie je vorher besaß. Es war mir gelungen, Nina bis zu einem gewissen Grade zu vergessen oder wenigstens mich glauben zu machen, daß ich sie vergessen habe. Wäre es mir wirklich gelungen, dann hätte dieser Brief mich nicht so tief verwirrt. Ich habe sie nicht vergessen, ich werde sie nie vergessen. Was soll ich tun? Sie ruft mich. Warum tut sie es? Weil sie sich einsam fühlt und weil sie mich als den rocher de bronze ihres Lebens betrachtet, da es ihr so paßt. Hat sie jemals sich überlegt, welche Marter sie mir zufügt seit Jahren? Sie ruft mich, wenn sie will, sie jagt mich von sich, wenn sie will, und sie weiß, daß ich tue, was sie will. Wahrscheinlich verachtet sie mich deshalb. Wahrscheinlich würde ich ihr tausendmal mehr imponieren, hätte ich öfter nein gesagt zu ihren Ansinnen. Ich habe versucht, sie als Menschen zu nehmen. Ich vergaß, daß sie eine Frau ist und daß man mit Frauen nicht rechnen kann. Ich weiß nicht, wie man sie behandeln soll. Ich glaubte an ihre Vernunft, ihre hohe Intelligenz. Aber was bedeuten einer Frau derartige Gaben? Sie ist bereit, früher oder später sie über Bord zu werfen um dessentwillen, was sie »Leben« nennt. Ich werde sie nicht besuchen. Sie bedarf jetzt weder meiner Hilfe noch meiner Nähe. Was soll diese Einladung? —

29. Oktober 1937.
— Ninas Brief kostete mich die Nachtruhe. Ich überlese, was ich gestern schrieb, und bin erstaunt über meinen Ausbruch. Was veranlaßte mich, sie so zu schmähen? Sollte ich es ihr insgeheim übelnehmen, daß sie ihre Ehe aufgelöst hat? Enttäuschte es mich,

daß sie, Nina, schließlich doch das getan hat, was jede andre Frau an ihrer Stelle getan hätte? Ich erwartete also von Nina das Außerordentliche, und sie tat das Gewöhnliche. Ist dies der Grund meiner Erbitterung? Ich kann es nicht glauben. —

An dieser Seite war ein Zettel befestigt, mit Klammern und obendrein mit gummierten Klebestreifen, während die übrigen Briefe nur lose eingelegt waren, so, als handle es sich um ein Dokument von besonderer Wichtigkeit, das um keinen Preis verlorengehen dürfe. Auf dem Zettel stand:

5. Mai 1947.

— Heute, zehn Jahre später, weiß ich den wahren Grund oder vielmehr: ich gestehe ihn mir ein. Er ist lächerlich beschämend und tief: Als Nina im Begriff war, ihre Freiheit zu erringen, stand plötzlich und neuerdings die Möglichkeit vor mir, sie, Nina, für mich zu gewinnen. Eine Möglichkeit, die ebenso verlockend wie erschreckend war. Sie verlangte von mir eine endgültige und klare Entscheidung. Ich war ihrer nicht fähig, so wenig wie ich's vorher oder nachher war. Ich könnte zu meiner Entschuldigung anführen, daß ein sicheres Gefühl mich davor warnte, dieses freiheitsliebende Geschöpf zu binden. Aber das wäre eine Ausflucht ins Halb-Wahre. Ich selbst war es, der sich vor einer Bindung scheute. Sehnsucht und Furcht lagen viele Jahre lang im heftigsten Widerstreit. Es bedurfte meiner schweren und unheilbaren Krankheit, es bedurfte der Gewißheit meines nahen Todes, um mich zu erlösen von diesem schmählich marternden Konflikt. Da ich vor zehn Jahren mich nicht kannte, wie ich heute mich kenne, war es mir freilich nicht möglich zu wissen, daß mein wilder Ausbruch nicht Nina, sondern mir selber galt und daß mein Kampf um Nina nicht eigentlich der Kampf um diese eine besondere Frau war, sondern der Kampf um Erkenntnis und Entwicklung meines Wesens in einer besonderen Richtung, wie denn überhaupt die Wahl der oder jener Frau nicht der oder jener Frau nur gilt, sondern vielmehr dieser oder jener Möglichkeit des eigenen Wesens. War Nina nicht die Verkörperung jenes Teils und jener Möglichkeit meines Wesens, die ich vor mir selbst zu verleugnen suchte? Ich bedaure den, der ich vor zehn Jahren war, um seiner Blindheit willen. Es bereitet mir wenn schon gewiß nicht Freude, so doch außerordentliche Erleichterung, mich heute endlich zu sehen, wie ich bin. —

Dieser Zettel war so befestigt, daß man, wenn man ihn nach oben umschlug, das lesen konnte, was auf der Seite darunter stand. Es war die Fortsetzung des Berichts vom

29. Oktober 1937.
— Jedenfalls werde ich sie nicht besuchen. Bin ich ein Hund, der
kommt, wenn man pfeift? —

30. Oktober 1937.
— Unabweisbare Überlegung: hat Nina nicht ein Recht, auf meine
unverbrüchliche Freundschaft zu bauen? Es ist ihr nicht bewußt,
daß sie in brutaler Souveränität über mich verfügt. Sie tut, was
ihr natürlich erscheint. Und ist es nicht natürlich, daß sie an
meine bereitwillige Freundschaft glaubt, da ich sie ihr so viele
Jahre lang anbot? Vielleicht auch, vage Hoffnung, bin ich wirklich der Mensch (wenn auch nicht der Mann), der ihr am nächsten steht. Vielleicht, Schatten eines Schattens, wird sie, nach den
Erfahrungen ihres bisherigen Lebens — Nein. Keine neuen Illusionen. Wenn ich nun zu ihr gehe, werde ich es in absichtsloser
Freundschaft tun. —

12. November 1937.
— Gestern endlich war ich bei Nina. Wäre ich nur niemals zu ihr
gegangen! Sie ist meine alte Nina, um einige neue Züge be-
reichert. Noch verraten ihr Gesicht und ihre etwas nervösen Bewegungen die Leiden, die hinter ihr liegen, aber schon zeigt sie,
ihrer Schwermut reizvoll beigemischt, einen gewissen Übermut,
eine Spur von Keckheit, die mich ebenso bezaubert wie mißtrauisch macht. Ich fürchte, sie wird nun nachholen, was sie sich
schuldig blieb. In manchen Augenblicken vibrierte sie von Leben und Erwartung. Sie hat zwei neue Erzählungen geschrieben
und vor kurzem einen Roman begonnen, und sie scheint nun in
ihrem Element zu sein: in der unbeschränkten Freiheit. Von
ihrer Ehe kein Wort. Sie kann vergessen. Mich betrachtet sie
ohne alle Bedenken als »ihren alten Freund«. Nun, so spiele ich
eben die mir zugewiesene Rolle, ohne zu wissen, wie lange ich
aushalten werde.
Warum ruft sie mich, da sie weiß, daß ich sie liebe und daß ihre
Nähe mir Qual bereitet? Ich bin sicher, daß sie mich niemals
lieben wird, da sie es nicht schon sieben Jahre früher tat, und
doch gibt sie mir meine Freiheit nicht zurück. Sie weiß nicht, wie
grausam sie ist. Bei all ihrer Klugheit: sie ist nicht besser als
andre Frauen. Und ich? Bin ich etwa klüger als andre Männer?
Es ist ein lächerliches und schreckliches Spiel, und doch weiß ich,
daß ich sie wieder und wieder besuchen werde. Welcher Wahnsinn, welche Torheit! Aber was wäre mein Leben ohne sie? —

1. März 1938.
— Gestern abend mit N. im »Regina«. Sie war heiterster Laune,
ja von einer Ausgelassenheit, die mich abwechselnd mitriß und

abstieß, und beides wider Willen. Wir tranken Sekt, und sie bestand darauf, daß ich mit ihr tanzte, obgleich sie weiß, daß ich es weder kann noch zu tun liebe. Ich tat ihr den Willen. Schließlich erklärte sie mir die Ursache ihrer Fröhlichkeit: sie ist seit gestern geschieden, »schuldlos natürlich«, wie sie strahlend sagte. Mir war nicht wohl bei ihrer Wildheit, und ich versuchte herauszufinden, was sie darunter verbarg. Allein sie verbarg ganz und gar nichts. Sie tanzte auf ihren abgeworfenen Ketten, wie sie sagte. Ich mag sie nicht, so wie sie jetzt ist, obgleich ich sie nie vorher so unwiderstehlich behexend fand wie gestern. Fast möchte ich glauben, sie wäre mit mir nachhause oder in irgendein Hotel gegangen, um die Nacht in meinem Arm zu verbringen. Aber es liegt mir nicht, derartige billige Gelegenheiten auszunützen. —

Hier lag ein Brief, mit der Maschine geschrieben und ohne Unterschrift. Ein anonymer Brief.

18. März 1938.
Sehr geehrter Herr Professor Stein!
Was uns veranlaßt, Ihnen diesen Brief zu schreiben, ist die Tatsache, daß Sie uns leid tun. Sie sind ein schlechter Menschenkenner und lassen sich von einer Person ausnützen, wo Sie sehr viel davon halten. In Wirklichkeit ist sie es nicht wert, daß Sie sich so darum kümmern. Sie ist beobachtet worden, und man hat festgestellt, daß sie innerhalb von vierzehn Tagen mit vier verschiedenen Männern — Sie wissen schon, was gemeint ist. Man hat sie auch in öffentlichen Lokalen gesehen, und es war kein Benehmen. Wohlmeinende Bekannte raten Ihnen, sich von dieser Person zurückzuziehen, besonders wo sie auch politisch nicht hasenrein ist und es sein kann, daß sie es nicht mehr lang so treibt, weil sie auch jüdischer Umgang ist und anderer, der uns aus gewissen Gründen nicht gefällt. Sie selber sind auch beobachtet worden, aber man hat sich davon überzeugt, daß man Sie nicht mehr in Verdacht zu haben braucht.
Wenn Sie uns nicht glauben, dann brauchen Sie bloß abends in die Bar der »Vier Jahreszeiten« zu gehen oder ins »Moulin Rouge«, da werden Sie schon mit eigenen Augen sehen, was wahr ist.

20. März 1938.
— Anonyme Briefe sind degoutant. Im ersten Impulse wollte ich diesen, noch ehe ich ihn ganz gelesen hatte, zerreißen. Aber die politische Drohung erschreckte mich, und so las ich ihn zu Ende. Ich muß Nina warnen. Aber vorerst will ich mich davon überzeugen, ob diese Beschuldigungen nicht pure Erfindung sind.

Daß Nina über alle Stränge schlägt, bereitet mir keine Überraschung. Ich habe diese Wendung längst erwartet. Daß sie sich politisch gefährdet, erschreckt mich weit mehr. Ich werde, und dies gegen meinen Geschmack, gegen meine Gewohnheit, gegen all meinen innern Widerstand, eins der genannten Lokale aufsuchen, um zu sehen, in welcher Gesellschaft sie sich befindet.

Eben überlas ich diesen Brief noch einmal. Er gibt keinen Anhaltspunkt, den Schreiber zu entlarven. Der Stil scheint ungeschickt, aber ich bin sicher, daß es dem Verfasser Mühe oder auch Vergnügen machte, sich mit Ungewandtheit zu tarnen. Es ist ihm, wie es in derlei Fällen meist geschieht, ein kleiner Fehler unterlaufen: Kein wirklich sprachlich ungeschickter Mensch hierzulande würde schreiben: »in Verdacht zu haben braucht«. Das »zu« ist grammatikalisch korrekt, aber es wird hier nicht gebraucht, nicht einmal in sogenannten bessern Kreisen. Daß der Schreiber keine Orthographiefehler machte, was naheliegt, spricht für seine Intelligenz: er bestand darauf, ernst genommen zu werden, was ich, wie er wohl überlegte, nicht getan hätte, wenn er sich als gänzlich »ungebildet« gezeigt hätte.

Wer mag der Verfasser sein? Wer hat ein Interesse daran, mich vor einer Affäre zu bewahren, Nina aber zu gefährden und außerdem sie von mir zu trennen?

Ich muß gestehen, daß ich einen Augenblick, freilich nur einen Augenblick lang, an Helene dachte. Seit dem Verschwinden von Ninas Katze und trotz unsrer gemeinsamen schönen Afrikareise hat sich das alte gute Verhältnis zwischen uns nicht wiederhergestellt. Aber obgleich ich Helene zutraute, daß sie, um mich zu schützen, nicht leicht vor einem Mittel zurückschrecken würde, glaube ich nicht, daß sie derartig gewöhnlicher Winkelzüge fähig ist. Ich sage, ich glaube es nicht, aber ich bin nicht völlig sicher. Ihre Liebe zu mir nimmt immer geheimnisvollere Formen an. So arrangiert sie seit kurzem immer neue Gesellschaften, zu denen auch hübsche, besonders hübsche Mädchen kommen, und sie besteht darauf, daß ich jedesmal auf mindestens eine Stunde mit von der Partie bin.

Aber zurück zu dem Brief. Ich dachte an Hall, der, gleicher politischer Ansicht wie Nina, ihr auf diese Weise eine ernstliche Warnung senden könnte, die, käme sie direkt und ungetarnt von ihm, zornig von ihr in den Wind geschlagen würde. Möglicherweise aber ist der Brief von ganz fremden Leuten, die politisches Interesse an Ninas Treiben haben und ein böses Katz- und Mausspiel mit ihr treiben wollen.

Wie auch immer: ich fühle mich mehr und mehr beunruhigt, und ich werde die nächsten Abende dazu benützen, Nina zu beobachten, um sie, wenn nötig, zu warnen. —

1. April 1938.

— Es ist ekelhaft, was ich tat, aber es schien mir notwendig, und doch erwies es sich als überflüssig, ja höchst verderblich für die noch immer bestehende Freundschaft zwischen Nina und mir. Es widerstrebt mir, zu schreiben, was ich sah, aber um der Genauigkeit dieser Aufzeichnungen willen werde ich es tun, wenn auch in aller Kürze; da diese Blätter niemand außer Nina selbst lesen wird, kann ich es tun.

Am 24. März traf ich sie, nachdem ich mehrere Lokale durchstreift hatte, in der Regina-Bar, wo sie in unmißverständlicher Weise im Arm meines alten Kollegen Meid lehnte. Beide schienen sich aufs beste zu amüsieren. Ich zog mich zurück, ehe sie mich sehen konnten.

Am 26. März sah ich sie im »Moulin Rouge« in Gesellschaft mehrerer junger Leute. Sie waren weder betrunken noch benahmen sie sich in irgendeiner Weise auffällig oder anstößig. Sie diskutierten angeregt, jedoch war nicht zu hören, worüber sie sprachen. Nina war die einzige Frau unter ihnen, und man wandte sich immer wieder an sie, die, wie mir scheint, eine führende Rolle unter ihnen spielt. Die Beziehung zwischen ihr und den jungen Leuten, unter denen ich übrigens einen meiner begabtesten Studenten entdeckte, ist sichtlich unerotischer Natur, und die begeisterten Blicke der Zuhörer galten nicht Ninas Person, sondern offenbar einer gemeinsam verfochtenen Sache. Nina gefiel mir gut in ihrer Rolle, ich mag es nicht leugnen, wenngleich der zähe Fanatismus, der aus ihrem Gesicht sprach, mich erschreckte. Die Beobachtung dieses Abends beschäftigt mich weit mehr als die vorausgehende. Jene vom 28. März jedoch mißfiel mir aufs schärfste. Ich traf Nina gegen Mitternacht in der Bar der »Vier Jahreszeiten«. Sie war in Begleitung zweier Männer, von denen der eine mein Anwalt Helmbach war. Die Männer waren bereits betrunken, und es war nicht ersichtlich, welchen von beiden Nina bevorzugte. Helmbach ist ein sehr ernster Mann meines Alters, und wenngleich ich natürlich nicht naiv genug bin, um ihm nicht Seitensprünge zuzugestehen, so fand ich doch die Art geschmacklos, mit der er sein Alter und die gewisse männliche Würde, die ihm sonst eigen ist, verleugnete in diesem forciert frivolen Spiel. Nina vergab sich weniger; sie schien erheitert über die Kapriolen der beiden Männer und reizte sie zu immer größeren Torheiten, indem sie sich überlegen und innerlich unbeteiligt gab, was sie vielleicht auch war.

Ich wartete das Ende dieser Ouvertüre nicht ab. Meine Beobachtungen genügten mir, und ich beschloß, mit Nina darüber zu sprechen. Ich tat es gestern abend, und es bleibt mir nichts anderes übrig als zu gestehen, daß es ein Fehlschlag war. Ich habe mich lächerlich gemacht.

Ich besuchte Nina, wie ich es schon mehrmals getan habe, in ihrer Wohnung.

Ich kann nicht leugnen, daß ich mich auch gestern, wie immer, sehr angenehm berührt fühlte von ihrer Nähe. Es fiel mir schwer, mein Vorhaben im Auge zu behalten, und ich war auf dem besten Wege, es zu vertagen, als sie mich plötzlich aufmerksam anblickte und fragte: Was hast du denn? Du scheinst nervös.

Ich versuchte zu leugnen, aber sie beharrte auf einer Erklärung, denn sie kennt mich zu gut, um Ausflüchte nicht zu bemerken.

So begann ich also mit jenem unseligen Gespräch, das mich Ninas Freundschaft kosten wird.

Nina, sagte ich, ich glaube, du mutest dir zuviel zu.

Sie zog erstaunt und erwartungsvoll die Brauen hoch.

Du arbeitest wieder politisch, sagte ich.

Statt zu antworten, sprang sie auf, legte mir die Hand auf den Mund und stülpte einen dicken Kaffeewärmer über ihr Telefon. Auf meine verwunderte Frage sagte sie: Man kann neuerdings mithören.

Als das Telefon verhüllt war, sagte sie, auf das Sofa zurückkehrend: So, jetzt kannst du reden.

Ihrer Stimme war so viel Spott beigemischt, daß mir alle Lust verging, weiterzusprechen.

Nun, sagte sie ermunternd, du bist also gekommen, um mich zu warnen? Nett von dir und begreiflich. Aber ich denke, wir haben uns in diesem Punkt immer recht gut verstanden.

Ja, erwiderte ich, gewiß. Nur — nun gut, ich will es dir sagen, sonst hältst du mich für idiotisch und feige. Ich bekam einen anonymen Brief, in dem ich davon unterrichtet werde, daß du beobachtet, vielleicht bereits überwacht bist.

Und? Sie sagte es in aller Ruhe.

Und! rief ich aus, erregter als ich wollte. Du bist in Gefahr!

Ja, sagte sie, das bin ich seit sechs Jahren, das weißt du doch.

Aber du hast jetzt Kinder, wandte ich ein, und du weißt recht wohl, daß es heute doppelt gefährlich ist, gegen das Regime zu arbeiten.

Sie stand auf. Alle Liebenswürdigkeit fiel mit einem Schlage von ihr ab.

So, sagte sie mit Schärfe, so also: du bist gegen das Regime, aber du bist nicht gesonnen, irgend etwas zu unternehmen, um es zu stürzen.

Ich versuchte zu erklären: Aber es ist doch ganz zwecklos, heute noch etwas zu tun, um es zu stürzen. Es steht allzu fest.

Sie warf mir einen verachtungsvollen Blick zu.

Nina, sagte ich, du bist jung und glaubst an eure Kraft. Aber das Rad, das im Rollen ist, wird nicht mehr zum Stehen kommen, nicht durch euern Widerstand, durch kein Opfer, keine Heldentat. Es wird eines Tages sich von selbst totlaufen. Ihr aber habt umsonst euch geopfert.

Möglich, erwiderte sie kurz und unfreundlich.

Ich begann von neuem, denn noch immer war erst die kleinere Hälfte vorgebracht von dem, was ich zu sagen hatte. Du lebst gefährlich, rief ich, und sie unterbrach mich kalt: Das hast du mir bereits gesagt.

Ihre blinde Auflehnung brachte mich zur Verzweiflung, und ich wagte, deutlicher zu werden. Ich glaube, sagte ich, du verstehst mich recht wohl.

Ach, man hat dich also auch von meinem übrigen Lebenswandel unterrichtet.

Als ich schwieg, lachte sie. Ich danke dir, rief sie, daß du gekommen bist, meine Seele zu retten. Es steht dir gut an zu predigen.

Ich weiß, daß ich keinerlei Recht habe, mich in dein Leben zu mischen, Nina, aber ich kenne dich besser, als andre dich kennen, und ich weiß, daß du nicht gegen alle Gefahren immun bist.

Sie sah mich ruhig an. Willst du mir jetzt endlich erklären, was du für so gefährlich hältst: daß ich hin und wieder abends ausgehe, daß ich mich verliebe, daß ich das tu, was jede normale Frau auch tut, oder was meinst du?

Du hast viel Kraft, sagte ich, aber jede Frau verliert, wenn sie zu viele Abenteuer hat.

Ihr Gesicht verfinsterte sich, als sie rief: So soll ich also nicht leben? Habe ich gelebt bisher? Ich will leben, ich liebe alles, was Leben ist. Aber das kannst du nicht verstehen. Du hast niemals gelebt, du bist dem Leben aus dem Wege gegangen, du hast nie etwas riskiert, und darum hast du auch nichts gewonnen, sondern nur verloren.

Sie war aufs höchste erregt. Bist du etwa glücklich? rief sie. Du bist es nicht, du weißt überhaupt nicht, was das ist. Aber ich bin es, und ich dulde es nicht, daß du auch mein Leben zu dem machst, was das deine ist: eine trockene und schwierige Schulaufgabe, die einem den freien Sonntag verdirbt. Ach, halte du mich ruhig für oberflächlich. Vielleicht ist deine Angst vor dem Leben oberflächlicher als meine Art, das Leben zu lieben.

Nun wurde auch ich aufgebracht.

Ach, Leben, Leben, rief ich, was heißt denn das?! Alles Leben ist nicht menschliches Leben. Du stehst wahllos davor, hingerissen, bloß weil es Leben ist. Hältst du es für Leben, in den Armen bald des einen, bald des andern Mannes zu liegen?

Daraufhin schwiegen wir beide, erschöpft und bestürzt über die Heftigkeit dieses Streits.

Nina lenkte ein. Sie lächelte ein wenig. Da siehst du, sagte sie, was Sittenrichter erleben.

Mein Gott, erwiderte ich verzweifelt, du weißt genau, daß ich dies nicht meinte. Ich predige dir nicht Moral. Wenn du doch begreifen wolltest, daß ich dir nur sagen will: Vergeude deine Kraft nicht. Wirkliche Begabung bedarf der Sammlung.

Ja, sagte sie ernst, aber du könntest wissen, daß man auch diese Seite des Lebens kennenlernen muß. Laß mich doch untertauchen, laß mich doch die großen Spannungen ausgleichen. Ich tu's ja nicht nur zu meinem Vergnügen. Ich tu's, weil ... ach, wenn ich sage: ich muß, dann wirst du es nicht verstehen. Du nicht.

Plötzlich wurde sie wieder zornig. Du hast gut reden, rief sie, du hast dein geregeltes Leben, du bist zwanzig Jahre älter als ich, du weißt ja nicht, was für ein Leben ich führe. Morgens um sechs steh ich auf, ganz gleich, wann ich ins Bett kam, und lese Manuskripte; du weißt doch, daß ich eine Stelle bekomme als Lektorin, und man gibt mir jetzt schon Arbeit, bis diese Stelle frei ist. Von neun Uhr bis nachmittags fünf steh ich in meiner Buchhandlung, dann hab ich eine Stunde Zeit für die Kinder, dann geh ich ins Kino, weil ich Kritiken schreibe fürs Abendblatt, damit ich Geld verdiene. Oder ich habe politisch zu tun. Und dies Tag für Tag, Woche für Woche, und dazwischen schreibe ich meine Erzählungen, und jetzt habe ich einen Roman angefangen. Ja, glaubst du denn, daß das allein Leben ist?

Sie lief im Zimmer auf und ab, während sie mir ihre Meinung über mich entgegenschleuderte. Und du, wie lebst du? Vier Vorlesungen am Tag, wenn's hoch kommt, und im übrigen kannst du tun, was dir behagt. Du hast Geld genug, du hast keine Sorgen, keine Kinder, dein Leben verläuft in aller Ruhe, du hast deine ziemlich sichere Position, du kannst leicht vornehm sein und reserviert und dich überlegen fühlen über solch unruhige, zweifelhafte Leute wie mich. Ach, laß mich doch in Frieden.

Plötzlich lachte sie. Meine Seele bedarf der Rettung nicht. Du siehst, sie ist gar nicht mehr zu retten, denn so spricht jeder Verlorene, und wenn er so spricht, ist bereits der Zustand der Verstocktheit eingetreten, in dem man ihn nur noch der göttlichen Gnade anheimstellen kann.

Im übrigen, fügte sie mit einiger Schärfe hinzu, im übrigen irrst du, wenn du denkst, daß ich mich treiben lasse. Ich werde nicht gelebt, ich lebe selber, wenn du verstehst, was ich meine. Und es könnte gar nichts schaden, wenn du einmal deine noble Reserve aufgeben würdest, um zu leben.

Nun war es an mir, zu lächeln. Auch ich bedarf der Rettung nicht, sagte ich, laß uns denn jeder auf seine Weise dem Untergang entgegensteuern.

Nein, sagte sie in trotziger Bestimmtheit, ich gehe nicht unter.

Dann sahen wir uns an, und ein aufmerksamer Beobachter würde vermutlich in unseren Augen einen Ausdruck von schwermütiger

Nachsicht neben schroffer Selbstbehauptung gesehen haben. Aber beim Abschied war Nina hochmütiger und kühler als je zuvor, und ich glaube in ihrem Gesicht Spott und Überlegenheit bemerkt zu haben.

Ich zweifle nicht daran, daß sie zornig ist über mich, und dies mit Recht. Ihre Vorwürfe, von mir provoziert, sind richtig. Ich bin ihr dankbar dafür, daß sie es vermieden hat, mir nackte Eifersucht vorzuwerfen. Möglicherweise ist Eifersucht die wahre Triebfeder meiner lächerlichen und erfolglosen Intervention. Mit diesem höchst törichten Gespräch habe ich mir Ninas Zuneigung zerstört und damit die letzte Chance, ihre Liebe durch Geduld zu erwerben.

Alles, was ich sagte, war oberflächlich, mißverständlich und dumm. Jetzt weiß ich, was ich hätte sagen sollen — nein, ich wußte es in der Nacht nach dem Gespräch. Jetzt weiß ich es schon nicht mehr. Wie furchtbar sind Mißverständnisse dieser Art — sie liegen nicht in Worten und Ansichten, sie liegen im Wesen und sind nicht zu lösen. Tiefe, tiefe Fremdheit, nicht mehr zu überbrücken.

Ich werde Nina nie mehr besuchen. —

Diesem Bericht folgte jener vom 9. November 1938, den ich beim ersten Durchblättern des Tagebuchs schon gelesen hatte. Dann kam eine Notiz vom

20. Februar 1939.

— Es war meine Absicht nicht, in diesem Tagebuch etwas zu berichten, was nicht unmittelbar mit Nina zu tun hat. Wenn ich von diesem Vorhaben abgehe, so nur scheinbar. Ich bin Nina eine Erklärung schuldig, und ich gebe sie ihr. Eines Tages werden diese Blätter in ihre Hände gelangen. Vielleicht wird sie begreifen und entschuldigen, was ich tat, vielleicht auch nicht. Hier gebe ich die Fakten: —

Aber die Seite, auf welcher die Fakten berichtet werden sollten, fehlte. Sie war offenbar in Eile herausgerissen worden. Dafür lagen mehrere neue Blätter bei, mit einer Klammer befestigt.

21. Juli 1946.

— Ich war gezwungen, die hier fehlende Seite zu vernichten, als ich 1942 eine Haussuchung befürchten mußte. Ich bedauere den Verlust gerade dieser Seite, denn jede Erklärung des Schrittes, den ich damals, 1939, tat, trägt heute das peinliche Odium feiger Entschuldigung. Wenn Nina, die Unerbittliche, jemals diese Seiten lesen wird, so mag sie bedenken, daß ich vor keiner andern Instanz mich rechtfertigte, obgleich ich es gekonnt hätte und obgleich man mich drängte, es zu tun. Daß ich von ihr, meiner alten Freundin, gerecht beurteilt werden möge — daran liegt mir weit mehr als an meiner öffentlichen Rehabilitierung.

Ich versuche zu wiederholen, was ich damals geschrieben habe, ohne etwas zu beschönigen oder hinzuzufügen.

Man hatte mir bereits mehrmals nahegelegt, der Partei beizutreten; ich hatte jedesmal mit Geschick mich aus der Schlinge gezogen. Anfang Januar 1939 jedoch erging eine neue und letzte Aufforderung an mich. Ein Ultimatum: entweder Eintritt in die Partei oder Amtsenthebung. Nun: wäre ich jener freie, verpflichtungslose Mann gewesen, für den Nina mich hielt, so wäre mir die Entscheidung leichtgefallen, auch wenn sie mir mehr als den Verlust meiner Professur eingetragen hätte. (Ich war immerhin bereits einmal entlassen und nur sehr mühsam und mit Mißtrauen wieder eingesetzt worden.) Aber ich hatte es übernommen, für Meid zu sorgen, der seiner halbjüdischen Frau wegen seine Stelle verloren hatte; ferner war meine frühere Assistentin, Frau Bill, »politischer Unzuverlässigkeit« wegen entlassen worden und lebte ausschließlich von meiner Unterstützung. Auch sorgte ich für einige Studenten. Dazu kam noch die Überlegung, daß Nina früher oder später mit aller Bestimmtheit politische Schwierigkeiten haben und daß niemand dasein würde, der für sie sorgen könnte.

Diese Bindungen und vor allem der Aspekt, Nina betreffend, entschieden mein ferneres Geschick. Ich trat am 20. Februar 1939 der Partei bei in dem klaren Bewußtsein, mich in eine fatale Situation zu begeben, die der Tragik nicht entbehrte: um einige Menschen zu retten, stellte ich mich in die Reihen jener, die diese und tausend andere Menschen bedrohten. Wäre ich meiner politischen Überzeugung gefolgt, was wäre geschehen? Ich hätte nicht nur diese wenigen (wertvollen und mir anvertrauten) Menschen preisgegeben, sondern auch die allgemeine Zerstörung nicht verhindert. Nun, ich habe alle meine Freunde über Wasser gehalten, bis zum Ende des Krieges, wenngleich es 1942 so schien, als sei ich selbst gefährdet genug, um fremder Hilfe zu bedürfen. (Man war meiner Freundschaft mit Meids und mit Frau Bill auf die Spur gekommen.) Die Gefahr ging vorüber, und meine Schützlinge blieben unbehelligt. Sie nehmen heute führende Stellen ein und tun alles, um mich zu rehabilitieren. Ich werde binnen kurzem das sein, was die Behörden »entlastet« nennen, man wird mir meine Professur wiedergeben, meine ausgefallenen Gehälter nachbezahlen, die Affäre wird für alle Welt ohne Belang und ohne Erinnerung sein.

Nicht aber für mich. Ich rührte keinen Finger und sprach kein Wort zu meinen Gunsten. Ich werde es niemals tun. Ich werde meine Rehabilitierung nicht annehmen, die Universität nicht wiedersehen. Zwar bin ich noch nicht so schwer krank, daß ich nicht noch ein Jahr leben könnte. Aber man wird meine Krankheit als Grund für meine Ablehnung anerkennen und mich in Ruhe lassen.

Ich habe ein scharfes Gefühl meiner Schuld, von der mein Eintritt in die Partei nur ein geringer Teil ist. Menschen meiner Art darf das Schicksal einer neuen Zeit nicht anvertraut werden. Ich gehöre zu dem großen Haufen derer, die zwar klare Einsichten haben, aber nicht die Kraft, ihnen bedingungslos zu folgen. Nina und jene, die gleich ihr kräftiger, wenn auch bisweilen harter und einseitiger Entscheidungen fähig sind, werden, wenn überhaupt jemand, Zukunft haben. Ich und meinesgleichen sind überflüssig. —

Der nächste Brief stand wieder auf dem schon etwas vergilbten Papier aus dem Jahre 42.

14. November 1942.
— Eine große Lücke in meinem Tagebuch. Der Krieg mit allen Folgen ließ mich verstummen. Alles Persönliche erschien unwichtig angesichts der allgemeinen Zerstörung. Ich habe Nina in den vergangenen Jahren mehrmals gesehen, und unsere Freundschaft ist, ich möchte sagen, in eine Phase nüchterner, etwas gläserner Beständigkeit getreten; sie ist unpersönlicher geworden, so wie wir alle etwas von unserer eigenen Tonart verloren haben in dem großen Lärm dieser Zeit.

Nina hat inzwischen zwei Bücher geschrieben. Das erste war ein Erfolg, das zweite wurde verboten. Im Sommer des vorigen Jahrs verlor sie ihre Stelle im Verlag, aber man nahm sie in ihrer alten Buchhandlung getreulich wieder auf. Sie hat die beiden Schläge ohne viel Worte und ohne Klage hingenommen. Sie hatte damit gerechnet. Ihre Kinder sind, soweit ich derlei Dinge beurteilen kann, sehr wohl geraten, besonders Ruth, deren Ähnlichkeit mit Alexander frappant ist. (Nina weiß nicht, daß ich seit Jahren informiert bin.) Nina ist eine ausgezeichnete Mutter, und die Kinder spüren nichts von ihren Sorgen. Ich sah sie mehrmals, wenn sie, erschöpft von Arbeit und Aufregung, nachhause kam, mit ihren Kindern aufs lebhafteste tollen, so daß man hätte glauben können, sie sei glücklich. Manchmal treffe ich einige Studenten bei ihr, hin und wieder auch jenen Alten, der mir nach ihrem Selbstmordversuch getreulich beigestanden hatte; auch er scheint ihrer politischen Gruppe anzugehören. In meiner Gegenwart wird kein Wort darüber verloren, wie überhaupt Nina niemals mehr mit mir über derartige Dinge spricht. Ich bin überzeugt, man hat sie von meinem Schritt unterrichtet. Sie ignoriert diese Kenntnis. Aber warum? Es entspräche ihrem Wesen weit mehr, mir auf ihre offene, heftige Art die härtesten Vorwürfe zu machen. Will sie mich schonen? Weiß sie meine Beweggründe? Achtet sie solche Motive? Versteht sie mich tiefer, als ich dachte? Der Besuch heute nacht zeigt mir, daß sie mir unverbrüchlich traut. Will sie mich eines Tages für einen besonderen Auftrag verwenden, so wie sie es schon einmal tat vor noch nicht einem Jahrzehnt? Ich durchschaue sie nicht, habe aber nicht den Mut, mit ihr darüber zu sprechen.

Diese nüchterne Aufzeichnung ist geschrieben in dem Bestreben, einer außerordentlichen Unruhe, ja Erschütterung, und, ich gestehe, auch Angst Herr zu werden. Es will mir nicht gelingen. Kurz vor Mitternacht — jetzt ist es morgen — schellte es. Obwohl ich weiß, daß man gewöhnlich erst in der Morgendämmerung abgeholt wird, glaubte ich, man käme. Ich stellte mich dem Schicksal anheim und öffnete. Es war aber Nina. Ich glaubte, sie sei auf der Flucht. Aber sie begann sofort zu sprechen, ohne sich zu setzen, ohne den regenfeuchten Mantel abzulegen, ohne jede Einleitung. Sie sah fast verwildert aus, und es schien mir, als habe sie geweint. Sie erzählte, daß Hall verhaftet sei, im Gefängnis sitze und binnen weniger Tage hingerichtet werden sollte. Diese Nachricht, obgleich ich Hall nie hatte leiden können, traf mich, mehr aber noch die Weise und das Maß von Ninas Leiden. Ich glaube, sie hängt noch immer an ihm. Eine sonderbare Abart der Liebe. Nina verlangte von mir Gift. Sie wollte es ihm bringen und ihm damit die Möglichkeit geben, dem Henker zuvorzukommen. Dies war ein guter Plan, ich bin durchaus einverstanden damit, das menschliche Recht auf Freiheit auch auf den Entschluß zum Tode auszudehnen. In diesem Fall aber sah ich mich einem Problem viel komplizierterer und tieferer Art gegenüber.

Es war eine ekelhafte, eine teuflische Absicht des Schicksals, gerade mich auszuwählen für diesen Plan. Mehr als einmal hatte ich früher den Wunsch nach Halls Tod aufs entschiedenste unterdrückt, ehe er mir recht bewußt wurde. Nun wird mir verlangt, gerade von mir, ihm den Tod zu geben, einen Tod, nach dem er sich sehnt und dessen er bedarf, der aber (meine unmäßige Erschütterung verrät es) noch immer meinem unterdrückten Wunsche entspricht. Darüber mochte ich mit Nina nicht sprechen. Ich versuchte, ihr klarzumachen, daß es gefährlich sei für sie, das Gift zu übermitteln. Man würde sofort wissen, daß sie es war, die es ihm gebracht hatte. Aber dies war ein Argument, das sie, ihrer Natur entsprechend, nicht gelten lassen konnte. Selbst der Hinweis auf ihre Kinder blieb ohne Wirkung, was mich verwundert, da sie die beiden zärtlich liebt und ich nicht annehmen kann, daß Hall ihr wichtiger ist als ihre Kinder. Dies ist ein Punkt in Ninas Wesen, der mir unerklärlich ist, es sei denn, ich nehme an, daß sie Hall noch immer liebt, auf eine verdrängte, verleugnete, verfinsterte Art. Da sie ungeheurer Geduld und Beharrlichkeit fähig ist — Eigenschaften, die ihrem lebhaften und hexenhaften Temperament zu widersprechen scheinen und vielleicht auch wirklich im Streite mit ihm liegen —, wäre es denkbar, daß selbst lange nach dem Aufhören der Liebe eine unterirdische Verbundenheit besteht. (Beruht nicht auch ihre erstaunliche Anhänglichkeit an mich auf dieser Beharrlichkeit?)

Ich versuchte, Nina an einer Stelle zu treffen, an der sie empfindlich war. Ich sagte ihr, man dürfe keinen Menschen um die Möglichkeit ungewöhnlicher und tiefster Erfahrung betrügen. Wer weiß, welche Erkenntnisse für Hall verlorengingen, nähme man ihm diese letzten Tage der Prüfung. Aber sie antwortete, ärgerlich über mein Zögern, daß er die gleichen und vielleicht noch wichtigere Erkenntnisse sammeln könne in der einen Stunde, die zwischen dem Entschluß zum Tod und dem Tode selbst liegt. Meinen letzten Einwand, Hall könne vielleicht wider alles Erwarten doch noch gerettet werden, begegnete sie mit einem zornigen Blick; dann sagte sie: Dies ist nun das zweitemal in unsrer langen Freundschaft, daß ich dich um etwas bitte, und wieder schlägst du es mir ab.

Da gab ich ihr die Hälfte des pulverisierten Coffeïns, das ich stets, für alle Fälle, bei mir trage. Es war vier Uhr früh geworden, ein grauer, triefend nasser Morgen, als sie ging. Ich habe keinen Wagen mehr, und sie wünschte meine Begleitung nicht. Als wir uns bereits verabschiedet hatten, kehrte sie um und küßte mich auf eine heftige, eine fast unheimliche Art. Ich sah ihr lange nach, bis der Regenschleier sie mir verbarg, und während dieses Nachschauens fühlte ich eine Verwandlung mit mir geschehen. Nerv um Nerv erstarrte, mir wurde kalt, Zelle für Zelle gefror. Fühllos blieb ich zurück, und die Unruhe, ja selbst die Angst, die mich bedrängt, ist nur äußerlicher Natur. Das Innere ist ohne Leben und wird es fortan bleiben. —

3. Mai 1944.
— Man hat Nina eingesperrt. Das Urteil lautet: fünfzehn Jahre Zuchthaus wegen Mithilfe zum Hochverrat. Sie ist im Zuchthaus Aichach. Ich habe sie gestern besucht. Sie findet das Urteil milde. Sei froh, sagte sie, daß es kein Todesurteil ist und nicht Konzentrationslager. Aber fünfzehn Jahre, Nina! sagte ich fassungslos. Doch sie lächelte nur. Überhaupt ist sie seltsam ruhig. Sie hat bereits ein halbes Jahr hinter sich. Als ich sie sah, erkannte ich sie nicht. Man führte sie herein, und ich starrte auf die Tür, durch die sie kam, aber ich wartete auf jene Nina, die ich kannte. Diese, in Sträflingskleidern, die Haare in einem Kopftuch eingebunden, Holzpantoffeln an den Füßen, grau und eingefallen, diese er-

kannte ich nicht, bis sie sprach. Ihre Stimme war unverändert. Ich fand kein Wort für diesen Augenblick. Aber sie, unsagbar gesammelt, begrüßte mich, als sei dies der natürlichste Ort und die freundlichste Stunde für eine Wiederbegegnung. Ich glaube, ich wußte nichts zu erwidern. Fünf Minuten durfte ich sie sehen. Sie bat mich, die Kinder hin und wieder zu besuchen, die von ihrem alten Mädchen mit aufs Land genommen worden sind, als Ninas Wohnung im Dezember 43 bombardiert und zur Hälfte zerstört worden war. Ich fragte, ob ich etwas für sie tun könne, aber sie sagte mit aller Entschiedenheit: Nein, das darfst du nicht, und es ist auch ganz unnötig.

Da die Aufseherin ihr freundlich gesinnt zu sein scheint und nur sehr zerstreut zuhörte, wagte Nina es, zu flüstern: Versuche nichts, laß allem seinen Lauf, ich bin höchst günstig weggekommen, und es dauert nicht fünfzehn Jahre, sei sicher.

Ehe man sie wieder abführte, lächelte sie mir zu und sagte: Komm nicht wieder, es regt dich nur auf, und mir hilft es nicht, versteh das, bitte.

Sie zeigte keine Spur von Verzweiflung, und ihre Augen, wenngleich tief in den Höhlen liegend, hatten ihren Glanz, um weniges verschattet, behalten. Sie fürchtet nichts, und in der Tat: wer so wie sie schon eine Reihe scharfer Prüfungen bestanden hat, der kann sicher sein, auch diese zu bestehen. Ich selbst, ich könnte es nicht. Es will mir schon unerträglich erscheinen, Nina dort zu wissen, ohne ihr helfen zu können, und mich in der Lage eines Schlafenden zu sehen, der im Traum irgendwohin eilen und schreien möchte, dessen Füße aber gebunden sind und in dessen Mund ein Knebel steckt.

Hatte ich nicht 1939 gehofft, eines Tages Nina helfen zu können, indem ich mich tarnte? Es gibt keinen unheilvolleren Fehler als den eines doppelgesichtigen Zugeständnisses.

Ich hoffe noch so lange zu leben, bis Nina frei ist. Bis dahin werde ich die Sorge für ihre Kinder übernehmen. Ich trage mich mit dem Gedanken, Alexander zu informieren, den ich zuletzt in Berlin sah und der nun in Rußland ist. Aber es ist zu gefährlich, derartige Dinge an die Front zu berichten. So will ich es unterlassen, werde aber Helmbach ein versiegeltes Schreiben übergeben, das er nach meinem Tode Alexander übermitteln soll. —

Am unteren Rande dieser Seite stand, mühsam zu entziffern, eine Notiz vom

3. September 1947.
— Heute erhielt ich die Nachricht, daß Alexander in russischer Gefangenschaft gestorben ist, und ich finde mich hartnäckig mit

der Vorstellung beschäftigt, ihn bald wiederzusehen. Ein Einfall, der mich überrascht, da ich, in freiwilliger Beschränkung, mich nie mit dem Fortleben nach dem Tode beschäftigte. Obgleich ich keines Trostes bedarf — endlich, an der äußersten Grenze der Leiden, fühle ich jene letzte, wunderbare, freie Heiterkeit herannahen, die alle Tröstung unüberbietbar gesammelt in sich birgt —, obgleich also ich keines Trostes bedarf, erhöht diese unbeweisbare, diese ungeistige Vorstellung meine Bereitschaft zum Abschied von diesem Leben. —

Danach folgten zwei unbeschriebene Seiten, die vielleicht für einen Eintrag bestimmt waren, der nie gemacht wurde. Auf mich wirkten diese leeren Blätter beängstigend wie ein Abgrund, der sich plötzlich vor einem auftut. Vielleicht war mein Gefühl richtig; vielleicht war vieles gewaltsam verschwiegen worden, was hier stehen sollte. Es kann aber auch ebensogut sein, daß ich, überreizt und nervös nach den schlaflosen Nächten, den unsinnigsten Einbildungen zugänglich war. Jedenfalls ließ der Bericht, der folgte, nicht darauf schließen, daß sich etwas besonders Schlimmes oder Wichtiges in der Zwischenzeit ereignet hatte.

10. Mai 1945.
— Der Krieg ist zu Ende, Nina aus dem Zuchthaus entlassen. Ihr erster Weg führte zu mir. Sie war sehr blaß und ungepflegt und glich überraschend jener Nina, die vor fünfzehn Jahren krank und verwildert in meine Sprechstunde kam. Obgleich sie sehr angegriffen ist, verbreitet sie, wie immer, eine Atmosphäre von Lebendigkeit und Zuversicht, die ansteckend auf mich wirken könnte, wenn ich noch fähig wäre zu irgendeiner Erwartung. Ich war versucht, Nina jenen Abschiedsbrief zu geben, den ich schrieb, als ich glaubte, an die Front zu kommen, den ich aber nie abgeschickt hatte. Allein: was soll ihr dieser Brief heute noch bedeuten? Ich bin ein kranker Mann, ich altere rasch, mein Leiden schreitet unaufhaltsam vorwärts, ich habe noch höchstens zwei Jahre zu leben. Unabhängig von Wille und Absicht jedoch liebe ich Nina weiter, mit unverminderter Stärke. Fast scheint es mir, als habe sich meine ganze Lebenskraft auf diesen einzigen Punkt gesammelt.
Ich habe Nina, da ihre Wohnung zur Hälfte zerstört, zur andern beschädigt ist, mein Haus angeboten. Aber sie zieht es vor, die nächste Zeit bei ihren Kindern am Starnberger See zu verbringen. Ich begreife das, aber ich bedaure es. Ich hätte ihrer Nähe sehr bedurft.
Ich sehe mit Grauen die Verwandlung der Menschen um mich. Ich bin dieser Zeit nicht gewachsen. Nina könnte mir helfen, sie zu verstehen. Aber vielleicht würde sie mir vorwerfen, daß ich

der Zeit und der Wirklichkeit davonlaufe. Tue ich es? Wirklich? Wer ist denn auf der Flucht: jener, der mit den Aufgescheuchten forteilt, unbestimmten Ufern zu, oder jener, der es vorzieht an seiner Stelle zu bleiben, um das zu bewahren, was einst wertvoll war, und vielleicht immer seinen Wert behalten wird? —

4. August 1946.
— Wenn meine Freunde nur wüßten, wie sehr sie mich quälen mit ihrer gutgemeinten Hilfsbereitschaft. Ich will sie nicht vor den Kopf stoßen, doch wie nur soll ich es ihnen klarmachen, daß ich nichts will von dem, was sie mir anbieten, daß ich nichts mehr wünsche als mit mir ins reine zu kommen. Aber es ist schwer, es ist furchtbar schwierig. Die Einsicht in meine Schuld bedeutet nicht Erleichterung. Nie vorher habe ich das Unwiderrufliche, das unaufhaltsam Fortwirkende einer jeden Tat mit solcher Schärfe gesehen. Wie soll ich büßen? Mein Vergehen, sachlich betrachtet, ist ein kleines. Was aber, wenn es vor meinem Gewissen sich als tiefe Schuld erweist?
Ich habe das starke Bedürfnis, mehr: ich habe eine unabweisbare Sehnsucht danach, mit Nina über meine Lage zu sprechen. Sie muß begreifen, daß ich mir nichts schenken will. Aber wird sie verstehen, daß ich ein Mensch bin wie alle Menschen und bisweilen sehr schwach? Ich fühle meine Krankheit unerbittlich fortschreiten, und oft fürchte ich mich vor der großen Leere, die mich erwartet, die mich schon umgibt. Ich will es Nina sagen. Ich werde sie sehr bitten, hin und wieder einen Abend mit mir zu verbringen. In den Nächten schlafe ich mit Hilfe von Veronal, aber an den Abenden bedarf ich freundlicher Nähe. Helene wird immer ungeeigneter, mich zu unterhalten. Sie leidet, weil ich leide. So sitzen wir uns schweigend gegenüber und spüren die Zeit hinrinnen. Mitunter beginnt sie einen Zank, nur um mich zum Sprechen zu bringen.
Ich werde Nina anrufen. Nachdem sie etwa dreiviertel Jahre Dolmetscherin war, sitzt sie jetzt als Redakteurin in den »Neuen Nachrichten«. Ich sah sie in letzter Zeit selten, denn sie ist sehr beschäftigt, und nur zögernd wage ich es, ihr zuzumuten, mir etwas von ihrer freien Zeit zu opfern. —

8. August 1946.
— Ich fürchte, ich war ein sehr schlechter Gesellschafter für Nina, die mehr als je einem Schiff mit zwölf Segeln gleicht, das endlich in die freie See gelangte und guten Wind hinter sich hat; sie ist mir fremd, so wie sie jetzt ist; nichts mehr von ihrer frühern Schwermut, ihrer dunkeln und hartnäckigen Leidenschaftlichkeit, ihrer launischen Hexenhaftigkeit. Sie hat sich dem Erfolg verschrieben, der hellen Seite des Lebens, der Vernunft, ja dem

Intellekt. Jene Kraft, die ich immer am meisten an ihr bewunderte, die ich aber für ihre gefährlichste halte, ihr Wille, ist allzu angespannt, um nicht ihrem ganzen Wesen einen Zug von Selbstsicherheit zu geben, der das Bild stört. Doch Nina hat zu viele dunkle und bedeutungsvolle Träume geträumt, um sich von dem, was sich für nackte Wirklichkeit ausgibt, übertölpeln zu lassen. Sie gehört nicht dieser Welt des äußeren Erfolges an, sie wird ihn über kurz oder lang verschmähen. Freilich verstehe ich, wie sehr es ihr Vergnügen macht, endlich freie Fahrt zu haben und jegliche Freiheit, derer sie bedarf, und auch jede, derer sie nicht bedarf; und freilich verstehe ich, daß sie ihre eigene Kraft fühlt, und im ersten Überschwang nichts als sie, und die Möglichkeiten, die in dieser ihrer Kraft liegen. Sie holt jetzt ihre Jugend nach, alles Versäumt-Geglaubte, alle unbegrenzte Hoffnung einer Zwanzigjährigen, alle unschuldsvolle Bedenkenlosigkeit im Griff nach Geltung, Wirkung und Erfolg. Das Glück ist ihr sehr zugeneigt und gewährt ihr Gelingen, was immer sie auch beginnt. Sie bekam eine schöne Wohnung; ihre Stellung an der Zeitung ist ebenso einträglich wie einflußreich; ihr neuer Roman ist ein Erfolg. (Ich las ihn und finde ihn ausgezeichnet, wenngleich er im Realistischen steckenblieb und jener Dimension und jenes weisen Zwielichts ermangelt, das ihren früheren Büchern Eigenart und Bedeutung verlieh.) Sie hat Freunde und Beziehungen, die sie spielen lassen kann, wie es ihr gefällt, und man hört auf ihr Wort. Es wurde ihr der Vorschlag gemacht, eine politische Karriere einzuschlagen, aber obgleich, ich merkte es, ihr Ehrgeiz und der etwas ins Kraut geschossene Tatendrang sie dazu verlocken möchten, weigert sie sich, derartige Angebote anzunehmen.

Sie war so heiterer und zuversichtlicher Laune, daß ich es nicht vermochte, sie mit meinen Schwierigkeiten zu behelligen, um so mehr als sie es ist, die am meisten für meine Rehabilitierung getan hat, hinter den Kulissen und ohne es mir je zu verraten.

Im übrigen erzählte sie, daß sie allein lebe, und sie bedauert es nicht. Ich zweifle nicht daran, daß sich ihr Möglichkeiten bieten, eine neue Verbindung einzugehen. Sie scheint nicht älter zu werden, sie besitzt jene Art von Reiz, dem die Jahre nichts anzuhaben vermögen. Ich fand mich im Laufe des Abends mehr als einmal dabei, wie ich sie mit Entzücken betrachtete, das ihrem Äußeren galt und der Anmut ihrer Bewegungen, einer Anmut, die von Intellekt und Wille noch nicht gestört wurde und die noch immer geeignet ist, mir Wellen von längst vergessener und etwas schmerzhafter Erregung ins Herz zu jagen. Aber dies ist ein sehr flüchtiges Gefühl und nicht mehr fähig, mich zu verwirren.

Dieser Abend ließ mich in frostiger Melancholie zurück, er führte mir meine Einsamkeit vor Augen. Ich habe mich zu weit von den Menschen entfernt. Ich war nie mitten unter ihnen, ich suchte sie nicht (niemand außer Nina und Alexander suchte ich je), aber ich stieß keinen zurück, der sich mir je nähern wollte. Doch ich habe niemals das Gefühl einer Gemeinschaft mit ihnen empfunden, und jetzt sehe ich, daß ich mich bereits auf einem Wege befinde, auf dem keiner einen andern begleiten kann.

Als ich Nina bat zu kommen, tat ich's, um mich mit ihr zu verbünden gegen diese furchtbare Einsamkeit. Jetzt weiß ich: auch wenn Nina es wollte, wenn sie es mit aller Kraft ersehnte — es wäre nicht mehr möglich. Es schmerzt nicht mehr, und ich bedaure diese Unempfindlichkeit.

Vielleicht aber, so frage ich mich jetzt — es sind Stunden vergangen zwischen diesem und dem letzten Satz — vielleicht aber ist diese Fühllosigkeit nichts als der Schutz, der meiner ohnedies anfälligen Natur gewährt wird, und es verbirgt sich darunter die äußerste, die unerträgliche Hoffnungslosigkeit? —

4. September 1947.
— Ich habe eine längere und, wie ich voraussah, ergebnislose Kur hinter mir, und ich weiß jetzt, daß ich in einigen Monaten tot sein werde. Meine Schmerzen haben sich ins Unerträgliche gesteigert. Gestern kam die Nachricht vom Tode Alexanders. Sie bestärkt mich in meiner Sehnsucht nach dem Ende. Ich habe den 8. September zu meinem Todestag gewählt. Dann werden genau achtzehn Jahre vergangen sein seit meiner ersten Begegnung mit Nina. Vorher aber will ich mit Nina Abschied feiern. Sie weiß, daß ich krank bin, aber sie ahnt nicht den Grad meiner Zerstörung. Sie soll ihn nicht kennen. Ich will keine Totenfeier halten, ich will noch einmal ein Fest feiern, mit dessen Abglanz in den Augen ich mich der Dunkelheit anheimgeben werde.

In der Nacht vom 7. zum 8. September 1947.
— Dies wird mein letzter Eintrag sein. Es fällt mir bereits schwer zu schreiben, und ich kann es nur mit Unterbrechungen tun. Schon gehöre ich dem Tode mehr an als dem Leben, und Erinnerung wird wesenlos. Um Ninas willen, um der Vollständigkeit willen, werde ich mich besinnen.

Nina kam am späten Nachmittag. Ich hatte Helene gebeten, mich mit ihr allein zu lassen, und sie hatte es getan, wie sie überhaupt mir gramvoll und tapfer jeden Wunsch erfüllt, den ich, meist ihr zu Gefallen, äußere.

Ich hatte Morphium genommen und befand mich für einige Stunden verhältnismäßig wohl und in angeregter Stimmung.

Nina hatte mir Blumen gebracht, zum erstenmal, und es berührte mich tief. Ich hatte ein wenig Angst gehabt, sie einzuladen, denn ihrer Lebhaftigkeit bin ich nicht mehr gewachsen. Aber ich fand sie sehr verändert. Nichts mehr von dem atemlosen Ehrgeiz des vergangenen Jahres, nichts mehr von jenem gutgläubigen, kurzgeschürzten Eifer, nichts mehr von Unrast und Überbelichtung. All das war, ich wußte es, nur eine Passage gewesen. Ein notwendiger und notwendig mißglückender Versuch, sich auf die Seite der Betriebsamen zu schlagen und dem Schweigen zu entrinnen, das ihr auferlegt ist.

(Vielleicht wirst du, Nina, diesen Satz noch nicht wirklich verstehen und nicht billigen, wenn du diese Blätter liest; aber über kurz oder lang wirst du wissen, was ich meine.)

Wir führten ein Gespräch, das zu wiederholen ich mich scheue. Freilich verblieb ich, wie immer, auf dem dunkeln Ufer und Nina jenseits auf dem hellern des brückenlosen Flusses, doch verstand ein jeder mühelos, was der andere ihm zurief, und nie vorher waren wir uns näher als in dem ungemessenen Zeitraum des Schweigens, der den letzten Sätzen folgte, die wir sprachen, ehe Nina ging. Ich hatte gesagt: Du warst es, die mir immer eine Tür auftat, wenn ich endlos durch Korridore gegangen war, die dunkel und ausweglos erschienen; du kamst und mit dir ein Ausblick auf besonntes, freies Land, und wenn ich dies Land auch nie betreten konnte, so war es doch sein Anblick, der mich vor der letzten Hoffnungslosigkeit bewahrte.

Ach, erwiderte Nina weich und mit Trauer, warum sagst du nicht, daß ich es bin, die dir die Tür immer wieder zugeworfen hat?

Nein, sagte ich, so ist es nicht. Selbst wenn du die Tür aufgehalten hättest — und du tatest es öfter und länger, als du glaubst — selbst dann hätte ich nicht die Kraft gehabt, dorthin zu gelangen; meine Augen sind nicht für Farbe und Licht geschaffen. Darum, siehst du, konnten wir uns wohl begegnen, doch keines konnte den Fuß über die Schwelle setzen, jenseits derer das Reich des anderen liegt. Du konntest mein Leben nicht gutheißen, es war dem deinen zu verschieden.

Aber du kannst doch das meine verstehen und gutheißen, rief sie bestürzt.

Ich sagte nicht, was zu sagen war. Ich sagte nicht: weil ich dich liebe. Aber ich lächelte, und Nina sah mich an, noch immer bestürzt und langsam begreifend, und dann fragte sie leise: Warum sagst du »konntest« und »warst« und »wolltest«, statt »kann« und »bin« und »will«?

Auch auf diese Frage antwortete ich nicht. Wir schwiegen beide, und obgleich ich nicht weiß, wie Nina diese stumme Auskunft deutete, fühlte ich, daß sie begriffen hatte, am Rande welchen Abgrunds dieses Schweigen stand. Dann ging sie. Mehr war nicht mehr zu sagen. Ich blickte ihr nach, und als sie, kurz ehe die Biegung der Straße sie mir entzog, noch einmal zurückblickte, berührte mich zum letztenmal der Schmerz irdischen Abschieds. Ich danke dem Leben dafür, daß es mir diese schöne Begegnung gönnte.

Ninas Stimme soll das Letzte sein, was ich hörte, Ninas Augen das Letzte, woran ich mich erinnere.

Gegen Morgen: noch einmal drängte mich mein Gewissen, mein Leben zu überdenken, und ich sehe viel Schuld. Lebensschuld. Die Qual dieser Einsicht in einem Augenblick, in dem es keine Änderung mehr gibt, ist groß. Ich schrieb einen letzten Brief an Nina. Es dämmert und wird Zeit für mich. Die Schmerzen beginnen mein Bewußtsein zu verschleiern. —

Damit waren die Aufzeichnungen zu Ende; der Schluß machte mich sehr traurig, und ich mußte weinen. Nina war ja nicht mehr da, also durfte ich es tun, lang und ungestört, und ich wußte, daß ich nicht nur über Steins verjährte Schmerzen weinte und über Ninas selbstmörderischen Abschied, sondern auch über mich selbst, zum erstenmal in meinem Leben, über mich und über alle Menschen, die in ihr Geschick verwickelt sind wie in ein nasses, graues, dichtes Netz. Wem denn gelingt schon, es zu zerreißen. Und auch dann, wenn es einer fertigbringt, hängt es noch an seinen Füßen, und er schleift es hinter sich her, und so dünn es scheint: es ist eine Last, schwer zu tragen.

So saß ich weiß Gott wie lange und hörte den Regen und den fernen Lärm der Stadt, es wurde langsam Abend, und ich begann, dringlicher zu warten, und je länger ich warten mußte, desto schwieriger erschien es mir, diesem Mann zu begegnen. Was um Himmels willen sollte ich mit ihm anfangen?

Ich wäre jetzt gerne fortgegangen, in die Stadt, oder auch zu der freundlichen Nachbarin, aber ich wagte es nicht, die Wohnung auch nur für fünf Minuten allein zu lassen. Schließlich fand ich Ninas Whiskyflasche; sie war noch nicht leer; es war genug, um mich halbwegs munter zu machen. Aber diese Munterkeit hielt noch nicht vor. Es wurde dämmerig, und ich dachte: Er kommt nicht, jetzt nicht mehr. Mir fiel die Szene in Badenweiler ein: hatte nicht Nina auf ihn gewartet dort, tagelang, und er war nicht gekommen? Was für eine Art Mann mußte das sein. Ich war neugierig, ärgerlich, melancholisch und ängstlich zugleich und ganz ratlos.

Es war schon sehr dunkel, als ein Auto vor dem Haus hielt; kurz darauf klingelte es, so kurz darauf, daß es kaum möglich schien, wie ein Mensch in dieser Zeit die Treppe heraufkommen konnte. Da also war er, genau so atemlos, wie ich ihn mir vorgestellt hatte.

Er lächelte flüchtig und zerstreut, und sein Blick stürzte an mir vorbei in das leere Zimmer. Ich habe nie jemand so blitzschnell begreifen sehen wie ihn in diesem Augenblick.

Wann ist sie gefahren? fragte er.

Gestern abend, sagte ich, gestern abend, so wie sie es vorgehabt hatte.

Er nickte ein paarmal, als hätte er das und nichts anderes erwartet.

Kommen Sie herein, sagte ich, aber er hörte es nicht.

Und hat sie gewußt, daß ich angerufen habe? fragte er.

Sie hat es erraten, sagte ich: aber kommen Sie doch herein. Er folgte mir langsam. Als er die beiden leeren Räume sah, hielt er den Atem an wie jemand, der plötzlich bis ins Herz hinein erschrickt. Vielleicht wurde es ihm erst in diesem Augenblick klar, daß sie wirklich fort war.

Ich schob ihm einen der beiden Gartenstühle hin und er setzte sich. Ich ließ ihm Zeit. Er saß da, schwer und dunkel, den Rücken gebeugt, die Hände zwischen den Knien, und soviel ich sehen konnte, ziemlich blaß und mitgenommen. Er machte nicht den geringsten Versuch, seine tiefe Niedergeschlagenheit zu verbergen. Vielleicht, dachte ich, wäre es gut, ihn zum Sprechen zu bringen; aber angesichts dieser Verwirrung erschien mir jedes Wort dumm und überflüssig.

Ich weiß nicht, was mich plötzlich trieb, zu sagen: Warum kommen Sie aber auch nicht früher; Sie haben doch gewußt, daß Nina es tun wollte.

Er warf mir einen schweren und rätselhaften Blick zu, aber er sagte nichts, und ich begriff, daß ich kein Wort über diese Angelegenheit aus ihm herausbringen würde. Trotzdem gab ich es noch nicht auf, und schließlich *mußte* ich ihm auch einiges sagen, wer sonst als ich.

Hören Sie, sagte ich, das ist eine schlimme Geschichte für meine Schwester; ich weiß nichts weiter von Ihnen und ich habe nicht die Absicht, einem von Ihnen Vorwürfe zu machen. Aber ich meine: entweder gibt man so eine Geschichte ganz auf oder man entscheidet sich eines Tages füreinander. So mit einmal hin, einmal her geht das doch nicht. Dabei kommt nichts heraus als Verwirrung, Sie sehen es ja.

Weiß Gott, wie schwer es mir fiel, dies zu sagen; und dann fügte ich noch hinzu: Meine Schwester hat mir aufgetragen, ich soll Ihnen sagen, daß sie in England heiratet.

Ich beobachtete ihn, als ich dies sagte, aber er hob nicht einmal seinen Kopf.

Da tat er mir leid, und ich sagte rasch: Aber es ist nicht wahr.

Ich weiß, sagte er mit melancholischer Gelassenheit; Sie hat Ihnen verboten, mir ihre Adresse zu geben, nicht wahr?

Ja, sagte ich, ausdrücklich verboten, aber hier ist sie.
Ich schrieb sie ihm auf einen Zettel; er nahm ihn rasch an sich.
Danke, murmelte er, vielen Dank. Sie sind sehr klug.
Nein, sagte ich, wahrscheinlich nicht; vielleicht habe ich jetzt das Dümmste getan, was ich habe tun können.
Er lächelte ein wenig. Vermutlich sind Sie die einzige Vernünftige von uns dreien, sagte er. Sein Lächeln werde ich nie vergessen; es nahm mich für ihn ein. Für immer, was auch geschehen mag.
Er blieb den Abend über. Ich weiß nicht, um die Welt nicht, worüber wir sprachen, über Nina sicherlich nicht. Wir schieden als gute Freunde, und ich vermag seither keinen Groll mehr gegen ihn aufzubringen, auch wenn ich überlege, daß er Nina vertrieben hat.

Seit jenem Abend ist ein halbes Jahr vergangen. Von Nina kam eines Tages im Sommer ein kurzer Brief:

Ich habe mich gut hier eingewöhnt. Meine Tätigkeit im Haushalt von Mrs. Carpenter läßt mir so viel freie Zeit, daß ich einige Übersetzungsarbeiten machen kann. Nachts schreibe ich an einem neuen Roman. Ich fühle mich ziemlich weit weg von Deutschland, aber nicht so weit, wie ich erwartet habe.
Beiliegend eine Bankvollmacht. Bitte, kauf für Ruth ein Kleid, irgend etwas Hübsches für den Nachmittag, in Seide, Größe 38. Ich finde hier in der Provinz nichts Passendes, und nach London komme ich vorläufig nicht.
Falls ich im Herbst nach Deutschland komme, gebe ich Dir rechtzeitig Nachricht. Ich möchte Dich auf jeden Fall sehen. Schreib mir manchmal, bitte. Ich bin sehr glücklich, Dich entdeckt zu haben.
Im übrigen: keine Sorge um mich.

Das war alles. Seither habe ich nichts mehr von ihr gehört, aber ich hoffe sie im Lauf des Herbstes wiederzusehen, obgleich ich ein bißchen Angst davor habe.

Werkverzeichnis Hilde Domin

Lyrik

Nur eine Rose als Stütze
S. Fischer 1959,
16. Tsd. 1979

Rückkehr der Schiffe
S. Fischer 1962,
10. Tsd. 1979

Hier
S. Fischer 1964,
10. Tsd. 1979

Ich will Dich
Piper 1970, 4. Aufl.,
10. Tsd. 1980

Prosa

Das zweite Paradies
Fischer Taschenbuch,
Bd. 5001, 2. Aufl.,
15. Tsd. 1981

**Von der Natur nicht
vorgesehen**
Serie Piper, 1974, 3. Aufl.,
15. Tsd. 1981

Theorie

Wozu Lyrik heute
Serie Piper 1968, 4. Aufl.,
16. Tsd. 1981

S. Fischer Verlag
Fischer Taschenbuch Verlag
Piper Verlag

LUISE RINSER

Fischer Taschenbücher